추운 나라에서 돌아온 스파이

추운 나라에서 돌아온 스파이
The Spy Who Came in from the Cold

존 르카레 장편소설   김석희 옮김

THE SPY WHO CAME IN FROM THE COLD
by JOHN LE CARRÉ (1963)

Copyright (C) le Carré Productions, 1963 All rights reserved.
Korean Translation Copyright (C) 2005 by The Open Books Co.
Korean edition was published by arrangement with Curtis Brown Group
Limited, through Eric Yang Agency.

이 책은 실로 꿰매어 제본하는 정통적인 사철 방식으로 만들어졌습니다.
사철 방식으로 제본된 책은 오랫동안 보관해도 손상되지 않습니다.

1. 검문소 — 7
2. 케임브리지 광장 — 18
3. 전략 — 33
4. 리즈 — 41
5. 외상 — 53
6. 접선 — 62
7. 키버 — 77
8. 미라주 여관 — 95
9. 이틀째 — 122
10. 사흘째 — 133
11. 리머스의 친구들 — 141
12. 동독 — 151
13. 핀이냐 클립이냐 — 179
14. 은행에서 보내온 회신 — 191

15. 초청장	204
16. 체포	211
17. 문트	219
18. 피들러	226
19. 지부 회의	233
20. 사문회	239
21. 증인	259
22. 의장	267
23. 자백	283
24. 인민위원	292
25. 장벽	304
26. 추운 바깥에서 들어오다	319
부록 1989년의 후기	323
존 르카레의「추운 나라에서 온 스파이」· 피터 루이스/이종인 옮김	329
옮긴이의 말	349
존 르카레 연보	353

1
검문소

미국인은 리머스에게 다시 커피 잔을 건네주면서 말했다.
「돌아가서 한숨 주무세요. 그 사람이 나타나면 전화로 알려 드리겠습니다.」
리머스는 아무 말도 하지 않고, 검문소 창문 너머로 텅 빈 거리를 내다보았다.
「언제까지나 기다릴 수는 없습니다. 어쩌면 다른 시간에 올지도 모릅니다. 그가 오면 본부로 연락해 달라고 경찰에 부탁해도 됩니다. 본부에서 이곳까지 넉넉잡고 20분이면 달려올 수 있을 겁니다.」
「이제 곧 어두워질 거요.」 리머스가 말했다.
「하지만 영원히 기다릴 수는 없잖습니까. 벌써 예정보다 아홉 시간이나 지났어요.」
「당신은 가고 싶으면 가도 좋아요. 수고했소.」 리머스가 다시 덧붙여 말했다. 「당신이 아주 친절했다고 크레이머한테 말해 두겠소.」
「언제까지 기다리실 겁니까?」
「그가 올 때까지.」 리머스는 감시창으로 다가가 부동자세로 서 있는 두 경찰관 사이에 섰다. 그들의 쌍안경은 동쪽 검문소를 향하고 있었다.

「그 사람은 날이 어두워지기를 기다리고 있소. 틀림없어요.」 리머스가 중얼거리듯 말했다.

「오늘 아침에는 그가 노동자들과 함께 넘어올 거라고 하셨잖습니까?」

리머스는 그를 돌아보았다.

「첩보원은 비행기가 아니오. 첩보원한테 예정표 따위는 존재하지 않아요. 게다가 그 사람은 밀고를 당해서 쫓기는 처지고, 겁에 질려 있소. 지금 이 순간에도 문트가 그를 뒤쫓고 있소. 그런데 주어진 기회는 단 한 번뿐이오. 시간을 선택하는 건 그에게 맡깁시다.」

젊은이는 검문소를 떠나고 싶었지만 적당한 기회를 찾지 못해 머뭇거렸다.

초소 안에서 벨이 울렸다. 그들은 바싹 긴장하여 기다렸다. 한 경찰관이 독일어로 말했다.

「검은 오펠 레코르트, 서독 번호판입니다.」

「어둑어둑한데 그것까지 보일 리가 없습니다. 어림짐작으로 말하는 거겠지요.」 미국인은 리머스에게 속삭이고 나서 이렇게 덧붙였다. 「그런데 문트가 어떻게 알았을까요?」

「쉿.」 리머스가 창가에서 말했다.

경찰관 한 명이 초소를 떠나 테니스 코트의 베이스라인처럼 도로를 가로지른 하얀 경계선에서 두 발짝 못 미친 곳에 쌓여 있는 모래주머니 쪽으로 걸어갔다. 또 다른 경찰관은 동료가 경비 초소에 설치된 망원경 뒤에 웅크리고 앉을 때까지 기다렸다가 쌍안경을 내리고, 문 옆 못에 걸린 검은 철모를 내려 머리에 쓰고는 끈을 세심하게 조정했다. 검문소 위쪽 어딘가에서 아크등이 갑자기 살아나 앞쪽 도로를 연극 무대처럼 비추었다.

경찰관이 실황 중계를 하기 시작했다. 리머스는 그것을 마음에 새겼다.

「자동차는 제1 통제소에 정지. 탑승자는 여자 한 명뿐. 통행증을 확인하기 위해 인민경찰 초소로 호송.」

그들은 말없이 기다렸다.

「저 친구가 뭐라는 겁니까?」 미국인이 물었다.

리머스는 대답하지 않고, 여분의 쌍안경을 집어 들어 동독 통제소 쪽을 뚫어지게 바라보았다.

「통행증 확인 완료. 제2 통제소로 들어감.」

「리머스 씨, 당신이 기다리는 사람인가요?」 미국인은 끈질겼다. 「그럼 나는 본부에다 전화를 걸어야겠군요.」

「기다려요.」

「자동차는 지금 어디에 있습니까? 뭘 하고 있는 겁니까?」

「소지금 검사를 받고 있소. 세관 조사.」 리머스가 날카롭게 대답했다.

리머스는 차를 지켜보았다. 운전석 문 옆에 인민경찰 두 명이 있었다. 한 사람은 운전자와 이야기를 하고, 또 한 사람은 떨어진 곳에 서서 기다렸다. 세 번째 인민경찰은 자동차 주위를 어슬렁거리다가 트렁크 앞에서 걸음을 멈추더니, 운전자에게 돌아가서 열쇠를 달라고 요구했다. 그는 트렁크를 열고 안을 들여다본 다음, 트렁크를 닫고 열쇠를 돌려주었다. 그러고는 길을 따라 30미터쯤 떨어진 곳에 혼자 서 있는 동독 보초에게 걸어갔다. 보초가 있는 곳은 서로 대치하는 두 검문소의 중간이다. 장화에 헐렁한 바지 차림으로 웅크린 모습이 검은 실루엣으로 떠올랐다. 두 사람은 아크등의 눈부신 불빛을 의식하면서 이야기를 나누었다.

그들은 기계적인 몸짓으로 자동차에 손짓을 보냈다. 자동차는 길 한복판에 서 있는 두 보초에게 이르자 다시 멈추었다. 그들은 차를 또 한 번 둘러보고 조금 뒤로 물러서서 다시 뭐라고 말했다. 마침내 그들은 자동차가 경계선을 넘어 서방 구역으로 들어가는 것을 마지못해 허락했다.

「리머스 씨, 당신이 기다린 건 남자지요?」 미국인이 물었다.

「그렇소. 남자요.」

리머스는 재킷의 옷깃을 세우고 10월의 찬 바람 속으로 나갔다. 그때 그는 군중을 생각해 냈다. 초소 안에서는 그것을 잊고 있었다. 당황하여 어찌할 바를 모르는 얼굴들. 사람은 바뀌었지만 표정은 똑같았다. 교통사고 현장에 모인 무력한 군중과 마찬가지였다. 어쩌다 그런 일이 일어났는지, 주검을 옮겨야 할지 어쩔지 아무도 모른다. 연기인지 흙먼지인지가 아크등 불빛을 뚫고 피어올랐다. 불빛 가장자리 사이에 있는 어둠의 장막은 끊임없이 이동했다.

리머스는 자동차로 다가가서 여자에게 말을 걸었다.

「그는 어디 있습니까?」

「경찰이 잡으러 와서 도망쳤어요. 자전거를 타고 갔죠. 경찰도 나에 대해서는 알 수 없었을 거예요.」

「어디로 도망쳤습니까?」

「우리는 브란덴부르크 근처의 선술집 위층에 방을 하나 얻어 놓았어요. 그이는 거기에 몇 가지 물건과 돈과 통행증을 놓아두었으니까, 아마 그리로 갔을 거예요. 그곳에 있다가 나중에 넘어오겠죠.」

「오늘 밤에요?」

「오늘 밤에 오겠다고 했어요. 다른 사람들은 모두 체포됐어요. 파울, 피어레크, 렌저, 살로몬. 그이도 시간이 별로 없어요.」

리머스는 한동안 말없이 그녀를 바라보았다.

「렌저도?」

「어젯밤에요.」

경찰관 한 명이 리머스 옆으로 다가왔다.

「다른 곳으로 자리를 옮겨 주셔야겠습니다. 건널목을 가로막는 것은 금지되어 있습니다.」

리머스는 반쯤 돌아섰다.

「염병할.」 그가 날카롭게 말했다.

독일인 경찰관의 표정이 딱딱하게 굳어졌다. 그러자 여자가 말했다.

「차에 타세요. 길모퉁이까지 내려가죠.」

그는 여자 옆자리에 올라탔다. 차는 천천히 길을 따라 내려가 옆길로 도는 모퉁이에 이르렀다.

「당신이 차를 가지고 있는 줄은 몰랐습니다.」 리머스가 말했다.

「남편 차예요.」 여자가 무심하게 대답했다. 「카를이 내가 결혼했다는 말을 안 했군요?」 리머스는 대답하지 않았다. 「남편과 나는 광학 기계를 만드는 회사에서 일해요. 그곳을 직장으로 배정받았죠. 카를은 내가 결혼하기 전의 이름만 당신한테 말해 주었어요. 카를은 내가…… 당신과 관련되는 것을 바라지 않았으니까요.」

리머스는 주머니에서 열쇠를 꺼냈다.

「묵을 곳이 필요할 겁니다.」 리머스가 말했다. 목소리가 쌀쌀맞게 들렸다. 「박물관 옆 알브레히트뒤러 가에 아파트가 있습니다. 28A호. 필요한 건 다 갖춰져 있을 겁니다. 그 사람이 오면 전화하겠습니다.」

「당신과 함께 여기 있겠어요.」

「나는 여기 있지 않을 겁니다. 아파트로 가세요. 전화하겠습니다. 지금 여기서 기다려 봤자 아무 소용도 없습니다.」

「하지만 그이는 이 건널목으로 올 거예요.」

리머스는 놀라서 그녀를 바라보았다.

「그가 그렇게 말하던가요?」

「예. 그이는 저기 있는 인민경찰 한 사람을 알고 있어요. 그이의 집주인 아들이죠. 도움이 될 거예요. 그이가 이 루트를 택한 건 그 때문이에요.」

「그리고 그걸 당신한테 말했단 말이군요?」

「그이는 나를 믿어요. 나한테는 전부 다 말했어요.」

「맙소사.」

그는 여자에게 열쇠를 건네주고, 추위를 피해 검문소 초소로 돌아갔다. 경찰관들은 중얼중얼 이야기를 나누고 있다가 그가 들어가자 키가 큰 경찰관이 허세를 부리며 그에게 등을 돌렸다.

「아까는 화를 내서 미안합니다.」 리머스가 말하고는 낡아빠진 서류 가방을 열고 찾는 물건이 나올 때까지 안을 뒤적거렸다. 그가 찾고 있는 것은 위스키가 반쯤 들어 있는 술병이었다. 나이 든 경찰관은 고개를 한 번 끄덕하고는 술병을 받아서 커피 잔을 술로 반쯤 채우고 그 위에 블랙커피를 가득 부었다.

「미국인은 어디 갔습니까?」 리머스가 물었다.

「누구요?」

「CIA 말입니다. 나와 함께 있던 사람.」

「잠자리에 들 시간이죠.」 나이 든 경찰관이 말했다. 그들은 모두 웃음을 터뜨렸다.

리머스는 커피 잔을 내려놓고 말했다.

「저쪽에서 넘어오는 사람을 보호하기 위해 총을 쏘는 규칙은 어떻게 되어 있습니까? 쫓기고 있는 사람일 경우.」

「인민경찰이 우리 구역으로 총을 쏠 경우에만 엄호 사격을 할 수 있습니다.」

「그럼 쫓기고 있는 사람이 경계선을 넘어올 때까지는 총을 쏠 수 없다는 뜻이군요?」

「엄호 사격은 할 수 없습니다. 그런데 성함이…….」 나이 든 경찰관이 말했다.

「토머스요. 토머스.」 리머스가 대답했다. 그들은 악수를 나누었고, 두 경찰관은 리머스의 손을 잡고 흔들면서 각자 이름을 말했다.

「엄호 사격은 할 수 없습니다. 그건 사실입니다. 우리가 엄호 사격을 하면 전쟁이 일어날지 몰라요.」

「말도 안 돼요.」 위스키 덕에 대담해진 젊은 경찰관이 말했다. 「연합국이 여기 없다면 베를린 장벽은 지금쯤 사라져 버렸을 겁니다.」

「베를린도 사라져 버렸겠지.」 나이 든 경찰관이 중얼거렸다.

「오늘 밤에 한 사람이 넘어올 거요.」 리머스가 퉁명스럽게 말했다.

「여기로? 이 건널목으로?」

「그 사람은 탈출시킬 가치가 있습니다. 문트의 부하들이 그 사람을 찾고 있어요.」

「몰래 벽을 타고 넘을 수 있는 조용한 곳이 있는데요.」

「그 사람은 벽을 타고 넘어올 사람이 아닙니다. 허세를 부려서 검문소를 당당하게 통과할 겁니다. 그 사람은 통행증을 갖고 있습니다. 그게 아직 유효한지는 모르겠지만요. 그리고 자전거도 갖고 있습니다.」

검문소에는 불이 하나만 켜져 있었다. 초록색 등갓을 씌운 독서용 스탠드였다. 하지만 아크등 불빛이 인공 달빛처럼 초소를 가득 채우고 있었다. 어둠이 내리덮였고, 어둠과 함께 적막이 찾아왔다. 그들은 누가 엿들을까 두려워하는 것처럼 나직한 목소리로 이야기를 나누었다. 리머스는 창가로 가서 기다렸다. 그의 앞에는 길이 뻗어 있고, 양쪽에는 장벽이 있었다. 더럽고 꼴사나운 콘크리트 블록과 철조망이 노란 싸구려 불빛을 받아 강제 수용소의 배경막처럼 보였다. 장벽의 동쪽과 서쪽에는 베를린의 복구되지 않은 구역이 펼쳐져 있었다. 2차원으로 그려진 폐허의 반구. 전쟁이 남긴 울퉁불퉁한 바위들.

그 빌어먹을 여자. 리머스는 생각했다. 카를은 그 여자에 대해 거짓말을 했다. 말하지 않는 것도 거짓말의 일종이다. 세계 곳곳의 첩보원들이 모두 그런 거짓말을 한다. 당신이 그들에게 남을 속이는 법과 증거를 감추는 법을 가르쳐 주면, 그들은 당신도 속인다. 카를은 작년에 쉬르츠 가에서 저녁을 먹은 뒤 딱 한 번 그 여자를 소개했다. 그때 카를은 중요한 정보를 가져온 직후였기 때문에 관리관이 그를 만나고 싶어

했다. 관리관은 항상 성공에 끼어들고 싶어 했다. 그들 — 리머스, 관리관, 카를 — 은 함께 식사를 했다. 카를은 그런 일을 무척 좋아했다. 그는 주일 학교에 가는 아이처럼 때 빼고 광을 낸 모습으로 나타나, 모자를 벗고 정중하게 인사했다. 관리관은 5분 동안이나 카를의 손을 잡고 흔들면서 말했다. 「우린 자네에 대해 대만족이야. 정말로 만족하고 있다네.」 리머스는 옆에서 지켜보면서, 그것 때문에 비용이 1년에 2백 파운드는 더 늘어날 거라고 생각했다. 식사가 끝나자 관리관은 다시 그들의 손을 잡아 흔들고 의미심장하게 고개를 끄덕인 뒤, 이곳을 떠나 다른 곳에서 목숨을 위험에 내맡겨야 한다고 암시하면서 운전수가 모는 차에 다시 올라탔다. 그러자 카를은 소리 내어 웃었고, 리머스도 그와 함께 웃었다. 그들은 여전히 관리관을 웃음거리로 삼으면서 샴페인을 다 마셨다. 그 후 그들은 〈오래된 술통〉이라는 술집으로 갔다. 카를이 그리로 가자고 고집했기 때문이다. 그곳에서 엘비라가 그들을 기다리고 있었다. 쇠못처럼 단단해 보이는 마흔 살의 금발 여자였다.

「이 여자가 가장 잘 지켜진 내 비밀일세, 앨릭.」 카를이 말했다. 리머스는 격분했다. 나중에 그들은 시끄럽게 말다툼을 했다.

「그 여자는 얼마나 알고 있나? 어떤 여자야? 어떻게 만났지?」

카를은 부루퉁한 얼굴로 아무 대답도 하지 않았다. 그 후 일이 순조롭지 않았다. 리머스는 정해진 절차를 바꾸고 만나는 장소와 암호를 바꾸려고 했지만 카를은 내켜하지 않았다. 그 이유를 알고 있었기 때문에 좋아하지 않았던 것이다.

「자네가 그 여자를 믿지 않는다 해도, 어쨌든 이제 너무 늦었네.」카를이 말했다.

리머스는 카를의 말뜻을 알아차리고 입을 다물었다. 하지만 그 후 그는 조심스러워졌고, 카를한테 말해 주는 것이 훨씬 줄어들었고, 첩보원의 수법인 속임수를 더 많이 사용했다. 그런데 지금 그 여자가 차를 타고 이곳에 와 있다. 그 여자는 모든 것을 알고 있다. 첩보망도, 안전 가옥도, 다른 것도 모두 알고 있다. 리머스는 이제 다시는 끄나풀을 믿지 않겠다고 새삼스럽게 맹세했다.

그는 전화기로 걸어가서 아파트 번호를 돌렸다. 마르타 부인이 전화를 받았다.

「뒤러 가에 손님들이 갈 거요. 남자 하나, 여자 하나.」리머스가 말했다.

「부부인가요?」마르타가 물었다.

「부부나 다름없어요.」리머스가 말하자 마르타는 그 소름 끼치는 웃음소리를 냈다.

리머스가 수화기를 내려놓자마자 경찰관 한 명이 그를 돌아보았다.

「토머스 씨! 빨리요!」

리머스는 감시창으로 달려갔다.

「남자가 오고 있습니다, 토머스 씨.」젊은 경찰관이 속삭였다. 「자전거를 타고 있어요.」

리머스는 쌍안경을 집어 들었다.

카를이었다. 거리가 제법 멀었지만 틀림없었다. 카를은 독일군의 낡은 레인코트로 몸을 감싸고 자전거를 밀고 있었다. 해냈구나. 리머스는 생각했다. 성공한 게 분명해. 서류 검사는 통과했고, 이제 소지금 검사와 세관 조사만 받으면 돼. 리머스는 카를이 자전거를 가드레일에 기대어 세워 놓고 태연히 세관으로 걸어가는 것을 지켜보았다. 지나치게 태연해도 안 돼. 이윽고 카를이 세관에서 나와 관문에 서 있는 남자에게 쾌활하게 손을 흔들었다. 빨간색과 흰색으로 칠해진 차단기가 천천히 위로 올라갔다. 카를은 차단기를 지나 그들 쪽으로 다가오고 있었다. 해냈다. 이제는 도로 한복판에 있는 인민경찰과 경계선만 지나면 안전하다.

그 순간 카를이 무슨 소리를 듣고 위험을 느낀 것 같았다. 그는 고개를 돌려 뒤를 돌아보고는 자전거 핸들 위로 몸을 낮게 구부리고 맹렬히 페달을 밟기 시작했다. 아직 다리 위에 혼자 서 있는 보초가 있었다. 그는 돌아서서 카를을 지켜보고 있었다. 그때 예기치 않게 서치라이트가 켜졌다. 눈부시게 새하얀 빛이 카를을 포착했다. 카를은 자동차 헤드라이트 불빛에 갇힌 토끼 같았다. 위아래로 요동치는 사이렌 소리가 울려 퍼졌다. 거칠게 명령을 외치는 소리가 들렸다. 리머스 앞에서 두 경찰관이 무릎을 꿇고 모래주머니 틈새로 그쪽을 내다보면서 능숙한 솜씨로 자동 소총을 재빨리 장전했다.

동독 보초는 조심스럽게 그들을 피해 자기 구역 쪽으로 총을 쏘았다. 첫 번째 총알은 카를을 앞으로 휙 밀어붙인 것 같았고, 두 번째 총알은 그를 뒤로 잡아당긴 것 같았다. 그래도 어떻게든 그는 아직 움직이고 있었다. 아직 자전거 위에 앉아서 보초 옆을 통과했다. 보초는 여전히 그에게 총을 쏘고 있었다. 그때 카를이 축 늘어지면서 땅바닥에 나뒹굴었다. 그들은 쓰러진 자전거가 달각거리는 소리를 또렷이 들었다. 리머스는 카를이 죽었기를 신에게 기도했다.

2
케임브리지 광장

 그는 템펠호프 공항 활주로가 눈 아래 펼쳐지는 것을 지켜보았다. 리머스는 지난 일을 곰곰 돌이켜 생각하는 사람이 아니었고, 특별히 철학적인 사람도 아니었다. 그는 자신이 실패자로 치부되는 것을 알고 있었다. 그것은 앞으로 평생 그를 따라다닐 현실이었다. 암에 걸렸거나 감옥에 갇힌 사람이 그것을 피할 수 없는 현실로 받아들이고 견뎌 내야 하는 것과 마찬가지다. 그는 어떤 마음가짐으로도 그때와 현재 사이의 간격을 메울 수는 없으리라는 것을 알고 있었다. 그는 외톨이의 용기와 냉소적인 분노로 실패를 맞이했다. 언젠가 찾아올 죽음도 아마 그런 태도로 맞이할 것이다. 그는 대다수 첩보원보다 오래 버텼지만, 이제 드디어 패배자가 되었다. 개는 이빨이 못쓰게 되면 수명이 끝난다고 한다. 비유적으로 말하면 리머스는 이가 뽑혔다. 그의 이를 뽑은 사람은 문트였다.

 10년 전이라면 그는 다른 길을 택할 수도 있었을 것이다. 케임브리지 광장에 있는 그 익명의 정부 건물에는 리머스가 맡을 수 있는 사무직이 제법 있었다. 그런 책상 하나를 차지하고 앉아서 늙어 꼬부라질 때까지 자리를 지킬 수도 있었을 것이다. 하지만 리머스는 그 길로 가지 않았다. 리머스한테 공작 활동을 포기하고 겉으로는 그럴듯한 이론을 내세우면서 뒤로는 몰래 잇속을 챙기는 화이트홀(영국의 정부 청사)의 이기주의에 가담하기를 기대하기보다는, 차라리 경마 기수한테 마권 판매액 집계원이 되라고 요구하는 편이 나았을 것이다. 그는 정보부 인사과가 해마다 연말이면 그의 서류를 주의 깊게 재검토하는 것을 의식하면서 계속 베를린에 남아 있었다. 무슨 일인가가 일어날 거라고 속으로 중얼거리면서 고집스럽게 의도적으로 지시를 경멸했다. 정보부 활동에는 한 가지 도덕률이 있다. 결과가 모든 것을 정당화해 준다는 것이다. 화이트홀의 궤변조차 그 도덕률의 비위를 맞추었다. 리머스는 성과를 올리고 있었다. 문트가 등장할 때까지는.

묘한 일이지만, 리머스는 문트가 재난의 조짐이라는 것을 금세 알아차렸다. 문트는 42년 전에 라이프치히에서 태어났다. 리머스는 문트에 관한 일건 서류를 보았고, 표지 안쪽에 붙어 있는 사진도 보았다. 아마빛 머리카락 밑에 있는 무표정하고 냉혹한 얼굴. 리머스는 문트가 동독 정보부의 2인자로 권좌에 올라 사실상의 공작 책임자가 된 경위를 훤히 꿰고 있었다. 문트는 부서 내에서도 미움을 받았다. 리머스는 망명자들의 증언과 리메크를 통해 그것을 알고 있었다. 사회주의 통일당(동독 공산당) 의장단의 일원으로 문트와 함께 국방 위원회에 참석한 리메크는 문트를 두려워했다. 결국 문트의 손에 죽었으니까 리메크가 그를 두려워한 것은 옳았다.

1959년까지 문트는 동독 정보부의 말단 직원이었고, 동독 철강 사절단의 일원으로 위장하여 런던에서 첩보 활동을 하고 있었다. 그러다가 위험에 빠지자 자신의 끄나풀 두 명을 죽이고 어떻게든 빠져나간 뒤, 서둘러 독일로 돌아가 1년이 넘도록 소식이 끊겼다. 그런데 별안간 라이프치히에 있는 동독 정보부 본부에 재정부장으로 다시 등장했다. 이것은 정보부의 특별 사업에 자금과 장비와 인원을 할당하는 자리였다. 그해 말에 동독 정보부 내부에서 대규모 권력 투쟁이 벌어졌다. 소련 연락 장교단의 수와 영향력은 많이 줄어들었고, 여러 명의 원로가 이데올로기적 이유로 실각했고, 세 사람이 새로운 실력자로 떠올랐다. 방첩 활동 책임자가 된 피들러, 설비 책임자로 문트의 자리를 이어받은 얀, 그리고 41세의 나이에 작전국 부국장이라는 요직을 얻은 문트였다. 그 후 새로운 방식이 나타나기 시작했다. 리머스가 맨 처음 잃은 정보원은 여자였다. 그 여자는 첩보망의 아주 작은 고리로서, 급사 일을 맡고 있었다. 그녀는 서베를린의 극장에서 나오다가 길거리에서 총에 맞아 죽었다. 경찰은 살인범을 끝내 찾아내지 못했고, 리머스도 처음에는 그 사건이 그녀의 업무와는 관계가 없다고 생각하고 싶었다. 한 달 뒤, 드레스덴 역에서 짐꾼으로 일하던 남자가 철길 옆에서 토막난 시체로 발견되었다. 그는 피터 길럼의 첩보망에서 제외된 앞잡이였다. 리머스는 그것이 우연의 일치가 아니라는 것을 알았다. 그 직후, 리머스가 관리하는 또 다른 첩보망에 소속된 두 사람이 체포되어 즉결 처분되었다. 사람을 맥 빠지게 만드는 무자비한 일은 그렇게 계속되었다.

이제 카를도 희생되었고, 리머스는 베를린에 처음 왔을 때처럼 — 조금이라도 쓸모 있는 요원이 하나도 없는 상태로 — 베를린을 떠나고 있었다. 문트가 이긴 것이다.

리머스는 작달막한 키에 짧게 깎은 진회색 머리카락, 수영 선수 같은 체격을 가진 사내였다. 그는 힘이 장사였다. 그의 등과 어깨, 목, 두툼한 손, 짧고 굵은 손가락을 보면 그의 힘이 얼마나 센지를 알아볼 수 있었다.

  그는 다른 것에 대해서도 대개 그렇지만 특히 옷에 대해서는 철저히 실용적인 태도를 가지고 있었다. 이따금 쓰는 안경조차 쇠테였다. 양복은 대부분 합성 섬유였고, 조끼가 딸린 양복은 한 벌도 없었다. 그는 칼라 끝에 작은 단추가 달린 미국식 셔츠와 고무창을 댄 스웨이드 구두를 좋아했다.

  그의 얼굴은 꽤 매력적이었고, 근육이 잘 발달했고, 얇은 입술은 고집스러운 윤곽선을 그리고 있었다. 눈은 작고 갈색이었다. 아일랜드인 같다고 말하는 사람도 있었다. 리머스는 정체를 알기 힘든 사람이었다. 그가 런던의 회원제 클럽에 들어가면 수위가 그를 회원으로 착각하지 않겠지만, 베를린의 나이트클럽 급사들은 그를 제일 좋은 자리로 안내했다. 그는 말썽을 일으킬 수 있는 사람, 돈에 관심이 많은 사람, 신사가 아닌 사람처럼 보였다.

  스튜어디스는 그를 흥미로운 사람으로 생각했다. 그녀는 리머스가 북쪽 나라의 부자일 거라고 짐작했다. 그는 북쪽 나라 사람이었을지는 모르지만 부자는 아니었다. 그리고 그의 나이를 쉰 살로 본 것은 대체로 정확했다. 그녀는 그가 독신일 거라고 짐작했지만, 그것은 절반만 맞았다. 그는 오래전에 이혼했고, 이제 10대 청소년이 된 아이들이 어딘가에 살고 있었다. 그는 런던 시내의 외진 곳에 있는 민간 은행을 통해 아이들한테 용돈을 보내 주고 있었다.

  「위스키를 더 드시고 싶으면 서두르시는 게 좋아요.」 스튜어디스가 말했다. 「20분 뒤에는 런던 공항에 도착할 테니까요.」

「이제 됐습니다.」 그는 스튜어디스를 쳐다보지도 않고 대답했다. 그는 창문으로 켄트 주의 회녹색 들판을 내다보고 있었다.

폴리가 공항에 마중을 나와서 그를 런던까지 태워다 주었다.

「카를 때문에 관리관 기분이 몹시 언짢다네.」 폴리가 리머스를 곁눈질로 보면서 말했다.

리머스는 짐작한다는 듯 고개를 끄덕였다.

「어떻게 된 거야?」 폴리가 물었다.

「총에 맞았어. 문트한테 당했지.」

「죽었나?」

「지금쯤은 죽었겠지. 죽는 게 차라리 나을 거야. 거의 성공했는데. 그렇게 서두르지 말았어야 했어. 그랬다면 놈들은 확신할 수 없었을 텐데. 동독 정보부 놈들은 카를보다 한 발 늦게 검문소에 도착했네. 놈들은 사이렌을 울렸고, 그러자 인민경찰이 경계선에서 20미터 못 미친 곳에서 총을 쏘았지. 카를은 잠시 땅바닥에서 꿈틀거리다가 곧 잠잠해졌네.」

「가엾은 녀석.」

「그래.」 리머스가 받았다.

폴리는 리머스를 좋아하지 않았다. 리머스가 그것을 안다 해도 폴리는 개의치 않았다. 폴리는 몇몇 스포츠 클럽에 가입하여 회원 넥타이를 매고 스포츠맨들의 기술에 대해 거드름을 피우며 이야기했지만, 사무실에서는 연락 업무를 맡고 있는 일반직 직원이었다. 그는 리머스를 수상쩍게 생각했고, 리머스는 그를 바보처럼 여겼다.

「자네는 지금 어느 부서에 있나?」 리머스가 물었다.

「인사과.」

「마음에 드나?」

「흥미로운 일이지.」

「이제 나는 어디로 가지? 결정이 보류됐나?」

「관리관한테 직접 듣는 편이 나을 걸세.」

「자네는 알고 있나?」

「물론.」

「그럼 말해 주는 게 어때?」

「미안하네.」

리머스는 갑자기 울화가 치밀어 분노를 터뜨릴 뻔했다. 하지만 그는 곧 폴리가 거짓말을 하고 있을지도 모른다고 생각했다.

「그럼 한 가지만 말해 주게. 그건 괜찮겠지? 내가 런던에 아파트를 구해야 하나?」

폴리는 귀를 긁적거렸다.

「그럴 필요는 없을 것 같네.」

「그럴 필요가 없다고? 그거 다행이군.」

그들은 케임브리지 광장 근처의 노상 주차장에 차를 세워 놓고 화이트홀로 함께 들어갔다.

「통행증이 없겠지? 그럼 면회부에 기입해야 해.」

「언제부터 통행증이 필요하게 됐지? 매콜은 나를 자기 어머니만큼 잘 알고 있어.」

「새로 생긴 절차야. 여기도 직원이 점점 늘어나고 있다네.」

리머스는 아무 말 없이 매콜에게 고개를 끄덕여 보이고는, 통행증 없이 엘리베이터에 올라탔다.

관리관은 부러진 뼈를 만지는 의사처럼 조심스럽게 리머스의 손을 잡고 흔들었다.

「피곤하겠군. 어서 앉게나.」 관리관이 미안한 투로 말했다. 언제나 한결같이 우울한 목소리, 나귀 울음소리처럼 귀에 거슬리는 목소리였다.

리머스는 올리브색 전기난로 앞에 놓인 의자에 앉았다. 전기난로 위에 물그릇이 놓여 있었다.

「추운가?」 관리관이 물었다. 그러면서 난로 위로 몸을 굽히고 두 손을 맞비볐다. 그는 검은 재킷 속에 허름한 갈색 카디건을 입고 있었다. 리머스는 관리관의 아내를 기억해 냈다. 맨디라는 이름의 아담한 여자였다. 그 좀 모자란 여자는 남편이 석탄 위원회에서 일하는 줄 알고 있었다. 관리관이 입고 있는 카디건도 그녀가 짜주었을 거라고 리머스는 생각했다.

「공기가 너무 건조해. 그게 문제야.」 관리관이 말을 이었다. 「난로를 켜서 추위를 물리치면 공기가 바싹 말라 버리는데, 그것도 위험해.」 관리관은 책상으로 가서 버튼을 눌렀다. 「커피를 가져오라고 해보겠네. 지니가 휴가를 가는 바람에 골치야. 새로 들어온 여자가 대신 배정되었는데, 정말로 서투르기 짝이 없어.」

그는 리머스가 기억하고 있는 것보다 키가 작았다. 나머지는 기억 속에 남아 있는 모습과 똑같았다. 잘난 체하는 초연한 태도, 근엄하게 학자 티를 내는 허세와 자만심, 외풍을 두려워하는 것도 여전했고, 리머스가 경험한 세계와는 동떨어진 습관적 방식에 따라 예의를 차리는 것도 여전했다. 맥 빠진 미소, 일부러 꾸민 자신 없는 태도, 예의범절을 충실히 지키면서도 그것을 우스꽝스럽게 생각하는 체하고 예절에 집착하는 것을 미안하게 여기는 듯한 태도도 여전했다. 그는 여전히 진부한 사람이었다.

관리관은 책상에서 담뱃갑을 하나 가져와서 리머스에게 내밀었다.

「피워 보면 이 담배가 더 비싼 이유를 알게 될 걸세.」

리머스는 예의 바르게 고개를 끄덕였다. 관리관은 담뱃갑을 리머스의 주머니에 밀어 넣고 의자에 앉았다. 잠시 침묵이 흘렀다. 마침내 리머스가 입을 열었다.

「리메크가 죽었습니다.」

「그래.」 관리관은 리머스가 대성공을 거두기라도 한 것처럼 말했다. 「참으로 불행한 일이야, 더없이……. 그 여자가 밀고했을 거야. 엘비라 말일세.」

「저도 그렇게 생각합니다.」 리머스는 엘비라를 어떻게 아느냐고 물어보려 하지도 않았다.

「그리고 문트가 리메크를 쏘게 했겠지.」 관리관이 덧붙여 말했다.

「예.」

관리관은 일어나서 방을 이리저리 돌아다니며 재떨이를 찾았다. 재떨이를 겨우 찾은 관리관은 리머스의 의자와 자기 의자 사이의 마룻바닥에 재떨이를 내려놓았다.

「자네는 어떤 기분이 들던가? 리메크가 총에 맞았을 때 말일세. 자네도 그걸 보았겠지?」

리머스는 어깨를 으쓱했다.

「몹시 화가 나더군요.」

관리관은 한쪽으로 머리를 기울이고 눈을 반쯤 감았다.

「그 정도만이 아니었겠지? 당황하지는 않았나? 그게 더 자연스러울 텐데.」

「물론 당황했습니다. 안 그럴 사람이 어디 있겠습니까?」

「리메크를 좋아했나? 한 인간으로서?」

「그런 것 같습니다.」 리머스는 심드렁하게 대답하고 덧붙여 말했다. 「그런 이야기를 해봤자 별로 의미가 없을 것 같은데요.」

「자네는 그날 밤을 어떻게 보냈나? 리메크가 총에 맞은 뒤 아침까지 남은 시간에 뭘 했지?」

「그게 무슨 소리죠? 대체 무슨 말을 하려는 겁니까?」 리머스가 격한 어조로 물었다.

「리메크가 마지막이었네. 잇따른 죽음의 마지막이었지. 내 기억이 옳다면 베딩의 극장 밖에서 총에 맞아 죽은 여자부터 시작해서 드레스덴에서 죽은 남자, 그리고 예나에서 체포된 사람들. 〈열 명의 흑인 아이들〉[1]과 마찬가지야. 이제 파울, 피어레크, 렌저 — 모두 죽었어. 그리고 마지막으로 리메크까지 죽었지.」 그는 비난하듯 웃었다. 「그건 엄청난 손실이야. 나는 자네가 질리지 않았을까 생각했지.」

「그게 무슨 뜻입니까? 질리다뇨?」

「자네가 지친 게 아닐까 생각했다네. 기력이 다 소진돼서.」

긴 침묵이 흘렀다. 마침내 리머스가 말했다.

「그건 당신한테 달려 있습니다.」

「우리는 동정심을 버리고 살아야 돼. 안 그런가? 물론 그건 불가능한 일이지. 우리는 서로 가혹하게 굴지만, 정말로

---

[1] 〈열 명의 흑인 아이들이 식사하러 외출했다〉에서 시작하여 〈아무도 남지 않았다〉로 끝나는 속요.

그렇게 가혹한 인간은 아니라는 뜻일세……. 사람이 추운 바깥에 줄곧 나가 있을 수는 없지. 때로는 따뜻한 실내로 들어와야 해. 무슨 뜻인지 알겠나?」

리머스는 보았다. 로테르담 교외로 길게 뻗어 있는 길을 보았다. 모래 언덕 옆을 달리는 길고 곧은 길, 그리고 그 길을 따라 흐르는 피난민 행렬을 보았다. 몇 킬로미터 떨어진 하늘에 작은 비행기가 나타났다. 행렬이 멈추고 다들 비행기를 쳐다보았다. 비행기가 모래 언덕을 스칠 듯이 다가왔다. 폭탄이 길 위에 떨어졌을 때 리머스는 혼란을, 아무 의미도 없는 지옥을 보았다.

「이런 식으로 에둘러 말할 수는 없습니다.」 마침내 리머스가 말했다. 「제가 어떻게 하기를 바라십니까?」

「나는 자네가 추운 바깥에 좀 더 오래 남아 있기를 바라네.」 리머스가 아무 말도 하지 않자 관리관이 말을 이었다. 「우리가 하고 있는 일의 윤리는 하나의 전제에 바탕을 두고 있다고 생각하네. 정당한 이유가 없으면 절대로 남을 공격해서는 안 된다는 것. 자네는 그게 공정하다고 생각하나?」

리머스는 고개를 끄덕였다. 대답을 피하기 위한 몸짓이다.

「따라서 우리는 불쾌한 일을 하지만 〈방어적〉이야. 그래도 그건 공정하다고 생각하네. 우리가 불쾌한 일을 하는 것은 동서 양쪽에 사는 보통 사람들이 밤에 침대에서 안전하게 잘 수 있도록 하기 위해서야. 지나치게 낭만적이라고 생각하나? 물론 때로는 아주 못된 짓도 하지.」 그는 초등학생처럼 히죽 웃었다. 「도덕성을 비교 평가 하면, 우리는 비교적 부정직한 일에 종사하고 있네. 어쨌든 한쪽의 관념을 다른 쪽의 방법과 비교할 수는 없지. 안 그런가?」

리머스는 어리둥절했다. 그는 관리관이 상대를 비수로 찌르는 듯한 말을 하기 전에 쓸데없는 말을 장황하게 늘어놓는 것은 들어 보았지만, 이런 말은 일찍이 들어 본 적이 없었다.

「방법은 방법과, 관념은 관념과 비교해야 한다는 뜻일세. 전쟁이 끝난 뒤, 우리의 방법, 그러니까 우리와 상대의 방법은 거의 같아졌네. 우리 정부의 정책이 자비롭다는 이유만으로 상대편보다 덜 무자비할 수는 없다는 뜻일세. 안 그런가?」 그는 혼자 소리 없이 웃었다. 「그건 결코 바람직하지 않을 걸세.」

왜 저러지? 리머스는 속으로 중얼거렸다. 꼭 얼간이 목사를 상대로 지껄이고 있는 것 같군. 도대체 무슨 꿍꿍이속일까?

「그런 이유 때문에……」 관리관이 말을 이었다. 「어떤 수단을 써서라도 문트를 없애야 한다고 생각하네. 정말로…….」 그는 초조하게 문 쪽을 돌아보면서 말했다. 「커피는 왜 안 가져오는 거야?」

관리관은 방을 질러가서 문을 열고, 리머스에게는 보이지 않는 바깥 사무실 여자에게 뭐라고 말한 다음 자리로 돌아오면서 말했다.

「나는 진심으로 그렇게 생각하네. 어떻게 해서든 문트를 없애야 한다고.」

「왜요? 동독에는 우리가 지켜야 할 것이 남아 있지 않습니다. 하나도 없어요. 당신도 방금 말씀하셨잖습니까? 리메크가 마지막이었다고. 동독에는 우리가 보호해야 할 게 아무것도 남지 않았어요.」

관리관은 의자에 앉아서 제 손을 한동안 내려다보다가 이윽고 입을 열었다.

「꼭 그렇지만은 않네. 하지만 지금 여기서 자세한 이야기로 자네를 따분하게 만들 필요는 없겠지.」

리머스는 어깨를 으쓱했다.

「말해 보게.」 관리관이 말을 이었다. 「자네는 스파이 일에 싫증 났나? 같은 질문을 되풀이하는 걸 용서해 주게. 여기 있는 우리는 그런 현상을 충분히 이해하네. 항공기 설계자들이 말하는…… 금속 피로 같은 거겠지. 싫증이 났으면 그렇다고 말하게.」

리머스는 그날 아침 비행기로 귀국할 때의 일을 생각했다.

「자네가 싫증이 났다면…….」 관리관이 말을 이었다. 「우리는 문트를 없앨 다른 방법을 찾아야겠지. 내가 생각하고 있는 방법은 좀 비정상적인 거라네.」

그때 여사무원이 커피를 들고 들어왔다. 그녀는 책상 위에 쟁반을 놓고 커피 잔 두 개에 커피를 따랐다. 관리관은 그녀가 방에서 나갈 때까지 기다렸다가 혼잣말처럼 중얼거렸다.

「정말 우둔한 여자야. 유능한 여자를 찾을 수 없다는 건 보통 일이 아니지. 지니가 이렇게 자주 휴가를 얻지 않으면 좋겠는데.」

그는 잠시 생각에 잠기며 커피를 저었다.

「우리는 정말로 문트를 실각시켜야 돼. 그런데 자네는 술을 많이 마시나? 위스키나 그런 술 말일세.」

리머스는 자신이 관리관의 방식에 익숙한 줄 알고 있었는데, 이제 보니 아니었다.

「네, 조금. 아니, 꽤 마신다고 할 수 있지요.」

관리관은 이해한다는 듯 고개를 끄덕였다.

「문트에 대해 어느 정도 알고 있나?」

「그는 살인자입니다. 한두 해 전에 여기 런던에서도 동독 철강 사절단의 일원으로 위장하여 활동했습니다. 그때 우리 본부에서는 매스턴이 감독관으로 있었지요.」

「그랬지.」

「문트는 앞잡이를 쓰고 있었습니다. 외무부 직원의 아내가 그의 끄나풀이었는데, 문트가 죽여 버렸지요.」

「문트는 조지 스마일리도 죽이려고 했어. 물론 그 여자 남편한테도 총을 쏘았지. 문트는 정말로 불쾌한 작자야. 히틀러 유겐트[2] 출신이고, 그런 조직에는 빠짐없이 관여했어. 지적인 공산주의자는 아니야. 냉전의 실행가라고 할까.」

「우리처럼요.」 리머스가 빈정거리듯 말했다.

관리관은 웃지 않고 말을 이었다.

「그 사건은 조지 스마일리가 잘 알고 있지. 이제는 우리와 함께 일하지 않지만, 내 생각에는 자네가 그를 찾아가야 할 것 같네. 스마일리는 17세기 독일을 연구하고 있어. 지금 첼시에 살고 있네. 슬론 광장 바로 뒤쪽에 있는 바이워터 가인데, 알고 있나?」

「네.」

「길럼도 그 사건에 관여했는데, 길럼은 지금 아래층에서 위성 4호 일을 하고 있다네. 이곳도 자네가 있을 때와는 모든 게 완전히 달라진 것 같군.」

「네.」

「하루나 이틀 그들을 만나 보게. 두 사람은 내 계획을 알고 있지. 그러고 나서 주말을 나와 함께 지내는 게 어떤가?」 그가 서둘러 덧붙였다. 「아내는 장모님을 돌보러 친정에 갈

2 나치스 독일의 청소년 조직.

테니까, 집에는 자네와 나만 있게 될 걸세.」

「고맙습니다. 그렇게 하겠습니다.」

「그때 편안하게 이야기를 나눌 수 있을 거야. 무척 유쾌할 걸세. 자네는 이번 일로 큰돈을 벌 수도 있을 거야. 그 돈은 모두 자네가 가져도 좋아.」

「고맙습니다.」

「물론 자네가 그 일을 하고 싶다고 확신한다면 말이지만⋯⋯ 금속 피로 같은 건 없겠지?」

「문트를 처치하는 일이라면 기꺼이 하겠습니다.」

「정말로 그런 기분을 느끼고 있나?」 관리관이 은근하게 물었다. 그러고는 생각에 잠긴 눈으로 잠시 리머스를 바라보다가 말했다. 「그래. 자네는 정말로 그런 기분인 것 같군. 하지만 그 기분을 말로 표현해야 한다는 느낌이 들면 안 돼. 우리 세계에서는 미움이나 사랑 같은 감정에서 빨리 벗어나야 한다는 뜻일세. 어떤 소리는 개가 들을 수 없듯이⋯⋯ 결국 남는 것은 일종의 구역질뿐일세. 자네는 두 번 다시 그런 고통을 초래하고 싶지 않을 거야. 미안하지만, 카를 리메크가 총에 맞아 쓰러졌을 때 자네가 느낀 것도 그런 구역질이 아니었나? 문트에 대한 미움도 카를에 대한 애정도 아닌, 무감각한 몸뚱이를 한 대 맞은 것처럼 구역질 나는 충격이 아니었냐는 말일세. 듣자니까 자네는 밤새도록 거리를 헤매 다녔다더군. 베를린 시내를 그냥 정처 없이 쏘다녔다고. 그게 사실인가?」

「산책을 한 건 맞습니다.」

「밤새도록?」

「네.」

「엘비라는 어떻게 됐지?」

「글쎄요…… 나는 그저 문트한테 한 방 먹이고 싶습니다.」

「좋아…… 좋아. 그런데 당분간은 옛 동료들을 만나더라도 이 문제를 거론하지는 말게. 사실…….」 관리관은 잠깐 말을 끊었다가 덧붙였다. 「나 같으면 그들한테 무뚝뚝하게 굴겠네. 우리가 자네를 심하게 다루었다고 그들이 생각하도록 만들게. 일을 추진하기로 마음먹은 이상 시작이 중요하니까. 안 그런가?」

3
전락

 리머스가 한직으로 밀려났을 때 크게 놀란 사람은 아무도 없었다. 지난 몇 년 동안 베를린에서는 실패가 거듭되었으니까 누군가가 그 책임을 져야 한다고 생각했기 때문이다. 게다가 첩보 활동에는 프로 테니스 선수만큼 민첩한 반사 신경이 필요한데, 리머스는 그런 순발력을 발휘하기에는 나이가 너무 많았다. 리머스가 전쟁 때 일을 잘해 냈다는 것은 누구나 알고 있었다. 노르웨이와 네덜란드에서 그는 어떻게든 활동을 계속했고, 전쟁이 끝나자 훈장을 받고 퇴직했다. 물론 나중에 다시 복직했지만, 이것이 그의 연금에는 결정적인 불운으로 작용했다. 경리과는 엘시라는 여직원의 입을 통해서 그것을 밝혔다. 구내식당에서 엘시가 지껄인 바에 따르면, 가엾은 앨릭 리머스는 퇴직했다가 복직했기 때문에 연금을 1년에 4백 파운드밖에 받지 못한다는 것이었다. 이런 규정은 당연히 개정되어야 한다고 엘시는 생각했다. 어쨌든 리머스 씨는 근무를 계속하지 않았는가? 하지만 예전과는 달리 재무부가 뒤에서 시시콜콜 간섭하고 있는데, 정보부가 뭘 어떻게 할 수 있단 말인가? 매스턴이 지배하던 고약한 시절도 지금보다는 나았다.

신참 요원들은 리머스가 구파라는 말을 들었다. 가문과 배짱, 크리켓, 학위 수료증, 프랑스어 실력이 구파의 특징이었다. 리머스의 경우, 이 기준에 해당되지 않았다. 그는 독일어를 모국어인 영어만큼 유창하게 구사했고 네덜란드어도 잘했기 때문이다. 게다가 그는 크리켓을 싫어했다. 하지만 그가 학위를 따지 않은 것은 사실이었다.

리머스는 몇 달 남은 계약 기간을 채우도록 금융과에 배속되었다. 금융과는 경리과와는 달리 외국에 나가 있는 요원들과 첩보 활동에 자금을 공급하는 해외 송금 업무를 맡고 있었다. 금융과의 업무는 고도의 비밀을 유지할 필요가 없다면 사환 혼자서도 충분히 해낼 수 있었을 것이다. 따라서 금융과는 이제 곧 매장될 직원의 입관 준비를 하는 곳으로 여겨지는 부서들 가운데 하나였다.

리머스는 전락하고 있었다.

전락 과정은 대개 서서히 이루어지는 법인데, 리머스의 경우는 달랐다. 동료들이 보는 앞에서, 그토록 존경을 받던 사람이 불평분자에 술주정뱅이로 바뀌었다. 그것도 불과 두어 달 사이에. 술주정뱅이 중에는, 특히 술을 마시지 않았을 때 멍청해지는 사람이 있는데, 관찰력이 모자란 사람은 그것을 얼빠진 상태로 해석하겠지만 사실은 일종의 절연 상태였다. 리머스는 부자연스러울 만큼 빠른 속도로 그 상태에 도달한 듯했다. 그는 사소한 거짓말을 하게 되었고, 사무직원들한테 푼돈을 빌려 쓰고는 갚을 생각을 하지 않았고, 지각과 조퇴를 예사로 하면서 무슨 뜻인지도 알 수 없는 변명을 늘어놓았다. 동료들도 처음에는 그를 너그럽게 봐주었다. 불구자나

거지나 병자를 보면 자기도 그런 처지에 놓일 수 있다는 두려움 때문에 겁을 먹듯이 동료들은 리머스의 전락을 두려워했다. 하지만 게으르고 거칠고 도리에 어긋나고 심술궂은 행동이 거듭되자 아무도 그를 상대하지 않게 되었다.

특히 놀라운 것은 리머스가 한직으로 밀려난 것을 전혀 개의치 않는다는 점이었다. 의지력이 갑자기 무너져 버린 듯했다. 새로 들어온 사무직원들은 정보부가 보통 사람으로 가득 찬 곳이라고는 믿으려 하지 않았지만, 리머스가 눈에 띄게 초라해진 것을 알아차리고 걱정했다. 리머스는 옷차림에 신경을 쓰지 않게 되었고, 주위 상황에도 주의를 기울이지 않았다. 보통은 젊은 하위 직원들의 영역인 구내식당에서 점심을 때웠고, 게다가 술까지 마신다는 소문이 돌았다. 그는 외톨이가 되었다. 물에 들어가지 못하는 수영 선수나 무대에서 쫓겨난 연극배우처럼, 활동적인 사람이 활동 기회를 너무 일찍 빼앗기는 것은 비극이었다.

리머스가 베를린에서 실수를 저질렀고 그의 첩보망이 무너진 것은 그 때문이라고 말하는 사람들도 있었다. 진상을 아는 사람은 아무도 없었다. 그가 유난히 가혹한 대우를 받았다는 데에는 모든 사람의 의견이 일치했다. 박애 정신과는 거리가 먼 인사과 직원들조차 그 점에는 동의했다. 리머스가 지나가면 사람들은 왕년의 스포츠 스타를 가리키듯 그를 손가락으로 가리키면서 말하곤 했다. 「저 사람이 리머스야. 베를린에서 큰 실수를 저질렀지. 자제심을 잃은 것을 보면 측은해.」

그러던 어느 날 그의 모습이 사라졌다. 아무에게도 작별 인사를 하지 않았다. 관리관한테도 말없이 사라져 버린 모양이었다. 그것 자체는 놀라운 일도 아니었다. 정보부의 성격상 번거롭게 송별회를 열고 금시계를 선물할 수 없는 것은 당연했지만, 이런 기준에 비추어 보아도 리머스는 너무 갑작스럽게 떠난 것 같았다. 그는 계약 기간이 법적으로 만료되기 전에 떠났다고 판단할 수 있었다. 경리과의 엘시가 한두 가지 정보를 제공했다. 리머스는 남은 봉급을 현금으로 받았는데, 엘시가 보기에 이것은 리머스와 거래 은행 사이에 문제가 생겼음을 의미했다. 리머스의 퇴직금은 월말에 지급될 예정이었다. 엘시는 퇴직금 액수를 밝힐 수는 없지만 천 파운드도 안 될 거라고 말했다. 국민 보험 카드는 이미 그의 주소로 발송되었다. 인사과는 그의 주소를 알고 있지만 물론 그것을 밝히지 않을 거라고, 엘시는 콧방귀를 뀌며 덧붙였다.

돈에 대한 이야기도 있었다. 리머스가 갑자기 떠난 것은 금융과의 회계 부정과 관련되어 있다는 소문이 어디선가 새어 나왔다. 꽤 많은 돈이 사라졌지만(전화 교환실에서 일하는 푸른 머리 여자의 말에 따르면 사라진 돈의 액수는 세 자릿수가 아니라 네 자릿수였다) 그 돈은 거의 다 회수되었고, 리머스의 연금에 선취 특권이 설정되었다는 것이다. 이런 소문을 믿지 않는다고 말하는 사람도 있었다. 앨릭 리머스가 돈을 훔치고 싶었다면 본부의 예금 계좌에 손을 대는 것보다 더 나은 방법을 알고 있을 거라고 그들은 말했다. 그가 그런 짓을 할 수 없다는 뜻은 아니지만, 한다면 훨씬 잘해 냈으리라는 것이다. 하지만 리머스의 범죄 잠재력을 그렇게 높이 평가하지 않는 사람들은, 그가 술을 많이 마셨고, 별거 중인 가족을 부양하느라 돈이 많이 들었고, 국내에서 받는 봉급과 해외 파견 수당은 큰 차이가 있었고, 무엇보다도 정보부에서 일할 날이 얼마 남지 않은 것을 알았을 때 거액의 단기 자금을 만지는 사람이 느끼는 유혹을 지적했다. 앨릭 리머스가 꿀단지에 손을 담갔다면 영원히 끝장이라는 데에는 모든 사람의 의견이 일치했다. 실업자의 재취업을 돕는 사람들은 그를 쳐다보지도 않을 것이고, 인사과는 그에게 추천장을 써주려 하지 않을 것이다. 아니면, 아무리 열성적인 고용주도 그것을 보면 오싹해질 만큼 냉랭하게 써줄 것이다. 인사과는 공금을 횡령한 사람이 그 죄를 절대로 잊지 못하게 할 것이고, 그들 자신도 결코 그것을 잊지 않았다. 앨릭 리머스가 정보부의 돈을 훔친 게 사실이라면, 인사과의 분노를 무덤까지 가져가야 할 것이다. 그리고 인사과는 수의를 살 돈조차 주려 하지 않을 것이다.

리머스가 떠난 뒤 한두 주 동안은 그가 어떻게 되었는지 걱정한 사람도 몇 명 있었다. 하지만 그의 옛 동료들은 그를 피해야 한다는 것을 벌써 깨닫고 있었다. 그는 성을 잘 내는 따분한 사람이 되었고, 정보부와 그 책임자들을 끊임없이 공격했고, 정보부가 기병 연대에 딸린 클럽이라도 되는 것처럼 일을 처리한다는 이유로 정보부 간부들을 〈기병〉이라고 부르며 비난했다. 그는 기회만 있으면 미국인과 미국 정보기관에 대해 독설을 퍼부었다. 그는 동독 정보부보다 미국 정보부를 더 싫어하는 것 같았다. 동독 정보부는 좀처럼 입에 올리지 않았다. 리머스는 그의 첩보망을 위험에 노출시킨 것은 미국인들이라고 암시하곤 했다. 이것은 그의 머리에 달라붙은 강박 관념이 된 것 같았다. 그를 위로하려고 애써 봤자 소용이 없었고, 그래서 그와 함께 시간을 보내는 것은 고역이 되었다. 그를 잘 알고 은근히 좋아했던 사람들까지도 그를 체념했다. 리머스가 떠난 것은 수면에 잔물결만 일으켰을 뿐이다. 다른 화젯거리가 생기고 계절이 바뀌자 그 일은 곧 잊혔다.

리머스의 아파트는 작고 지저분했다. 갈색 페인트를 칠한 벽에는 클로블리 어촌을 찍은 사진들이 걸려 있었다. 아파트는 돌로 지은 창고 세 채의 회색 뒷벽을 정면으로 바라보고 있었다. 창고의 창문들은 미관상 이유 때문에 방부제인 크레오소트로 처리되어 있었다. 창고 위층에는 이탈리아인 가족이 살고 있었는데, 밤에는 시끄럽게 말다툼을 벌이고 아침에는 카펫을 두드려서 먼지를 털었다. 리머스의 방을 밝게 해줄 수 있는 물건은 거의 없었다. 그는 전구를 덮을 등갓 몇 개, 집주인이 준 거친 마포를 대신할 침대 시트 두 장만 사고 나머지는 그냥 참고 견뎠다. 안감도 대지 않고 가장자리를 꿰매지도 않은 꽃무늬 커튼, 닳아서 해진 갈색 카펫, 짙은 색깔의 목재로 만든 꼴사나운 가구들은 선원용 합숙소에서 가져온 것 같았다. 1실링을 내면 박살 난 노란색 온수기에서 뜨거운 물을 얻을 수 있었다.

그는 일자리가 필요했다. 돈은 한 푼도 없었다. 완전히 빈털터리였다. 그러니까 공금을 횡령했다는 소문은 사실이었는지도 모른다. 정보부는 리머스가 재취업할 일자리를 소개하는 데 미지근한 태도를 보였고, 그에게 유난히 어울리지 않는 일만 소개하는 것 같았다. 그는 처음에는 상업 계통에서 일자리를 얻으려고 애썼다. 공업용 접착제를 만드는 회사에서 부지배인과 인사과장 자리에 지원한 그에게 관심을 보였다. 회사는 정보부가 그에게 불리하게 써준 추천장에도 개의치 않고 자격증도 요구하지 않은 채 연봉 6백 파운드를 제의했다. 그는 일주일 동안 그 회사에 다녔다. 하지만 일주일이 지나자 부패한 생선 기름의 악취가 옷과 머리카락에 배어들었고, 죽음의 냄새처럼 콧구멍 속에 달라붙었다. 아무리 씻어도 냄새가 가시지 않았기 때문에, 결국 리머스는 머리를 박박 밀어 버리고 가장 좋은 양복 두 벌을 내버렸다. 이번에는 백과사전 외판원이 되어 다시 일주일 동안 교외에 사는 주부들한테 백과사전을 팔려고 애썼지만, 그는 본디 주부들이 좋아하거나 이해할 수 있는 남자가 아니었다. 그를 환영하지도 않는 주부들이 하물며 그의 백과사전을 사고 싶어할 리가 없었다. 밤마다 그는 터무니없이 큰 견본을 겨드랑이에 끼고 지친 몸으로 아파트에 돌아갔다. 일주일 뒤에 그는 회사에 전화를 걸어 백과사전을 한 권도 팔지 못했다고 말했다. 회사에서는 놀라는 기색도 없이 회사를 그만두면 견본을 회사에 반납해야 한다는 점을 상기시키고 전화를 끊었다. 화가 치민 리머스는 견본을 공중전화 부스에 남겨 둔 채 나와 버렸다. 그리고 술집에 가서 25실링어치의 술을 마시고 만취했지만, 술값을 치를 돈이 없었다. 리머스가 그를 유혹하려는 여자에게 고함을 지르자 사람들은 그를 술집에서 쫓아냈다. 그리고 다시는 이곳에 얼씬거리지도 말라고 말했지만, 일주일 뒤에는 그 일을 까맣게 잊어버렸다. 그 후 리머스는 그 술집에 뻔질나게 드나들기 시작했다.

음울한 얼굴에 휘청거리는 걸음으로 아파트에서 나오는 그의 모습은 다른 곳에서도 사람들에게 알려지기 시작했다. 그는 쓸데없는 말은 한마디도 하지 않았고, 친구라고는 남자 친구도 여자 친구도 동물 친구도 전혀 없었다. 사람들은 그가 문제를 일으켜 아내한테서 도망쳤을 거라고 짐작했다. 그는 물건값을 전혀 몰랐고, 남이 가르쳐 주어도 기억하지 못했다. 잔돈을 찾을 때마다 주머니를 뒤졌고, 장바구니를 가져오는 것을 매번 잊어버렸기 때문에 항상 쇼핑백을 사야 했다. 번화가의 사람들은 그를 좋아하지 않았지만 딱하게 여겼다. 그들은 리머스가 지저분하고 주말에도 수염을 깎지 않고 셔츠는 모두 더럽다고 생각했다.

서드베리 가에 사는 매케어드 부인이 일주일 동안 그를 위해 청소와 빨래를 해주었지만, 그에게서 좋은 소리 한마디 듣지 못하자 힘든 노동을 그만두었다. 번화가에서 그녀는 중요한 정보원이었다. 상인들은 리머스가 외상을 달라고 요구할 경우에 대비하여 그에 관한 정보를 알아 둘 필요가 있었다. 매케어드 부인은 리머스에게 외상을 주지 말라고 충고했다. 리머스는 편지 한 통도 받은 적이 없다고 매케어드 부인은 말했고, 상인들은 그것이 심각한 문제라는 데 동의했다. 리머스는 사진도 없었고, 책을 몇 권 가지고 있을 뿐이었다. 매케어드 부인은 그 책들 가운데 한 권이 음란 서적이라고 생각했지만, 외국어로 되어 있어서 확신하지는 못했다. 그는 가진 돈이 거의 없고 그마저도 바닥나고 있다는 것이 매케어드 부인의 의견이었다. 그녀는 목요일마다 국민 보험에서 리머스에게 실업 수당이 나오는 것을 알고 있었다. 베이스워터 사람들은 경고를 받았고, 두 번 경고할 필요는 없었다. 매케어드 부인은 리머스가 술고래라고 말했고, 이 말은 술집 주인들에 의해 확인되었다. 술집 주인과 파출부들은 고객에게 외상을 주지는 않지만, 그들의 정보는 신용 거래를 하는 장사꾼들에게 귀중하게 여겨진다.

4
리즈

 마침내 그는 도서관에 취직했다. 직업 안정소는 목요일 아침마다 그가 실업 수당을 받으러 가면 도서관에서 일해 보라고 제의했고, 그는 매번 그 제의를 거절했다.
 「당신 성미에 맞는 일은 아니지만, 봉급도 괜찮고 교육받은 사람한테는 쉬운 일입니다.」 피트 씨가 말했다.
 「어떤 도서관입니까?」 리머스가 물었다.
 「베이스워터 심령학 도서관인데, 기증받은 도서관이지요. 온갖 종류의 책을 수천 권 소장했고, 그보다 훨씬 많은 책이 기탁되었어요. 그래서 일을 도와줄 사람이 필요합니다.」
 리머스는 실업 수당과 전표를 받았다. 피트 씨가 덧붙여 말했다.
 「임시직이긴 하지만, 취직하면 어쨌든 실업자 딱지는 떨어지잖습니까? 지금쯤은 일자리를 구하려고 애써 봐야 할 때인 것 같은데요.」
 피트는 묘한 데가 있었다. 리머스는 그를 전에 어디선가 본 적이 있다고 생각했다. 정보부에서, 전쟁 기간에.
 도서관은 교회당 같았고 몹시 추웠다. 양쪽 끝에 피워 놓은 검은 석유난로 때문에 파라핀 냄새가 났다. 방 한복판에는 증인석 같은 칸막이실이 있고, 그 안에 도서관 사서인 미스 크레일이 앉아 있었다.

리머스는 여자 밑에서 일해야 할지도 모른다는 생각은 해본 적이 없었다. 직업 안정소에서도 그 말은 해주지 않았다.

「일을 도우러 왔습니다.」 리머스가 말했다. 「리머스라고 합니다.」

미스 크레일은 무례한 말이라도 들은 것처럼 색인 카드에서 홱 고개를 들고 되물었다.

「도우러 왔다니? 그게 무슨 뜻이죠?」

「새로 온 조수입니다. 직업 안정소의 피트 씨가 보냈지요.」 그는 비뚜름한 글씨체로 자신의 인적 사항을 기입한 서식 사본을 카운터 너머로 밀어 주었다. 미스 크레일은 그것을 집어 들고 유심히 들여다보았다.

「당신이 리머스 씨군요.」 이것은 질문이 아니라 사실을 확인하는 어려운 조사의 첫 단계였다.

「그리고 직업 안정소에서 오셨군요.」

「아니, 직업 안정소에서 나를 이리로 보냈습니다. 당신한테 조수가 필요하다고 하던데요.」

「알았어요.」 여자는 어색한 미소를 지었다.

그 순간 전화벨이 울렸다. 여자는 수화기를 들자마자 다짜고짜 누군가와 격렬한 말다툼을 하기 시작했다. 리머스는 그들이 줄곧 말다툼을 하나 보다고 생각했다. 말다툼의 예비 단계가 전혀 없었기 때문이다. 그녀의 목소리가 조금 높아지는가 싶더니 당장 음악회 입장권 문제로 말다툼이 시작된 것이다. 리머스는 1~2분 동안 듣고 있다가 책꽂이 쪽으로 천천히 걸어갔다. 벽감 하나에 사다리가 세워져 있고, 그 위에 여자가 올라가서 큰 책들을 분류하고 있는 것이 보였다.

「새로 온 직원입니다. 리머스라고 합니다.」

여자는 사다리에서 내려와 의례적으로 그의 손을 잡았다.

「저는 리즈 골드예요. 안녕하세요? 미스 크레일은 만나셨나요?」

「예. 하지만 미스 크레일은 지금 전화를 받고 있습니다.」

「자기 어머니랑 말다툼을 하고 있겠죠. 그런데 무슨 일을 하실 거예요?」

「나도 모르겠습니다. 어쨌든 일을 할 겁니다.」

「지금 우리는 장서를 분류하고 있어요. 미스 크레일이 색인을 새로 만들기 시작했거든요.」

그녀는 꼴사나울 만큼 키가 큰 여자였다. 허리도 길고 다리도 길었다. 키를 줄이려고 발레 슈즈처럼 굽이 없는 구두를 신고 있었다. 얼굴도 몸처럼 이목구비가 모두 큼직큼직했고, 평범함과 아름다움 사이에서 망설이고 있는 것 같았다. 리머스는 그녀가 스물두세 살쯤 되었고 유대인일 거라고 짐작했다.

「책이 모두 책꽂이에 있는지 확인하기만 하면 돼요. 이게 장서 목록이에요. 확인하면 새 목록에 연필로 이름과 번호를 써넣고 색인에 표시를 하세요.」

「그러면 어떻게 됩니까?」

「잉크로 쓰는 일은 미스 크레일만 할 수 있어요. 그게 규칙이에요.」

「누가 정한 규칙이죠?」

「미스 크레일이 정했어요. 고고학 서적부터 시작하시는 게 어때요?」

리머스는 고개를 끄덕였다. 그들은 다음 벽감까지 함께 걸어갔다. 색인 카드가 가득 든 구두 상자가 벽감 바닥에 놓여 있었다.

「이런 일을 해보신 적이 있나요?」 리즈가 물었다.

「아뇨.」 그는 허리를 구부려 색인 카드를 한 줌 집어 들고 뒤섞었다. 「직업 안정소의 피트 씨가 나를 이리로 보냈어요.」

그는 색인 카드를 구두 상자에 돌려놓았다.

「잉크로 색인 카드를 쓰는 일도 미스 크레일만 할 수 있나요?」

「네.」

리즈는 리머스를 거기에 남겨 두고 가버렸다. 리머스는 잠시 망설이다가 책 한 권을 꺼내 표지 안쪽을 보았다. 그 책은 『소아시아에서의 고고학적 발견』 제4권이었다. 이 도서관에는 제4권밖에 없는 모양이었다.

오후 1시였다. 리머스는 배가 고파서 리즈 골드가 분류 작업을 하고 있는 곳으로 걸어가서 말했다.

「점심 식사는 어떻게 합니까?」

「저는 샌드위치를 가져와요.」 리즈는 약간 당황한 기색이었다. 「도움이 될지는 모르겠지만, 제 샌드위치라도 좀 드세요. 반경 몇 킬로미터 이내에는 식당이 없거든요.」

리머스는 고개를 저었다.

「고맙지만 밖에 나가서 먹겠습니다. 사야 할 물건도 있으니까요.」

그가 돌아온 것은 2시 반이었다. 그는 위스키 냄새를 풍겼고, 채소가 가득 든 쇼핑백과 식료품이 든 봉지를 들고 있었다. 그는 짐꾸러미를 벽감 구석에 내려놓고, 지겨운 듯한 태도로 다시 고고학 서적을 분류하기 시작했다. 10분쯤 분류 작업을 하고 있던 리머스는 미스 크레일이 지켜보고 있는 것을 알아차렸다.

「리머스 씨.」

그는 사다리를 절반쯤 올라가 있었기 때문에, 고개를 돌려 아래를 내려다보면서 대답했다.

「예?」

「이 쇼핑백들이 어디서 났는지 아세요?」

「내 겁니다.」

「그래요? 당신 거로군요.」 리머스는 다음 말을 기다렸다. 미스 크레일이 마침내 말을 이었다. 「유감이지만, 밖에서 산 물건을 도서관에 가지고 들어오는 것은 허용되지 않아요.」

「그럼 물건을 어디에 놓아두면 됩니까? 여기 말고는 둘 만한 곳이 없는데요.」

「어쨌든 도서관 안에는 안 돼요.」

리머스는 그녀를 무시하고 다시 고고학 서적으로 주의를 돌렸다.

「규정된 점심시간을 지킨다면……」 미스 크레일이 말을 이었다. 「물건을 사러 갈 시간은 없을 거예요. 미스 골드나 나도 마찬가지예요. 우리도 물건을 사러 갈 시간은 없어요.」

「점심시간을 30분 연장하는 게 어떻습니까? 그러면 물건을 사러 갈 시간이 있을 텐데요. 일이 밀리면 저녁에 30분 더 일하면 돼요. 시간이 모자라면 말입니다.」

미스 크레일은 몇 분 동안 그를 빤히 바라보면서 할 말을 생각하는 듯싶더니, 마침내 이렇게 선언했다.

「그 문제는 아이언사이드 씨와 의논해 보겠어요.」 그러고는 가버렸다.

정확히 5시 반에 미스 크레일은 코트를 입고 나가면서 〈미스 골드, 나 먼저 가요〉 하고 날카롭게 말했다. 리머스는 그녀가 오후 내내 쇼핑백 문제를 골똘히 생각했을 거라고 짐작했다. 그가 다음 벽감으로 들어가자, 리즈 골드가 사다리의 맨 아래 가로대에 걸터앉아 팸플릿처럼 보이는 것을 읽고 있었다. 리머스가 다가가자, 리즈는 무슨 죄라도 지은 것처럼 팸플릿을 핸드백 속에 집어넣고 일어섰다.

「아이언사이드 씨가 누굽니까?」 리머스가 물었다.

「그 사람이 정말로 존재하는지 의심스러워요.」 리즈가 대답했다. 「아이언사이드 씨는 미스 크레일이 대답이 궁할 때 끌어들이는 거물이죠. 언젠가 미스 크레일한테 아이언사이드 씨가 누구냐고 물어봤더니 의뭉스럽게 대답을 얼버무리면서 신경 쓰지 말라고 하더군요. 아무래도 실존 인물이 아닌 것 같아요.」

「미스 크레일 자신도 그 사람을 실존 인물로 생각하는지 의심스럽군요.」 리머스가 말하자 리즈 골드는 빙긋 웃었다.

6시에 리즈는 도서관 문을 잠그고 열쇠를 관리인에게 맡겼다. 관리인은 제1차 세계 대전 때 포탄에 맞은 충격으로 전쟁 신경증에 걸린 노인이었는데, 독일군이 반격할 경우에 대비하여 밤새 불침번을 선다고 리즈는 말했다. 밖은 얼어붙을 듯이 추웠다.

「집은 여기서 멉니까?」 리머스가 물었다.

「20분쯤 걸어가야 돼요. 나는 항상 걸어다녀요. 당신은요?」

「별로 멀지 않습니다.」 리머스가 말했다. 「그럼 잘 가요.」

그는 천천히 걸어서 아파트로 돌아갔다. 아파트에 들어가 전등 스위치를 돌렸다. 아무 일도 일어나지 않았다. 그는 작은 부엌에 있는 전등도 켜보고, 침대 옆에 놓인 전기난로의 플러그도 꽂아 보았다. 현관에 깔아 놓은 신발 닦개에 편지 한 통이 떨어져 있었다. 그는 편지를 집어 들고 희미한 전등불이 켜져 있는 계단으로 가지고 나갔다. 편지는 전기 회사의 이 지역 책임자한테서 온 것이었고, 내용은 9파운드 4실링 8펜스의 미납 요금을 청산할 때까지 유감이지만 전기 공급을 끊을 수밖에 없다는 것이었다.

리머스는 미스 크레일의 적이 되었다. 미스 크레일은 적을 좋아했다. 그녀는 리머스에게 험악한 표정을 짓거나 무시했고, 그가 가까이 오면 호신용 무기를 찾거나 탈출로를 찾느라 좌우를 둘러보면서 오들오들 떨기 시작했다. 이따금 그녀는 몹시 화를 내곤 했다. 한번은 리머스가 〈그녀〉의 못에 레인코트를 걸어 놓자, 그녀는 리즈가 눈치를 채고 리머스를 부를 때까지 꼬박 5분 동안 그 앞에 서서 부들부들 떨고 있었다. 리머스는 그녀에게 다가가서 물었다.

「무슨 일입니까?」

「아무것도 아니에요.」 미스 크레일은 숨찬 목소리로 또박또박 끊듯이 말했다. 「아무것도 아니에요.」

「내 코트가 뭐 잘못됐습니까?」

「아무것도 아니에요.」

「알았습니다.」 그는 대답하고 자기가 일하던 벽감으로 돌아갔다. 미스 크레일은 그날 온종일 부들부들 떨었고, 오전 시간의 절반을 전화기에 매달려 리머스에게 들으라는 듯 떠

들어 댔다.

「자기 어머니랑 이야기하는 거예요.」 리즈가 말했다. 「미스 크레일은 항상 어머니한테 모든 것을 보고하죠. 나에 대해서도 그러고 있어요.」

미스 크레일은 리머스를 너무 싫어해서 그와 말을 나눌 수도 없게 되었다. 봉급날 리머스가 점심을 먹고 돌아오면, 그가 쓰는 사다리의 세 번째 가로대에 그의 이름 철자가 잘못 적힌 봉투가 놓여 있곤 했다. 처음 그런 일이 일어났을 때 리머스는 돈이 든 봉투를 미스 크레일에게 가져가서 말했다.

「내 이름 철자는 L-E-A이고, 끝에 S는 하나뿐입니다, 미스 크레일.」

그러자 그녀는 진짜 마비 상태에 빠져, 리머스가 떠날 때까지 눈알을 뒤룩뒤룩 굴리면서 산만하게 연필을 만지작거렸다. 그리고 리머스가 가버린 뒤에는 몇 시간 동안이나 전화통에 대고 소곤소곤 음모를 꾸몄다.

리머스가 도서관에서 일하기 시작한 지 3주일쯤 지났을 때, 리즈가 그를 저녁 식사에 초대했다. 리즈는 그 생각이 그날 오후 5시에 갑자기 떠오른 척했다. 리즈는 날짜를 내일이나 모레로 잡으면 리머스가 잊어버리거나 초대에 응하지 않으리라는 것을 깨달은 듯했다. 그래서 리즈는 당일 오후 5시에 그를 초대했고, 리머스는 응할 마음이 내키지 않는 듯했지만 결국 받아들였다.

그들은 빗속을 걸어서 리즈의 아파트로 갔다. 장소는 어디라도 상관없었을 것이다. 베를린이든 런던이든, 포석이 저녁 빗속에서 빛의 호수로 변하고 차들이 비에 젖은 거리를 풀죽은 듯 천천히 빠져나가는 도시라면 어디든 좋았을지도 모른다.

 리머스가 리즈의 아파트에서 식사를 한 것은 그때가 처음이었다. 그 후 리즈는 그를 자주 초대했고, 그때마다 리머스는 리즈의 아파트로 가서 저녁을 함께 먹었다. 리머스는 말을 별로 많이 하지 않았다. 리즈는 리머스가 오리라는 것을 알면 아침에 출근하기 전에 미리 식탁을 차려 놓게 되었다. 미리 채소를 준비하고, 식탁에 양초를 놓기도 했다. 리즈는 촛불을 무척 좋아했기 때문이다. 리즈는 리머스에게 심각한 문제가 있다는 것을 알고 있었다. 어느 날 리머스는 이해할 수 없는 이유로 갑자기 사라져서 다시는 그녀 앞에 나타나지 않을지도 모른다. 리즈는 그것을 알고 있다는 것을 리머스에게 말하려고 애썼다. 어느 날 저녁, 리즈는 그에게 말했다.

「당신은 떠나고 싶으면 틀림없이 떠날 거야. 나는 절대로 당신을 따라가지 않겠어.」

 그러자 리머스의 갈색 눈이 잠시 그녀에게 고정되었다.

「떠날 때는 알려 주지.」

 리즈의 아파트는 침실 겸 거실에 부엌이 딸려 있을 뿐이었다. 거실에는 안락의자 두 개, 침대로 쓸 수 있는 소파 하나, 페이퍼백 책이 가득 꽂혀 있는 책장 하나가 놓여 있었다. 책은 대부분 고전이었지만, 리즈는 그것을 한 번도 읽은 적이 없었다.

 저녁을 먹고 나면 리즈는 리머스에게 수다를 떨었고, 리머스는 침대 소파에 드러누워 담배를 피웠다. 리즈는 제 이야기를 리머스가 얼마나 듣고 있는지 알 수 없었지만 상관하지 않았다. 리즈는 침대 옆에 무릎을 꿇고 리머스의 손을 제 뺨에 눌러 댄 채 재잘거릴 수 있었다.

어느 날 저녁에 리즈는 리머스에게 말했다.

「앨릭, 당신은 뭘 믿어? 웃지 말고 말해 줘.」

리즈는 대답을 기다렸다. 마침내 리머스가 말했다.

「나는 11시 버스를 타면 해머스미스까지 나를 데려다 줄 거라고 믿어. 그 버스를 모는 사람이 산타클로스라고는 믿지 않아.」

리즈는 이 대답을 잠시 생각하는 눈치더니 다시 물었다.

「하지만 뭘 믿느냐고?」

리머스는 어깨를 으쓱했다.

「당신은 틀림없이 뭔가를 믿고 있을 거야.」 리즈는 고집스럽게 말했다. 「하느님 같은 것…… 나는 알아, 앨릭. 당신은 이따금 그런 표정을 짓는걸. 특별히 할 일이 있는 사람처럼, 마치 신부님처럼……. 웃지 마. 그건 사실이니까.」

리머스는 고개를 저었다.

「미안하지만 당신이 오해했어. 나는 미국인과 퍼블릭스쿨을 좋아하지 않아. 군대 행진도 좋아하지 않고, 군인답게 행동하는 사람들도 좋아하지 않아.」 그는 웃지도 않고 덧붙여 말했다. 「그리고 인생에 대해 대화를 나누는 것도 좋아하지 않아.」

「하지만 앨릭, 그렇게 말하기보다는 차라리…….」

「이 말을 덧붙였어야 하는데 깜박 잊었군.」 리머스가 리즈의 말을 가로막았다. 「나는 이렇게 생각하는 편이 낫다고 나한테 충고해 주는 사람을 좋아하지 않아.」

리즈는 리머스가 화를 내기 시작한 것을 알았지만, 이제 자신을 억제할 수가 없었다.

「그건 당신이 생각하고 싶어 하지 않기 때문이야. 감히 생각할 용기가 없는 거지! 당신 마음속에는 독기가 있어. 증오가 있어. 당신은 광신자야. 나는 알아. 하지만 당신이 무엇을 광신하고 있는지는 모르겠어. 당신은 남을 개종시키고 싶어 하지 않는 광신자야. 그건 위험한 존재지. 당신은…… 복수나 무언가를 맹세한 사람 같아.」

갈색 눈이 그녀에게 고정되었다. 그가 입을 열었을 때 리즈는 그의 목소리에 담긴 위협에 겁을 먹었다.

「내가 당신이라면…… 남의 일에 상관하지 않을 거야.」 리머스가 거칠게 말했다.

그러고는 빙긋 웃었다. 장난기 어린 웃음이었다. 전에는 그렇게 웃은 적이 한 번도 없었다. 리즈는 그가 일부러 그런 태도를 취하고 있다는 것을 알았다.

「리즈는 뭘 믿지?」 리머스가 물었다.

「나를 그렇게 쉽게 속여 넘길 수는 없어, 앨릭.」

그날 밤 늦게 그들은 다시 그 문제를 이야기했다. 리머스가 먼저 이야기를 꺼냈다. 그는 리즈가 신앙심이 깊은지 어떤지를 알고 싶어 했다.

「당신은 나를 잘못 봤어. 완전히 잘못 본 거야. 나는 신을 믿지 않아.」

「그럼 뭘 믿지?」

「역사를 믿지.」

리머스는 놀라서 한동안 그녀를 바라보다가 소리 내어 웃었다.

「그럴 리가 없어. 설마 당신이 잔인한 공산주의자는 아니겠지?」

리즈는 리머스의 웃음에 어린 소녀처럼 얼굴을 붉히면서

고개를 끄덕였다. 그래도 리머스가 관심을 보이지 않자 리즈는 화가 나면서도 한편으로는 마음이 놓였다.

　리즈는 그날 밤 리머스를 재워 주었고, 그들은 연인 사이가 되었다. 리머스는 새벽 5시에 리즈의 아파트를 떠났다. 리즈는 그것을 이해할 수가 없었다. 리즈는 리머스와 사랑을 나눈 것이 무척 자랑스러웠지만, 리머스는 부끄러운 모양이었다.

　리머스는 리즈의 아파트를 나와 텅 빈 거리를 공원 쪽으로 걸어갔다. 안개가 자욱했다. 20미터쯤 떨어진 곳에 레인코트 차림의 땅딸막한 사내가 서 있었다. 공원 난간에 기대어 있는 모습이 흐르는 안개 속에 검은 윤곽으로 떠올랐다. 리머스가 다가갈수록 안개는 더욱 짙어져서 난간에 기대어 있는 형체를 완전히 둘러싸는 것 같았다. 안개가 걷혔을 때, 사내의 모습은 보이지 않았다.

5
외상

 일주일쯤 지난 어느 날, 리머스가 도서관에 출근하지 않았다. 미스 크레일은 기뻐했다. 11시 반이 되었을 때 그 일을 어머니한테 보고했고, 점심을 먹고 돌아와서는 고고학 서적들이 꽂혀 있는 서가 앞, 그러니까 리머스가 처음 왔을 때부터 줄곧 일하고 있던 자리에 섰다. 그리고 연극하는 듯한 몸짓으로 주의를 집중하여 책꽂이에 꽂힌 책들을 열심히 바라보았다. 미스 크레일은 리머스가 훔쳐 간 책이 있는지 조사하는 체하고 있었다. 리즈는 그것을 알아차렸다.
 그날 오후 내내 리즈는 미스 크레일을 완전히 무시했다. 말을 걸어 와도 대꾸하지 않고 열심히 일만 했다. 저녁이 되자 리즈는 걸어서 집으로 돌아가, 한참 울다가 잠이 들었다.
 이튿날 아침, 리즈는 일찍 도서관에 출근했다. 자신이 일찍 출근할수록 리머스도 빨리 나올지 모른다고 생각했지만, 오전 시간이 느릿느릿 지나가는 동안 그녀의 희망도 서서히 사라져 갔다. 리즈는 리머스가 다시는 출근하지 않으리라는 것을 알았다. 그날 리즈는 점심때 먹을 샌드위치를 만들어 오는 것을 잊었기 때문에, 버스를 타고 베이스워터 가로 가서 간이식당에 가기로 마음먹었다. 가슴이 메슥거리고 허탈했지만 배는 고프지 않았다. 리머스를 찾으러 갈까? 리즈는 절대로 그를 따라가지 않겠다고 약속했지만, 리머스는 떠날 때는 알려 주겠다고 리즈한테 약속했었다. 리머스를 찾으러 갈까?

리즈는 택시를 부르고 리머스의 주소를 말했다.

리즈는 어둑한 계단을 올라가 그의 아파트 초인종을 눌렀다. 초인종이 고장 났는지 아무 소리도 들리지 않았다. 현관 앞 신발 닦개 위에 전기 회사에서 보낸 고지서 한 통과 우유 세 병이 놓여 있었다. 리즈는 잠시 망설이다가 문을 쾅쾅 두드렸다. 남자의 신음 소리가 희미하게 들렸다. 리즈는 바로 아래층으로 달려 내려가 현관문을 쾅쾅 두드리고 초인종을 눌렀다. 아무 대답도 없었다. 그래서 리즈는 다시 층계 하나를 달려 내려갔다. 그곳은 식료품 가게 뒷방이었다. 구석의 흔들의자에 노파가 앉아서 의자를 앞뒤로 흔들고 있었다.

「꼭대기 층에 아픈 사람이 있어요.」 리즈는 거의 소리를 질렀다. 「누가 열쇠를 갖고 있죠?」

노파는 잠시 리즈를 쳐다보다가 앞쪽의 식료품 가게를 향해 소리를 질렀다.

「아서, 이리 좀 와봐라. 아서, 젊은 아가씨가 와 있다!」

갈색 작업복 차림에 회색 중절모를 쓴 남자가 문 뒤에서 고개만 내밀고 말했다.

「젊은 아가씨요?」

「꼭대기 층에 사는 사람이 중병에 걸렸어요.」 리즈가 말했다. 「현관문까지 오지도 못해서 문을 열 수가 없어요. 열쇠를 갖고 계세요?」

「아니요. 하지만 망치는 있습니다.」 식료품 가게 주인이 대답했다.

그들은 함께 계단을 뛰어 올라갔다. 가게 주인은 여전히 중절모를 쓴 채 무거운 드라이버와 망치를 하나씩 들고 있었다. 꼭대기 층에 이르자 그가 문을 쾅쾅 두드렸다. 그들은 숨을 죽이고 반응을 기다렸지만 아무 대답도 들리지 않았다.

「아까 신음 소리를 들었어요. 정말이에요.」 리즈가 말했다.

「내가 이 문을 부수면 아가씨가 변상해 줄 건가요?」

「그럼요.」

망치는 요란한 소리를 냈다. 그가 망치를 세 번 내리친 뒤 문틀 일부를 비틀어 떼어 내자 자물쇠도 함께 떨어져 나왔다. 리즈가 먼저 들어가고 식료품 가게 주인이 그 뒤를 따랐다. 방은 몹시 춥고 어두웠지만, 구석 침대 위에 누워 있는 사람의 형체를 알아볼 수 있었다.

〈맙소사.〉 리즈는 생각했다. 〈앨릭이 죽었다면 도저히 만질 수 없을 것 같아.〉

하지만 다가가 보니 리머스는 살아 있었다. 리즈는 커튼을 치고 침대 옆에 무릎을 꿇었다.

「도움이 필요하면 부를게요. 고맙습니다.」 리즈는 뒤를 돌아보지도 않고 말했다.

식료품 가게 주인은 고개를 끄덕이고 아래층으로 내려갔다.

「앨릭, 무슨 일이야? 어디 아파? 어떻게 된 거야?」

리머스는 베개 위에서 머리를 움직였다. 움푹 들어간 눈은 감겨 있었다. 헬쑥한 안색 때문에 검은 턱수염이 더욱 두드러져 보였다.

「앨릭, 나한테 말해야 돼. 제발.」

리즈는 리머스의 한 손을 감싸 쥐고 있었다. 눈물이 뺨을 타고 줄줄 흘러내렸다. 그녀는 어떻게 해야 할지를 필사적으로 생각했다. 그러다가 벌떡 일어나 좁은 부엌으로 달려가서 주전자를 불 위에 올려놓았다. 어떤 음식을 만들지는 잘 알 수 없었지만, 무언가를 하고 있으면 위안이 되었다. 리즈는 주전자를 가스 불 위에 올려놓은 채 핸드백을 집어 들고, 침대 옆 탁자에 놓여 있는 리머스의 방 열쇠를 갖고 아래층으로 달려 내려갔다. 계단 네 개를 내려가자 길거리였다. 리즈는 길 건너에 있는 드러그스토어로 가서 송아지 족편과 쇠고기 추출물과 아스피린 한 병을 샀다. 그리고 문까지 갔다가 되돌아가서 비스킷을 한 봉지 샀다. 물건값으로 16실링을 내고 나자 리즈의 핸드백에는 4실링밖에 남지 않았다. 우체국 예금 통장에는 11파운드가 들어 있었지만, 내일 아침까지는 그 돈을 인출할 수 없었다. 리즈가 리머스의 아파트로 돌아오자 주전자의 물이 막 끓기 시작했다.

리즈는 어머니가 늘 하던 대로 끓는 물에 쇠고기 추출물을 타서 수프를 만들었다. 유리컵이 깨지지 않도록 컵 속에 티스푼을 넣고 뜨거운 물을 부으면서도 시선은 계속 리머스 쪽을 향하고 있었다.

리즈는 리머스가 수프를 마실 수 있도록 몸을 받쳐 주어야 했다. 리머스에게는 베개가 하나뿐이었고 쿠션도 없었기 때문에, 리즈는 문 뒤에 걸린 그의 코트를 뭉쳐서 베개 뒤에 놓았다. 리머스의 몸에 손이 닿자 리즈는 섬뜩 놀랐다. 몸이 땀에 흠뻑 젖어 있고, 짧은 백발까지 축축하게 젖어서 미끈거렸다. 리즈는 컵을 침대 옆에 내려놓고, 한 손으로는 그의 머리를 받치고 또 한 손으로는 수프를 먹여 주었다. 그가 수프를 몇 숟갈 먹자, 리즈는 아스피린 두 알을 으깨서 숟가락으로 먹였다. 리즈는 침대 가장자리에 걸터앉아 리머스가 어린아이라도 되는 것처럼 말을 건넸고, 이따금 그의 머리와 얼굴을 손으로 쓰다듬으면서 몇 번이고 그의 이름을 속삭였다.

리머스는 차츰 호흡이 정상으로 돌아오고, 고열의 통증으로 팽팽해졌던 몸에서 긴장이 풀리면서 편안한 잠에 빠져들었다. 리즈는 그를 지켜보면서 최악의 고비가 지난 것을 알아차렸다. 갑자기 그녀는 어둠이 내리기 시작한 것을 깨달았다.

그러자 리즈는 부끄러워졌다. 청소와 집안 정돈을 해야 했다는 것을 알았기 때문이다. 그녀는 벌떡 일어나 부엌에서 카펫 청소기와 먼지떨이를 가져다가 활기차게 청소를 하기 시작했다. 리즈는 깨끗한 식탁보를 찾아서 침대 옆 탁자에 말끔히 씌웠다. 그리고 부엌에 여기저기 널려 있는 잡다한 컵과 접시를 씻었다. 일이 다 끝나자 손목시계를 보았다. 8시 반이었다. 리즈는 주전자를 불에 올려놓고 침대로 돌아갔다. 리머스는 그녀를 바라보고 있었다.

「언짢아하지 마. 제발 그러지 마.」 리즈가 말했다. 「나는 갈게. 약속해. 하지만 가기 전에 밥을 차려 줄게. 당신은 아파. 계속 이렇게 지낼 수는 없어. 당신은…… 오오, 앨릭.」

리즈는 두 손에 얼굴을 묻고 흐느껴 울었다. 눈물이 어린아이 눈물처럼 손가락 사이로 흘러내렸다. 리머스는 두 손으로 침대 시트를 움켜잡고 갈색 눈으로 리즈를 지켜보면서 리즈가 울게 내버려 두었다.

리즈는 리머스가 세수와 면도를 하는 것을 도와주고, 침대 시트를 깨끗한 것으로 갈아 주었다. 그리고 드러그스토어에서 사 온 송아지 족편과 단지에 든 닭 가슴살을 그에게 먹였다. 리즈는 침대에 걸터앉아 그가 먹는 것을 지켜보면서, 이렇게 행복한 기분은 난생처음이라고 생각했다.

그는 곧 잠이 들었다. 리즈는 그의 어깨까지 담요를 덮어 주고 창가로 다가갔다. 올이 보일 만큼 낡은 커튼을 젖히고 창문을 들어 올리고 밖을 내다보았다. 안마당에 면한 창문 두 곳에 불이 켜져 있었다. 창문 하나에는 푸르스름한 텔레비전 화면이 어른거리는 것을 볼 수 있었다. 텔레비전 주위에 있는 사람들은 그 마력에 사로잡혀 꼼짝도 하지 않았다. 또 다른 창문에서는 젊은 여자가 머리를 컬 클립으로 말고 있었다. 리즈는 그들의 꿈이 헛된 망상으로 느껴져서 울고 싶었다.

리즈는 안락의자에서 잠이 들어, 동이 틀 무렵에야 한기를 느끼고 잠에서 깨어났다. 몸이 뻣뻣하고 추웠다. 리즈는 침대로 갔다. 리머스를 내려다보면서 손가락 끝으로 입술을 만지자 리머스가 몸을 움직였다. 그는 눈도 뜨지 않은 채 리즈의 팔을 살며시 잡고 그녀를 침대로 끌어 내렸다. 갑자기 리즈는 그를 간절히 원했다. 아무것도 문제가 되지 않았다. 리즈는 몇 번이고 되풀이해서 그에게 입을 맞추었다. 그러고 나서 그를 보자, 그는 빙긋이 웃고 있는 듯 보였다.

리즈는 엿새 동안 날마다 그를 찾아왔다. 그는 별로 말을 하지 않았고, 한번은 리즈가 자기를 사랑하느냐고 묻자 그런 동화 같은 건 믿지 않는다고 대답했다. 리즈는 침대에서 그의 가슴에 머리를 대고 누워 있곤 했다. 이따금 리머스는 굵은 손가락을 리즈의 머리털 속에 집어넣고 머리카락을 꽉 움켜쥐었다. 그러면 리즈는 웃으면서 아프다고 말했다. 금요일 저녁에 리즈는 리머스가 옷은 차려입었지만 면도는 하지 않은 것을 보고, 왜 면도를 하지 않았을까 하고 생각했다. 그녀는 영문도 알 수 없는 채 불안에 사로잡혔다. 작은 물건들이 방에서 사라지고 있었다. 탁자 위에 놓여 있던 싸구려 휴대용 라디오와 시계가 보이지 않았다. 리즈는 물어보고 싶었지만 용기가 나지 않았다. 리즈가 가게에서 사 온 달걀과 햄을 요리하여 저녁상을 차리는 동안 리머스는 침대에 걸터앉아 줄담배를 피웠다. 식사가 준비되자 그는 부엌으로 가서 붉은 포도주 한 병을 들고 돌아왔다.

저녁 식사를 하는 동안 그는 거의 말을 하지 않았다. 그를 지켜보던 리즈는 더 이상 참을 수 없을 만큼 두려움이 커지자 별안간 소리를 질렀다.

「앨릭…… 무슨 일이야? 이별인 거지?」

그는 식탁에서 일어나 그녀의 손을 잡고 입을 맞추었다. 지금까지 이런 식으로 그녀에게 입을 맞춘 적이 없었다. 그리고 부드러운 목소리로 오랫동안 그녀에게 이야기했다. 리즈는 이제 모든 것이 끝났으니 아무것도 중요하지 않다는 것을 알았기 때문에, 그의 말을 절반밖에 듣지 않았고 어렴풋이 이해했을 뿐이었다.

「안녕, 리즈. 잘 가.」 그가 말했다. 그러고서 덧붙여 말했다. 「나를 찾아오지 마. 다시는 그러면 안 돼.」

바깥 거리로 나온 리즈는 살을 에는 듯한 추위와 어둠에 감사했다. 눈물을 감추어 주었기 때문이다.

리머스가 식료품 가게에서 외상을 요구한 것은 이튿날인 토요일 아침이었다. 그는 외상을 얻는 데 성공하기 위해 계산된 방법으로 예술적 기교를 부리지도 않았다. 그냥 여섯 가지 물건을 주문하고(값은 1파운드를 넘지 않았다), 가게 주인이 물건을 싸서 봉지에 넣어 주자 이렇게 말했다.

「나중에 계산서를 보내 주시오.」

그러자 가게 주인은 까다로운 미소를 지으면서 말했다.

「그럴 수는 없는데요.」〈손님〉이라는 말이 빠져 있었다.

「도대체 왜 안 된다는 거요?」

뒤에 줄을 서서 기다리던 손님들이 술렁거렸다.

「당신을 모르니까.」

「그게 무슨 소리요. 벌써 넉 달이나 이 가게에 다녔는데.」

가게 주인이 얼굴을 붉히면서 말했다.

「외상을 줄 때는 은행의 신용 보증서를 먼저 받게 되어 있다고요.」

리머스는 버럭 화를 냈다.

「허튼소리 좀 작작 하시오. 이 가게 손님의 절반은 지금까지 은행과 거래가 없는 사람들이오. 돈깨나 있는 자들이 이런 가게에 올 것 같소?」

이 말이 사실이었기 때문에 더욱 참을 수가 없었다.

「나는 당신을 몰라요.」 가게 주인이 탁한 목소리로 되풀이해 말했다. 「그리고 당신을 좋아하지도 않아. 그러니 내 가게에서 어서 나가 주시오.」

가게 주인은 물건 꾸러미를 회수하려고 했지만, 불운하게도 꾸러미는 이미 리머스 손에 들어가 있었다. 그다음에 일어난 일에 대해서는 사람마다 의견이 달랐다. 봉지를 빼앗으려고 주인이 리머스를 밀었다고 말하는 사람도 있었고, 그렇지 않다고 말하는 사람도 있었다. 가게 주인이 밀었든 안 밀었든, 리머스는 봉지를 오른손에 거머쥔 채 왼손으로 가게 주인을 때렸다. 두 차례 때렸다는 것이 대다수 사람들의 의견이었다. 그는 주먹이 아니라 손날로 때린 것 같았다. 그런 다음 놀랄 만큼 재빠른 연속 동작으로 왼쪽 팔꿈치가 가게 주인을 가격했다. 가게 주인은 벌렁 나가떨어져서 돌덩이처럼 꼼작도 않고 널브러져 있었다. 나중에 법정에서 나온 증언에 따르면 식료품 가게 주인은 첫 번째 일격으로 광대뼈에 금이 갔고, 두 번째 일격으로 턱뼈가 빠졌다. 여기에 대해서는 피고 측도 이의를 제기하지 않았다. 일간 신문의 보도는 지나치게 자세하지는 않았지만 그런대로 충분했다.

6
접선

 밤이면 그는 침대에 누워 죄수들이 내는 소리에 귀를 기울였다. 흐느껴 우는 소년도 있고, 양철 식기로 박자를 맞추면서 「일클리 황야에서」를 노래하는 고참 죄수도 있었다. 한 소절이 끝날 때마다 간수가 〈입 닥쳐, 조지. 이 한심한 녀석아〉 하고 욕을 퍼부었지만, 아무도 들은 척하지 않았다. 공화국 군대[3] 노래만 부르는 아일랜드 사람도 있었는데, 실은 강간죄로 들어와 있었다.

 리머스는 낮 시간에 되도록 운동을 많이 했다. 그러면 밤에 잠을 쉽게 잘 수 있을 거라고 기대했지만 효과는 전혀 없었다. 밤이면 감옥에 갇혀 있다는 사실이 더욱 뼈저리게 느껴졌다. 감옥 안의 구역질 나는 환경을 일시적이나마 잊게 해주는 환상이나 자기기만의 속임수가 밤에는 전혀 통하지 않았다. 감옥의 맛없는 식사, 냄새나는 죄수복, 소독약을 잔뜩 뿌린 변기의 악취, 동료 죄수들이 내는 시끄러운 소리는 피할 수 없다. 감금당한 모욕을 도저히 참을 수 없게 되는 것

---

 3 아일랜드 공화군(IRA). 영국으로부터의 북아일랜드 독립과 아일랜드의 재통일을 위해 1919년에 가톨릭교도를 중심으로 결성된 무장 투쟁 조직.

도 밤이었다. 리머스가 따뜻한 햇살을 받으며 런던 공원을 산책하고 싶은 갈망에 사로잡히는 것도 밤이었다. 그를 가두고 있는 철창을 증오하는 것도 밤이었고, 주먹으로 쇠창살을 때려 부수고 간수들의 머리를 박살 낸 다음 런던의 자유로운 거리로 뛰쳐나가고 싶은 충동을 억누르기 위해 무진 애를 써야 하는 것도 밤이었다. 때로는 리즈가 생각났다. 카메라 셔터를 누르듯 마음이 리즈 쪽으로 간다. 그 날씬한 몸의 부드럽고 단단한 감촉이 잠깐 떠오른다. 그러나 그것도 곧 기억에서 털어 내 버렸다. 리머스는 꿈을 먹고 사는 데 익숙한 남자가 아니었다.

리머스는 감방 동료들을 경멸했고, 그들은 그를 싫어했다. 그들이 그를 미워한 이유는, 그들은 누구나 마음속으로 신비에 싸인 인물이 되기를 갈망했지만 거기에 성공한 사람은 리머스뿐이었기 때문이다. 그는 개성의 두드러진 부분이 집단 속에서 지워지지 않도록 지켜 왔다. 감상적인 순간에도 그의 여자나 가족이나 자식들 이야기를 그에게서 끌어낼 수는 없었다. 그들은 리머스에 대해 아무것도 알지 못했다. 그들은 기다렸지만 리머스는 그들에게 다가가지 않았다. 신참 죄수는 대개 두 부류로 나뉜다. 수치심이나 공포심이나 충격 때문에 옥살이에 대한 기초 지식을 설레는 두려움 속에서 기다리는 부류가 있는가 하면, 감옥 공동체의 귀여움을 받기 위해 옥살이에 서투른 신참의 지위를 이용하는 부류도 있다. 그런데 리머스는 어느 쪽에도 속하지 않았다. 그는 그들 모두를 경멸하는 듯했다. 바깥세상과 마찬가지로 리머스도 그들을 필요로 하지 않았기 때문에 그들도 모두 리머스를 싫어했다. 열흘쯤 지나자 그들의 인내심도 바닥이 났다. 리머스는 거물한테 경의를 표하지 않았고, 조무래기들한테는 위로의 말을 하지 않았다. 그래서 그들은 저녁 배식을 받기 위해 줄지어 섰을 때 그를 이리저리 떼미는 공세를 취했다. 떼밀기는 감옥 안에서 행해지는 의식의 하나로 18세기의 관행인 밀치기와 비슷한데, 표면상 죄수의 식기가 뒤집혀서 내용물이 죄수복에 엎질러지는 우발적인 사고처럼 보이는 장점이 있다. 왼쪽에서 거친 손이 리머스를 힘껏 떼밀자, 오른쪽에서는 친절한 손이 내려와 그를 부축하려는 것처럼 그의 팔을 붙잡았다. 그것으로 일은 끝났다. 리머스는 아무 말도 하지 않고 양쪽에 있는 두 사내를 지그시 바라보면서 간수가 퍼부어 대는 욕설을 묵묵히 받아들였다. 사실 간수는 무슨 일이 일어났는지 잘 알고 있었다.

나흘 뒤, 감옥 내 화단에서 괭이질을 하고 있던 리머스가 무언가에 발부리가 걸려 넘어질 뻔했다. 그는 두 손으로 괭이를 비스듬히 잡고 있었고, 자루 끝은 오른손 주먹에서 한 뼘쯤 튀어나와 있었다. 그가 몸의 균형을 되찾았을 때, 오른쪽에 있던 사내가 배를 두 팔로 끌어안고 고통스러운 신음 소리를 내며 허리를 꺾었다. 그 후로는 아무도 리머스를 건드리지 않았다.

감옥에서 가장 야릇한 것은 리머스가 출감할 때 받은 갈색 종이 꾸러미였을 것이다. 우스꽝스럽게도 그것은 그에게 결혼식 장면을 연상시켰다. 나는 이 반지로써 당신을 아내로 삼겠다고 말하는 것처럼, 이 종이 꾸러미로써 죄수를 사회에 돌려보내는 것이다. 그들은 종이 꾸러미를 건네주고 수령증에 서명하라고 요구했다. 꾸러미 속에는 그가 세상에서 가진 것이 모두 들어 있었다. 그것이 그의 전 재산이었다. 리머스는 지난 석 달 동안 이렇게 굴욕적인 순간은 없었다고 느꼈다. 바깥세상에 나가자마자 그 꾸러미를 내버려야겠다고 마음먹었다.

그는 얌전한 죄수로 인정받고 있었다. 아무도 그에 대해 불평 한마디 하지 않았다. 그의 사건에 막연한 관심을 가지고 있던 교도소장은 리머스에게서 아일랜드인의 격정적인 기질을 발견할 수 있다고 단언했고, 속으로는 모든 것을 그 기질 탓으로 돌렸다.

「여기서 나가면 뭘 할 작정인가?」 소장이 물었다.

리머스는 새 출발을 할 생각이라고, 웃지도 않고 대답했다. 소장은 새 출발을 하는 것은 아주 좋은 일이라고 말했다.

「가족은 어떤가?」 소장이 물었다. 「부인과는 화해하지 못했나?」

「노력해 보겠습니다.」 리머스는 심드렁하게 대답했다. 「하지만 아내는 재혼했습니다.」

보호 관찰관은 리머스에게 버킹엄셔의 정신 병원에서 간호사로 일할 것을 권했고, 리머스도 여기에 동의했다. 정신 병원 주소를 적고 매릴러번에서 떠나는 열차 시간까지 적었다.

「그 노선은 지금 그레이트미슨던까지 전철화되어 있다네.」 보호 관찰관이 덧붙여 말했다.

리머스는 그게 도움이 될 거라고 말했다. 그래서 그는 꾸러미를 들고 그곳을 떠났다. 버스를 타고 마블아치까지 간 뒤, 거기서부터는 걸어서 갔다. 주머니에 돈이 조금 들어 있었다. 그는 그 돈으로 근사한 식사를 할 작정이었다. 그는 하이드 파크를 지나 피카딜리까지 걸어간 뒤, 그린 파크와 세인트제임스 파크를 지나 의사당 앞에 이르고, 다시 화이트홀을 따라 스트랜드 가로 나갈 생각이었다. 그곳에 가면 채링 크로스 역 근처의 큰 식당에 가서 6실링으로 괜찮은 스테이크를 먹을 수 있었다.

그날 런던은 아름다웠다. 봄이 한창이어서 공원은 크로커스와 수선화로 가득했다. 공기를 깨끗하게 해주는 시원한 바람이 남쪽에서 불어오고 있었다. 이런 날은 온종일 걸을 수도 있었을 것이다. 하지만 그는 아직 꾸러미를 들고 있었다. 우선 그것을 처분해야 했다. 공원의 쓰레기통은 너무 작았다. 그곳에다 꾸러미를 쑤셔 넣으려고 애쓰면 모자란 사람처럼 보일 것이다. 꾸러미에서 물건을 한두 가지 꺼내야 할 것 같았다. 꾸러미에는 불쾌한 서류가 들어 있었다. 건강 보험증, 운전면허증, 갈색 서류 봉투에 들어 있는 신분 증명서. 하지만 갑자기 그는 그것조차 귀찮아졌다. 그는 벤치에 앉아서 꾸러미를 멀찍감치 밀어 놓았다. 그러고는 꾸러미에서 조금씩 떨어졌다. 2~3분 뒤에 그는 꾸러미를 그 자리에 남겨 둔 채 다시 오솔길 쪽으로 걸어갔다. 그가 막 오솔길에 이르렀을 때 뒤에서 부르는 소리가 들렸다. 뒤돌아보니 레인코트 차림의 사내가 그를 손짓해 부르고 있었다. 다른 쪽 손에는 갈색 꾸러미를 들고 있었다.

리머스는 두 손을 주머니에 찔러 넣고 그 자리에 선 채 우비 차림의 사내를 돌아보았다. 사내는 머뭇거렸다. 리머스가 자기 쪽으로 오거나 관심을 보여 주기를 기대하고 있는 게 분명했지만, 리머스는 전혀 관심을 보이지 않고 어깨를 으쓱하면서 계속 오솔길을 따라 걸어갔다. 또다시 부르는 소리가 들렸지만 리머스는 무시했다. 그는 사내가 뒤에서 따라오고 있다는 것을 알았다. 자갈 밟는 발소리가 들렸다. 사내는 뛰

다시피 빠른 속도로 다가오고 있었다. 이윽고 조금 숨차고 조금 화난 듯한 목소리가 들렸다.

「이봐요. 부르고 있잖소!」 사내가 리머스를 따라잡았다.

그래서 리머스는 걸음을 멈추고 고개를 돌려 사내를 보았다. 「무슨 일이오?」

「이거, 당신 꾸러미지요? 이걸 벤치에 놔두고 갔어요. 내가 불렀는데 왜 서지 않았소?」

키가 훤칠하고 곱슬거리는 갈색 머리의 사내였다. 주황색 넥타이에 연초록색 셔츠를 입고 있었다. 조금 성급하고 조금 나약해 보였다. 런던 정경대학 출신의 학교 선생이거나 교외에서 드라마 클럽을 운영하는 사람인 듯했다. 나약해 보이는 눈.

「필요 없는 물건이니 제자리에 내버려 두세요.」 리머스가 말했다.

사내는 얼굴을 붉히면서 말했다.

「저기다 그냥 버려두고 가면 안 됩니다. 그건 쓰레기예요.」

「왜 안 됩니까.」 리머스가 대꾸했다. 「누군가 다른 사람한테는 필요할지도 모르잖소.」

그는 계속 가려고 했지만, 낯선 사내는 꾸러미가 아기라도 되는 양 두 손으로 받쳐 든 채 여전히 그의 앞을 가로막고 서 있었다.

「방해하지 말고 비키시오. 어서요.」 리머스가 말했다.

「이봐요.」 낯선 사내의 목소리가 조금 높아졌다. 「나는 당신에게 호의를 베풀려고 했는데, 그렇게 무례하게 구는 이유가 뭡니까?」

「나한테 호의를 베풀려고 했다고? 그런 사람이 무엇 때문에 30분 동안이나 뒤쫓아 왔단 말이오?」

이 녀석, 제법인데. 리머스는 속으로 생각하면서 대꾸했다. 사내는 움찔하지는 않았지만, 놀라서 몸이 굳어진 게 분명했다.

「베를린에서 한 번 만난 사람과 비슷해서……」
「그래서 30분 동안이나 뒤쫓아 왔단 말이오?」

리머스의 목소리에는 빈정거림이 담겨 있었고, 갈색 눈은 사내의 얼굴에서 잠시도 떠나지 않았다.

「30분은 아닙니다. 마블아치에서 당신을 보았을 때, 돈을 빌린 적이 있는 앨릭 리머스 씨인 줄 알았어요. 전에 나는 BBC의 베를린 지국에서 일했는데, 그 사람한테 돈을 조금 빌리고 갚지 않았거든요. 그 후 줄곧 미안한 기분을 가졌고, 그래서 당신을 따라온 겁니다. 확인하고 싶어서.」

리머스는 말없이 사내를 바라보면서, 그렇게 뛰어나지는 않지만 그만하면 제법이라고 생각했다. 사내가 주워대는 이야기는 별로 그럴듯하지 않았지만, 그것은 중요하지 않았다. 요점은, 고전적인 접선 방식이 실패하자 곧바로 새로운 구실을 꾸며 내어 거기에 충실했다는 것이다.

마침내 그가 말했다.

「나는 리머스요. 그런데 당신은 대체 누구요?」

그는 이름이 애시라고 말하고, 이름 끝에 〈E〉가 붙는다고 서둘러 덧붙였다. 리머스는 그가 거짓말을 하고 있다는 것을 알아차렸다. 사내는 리머스가 정말로 리머스인지 확신하지 못하는 체했다. 그래서 그들은 점심을 먹으면서 종이 꾸러미를 열고 국민 건강 보험증을 들여다보았다. 마치 더러운 우편엽서를 들여다보는 뱅충이들 같다고 리머스는 생각했다.

애시는 값에 구애받지 않고 점심 식사를 주문했고, 옛 추억을 되살리기 위해 독일산 포도주인 프랑켄바인도 마셨다. 리머스는 아무리 생각해도 당신이 기억나지 않는다고 주장했고, 그러자 애시는 뜻밖이라고 대답했다. 기분이 상한 듯한 말투였다. 애시는 데릭 윌리엄스가 쿠담 가에 있는 아파트에서(데릭이 그곳에 살고 있었던 것은 사실이다) 파티를 열었을 때 리머스를 만났고, 그 파티에는 기자들이 모두 참석했다고 말했다.

「앨릭, 기억나시죠?」

그러나 리머스는 기억나지 않았다. 물론 「옵서버」지의 특파원인 데릭 윌리엄스는 기억하고 있었다. 가끔 유쾌한 피자 파티를 열었던 괜찮은 사내였다. 리머스는 이름을 잘 기억하지 못하는 편이었고, 어쨌든 그들은 1954년의 일을 이야기하고 있었다. 그 후 오랜 세월이 흘렀다……. 애시의 기억력은 대단했다(그런데 애시의 세례명은 윌리엄이었고, 사람들은 그를 빌이라고 불렀다). 그는 그날의 일을 지금도 〈생생하게〉 기억하고 있었다. 그들은 스팅어[4]와 브랜디와 크렘 드 망트를 마셨다. 모두 얼근히 취했다. 데릭은 굉장한 육체파 미인들을 데려왔는데, 그 절반은 말카스텐 가의 카바레에서 일하는 여자들이었다.

「앨릭, 이제는 확실히 기억나시죠?」

리머스는 빌이 조금만 더 이야기를 계속하면 기억이 돌아올 거라고 생각했다.

빌은 이야기를 계속했다. 〈임기응변〉이 분명했지만, 섹스까지 덧붙이면서 아주 잘해 냈다. 마침내 앨릭과 정치 고문

---

[4] 브랜디와 리큐어를 섞은 폭탄주.

사무실에서 일하는 친구와 빌은 파티에 온 여자들 가운데 세 명과 함께 나이트클럽으로 가게 되었다. 빌은 가진 돈이 없어서 망신을 당할 뻔했는데, 앨릭이 술값을 물어 주었다. 빌이 여자 하나를 집에 데려가고 싶다고 하자 앨릭은 10파운드를 더 빌려주었다…….

「아, 이제야 생각나는군. 물론 기억합니다.」

「그럴 줄 알았어요.」 애시는 술잔 너머로 리머스에게 고개를 끄덕이면서 기쁘게 말했다. 「우리 반병만 더 마십시다. 이거 정말 유쾌하군요.」

인간관계를 도전과 응전의 원리에 따라 관리하는 사람이 있는데, 애시가 바로 그런 부류의 전형이었다. 상대가 약하면 몰아붙이고, 상대가 저항하면 후퇴했다. 자신만의 견해나 취향은 갖지 않은 채 상대가 하는 대로 따랐다. 프로스펙트 바에 가면 맥주를 마시듯, 포트넘 카페에 가면 으레 차를 마셨다. 세인트제임스 공원에서는 군대 음악을 들었고, 콤프턴 가의 지하 카페에서는 재즈에 귀를 기울였다. 샤프빌 사건[5]에 대해 이야기할 때는 동정심으로 목소리가 떨렸고, 영국에 흑인 인구가 증가하는 문제를 이야기할 때는 분노로 목소리가 떨렸다. 눈에 띄게 수동적인 이 역할은 리머스에게 반감을 불러일으켰다. 그는 약자를 괴롭히는 골목대장 기질을 갖고 있었다. 애시는 리머스의 그 기질을 끌어냈다. 리머스는 애시를 움쭉달싹할 수 없는 입장으로 슬며시 끌어들인 다음 자신은 잽싸게 물러났고, 그래서 애시는 리머스가 끌어들인

---

5 1960년 3월 남아프리카 연방의 인종 차별 정책에 항의하여 봉기한 아프리카인들을 학살한 사건.

막다른 골목에서 끊임없이 달아나고 있었다. 그날 오후에는 리머스가 뻔뻔스러울 만큼 심술궂게 군 순간이 몇 번 있었다. 애시가 대화를 끝내 버렸다 해도 무리가 아니었을 것이다. 더구나 점심값을 내는 것은 애시였다. 하지만 그는 대화를 끝내지 않았다. 옆 테이블에서는 침울한 얼굴에 안경을 쓴 작달막한 사내가 혼자 앉아서 볼베어링 제조법에 대한 책을 열심히 읽고 있었다. 만약 그 사내가 리머스와 애시의 대화를 엿듣고 있었다면, 리머스가 가학적인 본성을 즐기고 있다고 추론했을지도 모른다. 아니면 (그가 유별나게 예민한 사람이라면) 강력한 동기를 감추고 있는 사람만이 그런 대우를 참으리라는 것을 리머스가 스스로 만족할 만큼 입증하고 있다고 추론했을 것이다.

그들이 계산서를 요구한 것은 4시가 다 되어서였다. 리머스는 제 몫으로 절반을 내겠다고 고집했지만, 애시는 그 말을 들으려 하지 않고 점심값을 모두 지불했다. 그리고 독일에서 리머스에게 진 빚을 갚기 위해 수표책을 꺼냈다.

「20파운드면 되겠지요?」 그가 수표에 날짜를 적어 넣었다. 그런 다음 눈을 크게 뜨고 리머스를 쳐다보았다.

「수표도 괜찮겠지요?」

그러자 리머스는 약간 얼굴을 붉히면서 대답했다.

「나는 지금 은행과 거래가 없소. 해외에서 방금 돌아온 참이라서 아직 그 문제를 해결하지 않았소. 수표를 나한테 주는 게 좋겠소. 그러면 내가 당신의 거래 은행에 가서 현금으로 바꿀 테니까.」

「나 같으면 그건 꿈에도 생각지 않을 겁니다. 이 수표를 현금으로 바꾸려면 로더하이드까지 가야 할 테니까요.」

리머스는 어깨를 으쓱했고, 애시는 소리 내어 웃었다. 그들은 이튿날 오후 1시에 같은 장소에서 다시 만나 애시가 현금으로 빚을 갚기로 했다.

애시는 콤프턴 가 모퉁이에서 택시를 탔고, 리머스는 택시가 보이지 않을 때까지 손을 흔들었다. 택시가 사라지자 그는 손목시계를 보았다. 4시였다. 그는 아직도 미행당하고 있을지 모른다고 생각했기 때문에 플리트 가까지 걸어가서 〈블랙 앤드 화이트〉에서 커피를 한 잔 마셨다. 그는 책방 몇 군데를 둘러보고, 신문사 진열창에 내걸린 석간을 읽은 다음, 마지막 순간에 갑자기 생각난 것처럼 버스에 올라탔다. 버스는 러드게이트 힐까지 가서, 지하철역 부근에서 교통 체증에 휘말렸다. 그는 버스에서 내려 지하철을 탔다. 6펜스짜리 차표를 사서 맨 뒤 칸에 서 있다가 다음 역에서 내렸다. 그리고 유스턴으로 가는 다른 지하철로 갈아타고 채링크로스로 돌아갔다. 그가 역에 도착한 것은 9시였다. 밖은 꽤 추웠다. 앞마당에 밴 한 대가 기다리고 있었지만, 운전수는 졸고 있었다. 리머스는 번호판을 힐끗 보고 다가가서 창문 너머로 말을 건넸다.

「클레멘츠에서 왔소?」

운전수는 움찔 놀라면서 잠에서 깨어나 물었다.

「토머스 씨입니까?」

「아니요.」 리머스가 대답했다. 「토머스는 오지 못했소. 나는 하운슬로에서 온 에이미스요.」

「타세요, 에이미스 씨.」 운전수가 문을 열어 주었다.

그들은 킹스 로드를 향해 서쪽으로 달렸다. 운전수가 길을 알고 있었다.

문을 연 것은 관리관이었다.

「조지 스마일리는 외국에 나갔네. 그래서 내가 그의 집을 빌렸지. 들어오게.」

리머스가 안으로 들어가서 현관문을 닫은 뒤에야 관리관은 홀의 불을 켰다.

「점심때까지 줄곧 미행당했습니다.」 리머스가 말했다.

그들은 응접실로 들어갔다. 사방에 책이 널려 있었다. 천장이 높고 18세기풍의 몰딩과 길쭉한 창문과 훌륭한 벽난로가 있는 아담한 방이었다.

「놈들은 오늘 아침에 나를 찾아냈지요. 애시라는 자였습니다.」 리머스는 담배에 불을 붙였다. 「여자 같은 사내예요. 내일 다시 만나기로 했습니다.」

리머스는 식료품 가게 주인을 폭행한 날부터 오늘 아침 애시를 만날 때까지 일어난 일을 차근차근 이야기했고, 관리관은 그 이야기에 열심히 귀를 기울였다.

「감옥은 어땠던가?」 관리관이 물었다. 그는 마치 휴가를 즐겁게 보냈느냐고 묻고 있는 듯했다. 「자네를 위해 처우를 개선해 주고 편의 시설도 특별히 제공하고 싶었지만, 그러지 못해서 미안하네. 위험한 일이어서 말일세.」

「물론이죠.」

「사람은 일관성이 있어야 돼. 언제나 일관성을 유지해야지. 게다가 주문을 깨는 건 잘못이야. 자네가 앓아누웠던 것은 알고 있네. 정말 안됐어. 무슨 병이었나?」

「열이 났을 뿐입니다.」

「얼마 동안 누워 있었지?」

「열흘쯤.」

「혼났겠군. 물론 보살펴 주는 사람도 없었을 테고.」

긴 침묵이 흘렀다.

「그 여자가 공산당원인 건 알고 있겠지?」 관리관이 조용히 물었다.

「네.」 침묵이 흘렀다. 「그 여자를 이 일에 끌어들이고 싶지 않습니다.」

「그 여자가 왜 끌려들어야 하지?」 관리관이 날카롭게 물었다. 잠깐, 아주 잠깐 리머스는 관리관의 표정에서 학자 같은 초연함이 사라진 것을 보았다. 「그 여자가 이 일에 끌려들 거라고 누가 말하던가?」

「아무도 없었습니다. 다만 문제를 분명히 해놓고 싶었을 뿐입니다. 나는 이 일이 어떻게 진행될지 알고 있습니다. 이 공격 작전 말입니다. 진행 과정에 다른 사건을 낳기도 하고, 예기치 않은 쪽으로 방향을 틀기도 하지요. 이 물고기를 잡은 줄 알았는데, 알고 보면 다른 물고기를 잡은 경우도 있습니다. 그런 일에 그 여자를 끌어들이고 싶지 않습니다.」

「물론 그렇겠지.」

「직업 안정소의 그 사내는 누굽니까? 피트라는 자 말입니다. 전쟁 때 정보부에 있지 않았나요?」

「그런 이름을 가진 사람은 모르겠는걸. 피트라고 했나?」

「네.」

「아는 이름은 아닐세. 직업 안정소에 있다고?」

「도대체.」 리머스는 관리관에게 들리도록 중얼거렸다.

「미안하네.」 관리관이 일어나면서 말했다. 「손님 대접을 잊고 있었군. 한잔할 텐가?」

「아니요. 오늘 밤에 떠나고 싶습니다. 시골에 가서 운동을 좀 해야겠어요. 〈집〉은 비어 있겠죠?」

「자동차는 준비해 두었네. 애시와는 내일 몇 시에 만나기로 했나? 오후 1시?」

「네.」

「홀데인한테 전화해서 자네가 스쿼시를 치고 싶어 한다고 말해 두겠네. 그리고 의사한테 가보는 게 좋을 거야. 열이 왜 났는지 알아봐.」

「의사는 필요 없습니다.」

「좋을 대로 하게.」

관리관은 위스키를 한 잔 따르고, 스마일리의 책장에 꽂힌 책들을 멍하니 바라보기 시작했다.

「스마일리는 왜 여기 없습니까?」 리머스가 물었다.

「그 사람은 작전을 좋아하지 않아.」 관리관이 심드렁하게 대답했다. 「작전을 불쾌하게 생각하지. 필요성은 인정하지만 자신이 직접 참여하는 건 바라지 않아. 스마일리의 열병은…….」 관리관은 묘한 미소를 지으면서 덧붙였다. 「주기적으로 재발한다네.」

「확실히 나를 반갑게 맞아 주지는 않았습니다.」

「그래. 스마일리는 이 일에 참여하고 싶어 하지 않아. 하지만 문트에 대해서는 설명해 주었을 텐데. 그의 경력에 대해 말해 주지 않던가?」

「들었습니다.」

「문트는 무서운 상대일세.」 관리관이 생각에 잠긴 얼굴로 말했다. 「그 점은 절대로 잊으면 안 돼. 게다가 유능한 첩보원이지.」

「스마일리는 이번 작전의 이유를 알고 있습니까? 특별한 의미가 있다는 것을?」

관리관은 고개를 끄덕이고 위스키를 한 모금 마셨다.

「그런데도 작전이 마음에 안 든다는 겁니까?」

「그건 도덕상의 문제가 아닐세. 스마일리는 피에 싫증이 난 의사 같아. 그래서 다른 요원들이 작전하는 것만으로 만족하고 있다네.」

「물어볼 게 있는데요. 이 작전이 성공한다고 어떻게 그처럼 확신하십니까? 체코나 소련 사람이 아니라 동독 사람들이 이것을 눈치채고 있다는 것을 어떻게 압니까?」

「안심해도 좋네.」 관리관이 약간 우쭐한 투로 말했다. 「그 점에는 충분히 신경을 썼으니까.」

현관문에 이르자 관리관은 리머스의 어깨에 가볍게 손을 올려놓으면서 말했다.

「이번이 마지막 임무일세. 일이 끝나면 추운 바깥에서 실내로 들어오게 될 거야. 그런데 그 아가씨한테 뭔가 해주고 싶은 것은 없나? 돈이나 아니면 다른 것을?」

「그 문제는 일이 끝난 뒤에 내가 직접 처리하겠습니다.」

「그래. 지금 무언가 해준다는 것은 위험할 수 있으니까.」

「그냥 혼자 놔두고 싶습니다.」 리머스는 힘주어 말했다. 「그 여자가 험한 꼴을 당하는 것도 바라지 않고, 그 여자에 대해 조사하는 것도 원치 않습니다. 나는 그 여자가 잊히기를 바랍니다.」

리머스는 관리관에게 고개를 끄덕이고 밤공기 속으로 조용히 나갔다. 추운 바깥으로.

7
키버

 이튿날 리머스는 애시와 점심을 약속한 식당에 20분 늦게 도착했다. 그는 벌써 위스키 냄새를 풍기고 있었다. 하지만 리머스를 본 애시의 기쁨은 조금도 줄어들지 않았다. 애시는 자신도 방금 도착했다고 말했고, 은행에 다녀오느라 조금 늦었다고 말했다. 그리고 리머스에게 봉투를 건네주었다.
「모두 1파운드 지폐로 찾았습니다. 그게 좋을 것 같아서요.」
「고맙소.」 리머스가 대답했다. 「자, 술이나 한잔합시다.」
 그는 면도도 하지 않았고, 옷도 세탁을 하지 않아 깃이 더러웠다. 그는 웨이터를 불러, 제 몫으로는 위스키 더블을 주문하고 애시를 위해서는 핑크 진을 주문했다. 술이 나오자 리머스는 술잔에 소다수를 따랐다. 그런데 손이 덜덜 떨려서 하마터면 소다수가 술잔에서 넘칠 뻔했다.
 점심 식사는 만족스러웠다. 둘 다 잘 먹고 많이 마셨다. 대화는 거의 애시가 이끌었다. 리머스가 예상했듯이 애시는 우선 자기 자신에 대해 이야기했다. 낡은 수법이지만 그렇게 나쁘지는 않았다.
「솔직히 말하면 최근에 좋은 일거리를 하나 얻었어요. 프리랜서로 외국의 신문사에 영국 뉴스를 팔아넘기는 일이지요. 베를린에서 돌아왔을 때 처음에는 일이 뜻대로 되지 않았어요. 방송국에서는 계약을 갱신하려 하지 않았고, 그래서 나는 회갑 지난 노인들의 취미를 전문으로 다루는 신문을 만드는 일을 얻었지요. 사탕 가게에서 파는 따분한 주간지 말입니다. 그보다 더 지겨운 걸 상상할 수 있겠습니까? 그 주간지는 지난번 인쇄공 파업 때 망하고 말았지요. 내가 얼마나 안심했는지, 말도 못 합니다. 그 후 나는 첼튼엄에 가서 어머니한테 당분간 얹혀살았지요. 실은 어머니가 골동품 가게를 하시는데, 다행히 장사가 아주 잘돼요. 그러다가 옛 친구한테서 편지 한 통을 받았습니다. 샘 키버라는 친구인데, 영국 생활에 대한 기사를 특별히 외국 신문에 맞게 만들어서 제공하는 통신사를 차릴 작정이라는 겁니다. 그런 기사가 어떤 건지는 잘 아실 겁니다. 모리스 댄스[6]에 대한 기사를 6백 단어로 쓰는 식이지요. 하지만 샘은 새로운 수법을 고안해 냈습니다. 기사를 미리 외국어로 번역해서 팔아넘기는 겁니다. 아시겠지만, 그건 큰 차이가 있습니다. 사람은 누구나 번역자를 고용하거나 자신이 직접 번역할 수도 있다고 생각하지만, 반 칼럼 정도의 빈 난을 메워 줄 외국 뉴스를 찾고 있는 사람은 번역에 시간과 돈을 낭비하고 싶어 하지 않거든요. 샘이 노리는 점은 편집자와 직접 접촉하는 것이었어요. 그는 집시처럼 유럽 전역을 쏘다녔지만, 수고한 보람을 어렵지 않게 얻었지요.」

애시가 말을 그쳤다. 그것은 이제 당신에 대해 이야기해 보

---

[6] 영국 북부에서 기원된 민속 무용. 무용수는 원래 로빈 후드 전설 속의 인물 등으로 분장하며, 특히 노동절 축제 때 흔히 춘다.

라는 말없는 권유였다. 애시는 리머스가 그 권유를 받아들이기를 기다렸지만, 리머스는 그것을 무시하고 멍하니 고개를 끄덕이며 〈그거 참 잘됐군요〉 하고 말했을 뿐이다. 애시는 포도주를 주문하고 싶었지만 리머스는 계속 위스키를 마시겠다고 말했다. 커피가 나왔을 때쯤 그는 벌써 위스키 더블을 넉 잔이나 마셨다. 그는 상태가 좋지 않은 듯했다. 술고래들은 떨리는 손 때문에 술이 다 쏟아지기라도 할 것처럼 술을 마시기 직전에 고개를 숙여 입술을 술잔 쪽으로 가져가는데, 리머스도 술고래 특유의 그런 버릇을 가지고 있었다.

애시는 잠시 침묵을 지키다가 불쑥 물었다.

「샘을 모르시죠?」

「샘?」

「샘 키버. 내 상관이죠. 방금 내가 말한 사람 말입니다.」

「그 사람도 베를린에 있었소?」

「아니요. 샘은 독일을 잘 알지만 베를린에 산 적은 없습니다. 본에서 프리랜서로 일을 조금 했지요. 당신도 만났을지 모릅니다. 마당발이었거든요.」

「만난 적이 없는 것 같소.」

또 잠시 침묵이 흘렀다.

「요즘은 무슨 일을 하고 계십니까?」 애시가 물었다.

리머스는 어깨를 으쓱했다.

「파면당했소. 용도 폐기 당했다고나 할까.」 그는 얼간이처럼 히죽 웃었다.

「베를린에서는 무슨 일을 하고 있었죠? 냉전의 전사로서 비밀 임무를 수행하고 있지 않았나요?」

드디어 본론을 꺼내기 시작했군. 리머스는 생각했다. 그는 잠시 망설이다가 얼굴을 붉히면서 거칠게 말했다.

「양키의 심부름꾼이었소. 우리 모두 그랬지만.」

「한번 샘을 만나 보십시오. 마음에 드실 거예요.」 애시는 한동안 그 문제를 심사숙고하고 있었던 것처럼 말했다. 그러고는 난처한 듯이 말했다. 「그런데 앨릭, 나는 아직 당신의 연락처도 모릅니다!」

「할 수 없지.」 리머스는 심드렁하게 대답했다.

「무슨 말씀인지 모르겠군요. 어디에 머물고 계십니까?」

「일정한 거처도 없이 전전하면서 한심한 생활을 하고 있소. 일자리도 얻지 못했고, 개새끼들이 연금도 제대로 주지 않아요.」

애시는 깜짝 놀란 표정을 지었다.

「그건 정말 너무하군요. 왜 진작 말하지 않았습니까? 내 집에 와서 지내는 게 어떻습니까? 작은 집이지만, 야전용 침대에서 자도 상관없다면 당신 한 사람쯤은 충분히 지낼 수 있습니다. 노숙을 할 수는 없잖습니까?」

「당분간은 괜찮소.」 리머스는 돈 봉투가 든 주머니를 툭툭 치면서 대답했다. 「그리고 일자리를 얻을 거요.」 그는 단호하게 고개를 끄덕였다. 「일주일쯤 뒤에는 일자리를 얻을 수 있겠지. 그러면 괜찮을 거요.」

「어떤 일자리요?」

「그건 나도 모르겠소. 아무거나.」

「하지만 자신을 헛되이 낭비하면 안 됩니다. 내가 기억하기에 당신은 독일어를 모국어처럼 구사합니다. 당신이라면 어떤 일도 할 수 있을 겁니다!」

「나는 지금까지 온갖 일을 해왔소. 미국 출판사를 위해 백과사전 외판도 해봤고, 심령학 도서관에서 책을 분류하는 일도 해봤고, 악취 나는 아교 공장에서 작업 전표에 구멍을 뚫는 일도 해봤소. 도대체 내가 또 무슨 일을 할 수 있겠소?」

그는 애시를 쳐다보지 않고 앞에 놓인 탁자만 바라보았다. 떨리는 입술이 빠르게 움직였다. 애시는 그의 활기에 반응하듯 탁자 너머로 몸을 기울이고 우쭐한 투로 힘주어 말했다.

「하지만 앨릭, 당신에게 필요한 것은 〈연줄〉이에요. 그걸 모르시겠어요? 나는 그게 어떤 건지 압니다. 나도 무료 배식소에 줄을 설 만큼 가난했던 적이 있었지요. 바로 그럴 때야말로 사람들을 사귈 필요가 있습니다. 당신이 베를린에서 무엇을 하고 있었는지는 알지도 못하고 또 알고 싶지도 않습니다. 하지만 중요한 사람을 만날 수 있는 일은 아니었겠지요? 나도 5년 전에 포즈난[7]에서 샘을 만나지 않았다면 아직도 공짜 빵을 얻으려고 줄을 서야 했을 겁니다. 이봐요 앨릭, 내 집에 와서 일주일쯤 함께 지내세요. 샘을 초대하고, 베를린에서 알고 지낸 신문쟁이들도 지금 런던에 있다면 한두 명 초대합시다.」

「하지만 나는 글을 쓸 수 없소. 어떤 글도 쓰지 못할 거요.」

애시는 리머스의 팔에 손을 얹고 달래듯이 말했다.

「너무 안달하지 마세요. 한 번에 한 가지씩 문제를 처리합시다. 당신 잡동사니는 어디 있죠?」

「내 뭐요?」

「당신 소지품 말입니다. 옷이며 가방이며 그 밖에 여러 가지…….」

---

[7] 폴란드 서부에 있는 도시. 폴란드 최고(最古)의 도시 가운데 하나이며, 제2차 세계 대전 때 독일군과 소련군의 격전장이었다.

「아무것도 없소. 내가 가진 것은 모두 팔아 버렸소. 그 꾸러미만 빼고.」

「무슨 꾸러미요?」

「당신이 공원에서 주운 그 갈색 종이로 싼 꾸러미 말이오. 내가 내버리려고 했던 꾸러미.」

애시는 돌핀 광장에 있는 아파트에서 살고 있었다. 리머스가 예상한 대로였다. 별 특징도 없는 작고 밋밋한 아파트였다. 독일에서 서둘러 긁어모은 골동품 몇 가지 — 맥주잔, 담배 파이프, 님펜부르크 하급품 도자기 몇 점 — 가 놓여 있었다.

「주말에는 첼튼엄에 가서 어머니와 함께 지냅니다.」 애시가 말했다. 그리고 변명하듯 덧붙였다. 「이 집은 평일에만 사용하죠. 아주 편리해요.」

그들은 야전용 침대를 작은 거실에 설치했다. 4시 반이었다.

「여기서 산 지는 얼마나 됐소?」 리머스가 물었다.

「1년이 조금 넘었습니다.」

「쉽게 찾았소?」

「이런 아파트는 거래가 활발합니다. 신청서에 이름만 적어 두면, 어느 날 전화가 와서 빈 아파트가 나왔다고 전해 주지요.」

애시는 차를 끓였다. 그들은 함께 차를 마셨다. 리머스는 안락함에 익숙지 않은 사람처럼 시무룩했다. 애시까지도 조금 조용해진 것 같았다. 차를 마신 뒤 애시가 말했다.

「가게 문이 닫히기 전에 물건을 좀 사 와야겠습니다. 그러고 나서 앞으로 어떻게 해야 할지 의논합시다. 오늘 저녁에 샘한테 전화를 걸 수도 있습니다. 샘과 빨리 만날수록 좋을 테니까요. 한잠 주무시는 게 어떻습니까? 몹시 피곤해 보이는데.」

리머스는 고개를 끄덕였다.

「고맙소.」 그는 어색한 손짓을 해 보였다. 「이 모든 게 다……」

애시는 그의 어깨를 한 번 두드려 주고는 군용 레인코트를 집어 들고 밖으로 나갔다.

리머스는 애시가 틀림없이 건물 밖으로 나갔다고 판단하자마자 아파트 현관문을 주의 깊게 잠그고 아래층으로 내려갔다. 아래층 중앙 홀에 공중전화 부스가 두 개 있었다. 그는 메이더 베일의 지역 번호를 돌리고 토머스 씨의 비서를 바꿔 달라고 부탁했다. 곧 여자 목소리가 들렸다.

「전화 바뀠습니다.」

그러자 리머스가 말했다.

「샘 키버 씨를 대신해서 전화했습니다. 키버 씨는 초대를 받아들였고, 오늘 저녁에 토머스 씨와 직접 연락하기를 바라고 있습니다.」

「토머스 씨한테 그렇게 전하겠습니다. 토머스 씨가 당신 연락처를 알고 있나요?」

「돌핀 광장이오.」 리머스는 그렇게 대답하고 주소를 알려 주었다. 「그럼 부탁합니다.」

그는 아파트 관리실에서 몇 가지 질문을 한 다음 애시의 방으로 돌아가서 야전용 침대에 앉아 깍지 낀 두 손을 들여다보았다. 잠시 뒤에 그는 침대에 드러누웠다. 애시의 충고를 받아들여 한숨 자기로 마음먹었다. 눈을 감자마자 베이스워터의 아파트에서 옆에 누워 있던 리즈가 생각났다. 리즈는 어떻게 됐을까.

애시가 그를 깨웠다. 희끗희끗한 긴 머리를 뒤로 빗어 넘기고 더블 양복을 입은 땅딸막한 사내가 함께 있었다. 그의 말투에는 중부 유럽 특유의 억양이 조금 섞여 있었다. 아마 독일인이겠지만, 확실히 알 수는 없었다. 그는 샘 키버라고 이름을 댔다.

그들은 진 토닉을 마셨다. 말하는 것은 애시가 도맡다시피 했다. 옛날 베를린 시절과 똑같다고 그는 말했다. 남자들끼리 모였으니 즐겁게 밤을 보내자고 떠들어 댔다. 키버는 내일 일을 해야 하니까 너무 늦게까지 놀고 싶지는 않다고 말했다. 그들은 애시가 아는 중국 식당에서 식사를 하기로 했다. 그 식당은 라임하우스 경찰서 맞은편에 있고, 포도주를 가져갈 수 있다고 했다. 묘하게도 애시는 부엌에 버건디 와인을 놓아두고 있었다. 그들은 그 포도주를 가지고 택시를 탔다.

저녁 식사는 아주 좋았다. 그들은 가져간 포도주를 두 병 다 마셨다. 두 병째 마실 때에는 키버도 입이 좀 가벼워져서, 얼마 전에 서독과 프랑스를 여행하고 돌아왔다고 이야기하기 시작했다. 프랑스는 지독한 혼란에 빠져 있고, 드골은 물러날 준비를 하고 있으며, 앞으로 사태가 어떤 방향으로 전개될지는 아무도 예측할 수 없다고 말했다. 기가 꺾인 10만 명의 식민지 주민들이 알제리에서 돌아오기 때문에 파시즘이 득세할 것 같다고 키버는 판단했다.

「독일은 어떻습니까?」 앨릭이 슬쩍 운을 떼었다.

「그건 양키가 독일인들을 통제할 수 있느냐에 달려 있소.」 키버는 유도하듯 리머스를 바라보면서 대답했다.

「무슨 뜻입니까?」 리머스가 물었다.

「내 생각은 이렇소. 덜레스는 한 손으로 외교 정책을 그들에게 주었고, 케네디는 다른 손으로 그것을 도로 빼앗아 간다고…… 독일인들은 말벌처럼 화를 내고 있소.」

리머스는 무뚝뚝하게 고개를 끄덕이며 말했다.

「양키의 전형적인 수법이죠.」

「앨릭은 우리 사촌인 미국인들을 좋아하지 않는 모양입니다.」

애시가 끼어들자 키버는 무심하게 중얼거렸다.

「호오, 그래?」

키버가 꽤 오랫동안 무심한 체 연기를 한다고 리머스는 생각했다. 말에 익숙한 사람은 말이 제 발로 다가오기를 기다린다. 키버도 그렇게 상대가 스스로 다가오도록 유도했다. 그는 상대가 이제 곧 뭔가를 부탁하리라는 것을 알아차리고 쉽게 설득당하지 않도록 경계하고 있는 사람을 완벽하게 연기하고 있었다.

식사가 끝난 뒤 애시가 말했다.

「워더 가에 아는 술집이 있어요. 샘, 당신은 한 번 가본 적이 있지요. 거기가 손님 접대를 잘해요. 차를 불러서 그곳에 가는 게 어떻습니까?」

「잠깐만.」 리머스가 말했다. 그의 목소리에 담긴 무언가를 알아차리고 애시는 얼른 그를 쳐다보았다. 「물어볼 게 있는데, 이 잔치 소동은 누가 돈을 대는 거요?」

「내가 냅니다.」 애시가 재빨리 대답했다. 「샘과 내가.」

「미리 의논이 되어 있었소?」

「아…… 아닙니다.」

「나는 한 푼도 없소. 그건 당신도 알고 있겠지? 어쨌든 물쓰듯 낭비할 돈은 없어요.」

「물론입니다, 앨릭. 내가 지금까지 당신을 돌봐 드렸잖습니까?」

「그랬지.」

리머스는 뭔가 다른 말을 하려다가 마음을 바꾼 것 같았다. 애시는 기분이 상한 게 아니라 걱정스러워 보였고, 키버는 여전히 속마음을 알 수 없었다.

택시 안에서 리머스는 한마디도 하지 않았다. 애시가 이런저런 말로 그의 마음을 달래 주려 해도 리머스는 짜증스럽게 어깨만 으쓱할 뿐이었다. 워더 가에 도착하자 그들은 택시에서 내렸다. 리머스도 키버도 택시 요금을 내려고 하지 않았다. 애시는 앞장서서 누드 잡지가 가득한 진열창 앞을 지나 좁은 골목으로 들어갔다. 골목 끝에서 〈갯버들 클럽, 회원 전용〉이라는 천박한 네온사인이 반짝이고 있었다. 문 양쪽에는 여자들 사진이 붙어 있고, 사진마다 쪽지가 핀으로 꽂혀 있었다. 손바닥 자국이 찍힌 얇은 쪽지에는 〈자연 탐구. 회원에 한함〉이라고 적혀 있었다.

애시가 벨을 눌렀다. 그러자 하얀 셔츠에 검은 바지를 입은 덩치 큰 사내가 문을 열었다.

「회원이오. 이 두 신사는 내 일행이고.」 애시가 말했다.

「회원증 좀 볼까요?」

애시는 지갑에서 황갈색 카드를 꺼내 사내에게 건네주었다.

「회원이 모시고 온 손님은 일인당 1파운드를 내면 임시 회원 자격을 드립니다. 틀림없는 분들이겠지요?」

사내는 회원증을 내밀었다. 그러자 리머스가 애시 앞으로 손을 뻗어 회원증을 낚아챘다. 그리고 잠시 회원증을 들여다본 다음 애시에게 돌려주었다.

리머스는 주머니에서 2파운드를 꺼내 문간에 있는 사내의 손에 쥐어 주면서 말했다.

「자, 두 사람 몫이오.」

리머스는 놀라서 항의하는 애시를 무시하고 앞장서서 커튼이 쳐진 입구로 들어갔다. 앞에 어두컴컴한 복도가 뻗어 있었다. 리머스는 문지기를 돌아보았다.

「자리를 찾아 주게. 스카치도 한 병 갖다 주고. 아무도 방해하지 않도록 해주면 좋겠네.」

문지기는 잠시 망설이다가 시키는 대로 하기로 마음먹고 그들을 아래층으로 안내했다. 계단을 내려갈 때, 알아들을 수 없는 음악 소리가 억누른 신음처럼 나직하게 들려왔다.

그들은 방 뒤쪽에 있는 테이블을 골랐다. 2인조 밴드가 음악을 연주하고 있었다. 여기저기에 여자들이 둘씩 셋씩 앉아서 빈둥거리고 있었다. 그들이 들어가자 두 여자가 일어났지만, 덩치 큰 문지기가 고개를 저었다.

애시는 위스키가 오기를 기다리는 동안 불안한 얼굴로 리머스를 힐끔거렸다. 키버는 좀 따분한 표정을 짓고 있었다. 웨이터가 술병과 술잔 세 개를 가져왔다. 그들은 웨이터가 술잔에 위스키를 조금씩 따르는 것을 말없이 지켜보았다. 리머스는 웨이터한테서 술병을 빼앗아 들고는 술잔마다 위스키를 그만큼씩 더 따랐다. 이 일이 끝나자 리머스는 탁자 너머로 몸을 기울이고 애시에게 말했다.

「자, 이제 무슨 일이 진행되고 있는지 말해 주실까?」

「무슨 말씀이세요?」 애시가 우물거리는 목소리로 말했다.

「도대체 무슨 소리를 하는 겁니까?」

「당신은 내가 석방된 날 감옥에서부터 나를 미행했어.」리머스는 조용히 말하기 시작했다. 「그리고 베를린에서 나를 만났다는 터무니없는 이야기를 꾸며 냈지. 나한테 빌리지도 않은 돈을 갚았고, 비싼 음식을 사주었고, 아파트에 재워 주고 있어.」

애시는 얼굴을 붉히면서 말했다.

「만약 그게……」

「끝까지 들어.」리머스가 거칠게 말했다. 「내가 말을 끝낼 때까지 잠자코 기다려. 알겠어? 여기 들어올 때 당신이 제시한 회원증은 머피라는 사람의 명의로 되어 있더군. 그게 당신 이름인가?」

「아, 아닙니다.」

「그럼 머피라는 친구가 회원증을 빌려주었나?」

「사실은 그렇지 않아요. 꼭 알아야겠다면 말씀드리죠. 나는 이따금 여자를 구하러 여기 옵니다. 그래서 가명으로 회원이 되었지요.」

「그렇다면 왜…… 당신 아파트의 임차인도 머피라는 이름으로 등록되어 있지?」

마침내 키버가 입을 열었다.

「자네는 그만 돌아가게. 이 문제는 내가 처리할 테니까.」

한 여자가 스트립쇼를 하기 시작했다. 허벅지에 검은 흉터가 있는 젊은 매춘부였다. 그녀의 알몸은 마르고 빈약해서, 에로틱한 맛도 없고 안고 싶은 욕망도 일어나지 않았다. 그녀는 천천히 회전하면서 어쩌다 한 번씩만 음악을 듣는 것처럼 간헐적으로 팔다리를 꿈틀거렸고, 옆에 있는 어른에게 조숙한 관심을 보이는 어린애 같은 눈빛으로 그들을 바라보았다. 그때 음악이 갑자기 빨라지자 여자는 휘파람 소리를 들은 개처럼 거기에 반응하여 앞뒤로 펄쩍펄쩍 뛰어다녔다. 막판에는 브래지어를 벗어 머리 위로 쳐들고 깡마른 몸매를 드러냈다. 야하게 번쩍거리는 금속 조각 세 개가 낡은 크리스마스 장식처럼 알몸에 매달려 있었다.

리머스와 키버는 말없이 바라보고 있었다.

「베를린에서 본 스트립쇼가 훨씬 나았다고 말할 듯한 표정이군요.」 마침내 리머스가 말했다. 키버는 리머스의 화가 아직도 풀리지 않은 것을 알았다.

「그래요?」 키버가 상냥하게 대답했다. 「나는 베를린에 자주 갔지만 나이트클럽엔 흥미가 없었소.」

리머스는 아무 말도 하지 않았다.

「고상한 척하는 게 아니라, 내 성격이 합리적이라는 것뿐이오. 여자가 필요하면 나이트클럽보다 값싸게 구할 수 있는 방법을 알고 있고, 춤을 추고 싶으면 나이트클럽보다 좋은 곳을 알고 있지요.」

리머스는 이 말을 듣고 있지 않았을지도 모른다.

「그 뱅충이가 왜 나를 골랐는지 말해 주시오.」

리머스가 말하자 키버는 고개를 끄덕였다.

「물론 말씀드리죠. 내가 시켰소.」

「왜?」

「당신에게 관심이 있기 때문이지요. 한 가지 제안을 하고 싶은데, 통신에 관한 일입니다.」

잠시 침묵이 흘렀다. 이윽고 리머스가 말했다.

「통신에 관한 일이라고요?」

「나는 통신사를 경영하고 있소. 뉴스를 전 세계에 공급하는 통신사인데, 재미난 재료에 대해서는 충분한 대가를 치르고 있소.」

「그 재료를 사서 활자화하는 사람은 누구지요?」

「보수가 하도 좋기 때문에, 당신처럼 국제 무대에서 경험을 쌓은 사람, 당신 같은 배경을 가진 사람이 사실에 입각한 자료를 제공해 주기만 한다면 비교적 짧은 기간에 돈 걱정에서 해방될 수 있지요.」

「그게 누구요? 그 재료를 원하는 사람이?」 리머스의 목소리가 위협적으로 날카로워졌다.

불안한 표정이 키버의 반들반들한 얼굴을 잠깐, 아주 잠깐 스치고 지나갔다.

「고객은 전 세계에 널려 있소. 파리에 있는 통신원이 많은 재료를 처리하고 있지요. 내가 넘긴 재료를 활자화하는 사람이 누구인지는 나도 모를 때가 많아요. 솔직히 말하면……」 그는 상냥한 미소를 지으며 덧붙였다. 「나는 거기에 별로 신경을 쓰지 않습니다. 고객은 돈을 내고 더 많은 재료를 요구합니다. 고객은 자잘한 문제에 시비 걸지 않고, 즉석에서 돈을 내거나, 세금 따위에 신경을 쓰지 않는 외국 은행에 입금시키지요.」

리머스는 아무 말도 하지 않고 두 손으로 감싸 쥔 술잔을 들여다보고 있었다.

놈들이 성급하게 나오고 있군. 게다가 노골적이야. 언젠가 뮤직홀에서 들은 농담이 생각났다. 〈정숙한 여자라면 절대 받아들일 수 없는 제안이지만, 실제로 해보지 않고는 그 진가를 알 수 없습니다.〉 전술적으로는 일을 빨리 해치우는 것이 옳다고 생각했다. 나는 지금 완전히 몰락했고 빈털터리야. 감옥에서 쌓은 경험은 아직도 생생하고, 사회에 대한 원망은 아주 강해. 나는 새삼 길들일 필요가 없는 늙은 말이야. 나는 영국 신사로서의 명예를 그들에게 손상당한 체할 필요도 없어……. 그들은 다른 한편으로는 〈사실상의〉 거부를 예상할 것이다. 그들은 그가 두려워하는 것을 당연하게 생각할 것이다. 신의 눈이 황야를 건너는 카인을 뒤쫓았듯, 영국 정보부는 배신자를 끝까지 추적하기 때문이다.

요컨대 그들은 알고 있을 것이다. 이것은 도박이라는 것. 결정에 일관성이 없으면 아무리 용의주도하게 계획된 공작도 망칠 수 있다는 것. 사기꾼과 거짓말쟁이와 범죄자들도 감언이설에 넘어가지 않을 수 있고, 훌륭한 신사들이 관청 구내식당에서 파는 삶은 양배추에 넘어가 무서운 반역 행위를 저지를 수 있다는 것을 그들은 알고 있었다.

이윽고 리머스가 중얼거렸다.

「많은 대가를 치러야 할 거요.」

키버는 그에게 위스키를 좀 더 따라 주었다.

「내 고객들은 착수금으로 1만 5천 파운드를 제의하고 있소. 돈은 벌써 베른의 캉토날 은행에 예치되어 있소. 그들이 당신에게 신분증을 줄 거요. 그 신분증을 은행에 제시하면 예치된 돈을 찾을 수 있소. 내 고객들은 1년 동안 5천 파운드를 더 지불하고 당신에게 질문할 권리를 갖게 될 것이고, 당신이…… 다시 취직해야 할 필요가 생기면 내 고객들이 도와줄 거요.」

「언제까지 대답하면 됩니까?」

「지금 이 자리에서. 회고담을 모두 종이에 적을 필요는 없소. 내 고객을 만나면, 그 사람이 당신 이야기가…… 대필되도록 조처할 거요.」

「그 사람은 어디서 만나죠?」

「서로를 위해 영국 밖에서 만나는 편이 좋겠다고 생각했소. 내 고객은 네덜란드를 제의했지요.」

「여권이 없는데요.」 리머스가 내키지 않는 듯이 말했다.

「실례를 무릅쓰고 내가 멋대로 당신 여권을 받아 두었소.」 키버가 상냥하게 대답했다. 목소리나 태도로 보아 그는 사업상 적절한 조치를 취했을 뿐이라고 생각하는 모양이었다. 「우리는 내일 아침 9시 45분 비행기를 타고 헤이그로 날아가게 될 거요. 내 아파트로 가서 세부적인 문제를 논의할까요?」

술값은 키버가 치렀다. 그들은 택시를 타고 세인트제임스 공원에서 그리 멀지 않은 고급 주택가로 갔다.

키버의 아파트는 꽤나 호화스럽고 값비싸 보였지만, 가구들은 서둘러 마련한 듯한 인상을 주었다. 런던에는 호화 장정된 책을 무게로 달아서 파는 서점이 있고, 벽 색깔과 그림의 색채를 조화시키는 실내 장식가도 있다고 한다. 그런 섬세한 부분에 대한 감수성이 별로 풍부하지 않은 리머스는 여기가 호텔이 아니라 개인 집이라는 사실을 기억하기가 어려웠다. 키버가 그를 방으로 안내하자 (그의 방에서는 길거리가 아니라 음침한 안마당이 내려다보였다) 리머스가 물었다.

「여기서 산 지는 얼마나 됐습니까?」

「별로 오래되지 않았소. 두어 달이 넘지는 않았소.」

「유지비가 많이 들 것 같군요. 물론 당신은 이런 집에 충분히 살 만하지만.」

「고맙소.」

위스키 한 병과 소다수가 은쟁반 위에 놓여 있었다. 방 끝에는 욕실과 화장실로 통하는 출입구가 있고, 커튼으로 칸막이가 되어 있었다.

「사랑의 보금자리 같군요. 비용은 위대한 〈노동자의 나라〉에서 대줍니까?」

「말이 지나치시군.」 키버가 거칠게 말한 다음 덧붙였다. 「나한테 볼일이 있으면 내 방으로 연결된 내선 전화가 있소. 나는 밤새 깨어 있을 거요.」

「옷을 갈아입는 일쯤은 나 혼자서도 할 수 있을 겁니다.」

「그럼 편히 쉬시오.」 키버는 짤막하게 말하고 방을 나갔다.

키버도 불안하고 초조한 모양이라고 리머스는 생각했다.

리머스는 침대 옆에 놓인 전화벨 소리에 잠에서 깨어났다. 키버였다.

「6시요. 30분 뒤에 식사를 합시다.」

「알았습니다.」 리머스는 대답하고 전화를 끊었다. 머리가 아팠다.

키버는 미리 전화로 택시를 불러 둔 게 분명했다. 7시에 초인종이 울리자, 키버가 〈다 준비됐소?〉 하고 물었기 때문이다.

「짐은 하나도 없어요. 가져갈 건 칫솔과 면도기뿐입니다.」

「그건 다 준비되어 있소. 다른 건 준비됐소?」

리머스는 어깨를 으쓱했다.

「그런 것 같군요. 담배 좀 있습니까?」

「아니, 없소. 하지만 비행기에서 살 수 있소. 이걸 훑어보는 게 좋을 거요.」

키버는 영국 여권을 리머스에게 건네주었다. 여권은 리머스 명의로 되어 있었고, 그의 사진이 붙어 있었다. 영국 외무부 스탬프가 깊게 압인되어 오톨도톨한 돋을새김 무늬가 사진 모서리를 가로지르고 있었다. 여권은 낡지도 않았고 새것도 아니었다. 여권에는 리머스의 직업이 회사원으로, 혼인 상태는 〈독신〉으로 되어 있었다. 본인 명의로 된 여권을 처음으로 손에 쥐고, 리머스는 신경이 좀 곤두섰다. 그것은 결혼하는 것과 마찬가지였다. 무슨 일이 일어나든, 상황은 이제 다시는 전과 같지 않을 것이다.

「돈이 없는데……?」 리머스가 물었다.

「돈은 전혀 필요 없을 테니까 안심하시오.」

8
미라주 여관

 그날 아침은 추웠다. 옅은 잿빛 안개가 축축하게 살갗을 찔러 따끔거렸다. 공항을 보자 리머스의 머리에 전쟁이 떠올랐다. 안개 속에 반쯤 가려진 채 참을성 있게 주인을 기다리고 있는 기계들, 낭랑하게 울려 퍼지는 목소리와 그 메아리, 갑작스러운 외침 소리, 여자의 하이힐이 돌바닥에 닿을 때마다 나는 불협화음, 바로 옆에 대기하고 있었을지도 모르는 엔진이 으르렁거리는 소리. 도처에 음모라도 꾸미는 듯한 분위기가 감돌고 있었다. 새벽부터 깨어 있었던 사람들 사이에서 생겨나는 그런 분위기였다. 그것은 밤이 사라지고 아침이 오는 것을 본 공통된 경험에서 유래하는 우월감 같은 것이었다. 공항 직원들의 표정에는 동틀 녘의 신비감이 배어 있고, 추위가 그 표정에 생기를 주고 있었다. 그들은 승객과 수화물을 전장에서 돌아온 병사들처럼 무뚝뚝한 태도로 다루고 있었다. 그날 아침 그들에게 보통 사람은 아무 의미도 없는 존재였다.
 키버는 리머스에게 수화물을 마련해 주었다. 이런 세세한 부분까지 신경을 쓰다니 과연 용의주도하다고 리머스는 감탄했다. 짐이 없는 승객은 주의를 끌었고, 남의 이목을 끄는 것은 키버의 계획이 아니었다. 그들은 항공사 창구에서 탑승 수속을 하고 표지판을 따라 출국 심사를 받으러 갔다. 도중에 길을 잃고 키버가 짐꾼에게 욕을 하는 우스꽝스러운 순간이 있었다. 리머스는 속으로 생각했다. 키버는 아무래도 여권이 걱정되는 모양이야. 그럴 필요는 없는데. 여권은 잘못된 데가 전혀 없어.

출국 심사관은 키가 작달막한 젊은이였다. 정보 부대 넥타이를 매고, 무언지 알 수 없는 배지를 옷깃에 달고 있었다. 생강빛 콧수염을 길렀고, 북부 사투리의 말투는 평생 그를 따라다닐 원수였다.

「외국에 오래 계실 겁니까?」 그가 리머스에게 물었다.

「2주일쯤 있을 거요.」 리머스가 대답했다.

「그렇다면 조심하셔야겠군요. 31일에 여권 유효 기간이 만료되니까 여권을 갱신하셔야 합니다.」

「알고 있소.」

리머스와 키버는 나란히 승객 대기실로 들어갔다. 도중에 리머스가 말했다.

「키버, 당신은 꽤나 의심이 많은 사람이군요.」

이 말에 키버는 소리 없이 웃으며 대꾸했다.

「당신을 자유롭게 풀어 줄 수는 없지. 우리 계약에 그런 조항은 없소.」

아직도 20분을 더 기다려야 했다. 그들은 탁자 앞에 앉아서 커피를 주문했다.

「그리고 이것 좀 치워 주시오.」 키버가 먼저 손님들이 사용한 커피 잔과 받침 접시와 재떨이를 가리키면서 웨이터에게 말했다.

「빈 그릇을 수거하는 수레가 올 겁니다.」 웨이터가 대답했다.

「어서 치우라니까.」 키버가 또 버럭 화를 내면서 말했다. 「더러운 그릇을 이런 식으로 내버려 두는 건 구역질이 나.」

웨이터는 돌아서서 그냥 가버렸다. 그는 카운터 쪽으로 가지도 않았고, 그들이 시킨 커피를 주문하지도 않았다. 키버는 너무 화가 나서 얼굴이 하얗게 질렸다. 리머스가 중얼거렸다.

「제발 그만둬요. 그냥 내버려 둡시다. 인생은 너무 짧아요.」

「건방진 새끼 같으니.」 키버가 말했다.

「좋아요, 좋아. 한바탕 소동을 일으켜 보시오. 아주 좋은 때를 선택하셨군. 사람들은 우리를 잊지 못할 거요.」

헤이그 공항에서의 형식적 절차는 아무 문제도 없이 끝났다. 키버는 불안에서 벗어난 듯했다. 비행기에서 세관까지 짧은 거리를 걸어가는 동안 키버는 명랑해지고 말수가 많아졌다. 네덜란드 세관의 젊은 관리는 그들의 짐과 여권을 형식적으로 힐끔 보고는 서투른 영어로 말했다.

「네덜란드에 머무시는 동안 즐겁게 지내시기 바랍니다.」

「고맙소. 정말 고맙소.」 키버는 지나칠 만큼 고마워하면서 말했다.

그들은 세관에서 복도를 따라 공항 건물 맞은편에 있는 대합실로 걸어갔다. 키버는 삼삼오오 무리를 지어 매점에 진열된 향수며 카메라며 과일 따위를 바라보고 있는 여행자들 사이를 지나 앞장서서 출입구로 걸어갔다. 회전 유리문을 밀고 나가면서 리머스는 뒤를 돌아보았다. 신문 판매대 옆에 서서

「콘티넨털 데일리 메일」지를 열심히 읽고 있는 사람이 보였다. 작은 키에 안경을 쓰고 개구리처럼 생긴 사내였다. 걱정스러운 듯하면서도 진지한 표정을 짓고 있는 그는 공무원 같은 인상이었다. 어쨌든 그런 부류의 사람처럼 보였다.

주차장에 자동차 한 대가 그들을 기다리고 있었다. 네덜란드 번호판을 단 폴크스바겐이었다. 운전대를 잡은 여자는 그들을 무시하고, 신호등이 노란색이면 반드시 차를 세우면서 천천히 몰았다. 리머스는 그녀가 그런 식으로 운전하라는 지시를 받았고 다른 차가 뒤따라오고 있을 거라고 짐작했다. 옆 거울을 통해 뒤따라오는 차를 알아내려고 애썼지만 성공하지 못했다. 국방부 번호판을 단 검은색 푸조를 한 대 보았지만, 모퉁이를 돈 뒤에 확인해 보니 뒤따라온 것은 가구점 트럭뿐이었다. 리머스는 전쟁 때부터 헤이그를 잘 알고 있었기 때문에, 지금 어디로 가고 있는지를 알아내려고 애썼다. 그는 스헤베닝엔을 향해 북서쪽으로 달리고 있다고 짐작했다. 곧 그들은 헤이그 교외를 벗어나 별장들이 해안 모래 언덕을 따라 늘어서 있는 동네로 다가갔다.

여기서 차가 멈추었다. 여자가 그들을 남겨 둔 채 혼자 차에서 내려 별장촌 가장자리 부근에 서 있는 크림색 작은 방갈로로 걸어가서 현관 초인종을 울렸다. 포치에 걸려 있는 연철 간판에는 연푸른색의 고딕체 글씨로 〈미라주(신기루)〉라고 쓰여 있었다. 창문에는 방이 모두 찼다는 것을 알리는 게시문이 붙어 있었다.

통통한 여자가 문을 열었다. 그녀는 여자 운전수의 어깨 너머로 자동차를 보았다. 그리고 계속 자동차에 눈길을 고정시킨 채 상냥한 미소를 지으며 찻길을 따라 그들 쪽으로 다가왔다. 그녀를 보자 리머스는 언젠가 실을 낭비한다고 야단친 나이 든 숙모가 생각났다.

「잘 오셨어요.」 그녀가 말했다. 「정말 기뻐요!」

그들은 그녀를 따라 방갈로로 들어갔다. 키버가 앞장섰다. 운전수는 자동차로 돌아갔다. 리머스는 방금 지나온 길을 힐끔 돌아보았다. 3백 미터쯤 떨어진 곳에 검은색 자동차 한 대가 서 있었다. 피아트나 푸조인 듯했다. 레인코트 차림의 사내가 차에서 내리고 있었다.

현관 홀로 들어가자 여자는 리머스의 손을 따뜻하게 잡고 흔들었다.

「미라주 여관에 잘 오셨어요. 여행은 즐거우셨나요?」

「좋았습니다.」 리머스가 대답했다.

「비행기로 오셨어요, 배로 오셨어요?」

「비행기로 왔습니다.」 키버가 대답했다. 그러고는 항공사 주인이나 되는 듯한 말투로 덧붙였다. 「아주 순조로운 비행이었지요.」

「점심을 차려 드릴게요.」 여자가 말했다. 「특별 점심을. 특별히 맛있는 음식을 만들어 드리죠. 무엇을 좋아하세요?」

〈좋을 대로.〉 리머스는 속으로 중얼거렸다. 바로 그때 초인종이 울렸다. 여자는 재빨리 부엌으로 들어갔고 키버가 현관문을 열었다.

그는 가죽 단추가 달린 레인코트를 입고 있었다. 키는 리머스와 비슷했지만, 나이는 그보다 많아 보였다. 리머스는 그가 쉰다섯 살쯤 되었을 거라고 짐작했다. 잿빛 얼굴에 깊은 고랑이 파여 있었다. 군인이었을지 모른다. 그가 손을 내밀면서 말했다. 손가락은 가늘고 우아했다.
「피터스라고 합니다. 여행은 즐거웠소?」
「네.」 키버가 얼른 대답했다. 「무사했습니다.」
「샘, 리머스 씨와 의논할 게 많아요. 그동안 당신을 우리 곁에 붙잡아 둘 필요는 없을 것 같소. 폴크스바겐은 다시 시내로 가져가도 좋아요.」
키버는 빙긋 웃었다. 리머스는 그 미소에서 안도감을 보았다.
「그럼, 리머스.」 키버는 익살스러운 목소리로 말했다. 「행운을 빌겠소.」
리머스는 키버가 내민 손을 무시하고 고개를 끄덕였다.
「자, 그럼.」 키버는 되풀이 말하고 현관문 밖으로 조용히 사라졌다.
리머스는 피터스를 따라 뒷방으로 들어갔다. 창문에는 무거운 레이스 커튼이 쳐져 있었다. 가장자리에 야단스러운 술장식이 달려 있고, 아름다운 주름이 잡혀 있었다. 창틀에는 화분이 가득 놓여 있었다. 커다란 선인장, 담배나무, 고무처럼 탄력 있고 넓적한 잎이 달린 야릇하게 생긴 나무도 있었다. 가구는 골동품을 흉내 내어 묵직하고 고풍스럽게 만든 것이었다. 방 한복판에 조각이 새겨진 의자 두 개와 탁자 하나가 놓여 있었다. 탁자에 덮인 녹빛 덮개는 테이블보라기보다 카펫처럼 보였다. 두 개의 의자 앞에 메모지와 연필이 놓여 있었다. 찬장에 위스키와 소다수가 있었다. 피터스는 그쪽으로 걸어가서 위스키와 소다수를 섞어 하이볼 두 잔을 만들었다.
리머스가 불쑥 말했다.

「지금부터 나는 선의를 던져버리겠소. 무슨 뜻인지 알겠소? 당신도 나도 우리가 지금부터 하려는 일을 잘 알고 있소. 둘 다 전문가니까. 당신은 돈에 눈먼 배신자를 얻었소. 당신한테는 행운이지. 제발 나한테 호감을 가진 체하지는 마시오.」

그의 목소리에는 흥분과 불안이 담겨 있었다. 그는 자신을 믿지 못하는 듯했다.

피터스는 고개를 끄덕였다.

「당신이 자존심이 강하다는 건 키버한테 들었소.」 그가 냉정하게 말하고는 웃지도 않고 덧붙였다. 「그렇지 않다면 가게 주인을 때리는 짓은 하지 않았을 테지요.」

리머스는 피터스가 러시아인일 거라고 짐작했지만 확실치는 않았다. 피터스의 영어는 거의 완벽했고, 오랫동안 문명 사회의 편안함에 익숙해진 사람의 습관과 여유를 가지고 있었다.

그들은 탁자에 마주 앉았다.

「내가 치를 대가가 얼마인지는 키버한테 들었겠지요?」 피터스가 물었다.

「들었소. 베른 은행에 예치된 1만 5천 파운드.」

「맞습니다.」

「키버는 당신이 앞으로 1년 동안 추가 질문을 할 수 있다고 말했소. 내가 계속 유용한 정보를 제공하면 당신이 5천 파운드를 더 지불할 거라고 들었소.」

피터스는 고개를 끄덕였다.

「그 조건은 받아들이지 않겠소.」 리머스가 말을 이었다. 「그게 잘되지 않으리라는 것은 당신도 나만큼 잘 알고 있을 거요. 나는 1만 5천 파운드를 인출해서 떠나고 싶소. 당신네 나라가 배신한 첩보원을 가혹하게 다루듯, 그건 우리 나라도 마찬가지요. 내가 제공한 첩보망을 당신이 모두 말아 올리는 동안, 스위스의 생모리츠에 죽치고 앉아 있지는 않을 거요. 그들은 바보가 아니오. 누구를 찾아야 하는지, 그들은 당장 알게 될 거요. 아마 지금쯤 그들도 우리 일을 눈치챘을 거요.」

피터스는 고개를 끄덕였다.

「물론 당신은…… 더 안전한 곳으로 갈 수 있겠지요?」

「철의 장막 뒤로?」

「그래요.」

리머스는 고개를 저으며 말을 이었다.

「예비 질문에 사흘 정도는 필요할 테고, 그 결과를 본부에 보고해서 다시 자세한 지령을 받고 싶겠지요?」

「꼭 그럴 필요는 없습니다.」 피터스가 대답했다.

리머스는 흥미로운 듯이 그를 바라보았다.

「알겠소. 처음부터 전문가를 보냈군. 아니면 모스크바 본부는 이 일에 관여하고 있지 않은 거요?」

피터스는 아무 대답도 하지 않고, 그저 리머스를 뚫어지게 바라보고만 있었다. 그러다가 마침내 앞에 놓인 연필을 집어 들면서 말했다.

「전쟁 때 맡은 임무부터 시작할까요?」

리머스는 어깨를 으쓱했다.

「그거야 당신한테 달렸지요.」

「그렇군요. 그럼 전쟁 때 맡은 임무부터 시작합시다. 말해 보세요.」

「나는 1939년에 공병대에 입대했소. 훈련이 끝날 무렵, 외국어에 능통한 사람들은 해외의 특수 임무에 지원하라고 권하는 공고가 나붙었지요. 나는 네덜란드어와 독일어에 능통하고 프랑스어도 상당히 잘하는 편인 데다 군대 생활에 신물이 나던 참이었기 때문에 거기에 지원했소. 나는 네덜란드를 잘 알고 있었소. 아버지가 레이덴에 공작 기계 대리점을 차려서 9년 동안 살았으니까. 나는 통상적인 면접을 보고 옥스퍼드 근처의 학교로 보내져 첩보원의 통상적인 수법들을 배웠소.」

「그 조직은 누가 운영하고 있었나요?」

「그건 나도 나중에야 알았소. 나중에 스티드 애스프리를 만났고, 필딩이라는 옥스퍼드 교수도 만났지요. 그 두 사람이 조직을 운영하고 있었소. 1941년에 그들은 나를 네덜란드에 투입했고, 나는 2년 가까이 머물러 있었소. 그 무렵에는 새 첩보원을 찾는 속도보다 첩보원을 잃는 속도가 더 빨랐지요. 그것은 파멸적인 타격이었소. 네덜란드는 그런 일을 하기에는 힘든 나라요. 지형이 험준한 곳이 없어서, 본부나 무전기를 붙박이로 설치해 둘 만한 외진 곳이 어디에도 없소. 그래서 항상 움직이고 항상 달아나야 했지요. 그 때문에 일이 아주 구차스러워졌소. 나는 1943년에 네덜란드를 떠나 영국에 두어 달 머물다가 노르웨이로 갔소. 네덜란드에 비하면 소풍이라도 간 기분이었지요. 1945년에 나는 그 일을 그만두고 여기 네덜란드로 돌아와서 아버지 사업을 배우려고 했지만 여의치 않았소. 그래서 브리스틀에서 여행사를 경영하고 있는 옛 친구와 동업을 하게 됐소. 그런 상태가 1년 반쯤 지속되다가 결국 여행사를 팔아넘겼고, 그때 느닷없이 정보부에서 편지가 날아왔소. 정보부로 돌아오고 싶은 마음이 없느냐고 묻는 편지였지요. 하지만 나는 정보부 일에 신물이 났다고 생각했기 때문에 한번 생각해 보겠다고 대답하고, 런디 섬에 별장을 하나 빌렸지요. 거기서 1년 동안 심사숙고하다가, 그것도 싫증이 나서 정보부에 편지를 보냈소. 1949년 말에 나는 다시 정보부로 돌아왔소. 물론 중간에 근무하지 않은 기간이 있기 때문에 연금이 줄어들었고, 불평불만이 생겼소. 내 이야기가 너무 빠른가요?」

「아니, 괜찮습니다.」 피터스는 제 술잔에 위스키를 좀 더 따르면서 대답했다. 「물론 이름과 날짜는 나중에 다시 이야기합시다.」

그때 문을 두드리는 소리가 나고, 여자가 들어왔다. 여자는 차가운 고기와 빵과 수프로 푸짐한 점심 식사를 차려 왔다. 피터스가 메모지를 옆으로 밀어 놓았다. 그들은 말없이 식사를 했다. 심문은 이제 겨우 시작된 참이었다.

점심 식사가 치워졌다.
「그래서 당신은 정보부로 돌아갔군요.」 피터스가 말했다.
「그렇소. 당분간은 사무적인 일을 맡아서 보고서를 조사 분석하고, 철의 장막 뒤에 있는 나라들의 군사력을 평가하고, 부대 이동을 추적하는 따위의 일을 했지요.」
「어느 부서였습니까?」
「위성 4호. 1950년 2월부터 1951년 5월까지 그곳에 있었소.」
「동료는 누구였습니까?」
「피터 길럼, 브라이언 드 그레이, 조지 스마일리. 스마일리는 1951년 초에 우리를 떠나 방첩부로 옮겼소. 1951년 5월에 나는 DCA로 베를린에 파견되었소. DCA란 현지 관리관

대리로 모든 공작 활동을 관장했지요.」

「당신 밑에는 누가 있었지요?」

피터스는 빠른 속도로 연필을 움직이고 있었다. 리머스는 그가 손수 만든 속기법을 쓰고 있는 모양이라고 짐작했다.

「해킷, 새로, 드 종. 드 종은 1959년에 교통사고로 죽었소. 우리는 그가 살해당했다고 생각했지만, 증명할 수는 없었소. 세 사람 다 첩보망을 운영했고, 내가 책임자였소. 더 자세한 것을 알고 싶소?」

「물론입니다. 하지만 그건 나중으로 돌리고 계속하세요.」

「베를린에서 우리가 처음으로 대어를 낚은 것은 1954년 말이었소. 동독 국방부의 2인자인 프리츠 페거였지요. 그때까지는 일이 잘 풀리지 않았지만, 1954년 11월에 프리츠와 선이 닿은 거요. 프리츠는 2년 가까이 우리와 연락을 주고받았지만, 어느 날부터 소식이 뚝 끊겼소. 듣자니까 감옥에서 죽었다고 합디다. 우리가 프리츠에 필적할 만한 사람을 찾은 것은 다시 3년이 지난 뒤였소. 1959년에 카를 리메크가 나타난 거요. 카를은 동독 공산당의 최고회의 간부였고, 내가 아는 한 최고의 첩보원이었소.」

「지금은 죽었습니다.」 피터스가 말했다.

부끄러운 듯한 표정이 리머스의 얼굴을 스쳤다.

「카를이 총에 맞았을 때 내가 거기에 있었소.」 리머스가 중얼거렸다. 「그에게는 정부가 있었는데, 그 여자는 카를이 죽기 직전에 이쪽으로 넘어왔소. 카를은 그 여자한테 모든 걸 털어놓았소. 그 여자는 첩보망을 훤히 알고 있었소. 카를이 밀고당한 것도 당연하지요.」

「베를린 이야기는 나중에 다시 하기로 하고, 우선 이걸 말해 주세요. 카를이 죽은 뒤 당신은 런던으로 돌아갔는데, 정보부를 그만둘 때까지 줄곧 런던에 남아 있었나요?」

「그렇소.」

「런던에서는 무슨 일을 했지요?」

「금융과에 있었소. 첩보원들의 급료 지급을 감독하고, 해외에서 비밀 공작을 벌이는 데 필요한 자금을 보냈지요. 그런 일은 어린애라도 할 수 있었을 거요. 지시를 받고 지급 명령서에 서명만 하면 되니까. 때로는 너무 마음이 편해서 두통이 날 정도였소.」

「첩보원들을 직접 다루었습니까?」

「우리가 어떻게 그럴 수 있겠소? 특정 국가의 주재원이 청구서를 보내오면, 관계 당국이 그 청구서에 승인 도장을 찍어서 돈을 지급하라고 우리한테 보내지요. 대부분의 경우 우리는 돈을 적당한 외국 은행으로 송금했고, 그러면 주재원이 그 은행에서 직접 돈을 인출해서 첩보원한테 건네주었소.」

「첩보원을 지칭할 때는 어떤 방식을 사용했습니까? 가명으로 불렀나요?」

「기호를 사용했소. 우리 정보부에서는 첩보원들을 기호의 조합으로 부릅니다. 첩보망마다 기호 조합이 하나씩 부여되고, 첩보원은 모두 그 조합과 뒤에 덧붙인 숫자로 지칭되었소. 예컨대 카를은 8A-1이었지요.」

리머스는 땀을 흘리고 있었다. 피터스는 냉정하게 그를 지켜보면서, 전문 도박사처럼 탁자 너머로 그를 평가하고 있었다. 리머스는 얼마나 가치가 있을까? 무엇이 그로 하여금 조국을 배반하게 했을까? 무엇이 그를 유혹했고 무엇이 그를 두렵게 했을까? 그는 최상의 카드를 마지막까지 숨겨 두었다가 비싼 값으로 팔아넘기려는 속셈은 아닐까? 그러나 피터스는 그렇게 생각하지 않았다. 리머스는 그런 장난을 치기에는 너무 평정을 잃고 있었다. 그는 자신과 불화를 일으킨 사람, 하나의 인생을 알고 하나의 고백을 알고 그것들을 저버린 사람이었다. 피터스는 전에도 그런 경우를 본 적이 있었다. 완전한 이념적 전향자, 은밀한 밤 시간에 새로운 신념을 발견하고, 내면적 확신의 힘에 떠밀려 스스로 직업과 가족과 조국을 저버린 사람들. 새로운 열정과 새로운 희망에 가득 찬 그들조차 배신의 낙인과 싸워야 했고, 절대 누설하지 않도록 훈련받은 비밀 정보를 이야기할 때는 육체적인 고통과 씨름했다. 십자가를 불태우기를 두려워한 배교자들처럼 그들은 본능과 물욕 사이에서 갈팡질팡했다. 그들과 똑같은 양극성에 사로잡혀 있는 피터스는 그들을 안심시키고 그들의 자존심을 파괴해야 한다. 이런 상황을 리머스와 피터스는 둘 다 알고 있었다. 그래서 리머스는 피터스와 인간관계를 맺기를 격렬하게 거부했다. 그의 자존심이 그것을 허락하지 않았기 때문이다. 피터스는 그런 이유 때문에 리머스가 거짓말을 하리라는 것을 알았다. 자존심이나 반항심 때문에, 또는 자기 직업을 악용하여 사실을 모두 털어놓지 않고 빠뜨릴 뿐이겠지만, 그래도 거짓말은 역시 거짓말이다. 피터스는 그 거짓말을 간파해야 할 것이다. 리머스가 전문가라는 사실 자체가 그에게 불리하게 작용할 수 있다는 것도 피터스는 알고 있었다. 리머스는 피터스가 빠짐없이 알고 싶어 하는 것에서 일부를 빠뜨리고 일부만 골라서 말할 것이기 때문이다. 리머스는 피터스가 어떤 유형의 정보를 요구할 것인지를 예상할 테고, 그래서 정보를 평가하는 사람들에게 중대한 관심사가 될 수 있는 의외의 단편적인 정보를 무시하고 넘어갈 수도 있다. 게다가 피터스가 보기에는 술 때문에 심신이 망가진 사람의 변덕스러운 허영심도 문제였다.

「자, 그럼……」 피터스가 말했다. 「베를린에서 맡은 임무를 좀 더 자세히 들어 봅시다. 1951년 5월부터 1961년 3월까지. 한 잔 더 하시오.」

리머스는 피터스가 탁자 위에 놓인 담배 상자에서 담배 한 개비를 집어 입에 물고 불을 붙이는 것을 지켜보았다. 그는 두 가지를 알아차렸다. 하나는 피터스가 왼손잡이라는 것, 또 하나는 피터스가 또다시 담배를 거꾸로 물고 제조회사 이름이 새겨진 쪽에 먼저 불을 붙였다는 것. 리머스는 그 몸짓이 마음에 들었다. 그것은 피터스도 그와 마찬가지로 쫓긴 적이 있다는 것을 알려 주었다.

피터스는 무표정하고 잿빛을 띤 이상한 얼굴을 갖고 있었다. 안색은 오래전에 얼굴에서 사라져 버린 게 분명했다. 어쩌면 혁명 초기에 감옥에서 혈색을 잃었는지도 모른다. 이제 그의 얼굴 생김새는 고정되었고, 피터스는 죽을 때까지 그렇게 보일 것이다. 뻣뻣한 회색 머리털만은 백발로 변할지 모르지만 얼굴은 변하지 않을 것이다. 리머스는 막연한 궁금증이 일었다. 피터스의 진짜 이름은 무엇일까? 결혼은 했을까? 피터스에게는 정통적인 무언가가 있었다. 리머스는 그것이 마음에 들었다. 그것은 권력의 정통성, 확신의 정통성이었다. 피터스가 거짓말을 한다면 거기에는 분명 이유가 있을 것이다. 피터스의 거짓말은 애시의 서투른 거짓말과는 거리가 먼 계산된 거짓말, 필요한 거짓말일 것이다.

애시, 키버, 피터스. 갈수록 질적 수준도 높아지고 권한도 커졌다. 리머스에게 그것은 첩보 기관의 위계질서가 갖는 자명한 공리 같은 것이었다. 이데올로기도 위로 올라갈수록 진보하는 게 아닐까. 애시는 돈만 바라고 일하는 용병, 키버는 동조자였지만, 피터스에게는 목적과 수단이 하나를 이루고 있었다.

리머스는 베를린 시절을 말하기 시작했다. 피터스는 거의 끼어들지 않았지만, 어쩌다 한 번씩 질문을 던지거나 견해를 밝힐 때는 전문적인 호기심과 식견을 보여 주었다. 그것은 리머스의 기질과 완전히 일치했다. 리머스는 심문자의 냉정한 직업의식에 대해 똑같은 직업의식으로 응답하는 것처럼 보이기까지 했다. 그것은 그들의 공통점이었다.

베를린에서 제대로 된 동유럽 첩보망을 조직하는 데에는 오랜 시간이 걸렸다고 리머스는 설명했다. 전에는 이류 스파이들이 그 도시에 우글거리고 있었다. 첩보 기관은 평판이 떨어졌고 베를린에서는 정보 수집이 일상생활의 일부가 되어 있었기 때문에, 칵테일파티에서도 새 끄나풀을 끌어들여 저녁을 먹으면서 간단한 지령을 내릴 수 있을 정도였다. 하지만 이튿날 아침 식사를 할 때쯤이면 그 정보원은 벌써 밀고를 당하여 체포되는 형편이었다. 전문가에게는 악몽이었다. 수십 군데의 거점 가운데 절반은 상대편에 침투당했고, 매듭짓지 못한 일이 수천 건이나 혼란스럽게 얽혀 있었다. 실마리는 너무 많았고, 정보원은 너무 적었고, 활동할 공간은 너무 좁았다. 그들이 1954년에 운 좋게도 페거를 손에 넣은 것은 사실이다. 하지만 모든 첩보 기관이 고급 정보를 요구하고 있던 1956년에 그들은 옴짝달싹도 못하게 되었다.

페거의 고급 정보에 맛 들인 그들은 뉴스보다 한 발 앞서는 게 고작인 2급 정보에는 만족할 수 없게 되었다. 그들은 진짜 정보원이 필요했다. 그것을 얻을 때까지 그들은 다시 3년을 기다려야 했다.

어느 날 드 종이 동베를린 교외에 있는 숲으로 소풍을 갔다. 자동차에는 영국군의 번호판이 붙어 있었다. 운하 옆에 파괴된 도로가 있었다. 그는 거기에 차를 세우고 문을 잠가 놓았다. 식사가 끝나자 드 종의 아이들은 빈 바구니를 들고 앞장서서 달려갔다. 자동차에 도착한 아이들은 멈춰 서서 머뭇거리다가 바구니를 떨어뜨리고 다시 달려왔다. 누군가가 자동차 문을 강제로 열었던 것이다. 손잡이가 부서졌고 문이 조금 열려 있었다. 드 종은 글로브박스에 카메라를 넣어 둔 게 생각나서 욕설을 내뱉으며 자동차로 다가가 조사해 보았다. 손잡이가 비틀려져 있었다. 소매 속에 넣어서 가지고 다닐 수 있는 쇠파이프로 손잡이를 내리친 듯했다. 하지만 카메라는 제자리에 그대로 남아 있었다. 그의 코트도, 아내의 꾸러미들도 고스란히 남아 있었다. 운전석에 양철로 만든 담배 상자가 놓여 있고, 그 안에 작은 니켈 통이 들어 있었다. 드 종은 그 통 속에 무엇이 들어 있는지를 정확하게 알아차렸다. 그것은 〈미녹스〉라는 초소형 카메라의 필름이었다.

드 종은 차를 몰고 집으로 돌아와서 필름을 현상했다. 필름에는 최근에 열린 동독 공산당 최고회의 의사록이 찍혀 있었다. 묘한 우연의 일치로 다른 정보원한테서도 부차적인 자료가 들어왔다. 필름은 진짜였던 것이다.

그 후 리머스가 이 사건을 맡았다. 그는 성공을 절실히 필요로 하고 있었다. 베를린에 온 뒤 가시적인 성과를 사실상 전혀 거두지 못했고, 전문 첩보원의 통상적인 연령 상한을 벌써 지나고 있었다. 정확히 일주일 뒤에 그는 드 종의 자동차를 같은 곳에 세워 두고 산책을 하러 갔다.

드 종이 소풍을 간 곳은 한적한 장소였다. 운하 옆에는 포탄에 맞아 부서진 토치카가 두어 개 남아 있고 바싹 마른 모래밭이 있었다. 동쪽에는 운하에 접해 있는 자갈길에서 2백 미터쯤 떨어진 곳에 소나무가 드문드문 서 있는 빈약한 숲이 있었다. 하지만 한적하다는 장점이 있었다. 베를린에서는 한적한 곳을 좀처럼 찾기 어렵다. 그리고 숨어서 감시하기가 불가능했다. 리머스는 숲으로 들어갔다. 상대가 어느 쪽에서 접근해 올지 몰랐기 때문에 자동차를 지켜볼 생각은 하지 않았다. 그가 숲에서 자동차를 지켜보고 있는 것을 들키게 되면 정보원의 신뢰를 받을 가능성은 사라진다. 하지만 그렇게 걱정할 필요까지는 없었다.

자동차로 돌아와 보니 차에는 아무것도 없었다. 그래서 그는 괜한 짓을 했다고 자책하면서 차를 몰고 서베를린으로 돌아왔다. 동독 공산당 최고회의는 앞으로 2주 동안은 열리지 않을 것이다. 3주 뒤에 그는 드 종의 자동차를 빌리고, 소풍용 바구니에 20달러짜리 지폐로 천 달러를 넣어서 가져갔다. 그가 두 시간 동안 산책을 하고 돌아와 보니 글로브박스에 담배 상자가 들어 있었다. 소풍용 바구니는 보이지 않았.

필름에는 일급 정보가 가득 담겨 있었다. 그 후 6주 동안 리머스는 두 번 더 같은 일을 되풀이했고, 똑같은 일이 일어났다.

리머스는 금광을 찾은 것을 알았다. 그는 그 정보원에 〈메이페어〉라는 가명을 붙여 주고, 런던에는 오히려 비관적인 보고서를 보냈다. 약간의 실마리만 줘도 본부에서는 이 사건을 직접 담당하려 들 게 뻔했기 때문이다. 리머스는 무슨 일이 있어도 그런 사태를 피하고 싶었다. 이것은 그가 연령 제한에 걸려 퇴직하는 것을 막아 줄 수 있는 유일한 작전이었고, 본부에서 직접 맡고 싶어 할 만큼 중요한 작전이었다. 리머스가 런던을 멀찍이 떼어 놓는다 해도, 본부에서 방침을 세우고 제안을 하고 주의를 주고 행동을 요구할 위험은 아직 남아 있었다. 그들은 리머스가 정보원한테 새 지폐만 주기를 바랄 것이다. 그러면 지폐를 추적할 수 있기 때문이다. 그들은 필름을 본국으로 보내 조사하고 싶어 할 테고, 서투른 미행 작전을 계획하고 정부의 여러 부서에 계획을 누설할 것이다. 무엇보다도 그들은 정부의 여러 부서에 자랑하고 싶어 할 것이다. 그러면 모든 것이 수포로 돌아가고 말 것이다. 그는 3주 동안 미친 사람처럼 일했다. 동독 공산당 최고회의에 소속된 모든 사람의 파일을 샅샅이 뒤졌고, 최고회의 의사록에 접근할 수 있는 사무처 직원들의 명단을 만들었다. 그는 복사된 의사록 마지막 페이지에 실려 있는 배포자 명단에 서기국 직원을 추가하여, 정보 제공자일 가능성이 있는 사람의 수를 31명으로 늘려 놓았다.

31명의 후보에 대한 불완전한 기록을 토대로 정보 제공자를 가려내는 것은 거의 불가능한 일이었다. 이 일과 맞붙은 리머스는 원래의 자료를 다시 검토해 보기로 했다. 사실은 좀 더 일찍 그랬어야 했다고 리머스는 말했다. 그가 지금까지 받은 의사록 사본에는 쪽수가 적혀 있지 않았고, 기밀 등급을 표시한 스탬프도 찍혀 있지 않았고, 두 번째와 네 번째 사본에는 낱말에 연필이나 크레용으로 줄을 그어 지운 자국이 있었다. 그는 머리를 짜서 생각한 끝에 마침내 중요한 결론에 이르렀다. 사본은 의사록 자체가 아니라 의사록 초고를 베낀 것이었다. 그렇다면 정보 제공자는 서기국 내부 사람일 것이고, 서기국은 규모가 아주 작았다. 의사록 초고는 세심하고 능숙하게 촬영되어 있었다. 그것은 정보 제공자가 시간 여유도 있고 혼자 쓰는 방도 있다는 것을 시사했다.

리머스는 인물 색인으로 돌아갔다. 서기국에 카를 리메크라는 사람이 있었다. 의무대의 위생 하사관 출신으로 전쟁 포로가 되어 3년 동안 영국에서 지냈다. 누이는 포모제[8]에 살고 있었는데, 소련군이 그곳을 침략한 뒤 소식이 끊겼다. 그는 결혼하여 카를라라는 딸을 하나 두었다.

리머스는 모험을 해보기로 결심했다. 우선 런던에 조회하여 리메크의 포로 번호가 29012호라는 것과 1945년 11월 10일에 석방되었다는 사실을 알아냈다. 리머스는 동독의 어린이용 과학 소설을 한 권 사서, 속표지에 어린애 같은 글씨로 이렇게 썼다.

〈이 책은 노스데번 주 바이드퍼드에서 1945년 12월 10일 태어난 카를라 리메크의 것임. 달나라에서 온 여자 우주인 29012호(서명).〉 그리고 밑에다 이렇게 덧붙였다. 〈우주 비행을 하고 싶은 지원자는 C. 리메크를 직접 찾아가서 지시를 받아야 함. 지원서 동봉. 우주 민주주의 인민 공화국 만세!〉

그는 종이에 자를 대고 줄을 몇 개 그어서 이름과 주소와 나이를 적는 칸을 만들고, 아래쪽에 이렇게 썼다.

〈모든 지원자는 직접 면접을 받을 것. 면접을 희망하는 날짜와 장소를 적어서 보통 주소로 보낼 것. 지원서는 일주일

---

8 독일과 폴란드 북부 발트해 남안 지역의 지명.

안으로 검토하여 결과를 통보할 예정임. C. R.〉

리머스는 이 종이를 책 안에 끼워 넣었다. 그리고 다시 드종의 자동차를 몰고 그곳으로 가서, 책표지 안쪽에 백 달러짜리 헌 지폐 다섯 장을 넣은 책을 조수석에 놓아두었다. 리머스가 돌아와 보니 책은 사라졌고 그 자리에는 담배 상자가 대신 놓여 있었다. 담배 상자 속에는 필름 세 통이 들어 있었다. 리머스는 그날 밤 필름을 현상했다. 첫 번째 필름에는 여느 때처럼 지난번 최고회의의 의사록이 찍혀 있었다. 두 번째 필름에는 경제상호원조회의[9]와 동독의 관계 개정안 초안이 찍혀 있었고, 세 번째 필름에는 동독 정보부를 분석한 자료가 찍혀 있었다. 각 부서의 기능과 요원들의 신상 명세까지 갖추어져 있었다.

「잠깐만.」 피터스가 끼어들었다. 「그 정보가 모두 리메크한테서 나왔다는 겁니까?」

「그러면 안 될 이유라도 있소? 리메크가 얼마나 많이 알고 있었는지는 당신도 알 텐데.」

「그럴 리가 없어요.」 피터스는 혼잣말처럼 중얼거렸다. 「누군가의 도움을 받았을 게 분명합니다.」

「나중에는 남의 도움을 받았소. 이제 곧 그 이야기가 나올 거요.」

「무슨 얘기를 하려고 하는지는 알고 있습니다. 하지만 리메크가 나중에 한패로 끌어들인 끄나풀만이 아니라 상부에서도 지원을 받고 있는 듯한 기색은 없었나요?」

「아니, 없었소.」

「이제 와서 돌이켜보면 그랬을 것도 같다는 느낌도 없습

[9] COMECON. 소련을 중심으로 한 동유럽 공산권의 경제 협력 기구.

니까?」

「별로.」

「그 자료를 런던 본부로 보냈을 때, 아무리 리메크 같은 지위에 있는 사람이라 해도 그 정보가 놀랄 만큼 포괄적이라는 말이 한 번도 나오지 않았군요.」

「그렇소.」

「본부에서는 리메크가 카메라를 어디서 입수했는지, 누구의 지시로 사진을 찍었는지 물어본 적이 없습니까?」

「아니…… 한 번도 없었소.」

「그거 참 이상하군요.」 피터스가 비꼬듯이 말했다. 「미안합니다. 어서 계속하시죠. 당신보다 앞서 나갈 생각은 없었습니다.」

리머스는 말을 이었다. 정확히 일주일 뒤, 그는 운하로 차를 몰고 갔다. 이번에는 마음이 초조했다. 파괴된 도로로 접어들자 자전거 세 대가 풀밭에 눕혀져 있고, 운하를 따라 2백 미터쯤 내려간 곳에서 세 남자가 낚시질을 하고 있는 것이 보였다. 그는 여느 때처럼 차에서 내려 모래밭 반대쪽에 늘어서 있는 나무들 쪽으로 걸어가기 시작했다. 20미터쯤 갔을 때 외침 소리가 들렸다. 뒤를 돌아보니 낚시꾼 하나가 그를 손짓해 부르고 있었다. 나머지 두 사람도 고개를 돌려 그를 바라보고 있었다. 리머스는 낡은 레인코트를 입고, 두 손은 주머니에 찔러 넣고 있었다. 이제 손을 빼기에는 너무 늦었다. 그는 두 사람이 가운데에 있는 사람을 양쪽에서 엄호하고 있다는 것을 알았다. 그가 주머니에서 손을 빼면 그들은 아마 그를 사살할 것이다. 그들은 그의 주머니에 권총이 들어 있다고 생각할 것이다. 리머스는 가운데에 있는 사람에게서 10미터쯤 떨어진 곳에 멈춰 섰다.
「무슨 일이오?」 리머스가 물었다.
「당신이 리머스요?」 그가 영어로 말했다. 그는 땅딸막하고 아주 침착한 사내였다.
「그렇소만.」
「영국 국민증 번호는?」
「PRT-L58003-1.」
「대일 승전 기념일(1945년 8월 15일) 밤에는 어디 있었소?」
「레이덴에 있는 아버지 작업장에 네덜란드 친구 몇 명과 함께 있었소.」
「잠깐 걸읍시다, 리머스 씨. 레인코트는 필요 없을 거요. 그걸 벗어서 당신이 지금 서 있는 그 자리에 놓아두시오. 내 친구들이 코트를 봐줄 거요.」
리머스는 망설이다가 어깨를 으쓱하고 레인코트를 벗었다. 그런 다음 그들은 숲을 향해 가벼운 걸음으로 함께 걸어갔다.

「그가 누구였는지는 당신도 나만큼 잘 알 거요.」 리머스가 다소 피곤한 듯이 말했다. 「내무부 서열 3위, 동독 공산당 최고회의 서기, 인민 보호 조정 위원회 위원장. 그 사람이 드 종과 나에 대해 알게 된 것은 그런 자리에 있었기 때문일 거요. 아마 동독 정보부에서 우리에 대한 방첩 활동이 기록된 서류를 보았겠지요. 그는 세 가지 경로를 통해 정보를 입수했는데, 첫째는 최고회의, 둘째는 국내 정치와 경제 보고서, 셋째는 동독 비밀경찰 서류철이었소.」
「하지만 비밀경찰 서류의 경우, 접근이 제한되어 있었을 겁니다. 외부 사람은 절대로 서류를 이용할 수 없게 되어 있으니까요.」 피터스가 힘주어 말했다.

리머스는 어깨를 으쓱하며 말했다.

「그런데 그것이 허용되었단 말입니다.」

「그는 돈을 어떻게 처리했지요?」

「그날 오후 이후로는 내가 주지 않았소. 본부가 직접 맡았지요. 돈은 서독의 한 은행에 예치되었소. 그는 전에 나한테 받은 돈을 돌려주기까지 했소. 그를 대신해서 본부가 그 돈을 은행에 맡겼지요.」

「런던에는 어느 정도나 보고했습니까?」

「그 후로는 전부 다 보고했소. 하지 않을 수 없었으니까요. 그러면 본부에서는 정부의 여러 부처에 보고했소. 그 후……」 리머스는 독기 서린 말투로 덧붙였다. 「상황이 악화되는 건 시간문제에 불과했소. 정부를 등에 업은 본부는 점점 탐욕스러워져서 더 많은 정보를 얻어 내라고 다그치기 시작했고, 그에게 더 많은 돈을 주고 싶어 했소. 마침내 우리는 다른 정보원을 모집해 달라고 카를한테 말을 꺼낼 수밖에 없었고, 새로 모집한 정보원들로 첩보망을 만들었소. 그건 정말 어리석은 짓이었소. 카를한테 부담을 주었고, 카를을 위험에 빠드렸고, 우리에 대한 카를의 신뢰를 약화시키는 짓이었소. 그게 파멸의 시작이었지요.」

「그럼, 그에게서는 정보를 얼마나 많이 얻어 냈습니까?」

리머스는 또다시 머뭇거렸다.

「얼마나 얻어 냈냐고? 나도 모르겠소. 우리 관계는 부자연스러울 만큼 오래 지속되었소. 카를은 발각되기 오래 전에 밀고당했을 거요. 지난 몇 달 동안 정보의 수준이 떨어졌소.

그때쯤 카를이 의심받기 시작해서 고급 정보에 접근하지 못한 것 같소.」

「요컨대 카를이 당신한테 준 게 뭡니까?」

리머스는 카를 리메크가 한 일을 하나씩 모두 열거했다. 그가 마신 술의 양을 생각하면 그의 기억은 놀랄 만큼 정확하다고 피터스는 만족스러운 듯이 말했다. 리머스는 날짜와 이름을 댈 수 있었고, 본부의 반응을 기억해 낼 수 있었고, 그것을 뒷받침하는 확증이 있는 경우에는 그 확증의 성격까지도 생각해 낼 수 있었다. 정보원들이 요구하여 지급된 돈의 액수, 다른 정보원을 첩보망에 끌어들인 날짜까지도 기억할 수 있었다.

「미안하지만……」 피터스가 말했다. 「아무리 좋은 자리에 있었다 해도, 아무리 주의 깊고 아무리 부지런한 사람이라 해도 그렇게 자세한 정보를 단독으로 얻을 수 있었다고는 도저히 믿을 수 없군요. 설령 그럴 수 있었다 해도 그것을 사진으로 찍을 수는 없었을 겁니다.」

「하지만 그는 해냈소.」 리머스가 갑자기 화를 내며 주장했다. 「기가 막히게 잘해 냈지요. 그것뿐이오.」

「그리고 본부에서는 그가 그 모든 정보를 정확히 언제 어떻게 입수했는지 조사하라고 당신한테 지시한 적이 한 번도 없었단 말인가요?」

「없었소.」 리머스는 단호하게 말했다. 「리메크가 거기에 대해 유난히 예민했기 때문에, 런던은 기꺼이 그 문제를 잊어버렸소.」

「그것 참 놀랍군요.」 피터스는 생각에 잠기더니, 잠시 후 말했다. 「그런데 그 여자 소식은 들었습니까?」

「그 여자라니요?」리머스가 날카롭게 물었다.

「카를 리메크의 정부 말입니다. 리메크가 사살당한 날 밤에 서베를린으로 넘어온 여자.」

「그런데요?」

「일주일 전에 변사체로 발견됐습니다. 타살이었지요. 아파트에서 나오다가 차에서 발사된 총알에 맞았습니다.」

「그건 내가 살던 아파트였소.」

「아마 그 여자는 리메크의 첩보망을 당신보다 더 많이 알고 있었을 겁니다.」 피터스가 넌지시 말했다.

「도대체 그게 무슨 소리요?」리머스가 물었다.

피터스는 어깨를 으쓱하고 말했다.

「정말 이상한 일입니다. 누가 그 여자를 죽였는지 궁금해요.」

카를 리메크에 대한 이야기가 끝나자, 리머스는 리메크만큼 중요하지 않은 다른 정보원들에 대한 이야기로 넘어갔다. 그다음에는 베를린에서 그가 관장한 사무실의 운영 상태, 통신, 직원, 비밀 장비 — 아파트, 자동차, 녹음기, 카메라 — 에 대해 이야기했다. 그들은 밤늦게까지 이야기했고, 이튿날에는 온종일 이야기했다. 이튿날 밤 마침내 침대로 들어간 리머스는 베를린의 연합국 정보기관에 대해 자신이 알고 있는 것은 죄다 털어놓았고 이틀 동안 위스키를 두 병 마신 것을 알았다.

한 가지 마음에 걸리는 문제가 있었다. 피터스는 카를 리메크가 누군가의 도움을 받은 게 분명하다고 끝까지 주장했다. 고위층에 카를 리메크의 협력자가 있었다는 것이다. 이제야 생각이 났지만, 관리관도 리머스에게 같은 질문을 한 적이 있었다. 그는 리메크가 정보에 접근하는 방법을 물었다. 어떻게 그들은 둘 다 카를이 혼자서는 그 일을 해낼 수 없었다고 그렇게 확신할 수 있을까? 물론 그를 도와준 사람들은 있었다. 리머스가 카를을 만난 날 운하 옆에서 카를을 경호하고 있던 두 사람도 그의 협력자였다. 하지만 그들은 하찮은 존재에 지나지 않았다. 카를은 리머스한테 그들에 대해 말해 주었다. 하지만 피터스는 — 어쨌든 피터스는 카를이 얼마나 많은 정보를 손에 넣었는지를 정확히 알고 있을 것이다 — 카를이 그 일을 단독으로 해냈다고는 믿지 않았다. 이 점에서 피터스와 관리관은 분명 같은 생각이었다.

아마 그것은 사실일 것이다. 누군가 다른 사람이 있었을 것이다. 그 사람이야말로 관리관이 문트의 손에서 지켜 주려고 그토록 노심초사한 〈특수 관계자〉일 것이다. 그것은 카를 리메크가 이 〈특수 관계자〉와 협력하여 둘이 함께 얻은 정보를 제공했다는 의미일 것이다. 관리관은 베를린에 있는 리머스의 아파트에서 카를과 단둘이 만난 그날 저녁 카를에게 바로 그것을 이야기했을 것이다.

어쨌든 내일은 알게 될 것이다. 내일 리머스는 전력을 다할 작정이었다.

누가 엘비라를 죽였는지 궁금했다. 그리고 〈왜〉 죽였는지도 궁금했다. 물론 — 이것이 문제의 핵심이고, 이렇게 생각하면 엘비라가 살해된 이유를 설명할 수 있다 — 엘비라는 리메크의 특별한 협력자의 정체를 알고 있었기 때문에 그 협력자의 손에 살해당했다…… 아니, 그것은 너무 무리한 해석이다. 이 해석은 동쪽에서 서쪽으로 넘어오는 것이 얼마나 어려운 것인가 하는 점을 간과했다. 뭐니 뭐니 해도 엘비라는 서베를린에서 살해되었다.

관리관은 엘비라가 살해된 사실을 왜 말해 주지 않았을까? 피터스한테 그 소식을 들었을 때 적절한 반응을 보일 수 있게 하려고? 이리저리 추측해 봤자 소용없는 일이었다. 관리관은 나름대로 이유를 갖고 있었다. 그 이유는 대개 복잡하기 이를 데 없어서, 일주일 정도는 머리를 쥐어짜야 겨우 알아낼 수 있었다.

그는 잠들기 직전에 중얼거렸다.

「카를은 바보였어. 그 여자가 카를을 죽인 게 분명해.」

엘비라는 이제 죽었다. 벌을 받은 것이다. 리즈가 생각났다.

9
이튿째

 피터스는 이튿날 아침 8시에 나타났다. 그들은 인사도 나누지 않고 곧바로 탁자에 앉아 이야기를 시작했다.
「그래서 당신은 런던으로 돌아갔지요. 거기서 뭘 했습니까?」
「나는 해직당했소. 인사과의 그 머저리 녀석이 공항으로 마중 나온 걸 보고 다 끝났다는 걸 짐작했지요. 나는 곧장 관리관한테 가서 카를에 대해 보고해야 했소. 하지만 카를이 죽었다는 것 말고 또 무슨 할 말이 있었겠소?」
「본부에서는 당신을 어떻게 처리했나요?」
「처음에는 런던에서 빈둥거리면서 상당한 연금을 받을 자격을 얻을 때까지 기다려도 된다고 했소. 조치가 너무 관대해서 나는 오히려 속이 상했을 정도요. 그래서 말해 주었지요. 그렇게 돈을 주고 싶으면 간단한 방법이 있지 않으냐. 내가 중간에 퇴직했다 복직한 것을 문제 삼지 말고 내 근무 기간을 모두 합산하면 당연히 연금을 제대로 받을 수 있는데 왜 그렇게 하지 않느냐. 그런데 내 말에 비위가 상했는지, 그들은 나를 금융과에 배치해서 여자들 틈에서 일하게 했소. 그 무렵에 대해서는 잘 기억이 나지 않아요. 그때부터 술을 마시기 시작했으니까. 그러다가 불행한 변을 당했소.」

그는 담배에 불을 붙였다. 피터스가 고개를 끄덕였다.

「내가 해직당한 건 사실 그 때문이었소. 그들은 내가 술을 마시는 것을 좋아하지 않았소.」

「금융과에 대해 기억나는 것을 말해 주시지요.」 피터스가 말했다.

「지루한 부서였소. 책상 업무는 내 적성에 맞지 않아요. 나는 그걸 알고 있었소. 내가 베를린에서 일을 계속한 건 그 때문이었소. 영국으로 소환되었을 때 나는 좌천되리라는 것을 알았지만, 제기랄…….」

「그래서 무슨 일을 했지요?」

리머스는 어깨를 으쓱했다.

「여자 두 명과 같은 방에 있었소. 서스비와 래릿이라는 여자였는데, 나는 〈서스디(목요일)〉와 〈프라이디(금요일)〉라고 불렀지요.」 그는 바보처럼 히죽 웃었다. 그러나 피터스는 무슨 뜻인지 이해하지 못하는 것 같았다.

「일은 서류를 받아서 처리하는 것뿐이었소. 재정과에서 서류가 내려오는데, 〈아무개한테 언제부터 7백 달러 지급이 승인되었으니 처리해 주기 바람〉 — 이런 내용이었소. 〈서스디〉와 〈프라이디〉는 그걸 조금 주물럭거리다가 스탬프를 찍고 서류철에 철하고, 그러면 나는 수표에 서명을 하든지 은행에 송금을 의뢰하는 것이지요.」

「어떤 은행입니까?」

「블랫 로드니. 시내에 있는 작은 은행이오. 이튼(영국의 명문 고교) 출신은 신중하다는 게 영국 정보부의 지론이지요.」

「그럼 당신은 온 세계에 퍼져 있는 첩보원들의 이름을 다 알고 있겠군요?」

「반드시 그렇다고는 할 수 없소. 그건 역시 빈틈이 없었으니까. 나는 수표에 서명을 하거나 은행에 송금을 의뢰하지만, 수취인의 이름은 공란으로 남겨 두었소. 수표에 첨부할 서류며 그 밖의 여러 가지에 모두 서명하면 서류철은 〈특별 송달과〉로 돌아가는 거요.」

「그곳은 무엇을 하는 부서죠?」

「모든 요원들의 인사 기록을 보관하고 있지요. 이 과에서 수취인의 이름을 기입하고 지령서를 보냅니다. 정말 빈틈없이 짜여져 있다고 말할 수밖에 없어요.」

피터스는 실망한 표정을 지었다.

「그럼 수취인의 이름을 알아낼 방법이 전혀 없었다는 겁니까?」

「대개는 그렇소.」

「하지만 때로는?」

「이따금 아주 아슬아슬해질 때가 있었지요. 금융과와 재정과와 특별 송달과 사이를 오락가락하다 보면 당연히 혼란이 일어났소. 너무 복잡하니까. 그러다가 이따금 특별한 자료에 부닥치면 뭔가 눈에 들어오곤 했지요.」

리머스는 자리에서 일어났다.

「내가 기억할 수 있는 활동비 지급 내역을 모두 목록으로 만들어 보았소. 내 방에 있으니까 가서 가져오겠소.」

그는 발을 질질 끄는 걸음걸이로 방에서 나갔다. 네덜란드에 도착한 이후 그는 줄곧 그런 걸음으로 걸어다녔다. 돌아왔을 때 그는 싸구려 공책에서 찢어 낸 종이 두어 장을 손에 쥐고 있었다.

「어젯밤에 작성한 거요. 그러면 시간이 절약될 것 같아서.」

피터스는 종이를 받아 들고 천천히 주의 깊게 읽었다. 그는 깊은 인상을 받은 듯했다.

「좋습니다. 아주 좋아요.」

「그 가운데 가장 기억에 남아 있는 것은 〈구르는 돌〉이라고 불린 사업이었소. 그 일 때문에 나는 두 번 해외여행을 했지요. 한번은 코펜하겐에 갔고, 또 한번은 헬싱키에 갔소. 임무는 은행에 돈을 집어넣는 것뿐이었지만.」

「얼마나?」

「코펜하겐에서는 만 달러, 헬싱키에서는 4만 마르크.」

피터스는 연필을 내려놓았다.

「수취인은?」

「그건 나도 몰라요. 우리는 예금 계정을 다루기만 했으니까요. 나는 가짜 여권을 발급받아서, 코펜하겐에서는 왕립 스칸디나비아 은행으로 갔고, 헬싱키에서는 핀란드 국립 은행으로 가서 돈을 예치하고, 내 가명과 또 다른 누군가의 가명으로 공동 예금 계좌를 개설하여 보통 예금 통장을 발급받았소. 그 누군가는 아마 첩보 요원일 거요. 나는 그 사람의 서명 견본을 두 은행에 제출했소. 서명 견본은 본부에서 받았지요. 그 요원은 나중에 보통 예금 통장과 가짜 여권을 받아서 은행에 제시하고 돈을 인출했소. 내가 아는 것은 그 사람의 가명뿐이오.」 리머스는 자신이 말하고 있는 것을 들었지만, 스스로 생각해도 납득하기 힘들게 여겨졌다.

「그런 방법을 흔히 사용했습니까?」

「아니요. 그건 특별한 지불 방법이었소. 지불 예약자 명단이 있었지요.」

「그게 뭡니까?」

「거기에는 극소수 사람만 아는 암호가 붙어 있었소.」

「암호는 뭐였습니까?」

「아까 말했잖소. 〈구르는 돌〉이라고. 여러 나라의 수도에서 다양한 화폐로 만 달러를 부정기적으로 지불하는 것도 그 사업에 포함되었소.」

「장소는 항상 수도였습니까?」

「내가 아는 한은 그렇소. 내가 그 부서에 가기 전에도 〈구르는 돌〉 사업에 따라 돈이 지불되었다는 기록을 서류철에서 읽은 기억이 나지만, 그 경우에는 금융과가 현지 주재원을 통해서 돈을 지불했소.」

「당신이 금융과에 배치되기 전에는 어느 도시에서 돈이 지불되었지요?」

「한 번은 오슬로였지만, 나머지는 어디였는지 기억나지 않소.」

「수취인의 가명은 항상 같았습니까?」

「아니요. 그것도 안전을 위한 또 하나의 예방 조치였소. 나중에 들었는데, 그 기법은 모두 소련인에게 배웠다고 합디다. 나는 그렇게 복잡한 지불 방법은 본 적이 없었소. 나는 여행할 때마다 다른 가명을 사용했고, 물론 여권도 그때마다 바뀌었소.」

이 진술은 피터스를 기쁘게 한 것 같았다. 그의 조사에서 빠진 부분을 메우는 데 도움이 되었기 때문이다.

「첩보원이 돈을 인출할 때 제시한 그 가짜 여권들에 대해 아는 게 있습니까? 가짜 여권은 어떻게 만들어지고 발송되었지요?」

「내가 아는 것은 돈이 예치된 나라의 비자를 가짜 여권에 첨부해야 했다는 것뿐이오. 그리고 입국 스탬프도.」

「입국 스탬프?」

「그렇소. 여권은 국경을 통과할 때 사용되지 않고 은행에서 신분증으로 제시될 뿐이라고 나는 생각했소. 첩보원은 진짜 여권으로 은행이 있는 나라에 합법적으로 들어간 뒤, 은행에서 가짜 여권을 사용했을 게 분명하다. 나는 그렇게 추측했소.」

「초기에는 주재원이 돈을 지불하고 나중에는 런던에서 파견된 누군가가 지불한 이유를 압니까?」

「알고 있소. 금융과 여직원들한테 물어보았지요. 〈서스디〉와 〈프라이디〉한테. 관리관은 걱정…….」

「관리관? 관리관이 직접 지휘를 맡았다는 겁니까?」

「관리관이 지휘하고 있었소. 관리관은 은행에서 주재원을 알아볼지도 모른다고 걱정했소. 그래서 나를 배달부로 이용한 거요.」

「당신이 여행한 것은 언제였습니까?」

「코펜하겐에는 6월 15일에 갔다가 그날 밤 비행기로 돌아왔소. 헬싱키는 9월 말에 가서 이틀 밤 묵고 28일쯤 돌아왔소. 헬싱키에서는 꽤 재미있게 놀았지요.」

리머스는 히죽 웃었지만 피터스는 아랑곳하지 않았다.

「다른 지불은…… 언제 이루어졌습니까?」

「미안하지만 기억이 나지 않소.」

「하지만 오슬로에서 지불된 것은 확실하지요?」

「그렇소. 분명 오슬로였소.」

「주재원에 의해 공작금이 지불된 처음 두 건은 간격이 얼마나 됩니까?」

「모르겠소. 그렇게 길지는 않았던 것 같소. 한 달쯤일까. 아마 그보다 좀 더 길었을 거요.」

「첫 번째 지불이 이루어지기 전에 그 첩보원이 얼마 동안 활동했다는 느낌을 받았습니까? 파일에 그것이 나타나 있었나요?」

「모르겠소. 파일은 실제 지불한 사실만 다루었소. 첫 번째 지불은 1959년 초에 이루어졌다고 기록되어 있을 뿐, 다른 자료는 전혀 없었소. 그것은 지불 예약자가 제한되어 있을 경우에 작용하는 원칙이오. 하나의 사건을 여러 파일이 조금씩 다르게 다루지요. 원본 파일을 가진 사람만이 그 모든 파일을 종합할 수 있을 거요.」

피터스는 이제 줄곧 메모를 하고 있었다. 방 어딘가에 녹음기가 감추어져 있겠지만 나중에 테이프를 녹취하는 데 시간이 걸리기 때문일 거라고 리머스는 생각했다. 피터스가 지금 기록한 것은 오늘 밤 모스크바로 보낼 전문의 배경이 될 것이다. 그리고 헤이그의 소련 대사관에서는 여자들이 테이프를 말 그대로 전사한 녹취록을 한 시간마다 전문으로 보내면서 밤을 꼬박 새울 것이다.

「이건 상당히 큰돈입니다.」 피터스가 말했다. 「돈을 지불하는 절차가 복잡하고 비용도 많이 들었는데, 당신은 그걸 어떻게 생각했습니까?」

리머스는 어깨를 으쓱했다.

「내가 어떻게 생각할 수 있었겠소? 나는 관리관이 아주 훌륭한 정보원을 갖고 있는 게 분명하다고 생각했지만, 자료를 본 적이 없어서 모르겠소. 지불 방법은 마음에 들지 않았소.

너무 복잡하고 너무 교묘하니까. 직접 본인을 만나서 현찰로 건네주면 될 것을, 그렇게 하지 않는 이유를 난 알 수가 없었소. 정말로 첩보원은 가짜 여권을 주머니에 넣고 진짜 여권으로 국경을 넘었을까요? 그건 의심스럽소.」

이제 쟁점을 혼란시키고 피터스로 하여금 토끼를 쫓게 할 때가 왔다.

「그게 무슨 뜻입니까?」

「아마 그 돈은 은행에서 인출되지 않았을 거요. 그 첩보원이 철의 장막 뒤에서 고위층에 있는 사람이라면, 돈은 언제든 그가 예금 계좌에 접근할 수 있을 때 찾을 수 있도록 그 계좌에 예치되어 있을 거요. 어쨌든 나는 그렇게 생각했소. 하지만 그 이상은 별로 생각해 보지 않았소. 생각할 필요가 없었으니까. 전체 상황의 일부만 아는 것도 우리가 하는 일의 일부요. 그건 당신도 알고 있을 거요. 호기심이 많은 사람은 가엾지요.」

「당신 말대로 돈을 찾지 않는다면, 무엇 때문에 일부러 번거롭게 가짜 여권을 만듭니까?」

「내가 베를린에 있을 때, 카를 리메크가 달아날 필요가 생겼는데 우리와 연락이 닿지 않을 경우에 대비해서 대책을 마련했소. 뒤셀도르프의 어떤 주소에 리메크의 가짜 서독 여권을 놓아두었지요. 리메크는 미리 정해진 절차에 따르면 언제든지 그 여권을 손에 넣을 수 있었소. 그 여권은 유효 기간이 만료된 적이 없어요. 〈특별 여행과〉는 여권과 비자의 유효 기간이 지나면 갱신해 주었소. 관리관은 그 첩보원에 대해서도 같은 수법을 썼을 가능성이 있지만, 모르겠소. 그건 추측일 뿐이오.」

「여권이 발행된 것을 어떻게 압니까?」

「금융과와 특별 여행과 사이에 오간 서류에 회의록이 있었소. 특별 여행과는 가짜 신분증과 비자를 조달하는 부서요.」

「알겠습니다.」 피터스는 잠시 생각하다가 물었다. 「코펜하겐과 헬싱키에서 사용한 가명은 뭐지요?」

「로버트 랭. 더비 출신의 전기 기사로 위장했소. 그건 코펜하겐이었소.」

「코펜하겐에 간 것은 정확히 언제였습니까?」

「아까도 말했잖소. 6월 15일이라고. 그날 오전 11시 반쯤 거기에 도착했소.」

「어느 은행을 이용했지요?」

「제발 이러지 마시오.」 리머스가 갑자기 화를 내면서 말했다. 「왕립 스칸디나비아 은행이라고 말했잖소. 당신은 그걸 받아 적었소.」

「확실히 해두고 싶었을 뿐입니다.」 피터스는 차분하게 대답하고 필기를 계속했다. 「그럼 헬싱키에서는 어떤 가명을 사용했지요?」

「스티븐 베넷. 플리머스 출신의 선박 기관사로 위장했소. 내가 거기에 간 건······.」 그는 빈정거리는 투로 덧붙였다. 「9월 말이었소.」

「도착한 날 바로 은행에 갔습니까?」

「그렇소. 그날은 24일이나 25일이었소. 아까도 말했듯이 날짜는 확실치 않아요.」

「영국에서 돈을 가져갔습니까?」

「물론 아니오. 우리는 매번 주재원의 계좌로 돈을 이체했소. 주재원이 그 돈을 인출해서 여행 가방에 넣고 공항에서 나를 만나 건네주었소. 나는 그것을 은행으로 가져갔소.」

「코펜하겐의 주재원은 누굽니까?」

「페테르 옌센. 대학 구내 서점에서 책을 파는 사람이오.」

「그럼 첩보원이 사용하기로 되어 있었던 이름은 뭐지요?」

「코펜하겐에서는 호르스트 카를스도르프였소. 아마 그랬을 거요. 아니, 틀림없소. 이제 기억이 나는군. 카를스도르프. 나는 계속 카를스호르스트라고 말하고 싶었소.」

「신분은?」

「오스트리아 클라겐푸르트 출신의 매니저였소.」

「그럼 다른 첩보원은? 헬싱키 첩보원의 이름은 뭡니까?」

「페히트만. 스위스 장크트갈렌 출신인 아돌프 페히트만이었소. 그 사람은 박사 칭호도 갖고 있었소. 그래요. 기록 보관소에서 일하는 페히트만 박사.」

「알겠습니다. 둘 다 독일어를 사용했군요?」

「그렇소. 나도 그 점을 알아차렸소. 하지만 독일인일 리는 없어요.」

「어째서요?」

「나는 이래 봬도 베를린 조직의 우두머리였소. 독일인이라면 내가 그 일에 관여했을 거요. 동독의 고위층 정보원은 베를린에서 관리해야 할 테고, 그랬다면 내가 몰랐을 리 없소.」

리머스는 일어나서 찬장으로 다가가 술잔에 위스키를 따랐다. 피터스한테는 신경도 쓰지 않았다.

「이 경우에는 특별한 대책, 특별한 절차가 마련되었다고 당신 자신이 말했잖습니까? 아마 그들은 당신이 알 필요가 있다고는 생각지 않았을 겁니다.」

「웃기는 소리 마시오.」 리머스는 퉁명스럽게 대답했다. 「나는 당연히 알았을 거요.」

그는 무슨 일이 있어도 끝까지 이 주장을 고집할 작정이었다. 그러면 그들은 그가 좀 더 분별이 있다고 느끼고, 그가 제공하는 나머지 정보를 신뢰하게 될 터였다. 관리관은 이렇게 말했다. 〈그들은 《자네가 뭐라고 주장하든 관계없이》 멋대로 추론하고 싶어 할 걸세. 우리는 그들에게 미끼를 주어야 하고, 그들이 내린 결론에 계속 회의적인 태도를 보여야 돼. 그들의 지식과 자만심을 이용해서 그들이 서로 의심하도록 하게. 그것이 우리가 해야 할 일일세.〉

피터스는 우울한 진실을 확인하는 것처럼 고개를 끄덕였다.

「당신은 꽤나 자존심이 강한 사람이군요, 리머스.」 그가 다시 한번 말했다.

피터스는 그 직후에 떠났다. 리머스에게 작별 인사를 하고 해변 도로를 따라 걸어갔다. 점심시간이었다.

10
사흘째

 피터스는 그날 오후에도, 이튿날 아침에도 나타나지 않았다. 리머스는 계속 방에서 연락이 오기를 기다렸지만 아무 연락도 없었다. 점점 마음이 초조해졌다. 관리인에게 물어보았지만 그녀는 미소를 지으면서 두툼한 어깨를 으쓱할 뿐이었다. 이튿날 오전 11시쯤 리머스는 해변 도로를 산책하기로 마음먹고, 밖에 나가서 담배를 사고 바다를 멍하니 바라보았다.

 한 소녀가 해변에 서서 갈매기들에게 빵 조각을 던져 주고 있었다. 그녀는 리머스에게 등을 돌리고 있었다. 바닷바람이 치렁하고 검은 머리카락을 나부끼게 하고 코트 자락을 펄럭이게 했다. 그러자 소녀의 몸은 바다를 향해 활 모양으로 젖혀졌다. 그 순간 리머스는 리즈가 준 게 무엇인지 깨달았다. 영국으로 돌아가게 되면 그것을 되찾아야 할 거라고 생각했다. 그것은 하찮은 것에 대한 관심과 애정이었다. 평범한 생활이 가치 있다는 믿음, 빵 부스러기를 종이 봉지에 넣고 해변으로 걸어가 갈매기들에게 던져 주는 소박함. 하찮은 것에 대한 이 관심은 리머스가 이제껏 가질 수 없었던 것이었다.

갈매기에게 던져 줄 빵이든 사랑이든, 다른 무엇이든 간에, 그는 돌아가서 그것을 찾을 것이다. 스스로 찾지 못하면 그를 대신해서 리즈가 그것을 찾게 할 것이다. 일주일이나 2주일 뒤에는 귀국할 수 있을 것이다. 관리관은 그들이 준 돈을 다 가져도 좋다고 말했다. 그 돈이면 충분할 것이다. 1만 5천 파운드에다 퇴직금과 연금을 받으면, 관리관 말마따나 추운 바깥에서 따뜻한 실내로 충분히 들어갈 수 있다.

그는 길을 빙 돌아서 12시 15분 전에 방갈로로 돌아갔다. 여자는 한마디도 하지 않고 그를 맞아들였지만, 뒷방으로 들어갔을 때 그는 그녀가 수화기를 들고 다이얼을 돌리는 소리를 들었다. 통화는 몇 초밖에 걸리지 않았다. 12시 반에 여자는 점심을 가져왔고, 그의 요구에 따라 영국 신문도 몇 부 가져왔다. 그는 오후 3시까지 느긋하게 신문을 읽었다. 평소에는 아무것도 읽지 않는 리머스가 정신을 집중하여 천천히 신문을 읽었다. 그는 작은 기사들의 주제가 된 사람들의 이름과 주소 같은 세부를 기억했다. 리머스는 일종의 펠먼식 기억술처럼 거의 무의식적으로 그것을 머리에 새겼고, 거기에 완전히 몰두했다.

3시에 피터스가 왔다. 리머스는 그를 보자마자 무슨 일인가가 일어난 것을 알았다. 그들은 탁자에 앉지 않았다. 피터스는 레인코트도 벗지 않았다.

「나쁜 소식을 가져왔습니다. 영국에서 당신을 찾고 있어요. 오늘 아침에 그 소식을 들었습니다. 항구를 감시하고 있답니다.」

「무슨 혐의로?」 리머스는 침착하게 물었다.

「명목상으로는 감옥에서 석방된 뒤 법으로 정해진 기간

안에 경찰에 신고하지 않았기 때문이랍니다.」

「그럼 실제로는?」

「국가 기밀 보호법 위반죄로 당신을 수배했다는 소문이 돌고 있습니다. 런던에서 발행되는 모든 석간에 당신 사진이 실려 있어요. 사진 설명은 아주 애매모호합니다.」

리머스는 꼼짝도 않고 서 있었다.

관리관이 꾸민 일이었다. 그는 리머스를 잡으라고 외치기 시작했다. 달리는 설명할 수 없었다. 애시나 키버가 체포되었다 해도, 그들이 지껄였다 해도, 추적의 외침 소리를 지른 책임은 여전히 관리관에게 있었다. 관리관은 이렇게 말했다. 〈2~3주 지나면 그들은 자네를 심문하기 위해 어딘가로 데려갈 걸세. 어쩌면 외국으로 데려갈지도 몰라. 하지만 2~3주 동안은 자네를 지켜볼 걸세. 그러고 나면 일이 저절로 굴러가겠지. 화학 반응이 일어나는 동안 자네는 납작 엎드려 있어야 할 거야. 하지만, 물론 자네는 그것을 싫어하지 않겠지. 나는 문트가 제거될 때까지 작전 수당으로 자네 생활비를 대기로 합의했네. 그게 가장 공정한 방법인 것 같아서.〉

그런데 지금 이런 일이 일어났다.

이것은 합의한 사항이 아니었다. 이것은 이야기가 달랐다. 도대체 뭘 어쩌란 말인가? 이제 와서 발을 빼면, 피터스와 함께 가기를 거부하면 작전을 망치게 된다. 피터스가 거짓말을 하고 있을 가능성도 있다. 이것이 그를 테스트하는 수단일 수도 있다. 그렇다면 더욱 피터스와 함께 가는 데 동의해야 한다. 하지만 피터스와 함께 가면, 동쪽의 폴란드나 체코슬로바키아 같은 나라에 가기로 동의하면, 두 번 다시 거기서 나오지 못할 수도 있다. 사실 그들이 그를 내보내 줄 이유는 전혀 없었다. 또한 그가 나가기를 〈원할〉 이유도 전혀 없었다(그는 명목상으로는 서유럽에서 지명 수배된 범죄자니까).

관리관이 꾸민 일이라고 그는 확신했다. 조건이 너무 좋았다. 그것은 처음부터 알고 있었다. 그들은 아무 이유도 없이 돈을 그런 식으로 헛되이 내던지지 않는다. 그를 잃을 수도 있다고 생각지 않았다면 그렇게 많은 돈을 내던질 리가 없다. 그런 돈은 관리관이 공개적으로 인정하려 들지 않는 불편과 위험에 대한 〈보상〉이었다. 그런 돈은 경계 경보였다. 리머스는 그 경고에 주의를 기울이지 않았던 것이다.

「그런데 그들이 도대체 어떻게 그걸 알아차릴 수 있었을까요?」 리머스가 조용히 물었다. 한 가지 생각이 그의 마음을 스치고 지나갔다. 「물론 당신 친구 애시가 그들에게 말할 수도 있었겠지요. 아니면 키버가……」

「물론 그럴 수도 있습니다.」 피터스가 대답했다. 「그런 일이 언제든지 일어날 수 있다는 것은 당신도 잘 알고 있겠지요. 우리 일에는 확실성이라는 게 존재하지 않습니다. 사실은……」 그는 초조한 투로 덧붙였다. 「지금쯤 서유럽의 모든 나라가 당신을 찾고 있을 겁니다.」

리머스는 피터스의 말을 듣고 있지 않았을지도 모른다.

「이제 당신은 나를 완전히 낚았군. 안 그렇소, 피터스? 당신 부하들은 배가 아프도록 웃고 있겠지. 아니면 그들이 비밀 정보를 흘린 거요?」

「당신은 자신의 중요성을 과대평가하고 있소.」 피터스가 심술궂게 말했다.

「그럼 왜 나를 미행했는지, 그 이유를 말해 주겠소? 오늘 아침에 산책을 하러 나갔는데, 해변에서 갈색 양복 차림의 두 사내가 서로 20미터 간격을 두고 나를 따라왔소. 그리고 내가 돌아오자 이 집 여주인은 당신한테 전화를 걸었소.」

「우리가 알고 있는 사실에 충실합시다.」 피터스가 제안했다. 「당신 상관이 어떻게 이 일을 알아차렸는지는 지금으로서는 그렇게 중대한 관심사가 아닙니다. 중요한 사실은, 그들이 알아차렸다는 것이지요.」

「런던의 석간신문을 가져왔소?」

「물론 가져오지 않았습니다. 여기서는 아직 구할 수 없으니까요. 우리는 런던에서 전문을 받았습니다.」

「거짓말. 당신의 전신기는 모스크바 본부하고만 연락할 수 있을 텐데.」

「이번 경우에는 두 지부가 직접 연락하는 것이 허용되었어요.」 피터스가 성난 얼굴로 대꾸했다.

「그것 참 놀랍군.」 리머스는 일그러진 미소를 지으며 말했다. 「당신, 대단한 거물인가 보군. 아니면……」 문득 어떤 생각이 그의 머리에 떠올랐다. 「이 일에 모스크바가 직접 관여하고 있지 않은 거요?」

피터스는 질문을 무시했다.

「당신이 선택할 수 있는 길이 무엇인지는 알고 있겠지요? 우리가 책임지고 당신을 안전하게 저쪽으로 데려가도록 맡기거나 아니면 당신 혼자 힘으로 꾸려 나가거나, 양자택일을 해야 합니다. 우리의 보호를 받지 않으면 결국 붙잡힐 게 뻔해요. 당신은 가짜 서류도 없고, 돈도 없고, 아무것도 없습니다. 당신의 영국 여권도 열흘 뒤에는 유효 기간이 끝날 겁니다.」

「세 번째 가능성이 있소. 나한테 스위스 여권과 돈을 조금 주고 달아나게 해주시오. 그러면 내 앞가림 정도는 혼자서도 할 수 있소.」

「그건 별로 좋은 방법이라고 생각되지 않는데요.」

「아직 심문을 끝내지 않았다는 뜻이군. 그래, 심문이 끝날 때까지는 나를 소모품으로 희생시킬 수 없다는 거요?」

「대충 그렇습니다.」

「심문을 다 끝내면 나를 어떻게 처리할 거요?」

피터스는 어깨를 으쓱했다.

「어떻게 해주면 좋겠습니까?」

「새 신분증. 스칸디나비아 국가의 여권도 좋겠지. 그리고 돈.」

「너무 진부하군요. 하지만 상부에 건의해 보겠습니다. 그럼 나와 함께 갈 겁니까?」 리머스는 망설이다가 불안한 듯 어색하게 웃으면서 물었다.

「가지 않으면 어떻게 할 거요? 어쨌든 나는 할 이야기가 있잖소?」

「그런 이야기는 입증하기가 어렵지요. 나는 오늘 밤에 떠날 겁니다. 애시와 키버는……」 그는 어깨를 으쓱했다. 「어떻게 될까요?」

리머스는 창가로 다가갔다. 잿빛의 북해 위에 먹구름이 모여들고 있었다. 그는 갈매기들이 먹구름을 배경으로 방향을 바꾸는 것을 지켜보았다. 여자는 가고 없었다.

마침내 그가 말했다.

「좋소. 준비해 주시오.」

「내일까지는 동쪽으로 가는 비행기가 없습니다. 한 시간 뒤에 베를린행 비행기가 있으니까, 그걸 탑시다. 시간이 아주 빠듯할 겁니다.」

그날 밤 리머스는 수동적인 역할을 맡은 덕분에 꾸밈없고 능률적인 피터스의 일 처리에 다시 한번 탄복할 수 있었다. 여권은 오래전에 만들어져 있었다. 모스크바 본부는 그것을 미리 생각해 둔 게 분명했다. 여권은 여행사 직원인 알렉산더 스웨이트 명의로 되어 있었고, 비자와 출입국 스탬프가 잔뜩 찍혀 있었다. 여행이 직업인 사람의 여권답게 손때 묻은 낡은 여권이었다. 공항에서 여권을 검사한 네덜란드 보안요원은 고개를 까딱하고는 형식적으로 스탬프를 찍어 주었다. 피터스는 그보다 서너 사람 뒤에 서서 이 형식적인 절차에 무관심한 척하고 있었다.

〈여객 전용〉 구역에 들어가자 신문 판매대가 리머스의 눈길을 끌었다. 국제적인 신문들이 진열되어 있었다. 「르 피가로」, 「르 몽드」, 「노이에 취르허 차이퉁」, 「디 벨트」 그리고 영국 일간지와 주간지 대여섯 종이 보였다. 그가 매점을 바라보고 있을 때, 매점 안에 있던 젊은 여자가 판매대 앞으로 돌아 나와서 「이브닝 스탠더드」 한 부를 판매대에 밀어 넣었다. 리머스는 서둘러 매점으로 다가가 그 신문을 판매대에서 빼냈다.

「얼마요?」 그가 물었다. 그리고 바지 주머니에 손을 찔러 넣은 순간, 그는 네덜란드 통화를 하나도 갖고 있지 않다는 것을 깨달았다.

「30센트예요.」 젊은 여자가 대답했다. 꽤 예쁘장한 여자였다. 까무잡잡한 얼굴이 쾌활해 보였다.

「영국 돈으로 2실링밖에 없는데, 네덜란드 돈으로 백 센트쯤 될 거요. 이거라도 받아 주겠소?」

「좋아요.」

리머스는 2실링짜리 은화를 여자에게 건네주었다. 그리고 뒤를 돌아보니 피터스는 아직도 창구에서 여권 심사를 받느라 리머스에게 등을 돌리고 있었다. 리머스는 망설이지 않고 곧장 남자 화장실로 들어갔다. 그곳에서 신문을 재빨리, 그러면서도 샅샅이 훑어본 뒤, 쓰레기통에 신문을 쑤셔 넣고 밖으로 나왔다. 피터스의 말은 사실이었다. 신문에는 그의 사진이 실려 있고, 그 밑에 아리송한 설명이 붙어 있었다. 리즈가 그걸 보았을지 궁금했다. 리머스는 생각에 잠긴 채 탑승객 라운지로 걸어갔다. 10분 뒤 그들은 함부르크를 거쳐 베를린으로 가는 비행기에 탔다. 이 일이 시작된 이후 처음으로 리머스는 겁이 났다.

11
리머스의 친구들

그날 저녁에 두 사내가 리즈를 찾아갔다.

리즈 골드의 아파트는 베이스워터의 북쪽 끝에 있었다. 아파트에는 일인용 침대 두 개와 산뜻해 보이는 진회색 가스난로가 있었다. 구형 난로는 부글부글 거품 이는 소리를 내지만, 이 신형 난로는 색색거리는 소리를 냈다. 리머스와 함께 있을 때 전등을 끄면, 가스난로가 방을 밝히는 유일한 불빛이었다. 그럴 때면 리즈는 이따금 가스난로를 뚫어지게 들여다보곤 했다. 리머스는 그녀의 침대, 문에서 가장 멀리 떨어진 침대에 누워 있고, 리즈는 그 옆에 걸터앉아 그에게 입을 맞추거나, 얼굴을 맞댄 채 가스난로의 불빛을 바라보곤 했다. 그런데 이제는 그에 대한 생각을 너무 많이 하는 게 두려웠다. 그러면 리머스가 어떻게 생겼는지 생각나지 않았기 때문이다. 그래서 리즈는 희미한 수평선에 눈길을 주듯 마음이 잠깐씩 리머스를 생각하도록 내버려 두었다. 그러면 그의 말투며 몸짓, 그녀를 바라보는 눈길, 아니 그녀를 무시하는 듯한 태도가 떠오르곤 했다. 끔찍한 것은, 그녀의 생각이 거기에 머문 채 더 이상 나아가지 못한다는 것이었다. 생각하려고 해도 기억할 만한 추억의 재료가 없었다 — 사진도 기념품도 없고, 아무것도 없었다. 함께 사귄 친구도 없었다. 도서관의 미스 크레일이 유일한 사람이지만, 리머스가 그렇게 야단스럽게 도서관을 떠났기 때문에 그에 대한 미스 크레일의 증오는 더욱 커졌을 뿐이다.

리즈는 한 번 그가 살고 있는 집에 가서 집주인을 만난 적이 있었다. 어째서 그런 마음이 들었는지는 알 수 없지만, 어쨌든 용기를 내어 찾아가 보았던 것이다. 집주인은 앨릭에 대해 무척 호감을 가지고 있었다. 리머스 씨는 방세도 신사처럼 꼬박꼬박 냈고, 한두 주일 밀린 상태였지만 친구라는 사람이 와서 군말 없이 치르고 갔다는 것이다. 집주인은 늘 리머스 씨를 신사라고 말했고, 앞으로도 계속 그렇게 말할 작정이라고 했다. 상류 학교를 나오지는 않았지만, 진정한 신사라고 말할 수밖에 없다는 것이다.

「그도 때로는 인상을 쓸 때가 있었고, 술도 좀 지나치게 마시는 것 같았지만, 비틀거리는 모습으로 돌아온 적은 한 번도 없었어요. 그런데 방세를 치르러 찾아온 친구 — 작달막한 체격에 안경을 쓴 남자 — 가 하는 말이, 밀린 방세를 깨끗이 갚아 달라고 리머스 씨가 신신당부했다는 거예요. 그게 신사다운 행동이 아니라면 도대체 뭐가 신사다운 행동이겠어요? 리머스 씨가 무슨 일을 해서 돈을 버는지는 모르지만, 그가 속을 알 수 없는 사람이고 또 나쁜 짓을 할 사람이 아닌 것만은 분명해요. 그가 식료품 가게 주인을 때린 것도 실은 전쟁 이후 누구나 하고 싶어 한 짓이었어요. 방 말입니까? 물론 나갔지요. 경찰이 리머스 씨를 데려가고 이틀 뒤에 한국에서 온 신사에게 빌려주었답니다.」

리즈가 계속 도서관에서 일한 것은 아마 그 때문이었을 것이다. 적어도 도서관에는 그가 여전히 존재하고 있었다. 사다리, 책장, 책들, 색인 카드는 그의 손이 닿았던 물건들이고, 언젠가는 그곳으로 돌아올지 모른다. 그는 두 번 다시 돌아오지 않겠다고 말했지만, 리즈는 그 말을 믿지 않았다. 그런 말을 믿으라는 것은 당신의 병이 절대로 낫지 않을 거라고 말하는 거나 마찬가지였다. 미스 크레일은 리머스가 다시 돌아올 거라고 생각하고 있었다. 그녀는 그에게 지불되지 않은 급료가 남아 있다는 사실을 알고 있었던 것이다. 그녀를 괴롭히던 괴물이 괴물답지 않게 그 돈을 받으러 오지 않자 그녀는 화가 나 있었다.

리머스가 떠난 뒤 리즈는 자신에게 계속 같은 질문을 던지고 있었다. 앨릭은 왜 식료품 가게 주인을 때렸을까? 리머스의 성질이 다소 거칠다는 것은 잘 알고 있었지만, 그것은 다른 문제였다. 그는 열병에서 벗어나자마자 처음부터 그런 짓을 할 작정이었던 듯싶다. 그렇지 않다면 그 전날 밤 그녀에게 작별 인사를 했을 리가 없다. 그는 이튿날 가게 주인을 때리게 되리라는 것을 알고 있었다. 다른 식으로 해석할 수도 있었지만, 리즈는 인정하지 않았다. 리머스는 그녀에게 싫증이 나서 작별 인사를 했고, 이튿날 이별이 주는 감정적 부담 때문에 가게 주인에게 화를 내고 주먹을 휘둘렀을 것이라는 해석이다. 앨릭에게는 뭔가 해야 할 일이 있다는 것을 리즈는 알고 있었다. 처음부터 줄곧 알고 있었다. 그 자신이 리즈에게 그렇게 말하기까지 했다. 하지만 진짜 이유는 그저 짐작할 수밖에 없다.

처음에 리즈는, 리머스가 가게 주인과 다툰 것은 몇 년 동안 쌓인 뿌리 깊은 증오 때문일 거라고 생각했다. 아마 여자 문제나 앨릭의 가족과 관련된 일로 증오가 싹텄을 거라고 생각했다. 하지만 가게 주인 포드 씨를 보자마자 그것은 터무니없는 일로 여겨졌다. 포드 씨는 전형적인 〈프티 부르주아〉로, 소심하고 독선적이며 비열한 성격을 가진 남자였다. 앨릭이 설령 그에게 원한을 품고 있었다 하더라도, 왜 하필이면 토요일을 택해 공격했을까? 주말을 맞아 장을 보러 나온 사람들로 가게가 가장 붐비는 토요일에는 모든 사람이 그 장면을 볼 수 있었을 것이다.

공산당 지부 회의에서도 그 사건이 화제가 되었다. 그 사건이 일어났을 때, 마침 지부의 회계 담당 조지 핸비가 포드의 식료품 가게 앞을 지나고 있었던 것이다. 그는 군중 때문에 많이 보지는 못했지만, 자초지종을 목격한 사람에게 그 경위를 들었다. 핸비는 그 이야기에서 강한 인상을 받고 「워커」지에 급히 전화를 걸었다. 「워커」지에서는 법정에 기자를 파견했고, 좌우 양면을 할애하여 이 사건을 다루었다. 「워커」지에 따르면, 그것은 순전한 항의 사건 — 갑자기 눈을 뜬 사회의식이 지배 계급에 대한 증오심을 불러일으켜 일어난 사건이었다. 핸비에게 경위를 말해 준 사내 — 작달막한 체격에 안경을 쓴 화이트칼라 타입의 평범한 남자 — 는 그 일이 너무 갑작스러웠다고 — 이것은 자연발생적 현상이라는 뜻이다 — 말했다. 그것은 자본주의 체제가 얼마나 선동적인 것인지를 핸비에게 다시 한번 입증해 주었다. 핸비가 이야기하는 동안 리즈는 조용히 앉아 있었다. 물론 그들은 리즈와 리머스의 관계를 알지 못했다. 리즈는 자신이 조지 핸비를 몹시 싫어한다는 것을 그때 깨달았다. 핸비는 잘난 체 거드름을 피우고 심보가 더럽고 리즈에게 추파를 던지면서 어떻게든 그녀의 몸을 만져 보려고 애쓰는 땅딸보였다.

그때 두 남자가 찾아왔다.

리즈는 그들이 경찰관치고는 지나치게 멋쟁이라고 생각했다. 그들은 안테나가 달린 검은색 소형차를 타고 왔다. 한 사람은 키가 작고 좀 뚱뚱한 편이었다. 안경을 썼고, 비싼 옷을 입고 있었고, 상냥한 얼굴에 걱정스러운 표정을 띠고 있었다. 리즈는 이유도 모른 채 그에게 신뢰감을 느꼈다. 또 한 사람은 그보다 세련되었지만 반들거리지는 않았다. 소년 같은 생김새였지만, 적어도 마흔 살은 넘어 보였다. 그들은 런던 경찰청 공안부에서 나왔다고 말하면서 신분증을 보여 주었다. 셀로판 케이스에 든 신분증에는 사진도 함께 인쇄되어 있었다. 이야기는 키 작은 사람이 도맡아 했다.

「앨릭 리머스와 친하게 지낸 것으로 알고 있는데요?」

리즈는 화가 났으나, 땅딸보 사내가 너무도 진지했기 때문에 화를 내는 것도 바보스럽게 여겨졌다.

「그래요. 그런데 그걸 어떻게 아셨죠?」

「어제 우연히 알게 되었습니다. 그런 곳…… 다시 말해서 교도소에 들어가면 가장 가까운 근친자를 말해야 합니다. 리머스는 근친자가 하나도 없다고 했지만, 사실은 거짓말이었어요. 교도소에서 무슨 일이 일어날 경우 누구한테 알려야 하느냐는 질문을 받자, 그가 당신 이름을 대었지요.」

「그래요?」

「당신이 리머스와 친했다는 것을 아는 사람이 또 있습니까?」

「아니요.」

「법정에는 갔었나요?」

「아니요.」

「기자나 채권자 같은 사람이 찾아오지는 않았습니까?」

「네. 말씀드렸잖아요. 다른 사람은 아무도 모른다고. 우리 부모님도 모르시고, 아무도 몰라요. 물론 우리는 도서관에서 함께 일했어요. 심령 연구 도서관요. 그러니 도서관 사서인 미스 크레일만은 우리가 아는 사이라는 것을 알고 있겠군요. 하지만 그녀도 우리 사이에 무언가가 있다고는 꿈에도 생각지 않았을 거예요. 미스 크레일은 좀 이상한 여자죠.」

땅딸보 사내는 아주 심각한 얼굴로 리즈를 잠시 바라보다가 물었다.

「리머스가 포드 씨를 때렸다는 말을 들었을 때, 당신은 놀랐습니까?」

「물론이죠.」

「왜 때렸다고 생각했습니까?」

「모르겠어요. 포드 씨가 외상을 주려고 하지 않았기 때문이겠죠. 하지만 그는 전부터 그럴 작정이었는지 몰라요.」 리즈는 자기가 말을 너무 많이 하는 게 아닐까 생각했지만, 누군가에게 그 이야기를 하고 싶어 견딜 수 없는 기분이었다. 너무 외로웠고, 그 이야기를 해도 해로울 것 같지는 않았다.

「하지만 그날 밤, 그 사건이 일어나기 전날 밤, 우리는 이야기를 나누었어요. 좀 특별한 저녁을 먹었죠. 앨릭이 특별한 만찬을 갖자고 말했을 때 나는 오늘이 마지막 날이구나 생각했어요. 앨릭은 어디선가 붉은 포도주를 한 병 가져왔더군요. 그 포도주는 내 입맛에 별로 맞지 않아서, 앨릭이 거의 다 마셨어요. 그 후 내가 물었죠. 〈이걸로 작별이야? 이제 다 끝난 거야?〉」

「그랬더니 뭐라고 하던가요?」

「자기는 해야 할 일이 있다고 하더군요. 나는 그 말뜻을 이해하지 못했지만.」

긴 침묵이 흘렀다. 땅딸보 사내는 전보다 더욱 신경이 날카로워진 듯했다. 마침내 그가 물었다.

「그 말을 믿었습니까?」

「모르겠어요.」 리즈는 갑자기 앨릭의 신변이 걱정스러워졌다. 이유는 알 수 없었다.

사내가 또 물었다.

「리머스는 결혼한 적이 있고, 아이가 둘 있습니다. 이런 이야기도 하던가요?」

리즈는 아무 말도 하지 않았다.

「그런데도 리머스는 근친자로 당신 이름을 댔어요. 왜 그랬다고 생각하십니까?」

땅딸보 사내는 자신의 질문에 스스로 당황한 것 같았다. 그는 무릎 위에서 깍지를 낀 오동통한 두 손을 내려다보고 있었다. 리즈는 얼굴을 붉혔다.

「저는 앨릭을 사랑하고 있었어요.」

「그도 당신을 사랑했습니까?」

「아마도. 하지만 잘 모르겠어요.」

「지금도 사랑하고 계십니까?」

「네.」

「리머스가 돌아오겠다고 말한 적이 있나요?」 젊은 남자가 물었다.

「아니요.」

「하지만 그때 작별 인사를 했지요? 그렇죠?」 땅딸보 사내가 재빨리 물었다. 그러고는 부드러운 어조로 천천히 말했다. 「리머스한테는 더 이상 아무 일도 일어날 수 없습니다. 그건 약속하지요. 하지만 우리는 그를 돕고 싶습니다. 그가 왜 포드를 때렸는지, 그 이유를 알고 있다면, 말해 주세요. 그가 무심코 한 말이나 사소한 행동에 그 이유의 실마리라도 담겨 있다면, 말해 주세요. 그를 도와주기 위해서니까요.」

리즈는 고개를 저었다.

「돌아가세요. 더 이상 묻지 마시고, 그만 돌아가 주세요.」

나이 많은 경찰관은 문간에 이르자 잠시 망설이다가 지갑에서 명함을 한 장 꺼냈다. 그리고 큰 소리가 날까 두려워하듯 탁자 위에 가만히 명함을 놓았다. 리즈는 그 사내가 아주 조심스러운 성격이라고 생각했다.

「도움이 필요하면…… 리머스와 관련해서 무슨 일이 일어나면…… 나한테 전화를 주세요. 아시겠죠?」

「당신은 누구시죠?」

「앨릭 리머스의 친구입니다.」 그는 잠시 머뭇거리다가 덧붙여 말했다. 「한 가지만 더 묻겠습니다. 마지막 질문인데, 앨릭은 당신에 대해…… 당신이 공산당원이라는 것을 알고 있었습니까?」

「네.」 리즈는 절망적인 기분으로 대답했다. 「제가 이야기했어요.」

「그럼 당에서는 어떻습니까? 당신들의 관계를 알고 있나요?」

「아까 말했잖아요. 아무도 모른다고.」 그녀는 창백해진 얼굴로 소리를 질렀다. 「앨릭은 어디 있죠? 어디 있는지 말해 주세요. 그이가 어디 있는지, 왜 말해 주려고 하지 않는 거죠? 저는 앨릭을 도울 수 있어요. 그걸 모르시겠어요? 저는 앨릭을 돌봐 줄 거예요…… 앨릭이 미쳤다 해도 상관없어요. 정말로 괜찮아요…… 나는 감옥에 있는 앨릭한테 편지를 썼어요. 그러지 말았어야 하는 건데. 나도 알아요. 나는 그냥 언제든지 나한테 돌아오라고 말했어요. 저는 언제까지나 앨릭을 기다릴 거예요……」 리즈는 더 이상 말을 잇지 못하고, 방 한복판에 서서 비탄에 잠긴 얼굴을 두 손에 묻고 그저 흐느껴 울었다. 땅딸보 사내는 그런 리즈를 가만히 바라보고 있었다.

「리머스는 외국에 나갔습니다.」 그가 부드럽게 말했다. 「지금 어디에 있는지는 우리도 모릅니다. 그가 미친 것은 아니지만, 당신한테 그런 이야기를 하지 말았어야 했어요. 정말 유감입니다.」

이번에는 젊은 남자가 말했다.

「당신은 우리가 봐주겠습니다. 돈이라든지 그 밖에 무엇이든……」

「당신들은 누구죠?」 리즈가 다시 물었다.

「앨릭의 친구들입니다.」 젊은 남자가 말했다. 「가까운 친구들이죠.」

리즈는 그들이 조용히 계단을 내려가 거리로 나가는 소리를 들었다. 그녀는 그들이 검은 소형차에 타고 공원 쪽으로 달려가는 것을 창문으로 지켜보았다.

문득 명함이 생각났다. 그녀는 탁자로 가서 명함을 집어들고 불빛 쪽으로 들어 올렸다. 경찰관이 쓰기에는 고급 명함이었다. 동판으로 인쇄되어 있고, 이름 앞에는 아무것도 씌어 있지 않았다. 직급도 없고 소속 경찰서 이름도 없었다. 이름 뒤에는 〈씨〉가 붙어 있고 주소가 적혀 있었다. 경찰관이 첼시에 산다는 이야기는 들어 본 적이 없었다.
 〈조지 스마일리 씨. 첼시 바이워터 가 9번지.〉
 그 밑에 전화번호가 적혀 있었다.
 참으로 이상한 명함이었다.

12
동독

리머스는 좌석 안전띠를 풀었다.

사형 선고를 받으면 오히려 기분이 고조되는 순간을 경험하게 된다고 한다. 불속으로 날아든 나방처럼, 그들의 파멸은 곧 목적 달성과 동시에 일어나는 셈이다. 리머스도 결심하고 나자 그와 비슷한 감정을 맛보았다. 순간적이기는 했지만 위안이 되는 안도감이 한동안 그를 지탱해 주었다. 그러나 다시 곧 불안과 허기가 덮쳐 왔다.

그는 차츰 기력이 약해지고 있었다. 관리관의 말이 옳았다.

그는 작년 초 리메크 사건이 일어났을 때 그것을 처음으로 알아차렸다. 카를이 메시지를 보내왔다. 그에게 전해 줄 특별한 정보를 입수했으며, 카를스루에에서 열리는 합법적인 회의에 참석하기 위해 모처럼 서독을 방문하게 되었다는 내용이었다. 리머스는 쾰른행 비행기표를 간신히 구했고, 쾰른 공항에서 자동차를 빌렸다. 아직 이른 아침이었기 때문에 카를스루에까지 가는 고속도로가 별로 붐비지 않으리라 생각했지만, 대형 트럭들이 벌써 고속도로를 달리고 있었다. 그는 시간을 맞추기 위해 위험을 무릅쓰고 트럭 사이를 누비며

시속 140킬로미터의 속도로 달렸다. 그때 피아트인 듯한 소형차 한 대가 40미터 앞에서 추월 차선으로 머리를 들이밀었다. 리머스는 브레이크를 밟고 헤드라이트를 비추며 경적을 울렸다. 그래서 충돌만은 간신히 피할 수 있었다. 그야말로 간발의 차이였다. 소형차를 앞질러 가면서 곁눈질로 보니, 뒷좌석에서 네 아이가 손을 흔들며 까르르 웃고 있었다. 운전대를 잡은 아버지는 겁에 질린 채 멍한 얼굴을 하고 있었다. 리머스는 욕설을 투덜대면서 계속 차를 몰았다. 그때 갑자기 그 일이 일어났다. 열병에라도 걸린 것처럼 갑자기 두 손이 부들부들 떨리고, 얼굴은 불타는 듯이 화끈거리고, 심장은 격렬하게 고동치고 있었다. 그는 겨우 갓길로 빠져나와 차를 세우고 밖으로 나왔다. 그리고 가쁘게 숨을 몰아쉬면서, 휙휙 지나가는 대형 트럭들의 흐름을 바라보았다. 그는 소형차가 대형 트럭들 사이에 끼여 맹공격을 받고 형체도 없이 박살 나는 환상을 보았다. 미친 듯한 경적 소리와 명멸하는 푸른 불빛, 모래 언덕을 가로지르는 길에서 학살당한 피난민들처럼 갈가리 찢긴 아이들의 주검밖에는 아무것도 남지 않는 환상이었다.

그때부터 그는 아주 천천히 차를 몰았기 때문에 결국 카를을 만나지 못했다.

그 후 그는 운전대를 잡을 때마다 그 소형차 뒷좌석에서 서로 뒤엉킨 채 그에게 손을 흔들던 아이들과 쟁기 자루를 잡은 농부처럼 운전대를 움켜잡고 있던 아이들 아버지의 모습이 기억 한구석에 떠오르곤 했다.

그 이야기를 하자, 관리관은 열병 때문에 헛것을 본 것이라고 말했다.

비행기 속에서 그는 날개 위쪽 자리에 멍하니 앉아 있었다. 옆 좌석에는 하이힐을 신은 미국 여자가 앉아 있었다. 하이힐은 비닐봉지에 싸여 있었다. 이 여자한테 쪽지를 써서 베를린 사람들에게 전해 달라고 부탁할까 하는 생각이 잠깐 떠올랐지만, 그는 곧 그 생각을 떨쳐 버렸다. 여자는 그가 수작을 건다고 생각할 것이고, 피터스가 눈치챌 염려도 있었다. 게다가 이제 와서 그래 봐야 무슨 소용이 있단 말인가? 관리관은 일이 이렇게 되리라는 것을 미리 짐작하고 있었다. 그가 짜놓은 대로 일이 진행되고 있는데 무슨 말을 할 수 있겠는가?

이제 나는 어떻게 될까? 그는 그것이 궁금했다. 거기에 대해 관리관은 아무 말도 해주지 않았다. 수법에 대해서만 말해 주었을 뿐이다.

〈모든 정보를 한꺼번에 선뜻 내놓지 말게. 그들이 정보를 얻어 내려고 애쓰게 만들어야 돼. 세부적인 사항으로 그들을 혼란시키고, 중요한 사실을 생략하고, 자네가 늘 다니던 길을 버리고 엉뚱한 길로 가게. 퉁명스럽게 굴고, 고집을 부리고, 까다롭게 굴게. 고래처럼 술을 퍼마시게. 이데올로기에서 양보하지 말게. 그들은 그걸 믿지 않을 테니까. 그들은 자네를 매수한 사람으로 다루고 싶어 해. 그들은 정반대의 이데올로기가 서로 충돌하기를 원해. 그들이 원하는 건 명확한 의도를 알 수 없는 전향자가 아닐세. 무엇보다도 그들은 《추론》하기를 원해. 바탕은 이미 마련되어 있네. 오래전에 준비해 두었지. 하찮은 일들, 까다로운 단서들. 자네가 보물찾기의 마지막 단계야.〉

리머스는 그 일을 하기로 동의할 수밖에 없었다. 예선 경기를 다 치렀는데 이제 와서 중요한 본 경기를 취소할 수는 없다.

〈한 가지는 약속할 수 있네. 이것은 충분히 가치 있는 일일세. 우리가 특별한 관심을 쏟을 만한 가치가 있지. 살아만 있게, 앨릭. 그러면 위대한 승리는 우리 거니까.〉

리머스는 고문을 이겨 낼 수 있을 것 같지 않았다. 케스틀러[10]가 쓴 책이 생각났다. 이 책에서 늙은 혁명가는 고문에 적응하기 위해 성냥불에 손가락이 타들어 가는 것을 참는다. 그는 책을 많이 읽지는 않았지만, 그 부분은 읽고 기억했다.

템펠호프 공항에 착륙했을 때는 날이 어두워지기 시작했다. 리머스는 베를린의 불빛이 그들을 맞이하러 일어서는 것을 지켜보았고, 비행기가 활주로에 닿을 때의 쿵 하는 감각을 느꼈고, 세관과 이민국 관리들이 어스름한 빛에서 앞으로 나오는 것을 보았다.

리머스는 전에 알던 사람과 얼굴을 마주치지나 않을까 하고 잠깐 불안해졌다. 피터스와 리머스는 끝없는 통로를 나란히 걸으면서 세관과 이민국에서 형식적인 조사를 받았다. 그를 돌아보며 인사하는 낯익은 얼굴은 하나도 없었다. 리머스는 자신의 불안이 실제로는 기대였다는 것을 깨달았다. 이 일을 계속 추진하겠다는 자신의 암묵적인 결정이 상황 때문에 철회되기를 은근히 기대하고 있었던 것이다.

피터스는 이제까지 리머스와 동행이 아닌 것처럼 행동하려고 신경을 썼으나, 흥미롭게도 지금은 그런 노력을 포기한

---

10 Arthur Koestler(1905~1983). 헝가리 출생의 영국 소설가, 언론인. 소련 공산당에 대한 풍자와 혁명에 절망한 한 혁명가의 현실적 고민을 그린 소설 『정오의 어둠』(1940)이 유명하다.

듯했다. 서베를린을 안심해도 되는 곳, 경계심과 보안을 늦추어도 되는 곳, 동유럽으로 넘어가기 위한 중간 착륙점에 불과한 곳으로 여기고 있는 모양이었다.

넓은 대합실을 지나 중앙 정문에 이르렀을 때, 피터스가 갑자기 마음을 바꾸었는지 느닷없이 방향을 바꾸더니 리머스를 옆쪽 작은 출입구로 데려갔다. 그 출입구는 주차장과 택시 승차장으로 통해 있었다. 피터스는 출입구 위에 켜진 불빛 아래에서 걸음을 멈추고 잠시 망설이다가 여행 가방을 옆에 내려놓고 겨드랑이에 끼었던 신문을 천천히 빼내어 차곡차곡 접어서 레인코트 왼쪽 주머니에 밀어 넣고 다시 여행 가방을 집어 들었다. 그러자 당장 주차장 쪽에서 헤드라이트 한 쌍이 켜졌다. 그 불빛은 아래쪽으로 내려가다가 꺼졌다.

「갑시다.」

피터스는 재빨리 말하고, 포장도로를 가로질러 경쾌하게 걷기 시작했다. 리머스는 천천히 그 뒤를 따랐다. 맨 앞줄에 서 있는 차에 이르자, 검은 메르세데스의 뒷문이 안에서 열리고 차내등이 켜졌다. 리머스보다 10미터쯤 앞서 가던 피터스가 재빨리 그 차로 다가가서 운전수에게 낮은 목소리로 말을 건 다음 리머스에게 소리쳤다.

「이 차에 타세요. 빨리.」

그것은 낡은 메르세데스 180이었다. 리머스는 말없이 차에 올라탔다. 피터스는 뒷좌석에 리머스와 나란히 앉았다. 주차장을 빠져나온 차는 앞자리에 두 남자가 타고 있는 소형 데카베를 추월했다. 길을 따라 20미터쯤 내려간 곳에 공중전화 부스가 있었다. 한 남자가 전화에 대고 계속 지껄이면서 그들이 지나가는 것을 지켜보았다. 리머스는 뒤를 돌아보았다. 데카베가 따라오고 있는 것이 보였다. 대단한 환영이군 하고 리머스는 생각했다.

차는 아주 천천히 달렸다. 리머스는 두 손을 무릎 위에 올려놓고 똑바로 앞을 바라보며 앉아 있었다. 그날 밤에는 베를린을 보고 싶지 않았다. 지금이 달아날 마지막 기회라는 것을 리머스는 알고 있었다. 이렇게 앉아 있는 위치에서는 오른쪽 손날로 피터스의 목을 쳐서 갑상연골을 박살 낼 수도 있을 것이다. 자동차에서 뛰어내리면, 뒤쫓아 오는 차에서 날아올 총알을 요리조리 피하면서 달아날 수도 있을 것이다. 그러면 그는 자유로워질 것이다. 베를린에는 그를 돌봐 줄 사람들이 있으니까, 그는 무사히 달아날 수 있을 것이다.

그러나 리머스는 아무 짓도 하지 않았다.

경계선을 통과하는 일은 너무 간단했다. 그렇게 간단하리라고는 리머스도 예상하지 못했다. 그들은 10분쯤 빈둥거렸다. 리머스는 미리 정한 시간에 경계선을 넘어야 하는 모양이라고 짐작했다. 서독 측 검문소가 다가오자, 데카베가 허세를 부리듯 요란한 소리를 내면서 그들을 추월하더니 경찰 초소 옆에 멈춰 섰다. 메르세데스는 30미터쯤 뒤에서 기다렸다. 2분 뒤, 붉은색과 하얀색으로 칠해진 차단기가 데카베를 통과시키려고 올라갔다. 그 순간 데카베와 메르세데스가 함께 내달리기 시작했다. 2단 기어가 들어간 메르세데스의 엔진에서는 비명 소리가 일어났다. 운전수는 팔을 쭉 뻗어 핸들을 잡고 몸을 좌석 등받이에 바싹 붙였다.

동과 서의 두 검문소 사이의 거리는 약 50미터. 그 거리를 지나는 동안 리머스는 장벽 동쪽에 방어 시설이 새로 생긴 것을 알아차렸다. 대전차 장애물, 감시탑, 철조망이 쳐진 이중 엄체판. 사태는 분명해져 있었다.

메르세데스는 동쪽 검문소에 멈춰 서지도 않았다. 차단기는 이미 올라가 있었고, 그들은 곧장 검문소를 통과했다. 인민경찰은 쌍안경을 통해 그들을 지켜보기만 했다. 데카베는 보이지 않았다. 10분 뒤에 리머스는 데카베가 뒤쪽에 다시 나타난 것을 보았다. 그들은 이제 빠른 속도로 달리고 있었다. 리머스는 동베를린에서 일단 차를 세워 다른 차로 갈아타고 작전이 성공한 것을 서로 축하하게 될 줄 알았다. 하지만 그들은 도시를 지나 계속 동쪽으로 달렸다.

「어디로 가는 거요?」 리머스가 피터스에게 물었다.

「다 왔습니다. 독일 민주 공화국. 그곳에 당신 숙소가 마련되어 있지요.」

「나는 더 동쪽으로 갈 줄 알았는데.」

「그럴 겁니다. 하지만 우선 여기서 하루 이틀 지내게 될 겁니다. 독일 친구들도 당신과 이야기를 나눌 필요가 있는 모양이니까요.」

「알겠소.」

「어쨌든 당신은 주로 독일에서 일했으니까요. 그래서 나는 당신의 진술 가운데 몇몇 항목을 그들에게 전해 주었습니다.」

「그랬더니 나를 만나게 해달라고 부탁하던가요?」

「그들은 당신 같은 사람, 당신처럼 그렇게…… 자료에 가까이 있는 사람은 만나 본 적이 없습니다. 그들이 당신을 만날 기회를 가져야 한다는 데 우리도 동의했을 뿐입니다.」

「그럼 그다음에는? 독일을 떠나 어디로 갈 거요?」

「다시 동쪽으로.」

「여기서 내가 만날 사람은 누구요?」

「그게 걱정됩니까?」

「별로. 동독 정보부 사람들이라면 이름을 거의 다 알고 있기 때문에, 그냥 궁금해서 물어본 것뿐이오.」

「누구를 만나게 될 것 같습니까?」

「피들러겠지.」 리머스가 선뜻 대답했다. 「인민 보위부 차장. 문트의 심복 부하. 중요한 심문은 모두 그가 도맡아 하고 있지. 짐승 같은 놈.」

「왜요?」

「포악하고 잔인한 놈이오. 그자에 대해 들은 적이 있는데, 피터 길럼의 끄나풀을 잡아서 반쯤 죽여 놓았다고 합디다.」

「첩보 활동은 크리켓 경기가 아닙니다.」 피터스가 언짢은 얼굴로 말했고, 그 후 그들은 말없이 앉아 있었다. 그러니까 내가 만날 사람은 피들러구나 하고 리머스는 생각했다.

물론 리머스는 피들러를 알고 있었다. 서류철에 끼워져 있던 사진도 보았고, 전에 그의 부하였던 자들로부터 설명을 듣기도 했다. 깡마른 체구에 단정한 용모의 남자로, 꽤 젊고 얼굴에는 수염이 별로 없었다. 검은 머리에 반짝이는 갈색 눈, 리머스가 말했듯이 포악하고 잔인한 성격, 명석한 두뇌를 가지고 있었다. 유연하고 날렵한 몸에 인내심이 강하고 기억력이 좋았다. 권세욕이 강한 것처럼 보이지는 않지만, 상대를 파멸시키는 일에서는 인정사정없었다. 피들러는 동독 정보부에서 보기 드문 존재였다. 부내의 파벌 싸움에는 전혀 가담하지 않고, 승진할 가망도 없이 문트의 그늘 속에 안주한 채 만족하고 있는 듯했다. 그가 어느 파벌에 속한다고 꼬리표를 달아 줄 수는 없었다. 함께 일한 사람들조차 그가 복잡한 권력 구조 안에서 어디에 서 있는지를 꼬집어 말하지 못했다. 피들러는 외톨이였다. 다들 그를 두려워하고 싫어하고 의심했다. 그가 어떤 의도를 가지고 있든, 그것은 모두 파괴적인 냉소라는 덮개 밑에 감추어져 있었다.

한번은 관리관이 말한 적이 있었다.

「피들러야말로 우리가 기대할 수 있는 최선의 표적이라고 할 수 있지.」

그때 그들 ─ 리머스, 관리관, 피터 길럼 ─ 은 서리 주에 있는 관리관의 집에서 함께 식사를 하고 있었다. 관리관은 그 황량하고 작은 〈일곱 난쟁이의 집〉에서, 아름다운 조각이 새겨지고 상판이 놋쇠로 된 인도산 탁자들에 둘러싸인 채 구슬같이 생긴 아내와 단둘이 살고 있었다.

「피들러는 고위 사제를 모시는 종자(從者) 같은, 그러나 어느 날 느닷없이 사제의 등에다 비수를 꽂을 수도 있는 그런 자라네. 문트에 필적할 수 있는 유일한 인물이지.」 길럼이 고개를 끄덕였다. 「그리고 피들러는 문트를 몹시 미워해. 피들러는 물론 유대인이고, 문트는 완전히 정반대야. 결코 좋은 사이는 아니지. 피들러한테 무기를, 문트를 파멸시킬 무기를 주는 게 우리의 임무일세.」 그는 길럼과 자신을 가리키면서 말했다. 그러고는 리머스를 바라보며 덧붙였다. 「그리고 그 무기를 사용하도록 피들러를 부추기는 것은 자네 임무가 될 걸세, 리머스. 물론 간접적으로. 자네가 그를 만나는 일은 없을 걸세. 적어도 나는 그러기를 바라고 있네.」

그때 그들은 모두 함께 웃었다. 길럼도 웃었다. 그때는 멋진 농담으로 생각했다. 어쨌든 관리관의 기준으로 보면 유쾌한 농담임에 틀림없었다.

자정이 지난 게 분명했다.

그들은 비포장도로를 한동안 달리고 있었다. 숲을 지나기도 했고 들판을 가로지르기도 했다. 이제 차가 멈추어 섰다. 잠시 후 데카베가 옆으로 다가왔다. 리머스는 피터스와 함께 차에서 내리면서, 데카베에는 이제 세 사람이 타고 있다는 것을 알아차렸다. 그 가운데 두 사람은 벌써 차에서 내리고 있었다. 세 번째 인물은 뒷좌석에 앉아 실내등 불빛으로 무언가 서류를 들여다보고 있었다. 호리호리한 몸매가 어둠에 반쯤 가려져 있었다.

자동차가 멈춰 선 곳은 못 쓰게 된 마구간이 몇 채 늘어서 있는 곳이었다. 30미터쯤 뒤에 본채가 있었다. 헤드라이트 불빛에 나지막한 농가가 언뜻 보였다. 벽은 목재와 회반죽을 바른 벽돌로 되어 있었다. 그들은 차에서 내렸다. 달이 높이 떠올라 사방을 환히 비추고 있었다. 뒤에 나무가 우거진 언덕이 있었다. 어스레한 밤하늘을 배경으로 언덕의 능선이 또렷이 떠올랐다. 그들은 건물을 향해 걸어갔다. 피터스와 리머스가 앞장을 섰고 두 사내가 뒤따라왔다. 데카베 안에 남은 사내는 움직일 기척도 없이 여전히 차 안에 남아 서류를 읽고 있었다.

문 앞에 이르자 피터스는 걸음을 멈추고 뒤따라오는 두 사람이 가까이 오기를 기다렸다. 그중 한 사람이 왼손에 열쇠 다발을 들고 있었다. 그가 맞는 열쇠를 찾아 문을 여는 동안 또 다른 사내는 조금 떨어진 곳에 서서 두 손을 주머니에 찌른 채 그를 지켜보고 있었다.

「저 친구들은 안전 조치를 취하지도 않는군요.」 리머스가 피터스에게 말했다. 「도대체 나를 뭘로 생각하고 있는 거지요?」

「저들은 생각하기 위해 고용된 게 아닙니다.」 피터스가 대답하고는 한 사람을 돌아보며 독일어로 물었다.

「저 사람은 올까요?」

독일인은 어깨를 으쓱하고 자동차 쪽을 보면서 대답했다.

「올 겁니다. 단독으로 행동하기를 좋아하는 사람이죠.」

사내의 안내를 받아 그들은 집 안으로 들어갔다. 집 안은 사냥 오두막 같았는데, 반쯤은 낡았고 반쯤은 새로 꾸며져 있었다. 머리 위에 희미한 전등이 하나 켜져 있을 뿐이어서 어두컴컴했다. 오랫동안 사용하지 않은 듯 곰팡내가 코를 찔렀다. 오랜만에 문을 연 것 같았다. 구석구석에 관청 같은 흔적이 남아 있었다. 화재가 났을 때의 주의서, 관청 특유의 초록색 페인트를 칠한 문, 용수철 카트리지 방식의 든든한 자물쇠. 아주 안락하게 꾸며진 응접실에는 짙은 색의 묵직한, 그러나 심하게 긁힌 자국이 나 있는 가구들이 놓여 있고, 벽에는 소련 지도자들의 사진이 걸려 있었다. 이러한 비밀성의 결여야말로 어쩔 수 없이 드러나고 마는 동독 정보부의 관료주의라고 리머스는 생각했다. 그는 영국 정보부에서 이미 거기에 익숙해져 있었다.

피터스가 의자에 앉자 리머스도 앉았다. 그들은 10분을 — 어쩌면 그보다 더 길었을지도 모른다 — 기다렸다. 이윽고 피터스가 방 한구석에 어색한 자세로 서 있는 두 사내 가운데 하나에게 말을 걸었다.

「가서 말하시오. 우리가 기다리고 있다고. 그리고 시장하니까 먹을 것을 좀 찾아보시오.」 사내가 문 쪽으로 움직이자 피터스가 불러 세웠다. 「위스키도 부탁하오. 술잔도 몇 개 갖다 주시오.」

사내는 두툼한 어깨를 으쓱해 보이고 밖으로 나갔다. 문은 닫지 않고 열어 두었다.

「전에 여기 와본 적이 있소?」 리머스가 물었다.

「네, 몇 번 왔었습니다.」 피터스가 대답했다.

「무슨 일로?」

「비슷한 용무지요. 똑같은 일은 아니지만, 우리가 하는 일이란 게 비슷하지요.」

「피들러와 함께?」

「그렇습니다.」

「좋은 사람이오?」

피터스는 어깨를 으쓱했다.

「유대인치고는 나쁘지 않습니다.」

리머스는 방 반대쪽 끝에서 무슨 소리가 나는 것을 듣고 고개를 돌렸다. 피들러가 문간에 서 있는 것이 보였다. 한 손에는 위스키 병을, 다른 손에는 술잔과 생수를 들고 있었다. 키는 기껏해야 165센티미터밖에 안 되어 보였다. 단추가 한 줄로 달린 남색 양복을 입고 있었는데, 윗도리가 좀 길어 보였다. 날씬한 모습이지만 좀 동물적인 느낌이 들었다. 갈색 눈이 반짝거렸다. 그는 문간에서 피터스와 리머스 쪽으로는 눈길을 주지 않고 문 옆에 서 있는 경호원을 바라보고 있었다.

「가서 음식을 좀 가져오라고 해.」 그가 말했다. 작센 특유의 콧소리가 섞여 있었다.

「식사는 내가 시켰소.」 피터스가 말했다. 「그러니까 벌써 알고들 있을 텐데, 아직 가져오지 않는군요.」

「놈들은 신사나 되는 양 행세하려 드는 속물들입니다.」 피들러가 영어로 무뚝뚝하게 말했다. 「음식 나르는 일은 하인에게 시켜야 한다고 생각하고 있지요.」

피들러는 전쟁 때 캐나다에서 지냈다. 리머스는 그의 말투에서 캐나다식 억양을 알아차리고 그것을 생각해 냈다. 부모는 독일에서 캐나다로 망명한 유대인으로 마르크스주의자였다. 그들 가족은 개인적으로 어떤 희생을 치르더라도 스탈린의 독일 건설에 참여하고 싶다는 열망을 가지고 1946년에 고국으로 돌아왔다.

피들러는 리머스에게 지나가는 듯한 말투로 덧붙였다.

「만나서 반갑습니다, 리머스 씨.」

「안녕하시오, 피들러 씨.」

「당신은 종착지에 도착했습니다.」

「그게 무슨 뜻이오?」 리머스가 재빨리 물었다.

「피터스는 아마 반대되는 말을 했겠지만, 당신은 여기서 더 동쪽으로 가지는 않을 거라는 얘기입니다. 정말 유감이군요.」 이 말에는 재미있어하는 투마저 섞여 있었다.

리머스는 피터스를 돌아보았다. 그의 목소리는 분노로 떨려 나왔다.

「그게 사실이오? 말해 봐요! 그게 사실이냔 말이오.」

피터스는 고개를 끄덕였다.

「맞습니다. 나는 중개자에 지나지 않습니다. 이런 식으로 할 수밖에 없었어요. 미안합니다.」

「무엇 때문이오?」

「불가항력이지요.」 피들러가 끼어들었다. 「당신에 대한 첫 번째 심문은 서쪽에서 이루어졌습니다. 그곳에서 우리가 이용할 수 있는 곳은 대사관뿐인데, 독일 민주 공화국은 서방에 대사관을 두고 있지 않습니다. 아직은 그렇습니다. 그래서 우리 보위부에서는 이런 수단을 써서 우리가 지금 거부당하고 있는 편의와 연락과 외교상의 특전을 이용하도록 조치한 것입니다.」

「비열한 놈들.」 리머스가 씩씩거렸다. 「정말 비열한 놈들이야! 내가 이 나라 정보부를 신용하고 있지 않다는 걸 당신은 알고 있었어. 그게 이유였지. 안 그래? 당신이 소련인을 이용한 건 그 때문이었어.」

「맞아요. 우리는 헤이그 주재 소련 대사관을 이용했습니다. 우리로서는 달리 방법이 없었으니까요. 거기까지는 우리의 작전이었고, 그건 합리적인 처사라고 할 수 있지요. 그런데 우리도, 그 누구도 예상할 수 없었던 일이 일어나고 있습니다. 영국에 있는 당신 동료들이 어느새 당신의 행위를 눈치챘단 말입니다.」

「예상하지 못했다고? 당신들이 밀고해 놓고도 예상하지 못했다니, 무슨 말이오? 내 말이 틀렸소? 사실이 그렇지 않나요?」

언제나 그들을 싫어하라고, 그러면 그들은 자네한테서 알아내는 것을 모두 보물처럼 소중히 여길 거라고 관리관은 말했었다.

「그건 터무니없는 억측입니다.」 피들러가 짤막하게 대답했다. 그러고는 피터스를 힐끔 돌아보면서 러시아어로 뭐라고 덧붙였다.

피터스는 고개를 끄덕이고 일어서더니 리머스에게 말했다.
「그럼 나는 이만 실례하겠습니다. 행운을 빕니다.」

피터스는 피곤한 듯한 미소를 지으며 피들러에게 고개를 끄덕이고 문으로 걸어갔다. 하지만 문손잡이에 손을 얹고 뒤

돌아보면서 리머스에게 또다시 말했다.

「행운을 빕니다.」

그는 리머스가 뭐라고 말하기를 바라는 눈치였지만, 리머스는 듣지 못했을지도 모른다. 얼굴이 백짓장처럼 창백해진 리머스는 싸움이라도 하려는 것처럼 엄지손가락을 세운 채 두 손을 들어 올려 몸 앞에서 느슨하게 교차시켰다. 피터스는 계속 문간에 서 있었다.

「진작 알았어야 하는 건데.」 리머스가 말했다. 그의 목소리는 분노에 사로잡혀 이상한 음색을 띠고 있었다. 「당신네가 그 더러운 일을 직접 할 만한 배짱도 없다는 걸 짐작했어야 하는 건데. 큰아버지 같은 나라에다 그런 하찮은 일을 부탁하다니, 과연 썩어 빠진 반쪽짜리 나라의 형편없는 정보부다운 짓이군. 동독은 국가라고 할 수도 없지. 정부라고 할 수도 없어. 정치적 신경증 환자들의 최하급 독재 정권에 지나지 않아.」

그는 피들러를 손가락으로 찌르는 시늉을 하면서 계속 소리쳤다.

「나는 당신을 알아. 비열한 사디스트. 그야말로 전형적이지. 전쟁 때 캐나다에 있었다고 들었는데, 그건 당시 캐나다가 가장 안전한 곳이었기 때문이겠지. 안 그래? 비행기가 머리 위를 날아갈 때마다 엄마 앞치마에 그 돌대가리를 묻었을 거야. 그런데 지금은 뭐지? 문트한테, 그리고 당신 엄마네 집 문간 층계에 앉아 있는 소련군 22개 사단 앞에 알랑거리는 종자에 불과해. 참으로 가엾군. 피들러! 어느 날 잠에서 깨어났을 때 소련이 철수했다는 것을 알게 될 거야. 그러면 일대 학살이 벌어질 테고, 그때는 엄마도 큰아버지도 당신을 구해 줄 수 없어. 죄를 지었으면 마땅히 벌을 받아야 하니까.」

피들러는 어깨를 으쓱했다.

「병원에 입원한 셈치고 있는 게 좋을 겁니다. 빨리 끝날수록 집에도 빨리 갈 수 있을 테니까. 오늘은 식사가 끝나는 대로 일찍 자도록 하세요.」

「내가 귀국할 수 없다는 건 잘 알고 있을 텐데. 당신들이 그렇게 만들었잖소. 내가 영국에서 그 꼴이 된 것도 다 당신들 수작 때문이었어. 그럴 수밖에 없었겠지. 그렇게 하지 않고는 나를 여기까지 끌어낼 수 없었을 테니까.」

피들러는 가늘지만 힘센 그의 손가락을 바라보았다.

「지금은 이러쿵저러쿵 떠들고 있을 때가 아니오.」 피들러가 말했다. 「당신도 불평해 봐야 아무 소용 없다는 것쯤 잘 알고 있을 텐데 그래요. 우리 일, 그러니까 우리와 당신의 일은 개인보다 전체가 중요하다는 이론에 바탕을 두고 있습니다. 공산주의자가 첩보 기관을 제 팔의 일부로 생각하는 것도 그 때문이고, 당신네 정보부가 영국식 염치에 싸여 있는 것도 그 때문이지요. 개인에 대한 착취를 정당화할 수 있는 것은 집단의 요구뿐입니다. 안 그렇습니까? 당신이 그렇게 화를 내는 걸 보니 좀 우스운 느낌이 드는군요. 우리는 영국 생활의 도덕률을 지키기 위해 여기 온 게 아닙니다. 어쨌든…….」 그가 부드럽게 덧붙였다. 「당신의 행동도 순수주의자의 관점에서 보면 나무랄 데 없다고 할 수는 없을 것 같은데요.」

리머스는 불쾌한 표정으로 피들러를 바라보고 있었다.

「당신의 꿍꿍이가 뭔지는 알고 있소. 당신은 문트의 강아지요. 듣자니까 문트의 자리를 탐낸다고 하더군. 이제 당신은 그 자리를 차지하게 될 거요. 문트 왕조도 무너질 때가 됐어. 그게 바로 이 사건이겠지.」

「무슨 소린지 모르겠군요.」

「나를 손에 넣은 건 대성공이었소. 안 그래요?」 리머스가 빈정거렸다.

피들러는 잠시 생각하는 듯하더니 마침내 어깨를 으쓱하면서 말했다.

「작전은 성공적이었습니다. 하지만 당신이 그만한 가치가 있는지는 의문입니다. 그거야 두고 보면 알겠지요. 하지만 작전은 훌륭했어요. 우리 직업의 유일한 필요조건을 충족시켰지요. 우리 일은 무조건 성공하면 그만인데, 이번 작전은 성공했으니까 말입니다.」

「당신도 실적을 올렸겠군.」 리머스는 피터스 쪽을 힐끔 돌아보면서 끈질기게 물고 늘어졌다.

「이것은 실적 문제가 아닙니다. 실적과는 관계가 없어요.」 피들러가 단호하게 대꾸했다.

그는 소파 팔걸이에 앉아 생각에 잠긴 얼굴로 잠시 리머스를 바라보다가 말을 이었다.

「하기야 당신이 화를 내는 것도 무리가 아닙니다. 우리가 당신과 접촉한 것을 누가 고자질했을까요? 물론 우리는 아닙니다. 안 믿을지 모르지만, 우리는 말하지 않았어요. 영국 정보부가 알기를 바라지도 않았고요. 그때는 당신이 나중에도 우리를 위해 일해 주기를 바랐습니다. 지금 생각해 보면 터무니없는 생각이었지만. 그럼 누가 고자질했을까요? 당신은 타락하여 정처 없이 떠도는 처지였습니다. 일정한 주소도 없고, 일가친척도 없고, 친구도 없었어요. 그런데 당신이 떠난 것을 그들은 어떻게 알았을까요? 누군가가 고자질했다는 얘기인데, 애시나 키버는 아닙니다. 그 두 사람은 지금 체포되어 있으니까.」

「체포되었다고?」

「그런 것 같습니다. 구체적으로 말하면 당신 사건에서 맡은 역할 때문이 아니라 다른 일 때문에…….」

「그럴 수가…….」

「내가 한 말은 모두 사실입니다. 사실 우리는 피터스가 네덜란드에서 보낸 보고서로 만족했을 것이고, 그랬다면 당신은 돈을 받고 떠날 수도 있었을 겁니다. 하지만 당신은 우리한테 전부 다 털어놓지 않았어요. 나는 전부 다 알고 싶습니다. 어쨌든 당신이 여기에 와 있는 것은 우리한테도 문제가 됩니다.」

「당신은 큰 실수를 저질렀소. 나는 잘 알고 있지. 하지만 당신 마음대로 하시오.」

침묵이 흘렀다. 그동안 피터스는 결코 우호적이지 않은 태도로 피들러에게 고개를 한 번 까딱하고는 조용히 방에서 나갔다.

피들러는 위스키 병을 들고 술잔 두 개에 조금씩 술을 따랐다.

「미안하지만 소다수가 없는 모양입니다. 물은 안 되겠습니까? 나는 소다수를 가져오라고 했는데, 레모네이드인지 뭔지를 가져왔지 뭡니까.」

「그건 나도 싫소.」 리머스는 갑자기 심한 피로를 느꼈다.

피들러는 고개를 저었다.

「당신은 자존심이 대단한 사람이군요. 하지만 걱정 마세요. 오늘은 저녁을 먹고 잠자리에 들도록 하세요.」

경호원 하나가 음식을 가지고 들어왔다. 검은 빵, 소시지, 차가운 채소 샐러드.

「그저 있는 대로 가져온 모양인데, 그래도 맛은 괜찮습니다.」 피들러가 말했다. 「감자는 떨어진 모양입니다. 요즘은 감자가 귀할 때라서.」

두 사람은 말없이 먹기 시작했다. 피들러는 칼로리라도 계산하는 사람처럼 아주 조심스럽게 식사를 했다.

경호원들이 리머스를 침실로 안내했다. 그들은 리머스의 짐은 날라다 주지 않았다. 영국을 떠나기 전에 키버가 준 가방이었는데, 리머스는 그것을 들고 두 경호원 사이에 끼인 채 현관문에서 집 뒤쪽으로 뻗어 있는 넓은 복도를 걸어갔다. 그들은 짙은 초록색으로 칠해진 문에 이르렀다. 양쪽으로 열리는 커다란 문이었다. 경호원 하나가 자물쇠를 열었다. 그들은 리머스에게 앞장서라고 손짓했다. 리머스는 문을 열고 안으로 들어갔다. 그곳은 군대 막사처럼 조립식 침대가 두 개 놓여 있는 작은 침실이었다. 서랍도 없고 장식도 없는 책상과 의자가 하나씩 놓여 있었다. 포로수용소와 비슷했다. 벽에는 여자 사진이 붙어 있고, 창문에는 덧문이 닫혀 있었다. 맞은편에 문이 또 하나 있었다. 그들은 리머스에게 또다시 앞장서라는 신호를 보냈다. 리머스는 짐을 내려놓고 그 문으로 다가가서 문을 열었다. 두 번째 방도 첫 번째 방과 같았지만, 거기에는 침대가 하나뿐이었고 벽에는 아무것도 붙어 있지 않았다.

「짐을 갖다 주시오. 나는 피곤하니까.」 리머스가 말했다.

그는 옷을 다 입은 채 침대에 누웠다. 그리고 몇 분도 지나기 전에 깊은 잠 속으로 빠져들었다.

경호원이 아침 식사를 가지고 와서 그를 깨웠다. 검은 빵과 커피 대용품이었다. 그는 침대에서 내려와서 창가로 다가갔다.

집은 높은 언덕 위에 서 있었다. 창문 바로 아래는 가파른 비탈이었다. 소나무 우듬지를 바로 위에서 내려다볼 수 있었다. 그 너머에는 나무가 우거진 언덕들이 멋진 대칭을 이루며 멀리까지 끝없이 이어져 있었다. 군데군데 도랑이나 방화선이 솔숲 사이에 가느다란 갈색 경계선을 만들고 있었다. 그것은 침식해 들어오는 숲의 바다를 기적적으로 갈라놓은 아론의 지팡이[11]처럼 보였다. 인적은 전혀 없었다. 집도 없고 교회도 없고, 전에 사람이 살았던 흔적을 보여 주는 폐허도 없었다. 있는 것은 골짜기 바닥에 크레용으로 줄을 그어 놓은 듯한 누런 비포장도로뿐이었다. 아무 소리도 들리지 않았다. 그렇게 널따란 곳이 그렇게 조용할 수 있다는 게 믿어지지 않을 정도였다. 춥지만 맑은 날씨였다. 밤중에 비가 내린 모양이었다. 땅은 축축하게 젖어 있고, 희뿌연 하늘을 배경으로 풍경 전체의 윤곽이 뚜렷이 떠올라 있었다. 리머스는 가장 멀리 떨어진 언덕의 나무 한 그루까지도 알아볼 수 있었다.

그는 시큼한 맛이 도는 커피를 마셔 가면서 천천히 옷을 입었다. 옷을 다 입고 빵을 먹으려 하는데 피들러가 방으로 들어왔다.

「편히 쉬셨습니까?」 그가 밝은 표정으로 말했다. 「식사는

11 구약성서 「출애굽기」에서 모세의 형 아론이 기적을 행한 막대기.

방해하지 않을 테니 천천히 드세요.」

그는 침대에 걸터앉았다. 리머스는 그에게 두 손 들 수밖에 없었다. 피들러는 배짱이 두둑했다. 그를 만나러 오는 게 용감했다는 뜻은 아니다. 경호원들은 아직 옆방에 대기하고 있을 것이다. 리머스가 감탄한 것은 그의 인내심이었다. 리머스는 그의 태도에서 무슨 일이 있어도 목적을 달성하고 말겠다는 굳은 의지를 느낄 수 있었다.

「당신은 우리한테 흥미로운 문제를 제기했어요.」 피들러가 말했다.

「내가 아는 것은 다 말했소.」

「천만에.」 피들러가 싱끗 웃었다. 「다 말하지 않았어요. 당신은 당신 자신이 알고 있다고 여기는 것만 말했습니다.」

「무척 영리하시군.」 리머스는 음식을 옆으로 밀어내고 담배에 불을 붙이면서 중얼거렸다. 마지막 남은 담배였다.

「한 가지 묻겠는데······.」 피들러는 파티에서 단체 놀이를 하자고 제안하는 사람처럼 사근사근한 태도로 말을 꺼냈다. 「노련한 첩보원인 당신이 우리 입장이라면, 당신이 우리한테 준 정보를 어떻게 처리하겠습니까?」

「무슨 정보 말이오?」

「이봐요, 리머스. 당신이 준 정보는 일부에 지나지 않아요. 당신은 리메크에 대해 이야기했지만, 그건 우리도 이미 알고 있는 사실입니다. 당신은 베를린 첩보망의 조직과 배치, 구성원에 대해 설명해 주었지만, 그것 역시 내가 보기엔 낡은 모자에 지나지 않아요. 정확한 건 사실입니다. 배경 설명도 훌륭하고, 표현도 재미있었어요. 이따금 샛길로 빠지기도 했지만, 여기저기 낚아 올릴 작은 물고기가 있는 것도 사실입니다. 하지만 솔직히 말해서 그건 1만 5천 파운드의 가치가 있는 정보는 아니에요.」 그는 다시 빙긋 웃었다. 「시세가 맞지 않다는 말입니다.」

「잘 들으시오.」 리머스가 말했다. 「이 거래를 제안한 건 내가 아니라 당신들 쪽이오. 당신과 키버, 그리고 피터스가 제안했소. 나는 낡은 정보나 팔면서 당신 친구들의 환심을 사러 온 게 아니오. 판을 벌인 건 당신네요. 값도 당신들이 매겼소. 그러니 위험을 지는 것도 그쪽이어야 하지 않겠소. 더구나 나는 아직 한 푼도 받지 못했소. 그러니 이 작전이 실패로 끝난다 해도 나를 탓하지는 마시오.」

놈들이 너한테 다가오게 해. 리머스는 속으로 말했다.

「실패는 아닙니다.」 피들러가 대답했다. 「아직 끝나지 않았을 뿐이죠. 어쨌든 이런 상태로는 끝낼 수 없어요. 당신은 〈알고 있는〉 것을 모두 말해 주지 않았으니까. 아까도 말했지만, 당신이 준 정보는 일부에 지나지 않아요. 〈구르는 돌〉에 대해 다시 한번 묻겠는데, 내 입에서, 또는 피터스나 다른 누군가의 입에서 그와 비슷한 이야기를 들었다면 당신은 어떻게 하겠습니까?」

리머스는 어깨를 으쓱했다.

「불안을 느꼈겠지요. 전에도 그런 일이 있었소. 어떤 부서나 어떤 직급에 첩자가 있다는 여러 가지 징후를 발견하지만, 그래서 어쩌겠소? 정보부 전체를 체포할 수는 없는 일이잖소. 어느 부서에 덫을 놓는다 해도 그 전체에 놓을 수는 없소. 조용히 때가 오기를 기다리면서 더 많은 증거가 나오기를 바랄 수밖에. 그걸 명심하시오. 〈구르는 돌〉 사업이 어느 나라를 목표로 하고 있는지도 당신은 알 수 없소.」

「리머스, 당신은 작전을 수행하는 사람이지 평가를 맡은 사람은 아니오.」 피들러가 웃으면서 말했다. 「그건 분명해요. 몇 가지 기본적인 질문을 하겠습니다.」

리머스는 아무 말도 하지 않았다.

「그 서류철, 그러니까 〈구르는 돌〉 공작을 기록한 파일은 무슨 색깔이었지요?」

「회색 바탕에 빨간 십자가 그려져 있었소. 그건 열람자가 제한되어 있다는 뜻이오.」

「겉표지에 무언가 붙여 놓은 것은 없었나요?」

「〈경고문〉과 그 파일을 열람할 수 있는 사람들 명단이 적혀 있었소. 만약 서류철이 그 명단에 없는 사람의 손에 넘어갔을 때는 파일을 열어 보지 말고 당장 금융과로 돌려주어야 한다는 규칙이 적혀 있었지요.」

「명단에 오른 사람은 누구였습니까?」

「〈구르는 돌〉의 파일 말이오?」

「그렇습니다.」

「관리관, 그의 부관과 비서, 금융과, 특별 기록과의 미스 브림, 위성 4호. 그게 다였을 거요. 그리고 특별 송달과도 포함되었을지 모르지만, 그건 확실치 않소.」

「위성 4호라니, 어떤 일을 말하는 겁니까?」

「소련과 중국을 제외한, 철의 장막 안에 있는 나라가 상대지요. 공산권 말이오.」

「동독 말인가요?」

「공산권이라고 했잖소.」

「부서 전체가 명단에 올라 있다는 것은 이상하지 않나요?」

「그렇다고 할 수도 있겠군요. 하지만 난 모르겠소. 그전에는 열람이 제한된 정보를 다룬 적이 없었으니까. 물론 베를린에서는 예외였지만, 이번과는 사정이 달랐소.」

「그 무렵 〈위성 4호〉에는 누가 있었습니까?」

「그러니까…… 길럼, 해벌레이크, 드 종이었소. 드 종은 그때 막 베를린에서 돌아온 참이었소.」

「그들이 〈모두〉 그 파일을 볼 수 있었다는 건가요?」

「모르겠소.」 리머스는 짜증스럽게 대답했다. 「내가 당신이라면…….」

「부서 전체가 명단에 올라 있는 것은 이상하지 않습니까? 나머지 명단은 모두 개별적으로 올라 있는데.」

「모른다고 했잖소. 그 속사정을 내가 어떻게 알 수 있겠소? 나는 그 일에서 일개 사무원에 지나지 않았소.」

「파일을 열람자들한테 돌리는 역할은 누가 했습니까?」

「비서들이겠지. 잘 기억나지 않아요. 몇 달 전 일이라서……」

「그럼 비서들은 왜 명단에 올라 있지 않죠? 관리관의 비서는 올라 있었다면서.」

잠시 침묵이 흘렀다.

「맞아요. 이제 기억이 나는군.」 리머스는 놀란 목소리로 말했다. 「그 파일을 우리는 차례로 직접 돌렸지요.」

「금융과에서는 당신 말고 또 누가 그 파일을 취급했죠?」

「나 하나뿐이었소. 내가 금융과에 들어가면서부터 그 일은 내 책임이 되었소. 전에는 여직원 하나가 그 일을 맡았던 모양인데, 내가 가서 그 일을 인계받았고 여직원들은 명단에서 제외되었소.」

「그럼 당신 혼자서 다음 열람자한테 그 파일을 직접 건네주었군요?」

「그렇소…… 아마 그랬을 거요.」

「누구한테 건네주었죠?」

「그건…… 기억나지 않소.」

「생각해 내시오!」 피들러는 목청을 높이지는 않았지만, 말투가 갑자기 위압적으로 바뀌었기 때문에 리머스는 흠칫 놀랐다.

「관리관의 부관이었던 것 같소. 우리가 어떤 활동이나 조치를 취했는지 보고하기 위해…….」

「그럼 파일을 가져온 사람은 누구였소?」

「그게 무슨 소리요?」 리머스는 평정을 잃은 목소리로 물었다.

「파일을 읽어 보라고 당신한테 가져온 게 누구냐고 물었소. 틀림없이 명단에 올라 있는 누군가가 가져왔을 텐데?」

리머스는 잠시 손가락으로 뺨을 만졌다. 신경이 곤두섰을 때 나타나는 무의식적인 몸짓이었다.

「그건 분명하지만, 잘 기억이 나지 않는군요. 피들러, 당신도 알다시피 나는 그 무렵 술을 너무 마셨기 때문에…….」 그는 묘하게 달래는 듯한 말투로 말했다. 「당신은 모를 거요. 기억해 내기가 얼마나 어려운지…….」

「다시 묻겠소. 생각해 내시오. 누가 파일을 당신한테 가져왔소?」

리머스는 탁자 앞에 앉아서 고개를 저었다.

「기억나지 않아요. 언젠가는 기억이 돌아올지 모르지만, 지금은 생각해 낼 수가 없군요. 정말로 생각나지 않소. 아무리 다그쳐도 소용없소.」

「관리관의 여비서가 아니라는 것은 분명해요. 당신은 항상 관리관의 부관한테 파일을 돌려주었으니까. 당신이 그렇게 말했잖소. 그렇다면 명단에 오른 사람들은 모두 관리관보다 〈먼저〉 파일을 보았다는 얘기인데…….」

「아, 바로 그거요. 그 말이 맞는 것 같소.」

「그리고 특별 기록과의 미스 브림도 있는데…….」

「미스 브림은 극비 파일을 보관하는 금고실을 관리했을 뿐이오. 파일은 회람되고 있지 않을 때는 거기에 보관되어 있었소.」

「그렇다면…….」 피들러가 부드럽게 말했다. 「당신한테 파일을 가져오는 사람은 위성 4호에 소속된 요원이겠군요. 안 그렇습니까?」

「그 말이 맞는 것 같소.」 리머스는 피들러의 총명함을 도저히 따라갈 수 없는 것처럼 무력하게 말했다.

「위성 4호 사무실은 몇 층에 있었죠?」

「2층이오.」

「금융과는?」

「4층. 특별 기록과 옆에 있었소.」

「〈누가〉 파일을 가지고 올라왔는지 기억납니까? 아니면 당신이 아래층으로 내려가서 위성 4호 요원한테서 파일을 직접 받은 거 아닌가요?」

리머스는 절망한 것처럼 고개를 저었다. 그러다가 갑자기 피들러를 돌아보면서 소리쳤다.

「맞아요! 바로 그랬소! 이제 생각이 났는데, 나는 피터한테서 파일을 받았소!」 리머스는 잠에서 깨어난 것 같았다. 얼굴은 흥분으로 발갛게 상기되어 있었다. 「맞아요. 언젠가 피터의 방에서 파일을 받은 적이 있소. 그때 우리는 노르웨이에 대해 잡담을 나누었지요. 거기서 함께 일했으니까.」

「피터라니, 피터 길럼 말인가요?」

「맞아요. 그 피터요. 깜박 잊고 있었군. 피터는 몇 달 전에 앙카라에서 돌아왔었소. 그도 명단에 올라 있었소! 틀림없이 피터였소. 그건 위성 4호였고, 괄호 안에 PG라고 쓰여 있었소. PG는 피터 길럼의 머리글자지요. 전에는 누군가 다른 사람이 그 일을 했고, 특별 기록과는 그 사람 이름 위에 작은 백지를 풀로 붙이고 피터의 머리글자를 썼던 거요.」

「길럼은 어느 분야를 담당하고 있었습니까?」

「공산권. 동독. 경제 관계. 담당 구역은 작았으나 그는 상당한 친구였소. 한번은 파일을 들고 나한테 올라온 적도 있었소. 이제 생각이 나는군. 하지만 피터는 첩보원들을 관리하지는 않았소. 그가 어떻게 그 일을 하게 되었는지는 나도 모르겠소. 피터는 두어 사람과 함께 식량 부족 문제를 조사하고 있었소. 그건 정말로 〈평가〉하는 일이었지요.」

「그 문제를 피터 길럼과 토론한 적은 있나요?」

「아니, 그건 금기 사항이오. 그 문제는 극비 서류와 관계가 없소. 나는 특별 기록과의 미스 브림한테 주의를 받은 적이 있소. 아무하고도 그 문제를 논의하지도 말고 질문하지도 말라고.」

「하지만 〈구르는 돌〉과 관련된 복잡한 보안 조치를 고려하면, 길럼의 조사라는 것이 〈구르는 돌〉을 부분적으로 관리하는 것을 필요로 했을지도 모르잖습니까?」

「피터스한테도 말했지만……」 리머스는 책상을 주먹으로 내리치면서 고함을 치다시피 했다. 「동독에 대한 작전이 나도 모르게 진행될 수도 있었을 거라고 상상하는 건 어리석은 짓이오. 그런 작전을 베를린 조직이 모를 리가 없소. 나는 틀림없이 알았을 거요. 알겠소? 도대체 몇 번이나 말해야 알아듣겠소? 그런 작전이 있었다면 내가 알았을 거요!」

「그래요.」 피들러는 부드럽게 말했다. 「당신이 모를 리가 없지.」

그는 일어서더니 창가로 다가가 밖을 내다보면서 말했다.

「이곳 경치는 가을에 보아야 합니다. 너도밤나무에 단풍이 들면 정말 아름답지요.」

13
핀이냐 클립이냐

피들러는 질문하기를 좋아했다. 그는 법률가였기 때문에, 때로는 오로지 증언과 완전한 진실 사이의 모순을 드러내는 즐거움을 맛보기 위해 질문을 했다. 하지만 그는 꼬치꼬치 캐묻기를 좋아하는 끈질긴 탐구심을 갖고 있었다. 언론인과 법률가에게 그런 탐구심은 그 자체가 목적이다.

그날 오후 그들은 산책을 했다. 자갈길을 따라 골짜기로 내려간 뒤, 샛길로 빠져 숲으로 들어갔다. 곳곳에 구덩이가 생긴 널찍한 샛길 양쪽에는 벌채한 목재가 울타리를 이루고 있었다. 그동안 피들러는 꼬치꼬치 캐묻기만 했다. 런던 케임브리지 광장에 있는 정보부 건물과, 그곳에서 일하는 사람들에 대해서였다. 그들은 어떤 계급 출신인가. 그들은 주로 런던의 어느 지역에 살고 있는가. 부부가 같은 부서에서 근무하는 경우도 있는가? 피들러는 급료와 휴가, 직원들의 사기, 구내식당에 대해서 물었고, 연애와 스캔들과 철학까지도 알고 싶어 했다. 무엇보다도 철학에 대해 많은 질문을 던졌다.

리머스에게는 그것이 가장 대답하기 어려운 질문이었다.

「철학이라니, 무슨 뜻이오?」 리머스가 되물었다. 「우리는 마르크스주의자도, 아무것도 아니오. 그냥 인간일 뿐이오.」

「그럼 기독교도인가요?」

「기독교도는 별로 많지 않아요. 내가 보기에는 그런 것 같소. 어쨌든 내가 아는 사람 중에는 기독교도가 별로 없소.」

「그럼 그 일을 하는 동기가 뭡니까?」 피들러는 끈질기게 캐물었다. 「그들 나름의 철학이 있을 텐데요.」

「왜 그래야 하지요? 그들은 아마 철학을 모를 테고, 관심도 없을 거요. 누구나 다 철학을 가지고 있는 건 아니오.」 리머스는 좀 무력하게 대답했다.

「그럼, 당신의 철학을 들어 볼까요?」

「제발 이러지 마시오.」 리머스는 소리를 질렀다.

그들은 한동안 말없이 걸었다. 하지만 피들러는 단념하지 않았다.

「자기가 무엇을 원하는지 모른다면, 자기가 옳다고 어떻게 확신할 수 있겠습니까?」

「확신한다고 누가 그래요?」 리머스는 짜증스럽게 대답했다.

「행동에는 정당성이 필요한 법인데, 그렇다면 어떻게 자신의 행동을 정당화하죠? 어젯밤에도 말했듯이 우리는 그 점이 뚜렷합니다. 동독에서 인민 보위부는 공산당 활동의 자연스러운 연장이라고 할 수 있지요. 우리 요원들은 평화와 진보를 위한 투쟁의 전위에 서 있습니다. 공산당이 사회주의의 전위이듯, 우리 보위부는 당의 전위라고 할 수 있어요. 스탈린이 그렇게 말했지요. 정보부는 공산당의 전위라고.」 피들러는 메마른 미소를 지었다. 「스탈린의 말을 인용하는 것은 시대에 뒤떨어진 일이지만, 언젠가 스탈린은 이런 말을 한 적이 있지요. 〈50만 명이 숙청당하는 것은 통계지만, 한 사람이 교통사고로 죽는 것은 국가적인 비극이다.〉 스탈린은 대중의 부르주아적 감수성을 비웃은 겁니다. 스탈린은 위대한 독설가였어요. 하지만 그의 말은 아직도 진리예요. 반혁명에 맞서서 자신을 지키는 운동이 몇 사람을 착취하거나 제거하기를 망설일 수는 없습니다. 결국 그래야 하는 것이죠. 우리는 사회를 합리화하는 과정에서 우리 행동이 전적으로 옳았다고 하지는 않습니다. 어떤 로마인은 이렇게 말했지요. 당신네 기독교 성경에도 나와 있듯이, 많은 사람의 이익을 위해 한 사람을 죽이는 것은 온당한 조치라고 말입니다.」

「그럴지도 모르지요.」 리머스는 지친 듯이 대답했다.

「그럼 당신은 어떻게 생각하십니까? 당신의 철학은 뭐지요?」

「나는 당신들 모두 개새끼라고 생각할 뿐이오.」 리머스는 거칠게 말했다.

피들러는 고개를 끄덕였다.

「그것도 하나의 관점이겠지요. 이해합니다. 단순하고 부정적이고 어리석은 것이긴 하지만, 그래도 하나의 관점임에는 분명합니다. 하지만 당신네 정보부의 다른 사람들은 어떻습니까?」

「모르겠소. 그걸 내가 어떻게 알겠소?」

「그들과 철학을 논한 적은 없나요?」

「없소. 우리는 독일인이 아니오.」 리머스는 머뭇거리다가 애매하게 덧붙였다. 「내 동료들이 공산주의를 좋아하지 않는 것만은 확실한 것 같소.」

「그게 당신들의 활동을 정당화해 줍니까. 예를 들면 그렇기 때문에 사람의 목숨을 빼앗아도 좋다는 건가요? 손님들로 붐비는 식당에 폭탄을 던져도 좋다는 건가요? 그게 당신들이 막무가내로 활동해도 좋다는 근거가 될 수 있느냔 말입니다.」

리머스는 어깨를 으쓱하며 대답했다.

「그럴지도 모르지요」

「우리라면 그게 통합니다.」 피들러가 말을 이었다. 「우리를 한 발짝이라도 앞으로 나아가게만 해준다면 나는 식당에 폭탄을 던지는 것도 주저하지 않을 겁니다. 대차 대조표는 나중에 만들면 되니까. 많은 여자와 아이들이 희생되었지만, 그만큼 많은 진보가 이루어졌다고. 하지만 기독교도들……당신네 기독교도들은 대차 대조표를 아예 만들지도 않을 겁니다.」

「왜요? 그들도 자신을 방어해야 하지 않나요?」

「하지만 그들은 인간 생명의 존엄성을 믿습니다. 개개인의 영혼이 구원받아야 한다고 믿고 있지요. 그들은 희생의 가치를 믿고 있어요.」

「나는 모르겠소. 아무래도 상관없으니까. 스탈린도 별로 상관하지 않았잖소?」

피들러는 빙긋 웃었다.

「나는 영국 사람을 좋아합니다. 우리 아버지도 그러셨지요. 아버지는 영국 사람을 무척 좋아하셨어요.」

「그 말을 들으니 마음이 흐뭇해지는군요.」

그러고 나서 리머스는 깊은 침묵 속으로 빠져들었다.

그들은 걸음을 멈추었다. 피들러가 리머스에게 담배 한 개비를 건네고 불을 붙여 주었다.

그들은 이제 가파른 비탈을 올라가고 있었다. 리머스는 운동을 할 수 있는 게 기뻐, 두 어깨를 앞으로 내밀면서 성큼성큼 앞장서서 걸어갔다. 호리호리하고 날렵한 피들러는 주인을 뒤따르는 테리어종 개처럼 리머스 뒤를 따라갔다. 한 시간 넘게 걸었을 때, 갑자기 머리 위에서 나뭇잎이 사라지고 하늘이 나타났다. 그들은 작은 언덕마루에 이르러 있었다. 그곳에서는 넓은 솔숲이 내려다보였다. 군데군데 회색 너도밤나무가 군락을 이루고 있을 뿐, 사방이 온통 소나무 숲이었다. 리머스는 골짜기 너머 맞은편 언덕 중턱에 나무들을 배경으로 검게 떠오른 나지막한 사냥 오두막을 얼핏 볼 수 있었다. 빈 터 한복판에 통나무가 쌓여 있고, 그 옆에 조잡한 벤치가 하나 놓여 있었다. 축축한 물기가 남아 있는 숯불 흔적도 보였다.

「잠깐 앉읍시다. 좀 쉬었다 돌아갑시다.」 피들러가 말했다. 그는 잠시 입을 다물고 있다가 다시 말했다. 「예금에 관한 이야기인데, 당신이 일부러 외국 은행에까지 가서 예치시켰다는 그 거액의 돈은 무엇을 위한 자금이라고 생각했습니까?」

「얘기했을 텐데요. 요원에게 지불하기 위한 돈이었다고.」

「그 요원은 철의 장막 안에 있는 사람이었나요?」

「그렇소. 나는 그렇게 생각했소.」 리머스는 지겹다는 투로 대답했다.

「왜 그렇게 생각했지요?」

「우선 액수가 너무 많았소. 그리고 지급하는 절차가 너무 복잡했소. 특별한 보안 조치가 취해졌소. 그리고 물론 관리관이 그 일에 관여했소.」

「당신은 그 요원이 돈을 어떻게 처리할 거라고 생각했습니까?」

「그것도 말했잖소. 나는 모른다고. 요원이 그 돈을 가져갔는지 어떤지도 나는 모르오. 나는 아무것도 몰랐소. 일개 사환이나 마찬가지였으니까.」

「계좌를 만들고 받은 예금 통장은 어떻게 처리했죠?」

「런던으로 돌아오자마자 내 가짜 여권과 함께 제출했소.」

「코펜하겐이나 헬싱키의 은행에서 런던에 있는 당신에게 편지를 보낸 적은 없었나요? 당신의 가명으로?」

「글쎄요. 어쨌든 편지가 왔다 해도 그건 관리관의 손에 곧바로 넘겨졌을 거요.」

「당신이 계좌를 만들 때 사용한 가짜 서명 말인데, 그 견본도 관리관이 갖고 있었나요?」

「그렇소. 나는 가짜 서명을 많이 연습했고, 그들은 견본을 갖고 있었소.」

「견본은 여러 개였나요?」

「그렇소. 여러 장의 종이에 잔뜩 써놓았으니까.」

「그렇군요. 그렇다면 당신이 계좌를 개설한 뒤에 은행에 편지를 보낼 수도 있었겠군요. 당신은 물론 알 필요도 없었을 겁니다. 서명은 위조할 수 있었고, 당신 모르게 편지를 보낼 수도 있었을 테니까.」

「그렇소. 아마 그랬을 거요. 백지에 서명해 둔 것도 꽤 많았소. 나는 오래전부터 누군가 다른 사람이 통신을 담당할 거라고 생각하고 있었소.」

「하지만 그런 통신에 대해 실제로 〈알지는〉 못했군요?」

리머스는 고개를 저었다.

「그 점에 대해서 당신은 오해하고 있나 본데, 당신은 모든 걸 잘못 판단했소. 많은 서류가 돌아다니고 있었지만, 그건 일상적인 일과의 일부였을 뿐이오. 나는 거기에 대해서는 별로 생각지 않았소. 생각해야 할 이유가 어디 있겠소? 그건 극비였지만, 나는 평생 그런 일에 관여해 왔소. 내가 아는 것은 조금밖에 안 되고 나머지는 다른 사람이 알고 있는 상황에 익숙해져 있지요. 게다가 서류는 따분하기 이를 데 없소. 나는 서류에 조금도 신경을 쓰지 않았소. 물론 여행은 좋아했고, 공작금은 상당한 도움이 됐소. 하지만 온종일 책상 앞에 앉아서 〈구르는 돌〉에 대해 생각하지는 않았소. 게다가…….」 리머스는 조금 부끄러운 얼굴로 덧붙였다. 「나는 술을 좀 마시고 있었소.」

「당신은 그렇게 말했지요. 물론 나는 당신 말을 믿습니다.」

「당신이 나를 믿든 안 믿든 상관없소.」 리머스는 거친 말투로 대답했다.

피들러는 빙긋 웃으면서 말했다.

「기쁘군요. 그 점이 바로 당신의 장점이에요. 대단한 장점이죠. 무관심의 미덕 말입니다. 마음 한구석에는 적개심이 조금 있고, 저쪽 구석에는 자존심이 조금 있지만, 그건 아무것도 아니에요. 녹음기에서 나오는 소리가 조금 일그러지는 정도에 불과하죠. 당신은 객관적이에요. 문득 생각이 났는데…….」 피들러는 잠시 말을 끊었다가 다시 이었다. 「그 돈이 인출되었는지 어떤지 확인하는 것을 당신이 도와줄 수도 있을 겁니다. 당신이 각 은행에 편지를 보내서 현재의 계좌 상태를 문의하지 못할 이유는 없어요. 당신이 스위스에 머물고 있다고 말할 수도 있어요. 그리고 우편물을 받기 위한 편의상 주소를 이용하는 겁니다. 여기에 반대할 이유라도 있나요?」

「그건 잘될 수도 있겠군요. 일의 성패는 관리관이 내 가짜 서명을 이용하여 은행과 독자적으로 연락하고 있었는지 여부에 달려 있소. 그러면 잘 안 될지도 몰라요.」

「밑져야 본전 아닙니까?」

「무엇을 알아내려는 거요?」

「돈은 계좌에 그대로 남아 있겠지만, 혹시라도 인출되었다면 그 요원이 언제 어디에 있었는지 알 수 있습니다. 그것을 알면 상당히 유용할 것 같은데요.」

「당신은 꿈을 꾸고 있소. 그런 정보를 가지고는 절대로 그 요원을 찾아내지 못할 거요. 그 요원은 일단 서방으로 넘어오기만 하면, 작은 도시에서도 아무 영사관이나 찾아가서 다른 나라의 입국 비자를 받을 수 있소. 그걸 어떻게 알아낼 수 있겠소? 당신은 그 요원이 동독 사람인지 아닌지도 모르고 있잖소. 도대체 당신이 추적하고 있는 게 뭐요?」

피들러는 당장 대답하지 않고, 심란해진 것처럼 골짜기 건너편을 바라보고 있었다.

「당신은 조금만 아는 데 익숙해져 있다고 말했습니다. 그러므로 나도 이렇게 말하고 싶군요. 당신이 알면 안 되는 것까지 말하지 않고는 당신 질문에 대답할 수 없다고 말입니다.」 피들러는 잠깐 망설였다. 「하지만 장담하거니와, 〈구르는 돌〉은 우리에 대한 작전이었어요. 그렇죠?」

「우리라고요?」

「독일 민주 공화국 말입니다.」 피들러는 빙긋 웃었다. 「공산권이라고 고쳐 말해도 좋습니다. 나는 사실 그런 점에 대해서는 그리 민감한 편이 아닙니다.」

리머스는 이제 피들러를 바라보고 있었다. 그의 갈색 눈은 생각에 잠겨 피들러에게 쏠려 있었다.

「하지만 나는 어떻게 할 거요?」 리머스가 물었다. 「내가 편지를 쓰지 않으면 어쩔 작정이오?」 그의 목소리가 점점 높아지고 있었다. 「이제 나를 어떻게 할 작정인지 말해 줄 때가 되지 않았소?」

피들러는 고개를 끄덕였다.

「좋습니다.」 피들러는 기분 좋게 대답했다.

그러나 잠시 침묵이 흐른 뒤 리머스가 말했다.

「나는 내 몫을 다했소. 당신과 피터스에게 내가 알고 있는 것을 죄다 털어놓았소. 은행에 편지를 쓰겠다고 동의한 적은 없소. 그건 아주 위험할 수도 있어요. 그런 일은 원래 위험하지요. 당신은 걱정할 게 없다는 것을 나는 알고 있소. 당신한테 나는 소모품에 불과하니까.」

「솔직히 말하지요.」 피들러가 대답했다. 「당신도 알다시피, 전향자를 심문할 때는 두 단계가 있습니다. 당신의 경우, 첫째 단계는 거의 끝났어요. 우리가 납득할 수 있는 사실을 모두 말해 주었으니까. 하지만 당신네 정보부가 핀을 좋아하는지 아니면 클립을 좋아하는지는 말하지 않았습니다. 그건 우리가 물어본 적이 없기 때문이고, 당신은 그것이 자진해서 대답할 가치가 있다고 생각지 않았기 때문입니다. 양쪽에서 무의식중에 선택 과정이 진행되고 있었다고 볼 수 있겠지요. 하지만 한두 달 안에 예기치 않게 그 핀과 클립에 대해 꼭 알아야 할 필요가 생길 수도 있습니다. 아주 귀찮은 일이긴 하지만, 언제라도 일어날 수 있는 일입니다. 그것은 대개 두 번째 단계에서 처리되지요. 네덜란드에서 당신은 계약의 그 부분을 받아들이지 않았어요.」

「그래서 나를 계속 붙잡아 두겠다는 거요?」

「역스파이라는 직업은……」 피들러는 빙긋 웃으면서 말했다. 「엄청난 인내심이 필요합니다. 거기에 어울리는 자질을 갖춘 사람은 드물지요.」

「언제까지 기다려야 하죠?」 리머스는 고집스럽게 물었다.

피들러는 대답하지 않았다.

「왜 대답하지 않는 거요?」

피들러가 갑자기 다급하게 말했다.

「약속하겠습니다. 당신의 그 질문에 되도록 빨리 대답하도록 하지요. 내가 당신한테 거짓말을 할 수도 있잖습니까? 단지 당신의 비위를 맞추려고 한 달도 안 걸릴 거라고 말할 수도 있어요. 하지만 나는 모른다고 말하겠습니다. 그게 사실이니까. 당신은 우리한테 몇 가지 암시를 주었어요. 우리가 그것을 철저히 조사해서 규명할 때까지는 당신을 자유롭게 보내 줘도 좋다는 지시가 떨어질 리 없어요. 하지만 나중에 일이 내가 예상했던 대로 되면 당신은 친구가 필요해질 것이고, 그 친구는 바로 나일 겁니다. 독일인으로서 약속하지요.」

리머스는 너무 당황해서 한동안 아무 말도 하지 못했다.

「좋소.」 마침내 그가 말했다. 「해보겠소. 하지만 나를 속이려 들면, 그때는 당신 목을 비틀어 버릴 테니 그리 아시오.」

「그럴 필요는 없을 겁니다.」 피들러는 차분하게 대답했다.

남들과 떨어져 혼자 사는 사람은 명백한 심리적 위험에 노출된다. 남을 속이는 행동 자체는 특별히 힘들지 않다. 그것은 경험의 문제이고, 직업적인 전문 기술의 문제다. 대다수 사람은 쉽게 그 능력을 얻을 수 있다. 하지만 사기꾼이나 연극배우나 도박사는 무대에서 내려와 그의 재주에 탄복하는 관객의 신분으로 돌아갈 수 있지만, 비밀 첩보원은 그런 위안을 얻을 수 없다. 상대를 속이는 것은 그에게는 무엇보다도 먼저 자신을 지키는 수단이다. 그의 적은 외부에만 있는 것이 아니라 내부에도 있다. 그는 가장 자연스러운 충동과 맞서서 자신을 보호해야 한다. 큰돈을 벌었다 해도, 자신이 맡은 역할 때문에 면도칼 하나 마음대로 사지 못할 수 있다. 아무리 박식하다 해도 자신이 맡은 역할 때문에 진부한 말만 중얼거려야 하는 처지가 될 수도 있다. 애정이 넘치는 남편이고 아버지라면 가족한테 비밀을 털어놓는 것이 당연하지만, 어떤 상황에서도 가족한테 털어놓는 것을 삼가야 한다.

자신의 속임수 속에 영원히 고립된 사람은 압도적인 유혹에 시달린다. 그 유혹을 알고 있는 리머스는 최선의 방어책에 의존했다. 혼자 있을 때라도 가면을 벗어던지지 않고 자신이 채택한 성격이나 인격을 가진 인물로 살도록 자신에게 강요한 것이다. 발자크[12]는 임종할 때도 자신이 창조한 인물들의 안부를 염려했다고 한다. 그와 마찬가지로, 창조력을 잃지 않은 리머스도 자신이 창조한 인격과 자신을 동일시했다. 그가 피들러에게 보여 준 성격, 잠시도 가만히 있지 못하는 불안, 부끄러움을 감추고 자신을 보호하기 위한 오만함은 그가 실제로 가지고 있는 성격에 가까운 것이 아니라 본래의 성격을 연장한 것이었다. 발을 조금 질질 끌면서 걷는 걸음걸이, 옷차림에 신경을 쓰지 않는 점, 음식에 대한 무관심, 술과 담배에 대한 의존도 마찬가지였다. 혼자 있을 때도 그는 이런 습관에 충실했다. 런던 본부가 저지른 잘못을 속으로 중얼거리면서 그런 습관을 더욱 과장하기까지 했다.

자신이 거짓된 생활을 하고 있다는 사실을 스스로 인정하는 것은 위험한 사치였다. 그날 저녁 침대로 가면서 그는 그

---

12 Honoré de Balzac(1799~1850). 프랑스의 소설가.

위험한 사치를 누렸지만, 그런 경우는 아주 드물었다.

관리관의 예상은 놀랄 만큼 옳았다. 피들러는 몽유병자처럼 그가 쳐놓은 그물 속으로 걸어 들어오고 있었다. 피들러와 관리관의 관심사가 점점 같아져 가는 것을 지켜보노라면 오싹한 느낌마저 들었다. 그들은 같은 계획에 합의했고, 그 계획을 실행하기 위해 리머스를 파견한 것처럼 느껴졌다.

어쩌면 그것이 정답인지도 모른다. 관리관이 그토록 필사적으로 보호하려고 애쓰는 특별히 중요한 인물은 바로 피들러인지도 모른다. 그런 문제에서 리머스는 전혀 호기심을 느끼지 않았다. 아무리 머리를 짜서 추론해 봐도 소용없다는 것을 그는 알고 있었다. 하지만 그는 그 추론이 맞기를 신에게 빌었다. 그의 추론이 적중했을 가능성도 있었다. 특히 그 경우에는 가능성이 충분했다.

14
은행에서 보내온 회신

 이튿날 아침, 리머스가 아직 잠자리에 있을 때 피들러가 그의 서명이 필요한 편지 두 통을 가지고 왔다. 한 통은 스위스의 슈피츠 호반에 있는 자일러 호텔 알펜블리크의 전용 편지지로 얇은 푸른색 종이였고, 또 한 통은 스위스 그슈타트에 있는 팰리스 호텔의 전용 편지지였다.

 코펜하겐
 왕립 스칸디나비아 은행
 지점장 귀하

 나는 지난 몇 주 동안 여행을 하고 있기 때문에 그동안 영국에서 온 우편물을 받지 못했습니다. 그래서 카를스도르프 씨와 나의 공동 명의로 되어 있는 계좌의 현재 상태를 문의한 3월 3일 자 편지에 대해 귀하의 회신을 아직 받지 못했습니다. 더 이상 늦어지지 않도록, 아래 주소로 잔고 사본을 보내 주시기 바랍니다. 나는 이곳에 4월 21일부터 2주 동안 머무를 예정입니다.

프랑스 파리 12구 콜롱브 가 13번지
Y. 드 상글로 부인 댁

로버트 랭

「3월 3일 자 편지라니? 나는 편지 따위는 쓴 적도 없는데?」 리머스가 물었다.

「물론 그렇겠지요. 당신만이 아니라, 우리가 알기로는 아무도 편지를 쓰지 않았습니다. 하지만 이렇게 말하면 은행에서는 책임을 느낄 겁니다. 우리가 지금 보낼 편지와 관리관이 은행에 보낸 편지 사이에 뭔가 모순이 있다 해도, 은행은 〈분실된〉 3월 3일 자 편지에 해답이 있을 거라고 생각하겠지요. 은행은 당신이 요구하는 보고서를 보낼 테고, 3월 3일 자 편지를 받지 못해서 유감이라는 내용의 편지를 동봉할 겁니다.」

두 번째 편지도 이름만 다를 뿐 내용은 첫 번째와 똑같았다. 파리의 주소도 같았다. 리머스는 백지 한 장과 만년필을 가져와서 〈로버트 랭〉을 여섯 번쯤 써보았다. 그런 다음 첫 번째 편지에 서명을 했다. 그는 만년필을 뒤쪽으로 기울여 두 번째 서명을 만족스러울 때까지 연습한 다음, 두 번째 편지에 〈스티븐 베넷〉이라고 서명했다.

「훌륭합니다. 아주 훌륭해요.」 피들러가 말했다.

「이제 어떻게 할 거요?」

「이 편지들은 내일 스위스의 인터라켄과 그슈타트에서 발송될 겁니다. 은행에서 답장이 오면 파리에 있는 우리 요원들이 그 내용을 전보로 알려 줄 겁니다. 일주일 안에는 답장이 오겠지요.」

「그때까지는 뭘 할 거요?」

「우리는 항상 같이 있게 될 겁니다. 물론 당신은 싫겠지요. 그건 사과하겠습니다. 우리는 함께 산책도 하고, 언덕에서 드라이브도 하면서 시간을 보낼 수 있을 겁니다. 나는 당신이 긴장을 풀고 솔직하게 말했으면 좋겠어요. 런던에 대해, 영국 정보부에 대해, 그곳 업무에 대해 말해 주시지요. 스캔들, 봉급과 휴가, 사무실, 서류와 사람들에 대해서도 듣고 싶고, 핀과 클립 같은 것에 대해서도 듣고 싶습니다. 하찮고 사소한 일들도 빠짐없이 듣고 싶군요. 그런데…….」

그의 말투가 갑자기 달라졌다.

「뭐요?」

「이곳에는…… 우리와 함께 시간을 보낼 사람들을 위한 시설이 갖추어져 있습니다. 기분 전환을 위한 오락 시설도 있고…….」

「여자를 붙여 주겠다는 거요?」

「그렇습니다.」

「고맙지만 사양하겠소. 당신들과는 달리 나는 아직 여자가 필요한 단계에는 이르지 않았소.」

피들러는 그의 대답을 들은 체도 하지 않고 재빨리 말을 이었다.

「하지만 당신은 영국에 여자가 있었잖습니까? 도서관에서 일하는 여자.」

리머스는 두 손을 벌려 옆구리에 대고 그에게 덤벼들었다.

「분명히 말해 두지만, 그 말은 두 번 다시 하지 마시오. 농담이건 위협이건, 나를 압박하기 위해서라도 그 일은 입에 올리지 마시오. 알겠소? 그래 봤자 아무 효과도 없을 테니까. 또다시 그 말을 입에 올리면 나는 입을 다물어 버리겠소. 내가 살아 있는 동안은 내 입에서 한마디도 끌어내지 못할 거요. 문트인지 슈탐베르거인지는 모르지만, 그 말을 하라고 당신한테 지시한 놈한테 내 말을 그대로 전하시오.」

「전하죠. 틀림없이 전하겠습니다. 어쩌면 너무 늦었을는지도 모르지만.」

오후에 그들은 다시 산책을 하러 갔다. 하늘은 어둡고 구름이 잔뜩 끼어서 우중충했다. 공기는 따뜻했다.

「나는 영국에 딱 한 번 가보았습니다.」 피들러가 문득 생각난 듯이 말했다. 「전쟁이 나기 전에 부모님과 함께 캐나다로 가는 길에 잠깐 들렀지요. 물론 그때 나는 어린애였어요. 우리 가족은 영국에서 이틀을 보냈지요.」

리머스는 고개를 끄덕였다.

「지금이니까 말할 수 있지만……..」 피들러가 말을 이었다. 「사실 나는 몇 년 전에 영국에 갈 뻔했지요. 철강 사절단에 문트의 후임으로 파견될 예정이었어요. 문트가 전에 런던에서 살았다는 건 알고 있지요?」

「알고 있었소.」 리머스는 무뚝뚝하게 대답했다.

「그 일은 어땠을까. 나는 늘 그게 궁금했어요.」

「공산권의 다른 사절단들과 어울리는 평범한 게임이겠지. 영국 기업과도 어느 정도는 접촉하겠지만, 기회가 그렇게 많지는 않을 거요.」 리머스의 목소리는 따분하게 들렸다.

「하지만 문트는 여기저기 나다니면서 부지런히 일했어요. 그 일을 아주 쉽게 해냈지요.」

「나도 그렇게 들었소. 사람도 두어 명 죽이기까지 했소.」

「당신도 그 이야기를 들었군요?」

「피터 길럼한테 들었소. 피터는 조지 스마일리와 함께 그 사건에 관여했지요. 문트는 하마터면 조지도 죽일 뻔했소.」

「페넌 사건 말이군요.」 피들러는 생각에 잠긴 어조로 말했다. 「그런데도 문트가 용케 도망친 건 정말 놀랄 만한 일입니다. 안 그렇습니까?」

「그건 그렇소.」

「외국 사절단의 일원으로 외무부에 사진과 인상서가 비치되어 있는 사람이 영국 정보부 전체를 상대로 승산이 있으리라고는 생각지 않았겠지요.」

「내가 들은 바로는 그들이 문트를 잡는 데 별로 열을 올리지 않았다고 합니다.」

피들러가 우뚝 멈춰 섰다.

「방금 뭐라고 했습니까?」

「피터 길럼은 정보부 사람들이 문트를 잡고 싶어 하는 것 같지 않다고 말했소. 나는 그렇게 말했을 뿐이오. 당시 영국 정보부는 조직이 지금과는 달랐소. 현재의 작전 관리관 대신 매스턴이라는 감독관이 지휘권을 쥐고 있었는데, 페넌 사건에서 매스턴은 처음부터 터무니없는 실수를 저질렀다는군요. 이것도 길럼한테 들은 얘기요. 문트가 잡혔다면 한바탕 소동이 벌어졌을 거라고 합니다. 문트는 재판을 받고 아마 교수형을 당했겠지만, 재판 과정에서 드러난 진상 때문에 매스턴의 경력도 끝장났을 거요. 피터는 정확히 무슨 일이 일어났는지 몰랐지만, 문트를 잡기 위해 철저한 수사가 이루어지지 않은 것만은 확실하다고 말했소.」

「그게 확실합니까? 길럼이 정말로 그렇게 말했습니까? 철저한 수사가 이루어지지 않았다고?」

「물론 확실하오.」

「문트의 탈출과 관련해서 다른 이유를 길럼이 암시한 적은 없습니까?」

「다른 이유라니요?」

피들러는 고개를 저었다. 그들은 오솔길을 따라 계속 걸어갔다.

「철강 사절단은 페넌 사건 이후 해산되었습니다. 내가 런던에 가지 않은 것도 그 때문이지요.」

「문트는 그때 미쳤던 것 같소. 사람을 죽이고 달아날 수 있다니, 발칸이나 이 나라에서는 그럴 수 있을지 모르지만, 런던은 그렇지 않아요.」

「하지만 문트는 해치웠지 않습니까? 게다가 일도 잘해 냈어요.」

「키버와 애시를 키운 일 말이오?」

「그들은 페넌의 여자를 오랫동안 관리했지요.」

리머스는 어깨를 으쓱했다.

「카를 리메크에 대해 좀 더 말해 주시죠. 그는 관리관과 딱 한 번 만났다면서요?」

「그렇소. 베를린에서. 1년쯤 전에. 어쩌면 그보다 전이었는지도 모르겠소.」

「어디서 만났습니까?」

「내 아파트에서 모두 같이 만났소.」

「무엇 때문에요?」

「관리관은 성공에 참여하기를 좋아했소. 우리는 카를한테서 많은 정보를 얻었지요. 런던은 그것을 높이 평가한 모양이오. 관리관은 베를린으로 잠깐 여행을 와서 카를을 만날 수 있게 주선해 달라고 나한테 부탁했소.」

「당신은 그게 싫었겠군요?」

「내가 왜?」

「리메크는 당신의 정보원이었잖습니까. 자기 끄나풀이 다른 첩보원과 만나는 게 유쾌한 일은 아니죠.」

「관리관은 일개 공작원이 아니라 우리 부서의 우두머리요. 이것을 알고는 카를도 한껏 우쭐한 기분이 들었을 거요.」

「당신들 세 사람은 줄곧 함께 있었습니까?」

「그렇소. 아니, 꼭 그렇지는 않아요. 두 사람만 남겨 두고 잠시 자리를 피해 주었으니까. 15분쯤. 그 이상은 아니었소. 관리관이 원했지요. 잠시 카를과 단둘이 있고 싶어 했소. 이유는 모르지만, 어쨌든 나는 핑계를 대고 아파트를 나왔소. 무슨 핑계를 댔는지는 잊어버렸소. 아니, 이제 생각이 나는군. 나는 위스키가 떨어진 척했소. 하지만 정말로 밖에 나가 드 종한테서 술을 한 병 가져왔소.」

「당신이 자리를 비운 동안 두 사람 사이에 무슨 말이 오갔는지 알고 있습니까?」

「그걸 내가 어떻게 알 수 있겠소? 어쨌든 나는 별로 관심도 없었소.」

「카를이 나중에 말해 주지 않던가요?」

「물어보지 않았소. 카를은 어떤 면에서는 건방진 녀석이어서 항상 내가 모르는 무언가를 알고 있는 척했소. 그리고 나는 관리관에 대해 킬킬거리면서 말하는 태도가 마음에 들지 않았소. 하긴 카를이 킬킬 웃을 만도 했지요. 그건 정말 우스꽝스러운 짓이었으니까. 사실은 나도 함께 웃었소. 카를의 허영심을 부추길 만한 이야기는 나오지 않았던 것 같소. 그 만남은 그저 카를에게 주사 한 방 놓아 주는 정도였지요.」

「그러면 그때 카를은 의기소침했겠군요?」

「천만에. 카를은 이미 응석받이가 되어 있었소. 돈도 사랑도 신뢰도 너무 많이 받았지요. 반쯤은 내 잘못이고, 반쯤은 런던의 잘못이지만. 우리가 카를을 응석받이로 만들지만 않았다면, 카를도 자신의 첩보망을 그 빌어먹을 여자한테 털어놓는 짓은 하지 않았을 거요.」

「엘비라 말입니까?」

「그렇소.」

그들은 한동안 말없이 산책을 계속했다. 이윽고 피들러가 생각을 중단하고 말했다.

「나는 당신이 좋아지기 시작했어요. 하지만 한 가지 수수께끼가 나를 괴롭히는군요. 정말로 이상한 일입니다. 당신을 만나기 전에는 그 일로 골머리를 앓지 않았는데.」

「그게 뭐요?」

「당신이 여기 온 이유 말입니다. 조국을 배신한 이유.」

리머스가 뭐라고 대꾸하려 할 때, 피들러가 소리 내어 웃으면서 말했다.

「그건 별로 잘한 짓이 아니었던 것 같아요. 안 그렇습니까?」

그들은 그 주일을 구릉지를 산책하면서 보냈다. 저녁때가 되면 숙소로 돌아와, 형편없는 음식을 역한 냄새가 나는 백포도주와 함께 억지로 목구멍으로 넘기고, 난롯불 앞에서 슈타인헤거를 마시며 하염없이 앉아 있곤 했다. 난롯불을 피운 것은 피들러의 생각인 듯했다. 처음에는 난로가 피워져 있지 않았는데, 어느 날 리머스는 피들러가 경호원한테 장작을 가져오라고 지시하는 소리를 들었다. 그때는 저녁을 어떻게 보낼지 신경도 쓰지 않았다. 온종일 신선한 공기를 마시고 돌아와 따뜻한 난롯불을 쬐면서 독한 술을 마시면, 그는 자발적으로 입을 열어 그때까지 자신이 한 일에 대해 장황하게 털어놓곤 했다. 리머스는 자기 이야기가 녹음되고 있다고 생각했지만 아랑곳하지 않았다.

하루하루가 이렇게 지나가는 동안, 리머스는 피들러의 긴장이 점점 더해 가고 있는 것을 알아차렸다. 한번은 저녁에 데카베를 타고 나가서 공중전화 부스 옆에 차를 세웠다. 피들러는 열쇠가 꽂힌 차 안에 리머스를 혼자 남겨 두고 공중전화로 오랫동안 통화했다. 그가 돌아오자 리머스가 말했다.

「왜 숙소에서 전화를 걸지 않았소?」

하지만 피들러는 고개를 저었다.

「조심해야 하니까요. 당신도 마찬가지예요. 당신도 조심해야 합니다.」

「어째서? 무슨 일이 벌어지고 있는 거요?」

「당신이 코펜하겐 은행에 예치한 돈 말입니다. 그 돈에 대해 문의하는 편지를 쓴 것은 기억하고 있겠지요?」

「물론이오.」

피들러는 더 이상 말하려 하지 않고, 말없이 구릉지로 차를 몰았다. 그곳에서 그들은 차를 세웠다. 눈 아래에는 커다란 골짜기 두 개의 합류점이 유령처럼 희미한 솔숲에 반쯤 가려져 있었다. 양쪽에는 나무가 우거진 가파른 언덕이 있었다. 언덕들은 몰려오는 어둠에 밀려 차츰 제 색깔을 잃어버리고, 마침내 어스름 속에 생기 없는 잿빛으로 서 있었다.

「무슨 일이 일어나도 걱정하지 마세요.」피들러가 말했다. 「괜찮을 겁니다. 이해하시겠죠?」그는 힘주어 말하면서 가느다란 손을 리머스의 팔에 올려놓았다. 「조금 조심해야 할지도 모르지만, 그것도 오래가진 않을 겁니다. 아시겠죠?」

「아니, 모르겠소. 하지만 당신이 말하려 하지 않으니까 나는 기다릴 수밖에 없겠지. 나를 너무 걱정하지는 마시오, 피들러.」리머스는 팔을 움직였지만, 피들러의 손은 여전히 그 팔을 잡고 있었다. 리머스는 남이 만지는 것을 싫어했다.

「문트를 아십니까?」피들러가 물었다.「그에 대해 아세요?」

「문트에 대해서는 이미 얘기했잖소.」

「맞습니다. 문트에 대해서는 이미 얘기했지요. 그는 총을 먼저 쏘고 질문은 나중에 합니다. 그렇게 함으로써 기를 아예 꺾어 놓고 있지요. 질문이 총살보다 중요하게 여겨지는 직업에서는 이상한 방침이라고 할 수 있지요.」

리머스는 피들러가 무슨 말을 하려고 하는지를 알아차렸다. 피들러는 목소리를 낮추어 계속 말했다.

「상대의 답변을 두려워하는 게 아니라면 정말 이상한 방침이죠.」

리머스는 다음 말을 기다렸다. 잠시 뒤에 피들러가 말을 이었다.

「문트는 지금까지 직접 심문한 적이 없습니다. 늘 나한테 맡겼지요. 그러면서 이렇게 말하곤 했습니다.〈심문은 자네가 맡게. 그 일을 하는 데는 자네를 당할 사람이 없어. 나는 잡아올 테니까, 자네는 자백을 받아 내게.〉그는 또 이런 말도 자주 했지요.〈역스파이 활동을 하는 사람은 화가와 비슷해서, 망치를 들고 뒤에 서 있다가 일이 끝나면 망치로 때려 줄 사람이 필요하다. 그러지 않으면 자기가 무엇을 성취하려고 애쓰고 있는지를 잊어버린다.〉 그는 나한테 〈내가 자네의 망치가 되어 주겠다〉고 입버릇처럼 말하곤 했습니다. 처음에는 우리끼리 통하는 농담이었지만, 그게 차츰 중요해지기 시작했어요. 당신 말대로 문트가 아직 자백하지도 않은 사람들을 죽이기 시작했을 때였죠. 여기저기서 사람들이 살해되었습니다. 나는 문트한테 이유를 물었고, 부탁도 했습니다. 〈왜 그들을 체포하지 않느냐? 왜 내가 심문할 시간을 한두 달이라도 주지 않느냐? 그들이 죽어 버리면 당신한테 무슨 도움이 되느냐?〉 그러자 문트는 고개를 저으면서, 엉겅퀴는 꽃을 피우기 전에 잘라 버려야 한다고 말했어요. 내가 그 질문을 하기 전에 문트가 미리 대답을 준비해 놓고 있었던 듯한 느낌이 들더군요. 문트는 훌륭한 첩보원입니다. 아주 훌륭하죠. 당신도 알다시피 문트는 우리 보위부에서 놀라운 성공을 거두었지요. 그리고 나름대로 이론도 가지고 있습니다. 나는 밤늦게 문트와 이야기를 나누곤 했지요. 문트는 커피를 마십니다. 다른 건 절대 안 마시고 항상 커피만 마시죠. 그의 말에 따르면, 독일인은 너무 내성적이어서 훌륭한 첩보원이 될 수 없다는 거예요. 그리고 방첩 활동에서 그 점이 여실히 드러난답니다. 방첩 활동에 종사하는 자들은 말라비틀어진 뼈다귀를 씹고 있는 늑대 같다고, 그들이 새로운 사냥감을 찾게 하려면 그 뼈다귀를 빼앗아야 한다는 거예요. 그건 나도 압니다. 그의 말이 무슨 뜻인지 이해합니다. 하지만 문트는 지나쳤어요. 문트는 왜 피어레크를 죽였을까요? 왜 피어레크를 내 손에서 빼앗아 갔을까요? 피어레크는 신선한 먹이였는데. 우리는 아직 뼈에서 고기를 발라 내지도 않은 상태였어요. 그런데 왜 피어레크를 제거했을까요? 어째서?」

피들러의 손이 리머스의 팔을 단단히 움켜쥐고 있었다. 캄캄한 차 안에서 리머스는 피들러의 감정이 무서울 만큼 격렬해진 것을 알아차렸다.

「나는 밤낮으로 그걸 생각했습니다. 피어레크가 사살된 이후 줄곧 그 이유를 찾았어요. 처음에는 상상이 지나치다고 생각했지요. 나는 질투심에 사로잡혀 있다고, 그 일로 내가 흥분해 있다고, 내가 모든 나무 뒤에서 배신자를 찾고 있다고, 우리와 같은 세계에서 일하는 자들은 그렇게 되기 십상이라고 나 자신을 타일렀습니다. 하지만 나도 어쩔 도리가 없었습니다. 진상을 알아야 했지요. 전에도 다른 일들이 있었습니다. 문트는 두려워했습니다. 지나치게 많이 털어놓는 첩자가 우리한테 넘어올까 봐 두려워한 겁니다!」

「무슨 말을 하고 있는 거요? 제정신이 아니군.」 리머스가 말했다. 그의 목소리에는 두려움이 담겨 있었다.

「그렇게 생각하자 아귀가 맞아들어 가더군요. 문트는 영국에서 너무 쉽게 탈출했습니다. 당신도 그렇게 말했지요. 그리고 길럼은 당신한테 뭐라고 했지요? 영국 정보부에서는 문트를 체포할 마음이 없었다고 했습니다. 왜 그랬을까요? 그 이유를 말씀드리죠. 문트는 그쪽 사람이었기 때문입니다. 그들은 문트를 전향시켜 자기네 사람으로 포섭한 거예요. 그것이 문트가 얻은 자유의 대가였고, 그가 받은 돈의 대가였지요.」

「당신 머리가 돌았군!」 리머스가 야유하듯 말했다. 「그런 이야기를 꾸며 내고 있는 줄 알면 문트는 당신을 죽일 거요. 그건 감미로운 상상에 지나지 않아요, 피들러. 허튼소리 그만하고 집으로 갑시다.」

마침내 리머스의 팔을 움켜잡고 있던 손이 느슨해졌다.

「그건 당신이 잘못 생각한 겁니다. 당신 자신이 해답을 제공했어요. 우리가 서로를 필요로 하는 건 바로 그 때문입니다.」

「그건 사실이 아니오!」 리머스가 소리쳤다. 「나는 당신한테 몇 번이나 말했소. 그들이 그런 짓을 할 수 있었을 리가 없다고. 영국 정보부가 문트를 포섭해서 공산권에 대한 공작을 펴게 하려 했다면 내가 모를 리가 없소. 그건 행정상 도저히 불가능한 일이오. 당신은 우리 관리관이 당신네 차장을 직접 지휘하고 있었다고 생각하는 모양인데, 베를린에 와 있는 우리 요원들 모르게 그런 짓을 할 수는 없어요. 피들러, 당신은 미쳤소. 머리가 완전히 돌아 버렸단 말이오!」 그는 갑자기 웃기 시작했다. 「문트의 자리가 탐나는 모양이군. 한심한 사람 같으니! 들은 바가 없는 것은 아니지만, 이런 일은 한바탕 소동과 함께 자신의 파멸로 끝난다는 점을 잊지 마시오.」

한동안은 둘 다 말을 하지 않았다.

「그 돈, 코펜하겐에 있는 그 돈 말인데……」 피들러가 말했다. 「은행이 당신 편지에 답장을 보내왔어요. 은행에서는 착오가 있었던 게 아닌가 몹시 걱정하고 있습니다. 돈은 당신이 예금한 날로부터 정확히 일주일 뒤에 공동 명의자가 인출했답니다. 문트는 2월에 이틀 동안 덴마크를 방문했는데, 그 날짜와 돈이 인출된 날짜가 일치합니다. 문트는 세계 과학자 회의에 참석하는 미국의 첩보 요원을 만나러 가짜 이름으로 덴마크에 갔지요.」 피들러는 잠시 머뭇거리다가 덧붙였다. 「은행에 다시 편지를 보내서 아무 문제도 없다고 말해야 하지 않을까요?」

15
초청장

 리즈는 당 본부에서 온 편지를 보고, 이게 어찌된 일일까 하고 고개를 갸웃거렸다. 뭐가 뭔지 몰라서 좀 어리둥절했다. 반가운 것은 리즈도 인정할 수밖에 없지만, 왜 그녀와 먼저 상의하지 않았을까? 지구(地區) 위원회가 그녀를 추천했을까? 아니면 본부가 직접 선정했을까? 하지만 그녀가 알고 있는 한 본부에는 아는 사람이 없었다. 물론 몇몇 강연자를 만난 적이 있고, 지구 회의에서 당 조직책과 악수를 나눈 적도 있었다. 〈문화 위원회〉에서 나온 그 남자가 그녀를 기억했을지도 모른다. 하얀 살결에 계집애 같은 그 남자는 그렇게 그녀의 환심을 사려고 애썼다. 애시가 그의 이름이었다. 그는 리즈에게 관심이 있었다. 그래서 장학금이 나왔을 때 그녀를 기억했거나 그녀의 이름을 추천했을지도 모른다. 애시는 좀 이상한 남자였다. 모임이 끝난 뒤, 그는 리즈를 데리고 〈블랙 앤드 화이트〉로 커피를 마시러 가서 리즈의 남자 친구에 대해 물었다. 호색적이거나 그런 것은 아니었지만 — 솔직히 말해서 리즈는 그를 동성애자로 생각했다 — 그는 리즈에 대해 많은 질문을 퍼부었다. 당에 들어온 지 얼마나 되느냐? 부모와 떨어져 살면서 향수병에 걸리진 않았느냐? 남자 친구는 많이 있느냐? 특별히 사랑에 빠진 남자 친구는 있느냐? 리즈는 그를 별로 좋아하지 않았지만, 그의 이야기는 기억에 또렷이 남아 있었다. 독일 민주 공화국의 노동자 실태, 노동자 시인의 개념 등등. 동유럽에 대해서는 모르는 게 없는 듯했고, 여행을 꽤 많이 한 모양이었다. 리즈는 그가 학교 선생일 거라고 짐작했다. 그는 교사 특유의 태도와 유창한 언변을 갖고 있었다. 그들은 나중에 투쟁 기금을 모금했는데, 애시가 1파운드나 내놓는 것을 보고 리즈는 깜짝 놀란 적이 있었다. 바로 그거야. 리즈는 이제 확신했다. 애시가 나를 기억하고 있다가 런던 지구의 누군가에게 말했고, 지구에서는 본부나 그 비슷한 곳에 그녀의 이름을 추천했을 것이다. 일을 그런 식으로 처리하는 게 이상하게 여겨졌지만, 당은 언제나 비밀주의를 지키고 있었다. 비밀주의는 혁명적 정당의 중요한 요소일 거라고 리즈는 생각했다. 리즈는 비밀주의가 부정직해 보여서 별로 마음에 들지 않았지만 꼭 필요하다고 생각했다. 그리고 비밀주의에서 쾌감을 맛보는 사람도 많았다.

리즈는 편지를 다시 읽어 보았다. 편지는 본부의 전용 편지지에 쓰여 있었고, 위에 굵은 글씨가 붉은색으로 인쇄되어 있었다. 편지는 〈친애하는 동지에게〉라는 말로 시작되었는데, 군대 같은 느낌이 들어서 리즈는 싫었다. 아무래도 〈동지〉라는 말에는 익숙해지지 않았다.

친애하는 동지에게
최근에 우리는 독일 민주 공화국의 사회주의 통일당과 서로 당원을 교류하는 문제에 대해 토의를 거듭해 왔습니다. 우리 두 당 사이에 평당원 차원에서 교류의 토대를 만들자는 생각입니다. 독일 사회주의 통일당은 영국 내무부의 차별적인 조치 때문에 그들의 대표단이 가까운 장래에 영국에 입국할 수 없다는 것을 알고 있지만, 바로 그런 이유 때문에 경험을 나누는 것이 더욱 중요하다고 생각하고 있습니다. 그들은 경험이 풍부하고 가두선전 활동에서 좋은 성적을 올린 지부 서기 다섯 명을 선발하여 파견해 달라고 요청했습니다. 선발된 동지는 3주 동안 지부 토론회에 참가하고, 산업과 사회 복지의 발달 과정을 학습하고, 서방이 파시즘을 자극한 증거를 직접 보게 됩니다. 이것이야말로 우리 동지들이 활기찬 사회주의 체제를 체험하여 실익을 얻을 수 있는 좋은 기회가 될 것입니다.

그래서 이번 출장으로 최대의 효과를 얻을 수 있는 젊은 기간 당원 명단을 제출해 달라고 지구에 요청했더니, 동지의 이름이 제출되었습니다. 가능하면 동지가 독일에 가서 계획의 두 번째 부문 — 우리와 비슷한 산업적 배경을 갖고 있고 또한 우리와 같은 종류의 문제점을 안고 있는 사회주의 통일당과 교류를 구축하는 일 — 을 수행해 주기 바랍니다. 남부 베이스워터 지부는 라이프치히 교외의 노이엔하겐 지부와 짝을 맺었습니다. 노이엔하겐 지부 서기인 프레다 뤼만은 성대한 환영을 준비하고 있습니다. 우리는 동지가 이 일에 적임이고 놀라운 성공을 거두리라고 확신합니다. 모든 비용은 동독 문화부가 댈 것입니다.

우리는 이것이 얼마나 큰 영예인지를 동지가 깨달으리라 믿고, 개인 사정 때문에 초청을 거절하는 일은 일어나지 않으리라 확신합니다. 방문은 내달 23일쯤 이루어질 것입니다. 하지만 선발된 동지들은 모두 같은 날짜에 초청이 이루어지지 않아서, 개별적으로 여행하게 될 것입니다. 초청에 대한 수락 여부를 되도록 빨리 알려 주시기 바랍니다. 그러면 더욱 자세한 사항을 알려 드리겠습니다.

편지는 읽으면 읽을수록 더욱 기묘하게 느껴졌다. 우선 출발 날짜가 너무 촉박했다. 리즈가 도서관에서 휴가를 얻을 수 있다는 것을 본부에서는 어떻게 알았을까? 그때 문득, 애시가 휴가에 관해 물었던 일이 생각나서 리즈는 흠칫 놀랐다. 휴가 때는 뭘 하느냐, 올해 휴가는 얻을 수 있느냐, 휴가를 얻고 싶으면 오래전에 도서관에 신청해야 하느냐고 물었던 것이다. 그건 그렇다 하더라도, 다른 후보자들에 대해서는 왜 말해 주지 않았을까? 그래야 할 특별한 이유는 없지만, 말하지 않은 것은 어쩐지 이상해 보였다. 게다가 편지가 너무 〈길었다〉. 본부에서는 서기의 도움을 얻기가 어렵기 때문에 대개 편지를 짧게 쓰거나 전화로 연락하는 경우가 많았다. 그런데 이 편지는 아주 능률적이고 타자도 잘 쳐져 있으니까, 어쩌면 본부에서 작성된 것이 아닐지도 모른다. 하지만 서명은 〈문화부 조직책〉이었다. 분명 그의 서명이었다. 그것은 의심할 여지가 없었다. 리즈는 지금까지 본부에서 보낸 통지문 아래쪽에서 그 서명을 여러 번 보았다. 그리고 편지는 리즈가 좋아하지 않으면서도 익숙해진 그 어색한 문체, 절반은 관료적이고 절반은 메시아적인 문체로 되어 있었다. 그녀가 가두선전 활동에서 성적을 올렸다는 말은 어이가 없었다. 리즈는 그런 적이 없었다. 사실 리즈는 당 활동의 그런 측면을 싫어했다. 공장 문 앞에서 확성기에 대고 떠들어 대거나 길모퉁이에서 「데일리 워커」지를 팔거나 지방 선거 때 집집마다 돌아다니며 선거 운동을 하는 것을 싫어했다. 〈평화 운동〉은 그렇게 싫어하지 않았다. 그 운동은 의의도 있었고 이치에도 닿았다. 평화 운동을 하면 길거리를 지나갈 때 아이들을 보고, 유모차를 미는 엄마들을 보고, 문 앞에 서 있는 노인들을 보고, 〈나는 저 사람들을 위해 이 운동을 하고 있다〉고 자랑스럽게 말할 수 있다. 그것은 정말로 평화를 위한 투쟁이었다.

하지만 선거 투쟁이나 판매 투쟁은 그런 식으로 보지 않았다. 그것은 그 투쟁이 사람을 실력대로 평가하기 때문일 거라고 그녀는 생각했다. 세계를 재건하고 사회주의의 선봉에 서서 행진하고 역사의 필연성을 논하기 위한 지부 모임에 여남은 명이 모였을 때는 마음이 편했다. 하지만 모임이 끝나면 「데일리 워커」지를 한 아름 안고 거리로 나가곤 했다. 한두 시간을 기다려야 겨우 한 부를 팔 때도 많았다. 때로는 의무에서 벗어나 빨리 집에 가기 위해 다른 사람들처럼 속임수를 써서 신문값을 자기 돈으로 내기도 했다. 다음 모임에서 그들은 ─ 자신들도 제 돈으로 신문을 샀으면서, 그것을 잊어버린 듯이 ─ 〈골드 동지가 토요일 밤에 신문을 18부나 팔았습니다. 18부나!〉 하고 자랑했다. 그러면 그 일은 회의록에 실렸고, 지부 회보에도 실렸다. 간부들은 만족스럽게 두 손을 비빌 것이고, 그녀는 신문 1면에 조그맣게 실린 투쟁 기금 기부자 명단에 이름이 오를 것이다. 그것은 그렇게 작은 세계였다. 그녀는 그들이 좀 더 정직할 수 있으면 좋겠다고 생각했다. 하지만 그녀 역시 그 모든 일에 대해 자신을 속였다. 다른 사람들도 모두 마찬가지였을 것이다. 어쩌면 다른 사람들은 〈왜〉 그렇게 거짓말을 많이 해야 하는지를 더 잘 이해하고 있었을 것이다. 그녀가 지부 서기로 임명된 것은 아무래도 이상했다. 〈우리의 젊고 열성적이고 매력적인 동지〉 리즈를 서기로 추천한 것은 멀리건이었다. 그녀를 서기로 뽑아 주면 자기랑 같이 자줄 거라고 그는 생각했다. 다른 당원들은 리즈를 좋아했기 때문에, 그리고 리즈가 타자를 칠 줄 알기 때문에 찬성표를 던졌다. 그녀라면 그런 일을 해줄 것이고, 주말마다 선거 운동이나 신문을 팔러 다니게 하려고 애쓰지 않을 것이기 때문에, 어쨌든 너무 자주 그러지는 않을 것이기 때문에 찬성표를 던졌다. 그들은 고상하고 품위 있는 모임, 유쾌하고 혁명적이지만 소란스럽지 않은 모임을 원했기 때문에 찬성표를 던졌다. 그것은 모두 지독한 기만이었다. 앨릭은 이런 사정을 이해하고 있었던 것 같다. 그렇기 때문에 그는 그것을 진지하게 생각지 않았다. 언젠가 그는 〈어떤 사람은 카나리아를 키우고, 어떤 사람은 공산당에 입당하지〉 하고 말한 적이 있는데, 그 말은 사실이었다. 어쨌든 남부 베이스워터에서는 그 말이 사실이었고, 지구 위원회도 그것을 잘 알고 있었다. 그녀가 선발된 것이 기묘한 것은 그 때문이었다. 그래서 그녀는 지구 위원회가 이 일에 관여했다고 믿을 마음이 전혀 나지 않았다. 애시가 원인이라고 그녀는 확신했다. 애시는 아마 그녀한테 홀딱 반했을 것이다. 그는 동성애자가 아니라 단지 그렇게 보일 뿐이었다.

리즈는 다소 과장된 몸짓으로 어깨를 한 번 으쓱했다. 사람들이 흥분하거나 외로울 때 흔히 보이는 과장된 몸짓이었다. 어쨌든 해외여행을 가게 된 것이다. 게다가 공짜였고, 재미있을 것 같았다. 그녀는 한 번도 외국에 나가 본 적이 없었다. 여비를 감당할 여유가 없었다. 꽤 재미있을 것이다. 그녀가 독일 사람에 대해 서먹한 느낌을 가지고 있는 것은 사실이었다. 서독에는 전쟁과 복수를 좋아하는 사람들이 모여 있고 동독에는 민주주의자와 평화 애호가들이 모여 있다는 말을 들었고, 또 그렇게 알고 있었다. 하지만 착한 독일인은 모두 동독에 있고 나쁜 독일인은 모두 서독에 있다는 것이 의심스러웠다. 그녀의 아버지를 죽인 것은 나쁜 독일인들이었다. 당이 그녀를 선발한 것은 그 때문일 것이다. 그것은 화해의 몸짓이었다. 애시가 그녀에게 이것저것 물었을 때 속으로 생각한 것도 그것이었을 것이다. 맞아. 그게 이유였어. 갑자기 당에 대한 감사와 애정이 그녀의 마음을 가득 채웠다. 그들은 정말 훌륭한 사람들이야. 그들과 같은 당원이라는 것이 자랑스럽고 고맙게 느껴졌다. 그녀는 책상으로 가서 서랍을 열고 낡은 가방을 꺼냈다. 가방 속에는 지부 전용 편지지와 당비 수령 스탬프가 들어 있었다. 리즈는 편지지 한 장을 떼어 낡은 언더우드 타자기에 끼웠다. 그 타자기는 리즈가 타자를 칠 줄 안다는 것을 알고 지구 위원회가 보내 준 것으로, 글자가 좀 뛰기는 했지만 그런대로 쓸 만했다. 리즈는 초청을 기꺼이 받아들이겠다는 답장을 말끔하게 타자했다. 당 본부는 그렇게 엄정하고 자비롭고 객관적이고 영원한 존재였다. 그들은 정말로 훌륭한 사람들이다. 평화를 위해 싸우는 사람들. 서랍을 닫을 때 스마일리의 명함이 눈에 띄었다.

리즈는 진지하고 주름잡힌 얼굴의 작달막한 남자를 기억해 냈다. 그는 그녀의 방 문간에 서서 이렇게 물었다. 「그럼 당에서도 당신들의 관계를 알고 있나요?」 나는 참 바보였어. 이젠 더 이상 그 일로 걱정할 필요가 없어.

16
체포

 피들러와 리머스는 말없이 차를 몰고 숙소로 돌아왔다. 어스름 속에서 언덕들은 동굴처럼 검게 보였다. 바늘 끝처럼 작은 점들이 먼바다에 떠 있는 배들의 불빛처럼 밀려오는 어둠과 싸우고 있었다.

 피들러는 자동차를 집 옆 헛간에 주차시키고 리머스와 함께 현관문으로 걸어갔다. 그들이 막 집으로 들어가려 하는데 나무숲 쪽에서 피들러를 부르는 소리가 들렸다. 그들은 그쪽을 돌아보았다. 20미터쯤 떨어진 어둠 속에 세 남자가 서 있었다. 피들러가 돌아오기를 기다리고 있었던 모양이다.

「무슨 일이오?」 피들러가 물었다.

「할 이야기가 있습니다. 우리는 베를린에서 왔습니다.」

 피들러는 망설이면서 리머스에게 말했다.

「경호원들은 어디 있죠? 한 명은 현관에 있어야 하는데.」

 리머스는 어깨를 으쓱했다.

〈현관 홀에도 불이 켜져 있지 않고……〉 하고 중얼거리며 피들러는 의아한 표정으로 사내들 쪽으로 천천히 다가갔다.

 리머스는 잠시 기다렸지만 아무 소리도 들리지 않자, 불이 켜져 있지 않은 건물을 지나 뒤꼍의 별채로 갔다. 별채는 겉만 그럴듯한 가건물로, 촘촘한 소나무에 둘러싸여 어느 방향에서도 공격당하지 않도록 안전하게 숨어 있었다. 별채는 서로 이어진 세 개의 침실로 나뉘어 있었다. 복도는 없었다. 가운뎃방이 리머스에게 주어졌고, 본채와 가장 가까이에 있는 방은 두 경호원이 차지하고 있었다. 세 번째 방을 누가 쓰고 있는지는 리머스도 알지 못했다. 세 번째 방과 자기 방을 연결하는 문을 열어 보려 한 적도 있었지만, 문이 잠겨 있었다. 어느 날 아침 일찍 산책하러 나가다가 레이스 커튼 사이로 그 방을 들여다보고 침실이라는 것을 알았을 뿐이다. 그가 가는 곳이면 어디든 50미터 간격을 두고 따라오는 두 경호원은 그때 아직 별채 모퉁이를 돌지 않은 상태였기 때문에, 그는 창문으로 방을 들여다보았다. 방에는 일인용 침대 하나와 작은 책상이 하나 있고, 책상 위에는 종이가 놓여 있었다. 누군가가 그 방에서 독일인답게 철저하게 그를 지켜보고 있었을 것이다. 하지만 리머스는 늙은 너구리여서 감시당하는 것을 알아도 당황하지 않았다. 베를린에서는 그것이 피할 수 없는 현실이었다. 감시자를 알아내지 못하면 그만큼 곤란해졌다. 그것은 감시자들이 더욱 조심하고 있다는 것을 의미하거나 이쪽의 능력이 떨어지는 것을 의미할 뿐이다. 리머스는 그런 일에 능숙했고, 또한 관찰력과 정확한 기억력을 가지고 있었기 때문에 — 요컨대 유능한 스파이였기 때문에 — 대개는 어떻게든 감시자를 알아냈다. 그는 미행하는 팀이 즐겨 쓰는 대형을 알고 있었고, 그들이 정체를 드러내게 할 수 있는 요령과 약점과 순간적인 실수를 알고 있었다. 감시당하고 있는 것은 리머스한테 아무 의미도 없었지만, 본채에서 별채로 이어지는 급조된 문을 지나 경호원들의 방에 들어섰을 때 뭔가 잘못되었다는 느낌이 그를 사로잡았다.

별채의 전등은 중앙에서 통제되었다. 보이지 않는 손이 불을 켜고 껐다. 아침에 리머스는 그의 방에 하나밖에 없는 전등이 갑자기 눈부신 빛을 내뿜는 바람에 잠에서 깨어난 적이 많았다. 밤에는 기계적으로 찾아온 어둠에 쫓겨 서둘러 침대에 들어가곤 했다. 그가 별채에 들어갔을 때는 9시밖에 안 되었는데 벌써 불이 꺼져 있었다. 전등은 대개 11시까지 켜져 있었는데 지금은 불도 꺼지고 덧문도 내려져 있었다. 그는 본채와 별채를 잇는 문을 열어 두었기 때문에 복도에서 어슴푸레한 불빛이 경호원들 방까지 이르렀지만 방으로 뚫고 들어오지는 못했다. 그는 비어 있는 침대 두 개만 겨우 볼 수 있었다. 그는 그곳에 서서 방을 들여다보며, 방이 비어 있는 것을 보고 놀랐다. 그때 뒤에서 문이 닫혔다. 아마 저절로 닫혔을 테지만, 리머스는 문을 열려고 하지 않았다. 방은 칠흑처럼 어두웠다. 문이 닫히는 소리도 나지 않았고, 발소리도 들리지 않았다. 본능적으로 신경이 날카로워졌다. 음향이 멎어 버린 듯했다. 그때 시가 연기 냄새를 맡았다. 공기 속에 담배 연기가 감돌고 있었을 텐데 지금까지 모르고 있었던 것이다. 장님처럼 그의 촉각과 후각도 어둠 때문에 예민해졌다.

주머니에 성냥이 들어 있었지만, 그는 성냥을 사용하지 않았다. 한 발짝 옆으로 가서 바람벽에 등을 기대고 섰다. 리머스가 생각하기에 이것의 의미는 한 가지뿐이었다. 놈들은 그가 경호원들 방에서 자기 방으로 들어가기를 기다리고 있는 모양이었다. 그래서 그는 그 자리에 남아 있기로 결정했다. 그때 본채 쪽에서 발소리가 또렷이 들려왔다. 방금 닫힌 문의 손잡이를 돌려 보는 소리가 나더니, 열쇠가 돌아가고 문이 단단히 잠겼다. 그래도 리머스는 움직이지 않았다. 아직은 움직일 때가 아니었다. 그는 이제 포로가 되어 별채에 갇혀 버린 것이다. 리머스는 천천히 몸을 낮추어 웅크린 자세를 취했다. 그러면서 한 손을 윗옷 주머니에 집어넣었다. 그는 아주 침착했고, 이제 곧 행동하게 된다는 생각에 오히려 마음이 편해졌다. 그의 마음속에서는 옛 기억이 빠르게 되살아나고 있었다. 「무기는 언제나 가까운 곳에 있다. 재떨이, 동전, 만년필, 후비거나 벨 수 있는 것이면 무엇이든 무기가 된다.」 이것은 전쟁 때 옥스퍼드 근처의 그 집에서 웨일스 출신의 작달막하고 차분한 중사가 입버릇처럼 하던 말이었다. 「절대로 두 손을 한꺼번에 쓰지 말 것. 나이프나 지팡이나 권총을 두 손으로 잡지 말 것. 왼손은 비워 둔 채 왼팔을 아랫배에 꼭 붙이고 있을 것. 무기가 될 만한 것을 찾을 수 없으면 두 손을 벌리고 엄지손가락을 꼿꼿이 세울 것.」

리머스는 오른손으로 잡은 성냥갑을 세로로 길게 움켜쥐고 일부러 찌그러뜨렸다. 그러자 성냥갑 옆면의 얇은 나무판이 쪼개져 깔쭉깔쭉한 가장자리가 손가락 사이로 삐죽 튀어나왔다. 그는 찌그러진 성냥갑을 손에 쥔 채 천천히 벽을 따라 이동하여 의자에 이르렀다. 그는 그 의자가 방구석에 놓여 있다는 것을 알고 있었다. 이제 그는 자신이 내는 소리에 개의치 않고 의자를 방 한가운데로 밀어냈다. 그리고 발걸음 수를 헤아리면서 의자에서 뒤로 물러나, 두 벽이 만나는 모서리에 자리를 잡았다. 그때 그의 침실 문이 홱 열리는 소리가 들렸다. 그는 문간에 서 있을 게 분명한 인물을 분간하려고 애썼지만 소용이 없었다. 그의 방에서도 불빛은 전혀 비쳐 들지 않았다. 어둠은 결코 뚫고 들어갈 수 없었다. 그는 과감하게 앞으로 나가서 습격하려고 하지 않았다. 지금은 의자가 방 한복판에 있었기 때문이다. 그것은 전술적으로 그에게 유리했다. 그는 의자의 위치를 알고 있지만 적들은 모르고 있기 때문이다. 그들은 리머스 때문에 온 게 분명했다. 틀림없다. 그들은 밖에 있는 한패가 전등 스위치를 찾아 불을 켤 때까지 기다리려 하겠지만, 리머스는 그렇게 하도록 내버려둘 수 없었다.

「덤벼라, 겁쟁이들아.」 그가 독일어로 야유했다. 「나는 여기 있다. 방구석에 있단 말이다. 어서 덤벼 봐.」

움직이는 기척도 없고, 소리도 나지 않았다.

「나는 여기 있다. 내가 안 보여? 그럼 뭐가 문제야? 어서 와. 못 와?」

그 순간 한 사람이 앞으로 나서는 소리가 들렸다. 다른 사람이 그 뒤를 따랐다. 이어서 한 사람이 의자에 발이 걸려 비틀거리며 빌어먹을! 하고 내뱉는 소리가 들렸다. 그것이 리머스가 기다리고 있던 신호였다. 그는 성냥갑을 내던지고, 숲에서 나뭇가지를 피하는 사람처럼 왼팔을 뻗은 채 조심스럽게 한 걸음씩 나아갔다. 이윽고 팔 하나가 손에 닿고, 군복의 따뜻하고 까실까실한 질감이 느껴졌다. 리머스는 여전히 왼손으로 그 팔을 두 번 톡톡 두드렸다. 천천히 침착하게 두 번 두드렸다. 그러자 겁먹은 목소리가 바로 그의 귀 옆에서 독일어로 속삭였다.

「한스냐?」

「조용히 해. 소릴 내면 어떡해? 바보같이.」 리머스도 작은 소리로 속삭이면서, 동시에 손을 뻗어 상대의 머리카락을 움켜잡고 머리를 앞으로 잡아당겼다. 잡아당긴 머리를 밑으로 끌어내린 다음, 오른손 손날로 목덜미를 힘껏 내리쳤다. 그러고는 다시 상대의 팔을 잡고 끌어 올려 목을 주먹으로 올려쳤다. 그리고 손을 놓자 상대는 중력의 힘으로 바닥에 널브러졌다. 사내의 몸이 바닥을 때렸을 때 전등이 켜졌다.

문간에 인민경찰의 젊은 지서장이 시가를 피우며 서 있고, 그 뒤에 두 사람이 있었다. 한 사람은 민간인 복장이었고 아주 젊었다. 그는 손에 권총을 들고 있었다. 리머스는 개머리판 등마루에 장전 레버가 달린 체코식 권총이구나 하고 생각했다. 그들은 모두 방바닥에 널브러진 사내를 내려다보고 있었다. 누군가가 바깥문의 자물쇠를 열었다. 리머스는 누군지 보려고 돌아섰다. 그가 돌아서자 꼼짝 말라고 명령하는 외침 소리 — 리머스는 지서장의 목소리라고 생각했다 — 가 들렸다. 그는 다시 천천히 돌아서서 세 남자를 마주 보았다.

그가 두 손을 옆구리에 늘어뜨리고 있을 때 맹렬한 타격이 왔다. 두개골이 으스러지는 듯했다. 정신을 잃고 쓰러져 무의식 속으로 빠져들면서 리머스는 자기를 때린 흉기가 무엇인지 궁금했다. 끈을 고정시키는 개머리판에 회전 고리가 달려 있는 구식 연발 권총은 아닐까.

그는 죄수의 노랫소리와 입 닥치라고 나무라는 간수의 외침 소리에 잠에서 깨어났다. 눈을 뜨자 통증이 눈부신 햇살처럼 번득이며 머리를 덮쳤다. 그래도 그는 눈을 감지 않고 조용히 누워서, 선명하고 다채로운 색깔의 단편들이 시야를 가로지르는 것을 지켜보았다. 그는 자신이 어떤 상태에 놓여 있는지를 판단하려고 애썼다. 두 발은 얼음처럼 차가웠고,

시큼한 죄수복 냄새가 코를 찔렀다. 노랫소리는 그쳤다. 리머스는 노래가 두 번 다시 들리지 않으리라는 것을 알면서도 노래를 다시 듣고 싶어 했다. 그는 손을 들어 올려 뺨에 엉겨 붙은 피를 만지려고 했지만, 두 손은 뒤로 결박당해 있었다. 두 발도 묶여 있었다. 피가 통하지 않았다. 발이 그렇게 차가운 것은 그 때문이었다. 그는 고통을 참으며 머리를 바닥에서 약간 들어 올려 주위를 둘러보았다. 놀랍게도 무릎이 바로 앞에 있었다. 그는 본능적으로 두 다리를 뻗으려고 했지만, 그 순간 갑자기 끔찍한 통증이 온몸을 사로잡았다. 그는 흐느끼면서 고통스러운 비명을 질렀다. 그것은 고문대에 오른 사람의 마지막 비명 같았다. 그는 통증을 이기려고 숨을 헐떡이며 누워 있었지만, 타고난 고집 때문에 또다시 두 다리를 곧게 펴려고 애써 보았다. 그는 아주 천천히 다리를 폈지만, 당장 고통이 되돌아왔다. 하지만 리머스는 통증의 원인을 알아냈다. 손과 발이 등 뒤에서 쇠사슬로 함께 묶여 있었던 것이다. 다리를 펴려고 하면 쇠사슬이 당겨지면서 어깨를 뒤로 잡아당겼고, 다친 머리를 돌바닥에 눌러 댔다. 그는 의식을 잃은 동안 심하게 맞은 게 분명했다. 온몸이 뻣뻣하고 멍투성이였다. 사타구니도 쿡쿡 쑤셨다. 경호원을 죽인 것은 아닌지 궁금했다. 그랬으면 좋겠다고 그는 생각했다.

머리 위에는 커다란 전등이 켜져 있었다. 장식이 없고 기능적인 전등은 강렬한 불빛을 내보내고 있었다. 가구는 전혀 없고, 회반죽을 칠한 벽이 그에게 바싹 다가와 있었다. 강철문은 세련된 진회색이었다. 런던의 멋진 주택에서 볼 수 있는 색깔이었다. 다른 것은 아무것도 없었다. 아무것도. 생각할 것도 없었다. 있는 것이라고는 지독한 통증뿐이었다.

세 시간쯤 누워 있었을 때 그들이 왔다. 전등불 때문에 감방이 뜨거워졌다. 그는 목이 말랐지만, 물을 달라고 소리를 지르지는 않았다. 이윽고 문이 열리고, 그곳에 문트가 서 있었다. 그는 눈빛을 보고 그가 문트라는 것을 알았다. 언젠가 스마일리가 문트의 눈빛에 대해 이야기해 준 적이 있었기 때문이다.

17
문트

 그들은 그의 결박을 풀어 주고, 그가 일어서려고 애쓰도록 내버려 두었다. 그는 거의 성공할 뻔했지만, 손발에 피가 돌기 시작하고 억지로 오그라들었던 관절이 풀리자 다시 쓰러졌다. 그들은 바닥에 널브러진 그를 내버려 둔 채, 곤충을 관찰하는 아이들처럼 초연하게 그를 바라보고 있었다. 경호원 하나가 문트 옆을 지나 앞으로 나오더니 리머스에게 일어나라고 고함을 질렀다. 리머스는 벽으로 기어가서, 욱신거리는 손바닥으로 하얀 벽돌을 짚었다. 그가 반쯤 일어났을 때 경호원이 그를 걷어찼다. 그는 다시 쓰러졌다. 그리고 다시 한 번 일어나려 하자, 이번에는 경호원이 그를 내버려 두었다. 그는 벽에 등을 대고 일어나면서, 경호원이 왼쪽 다리로 몸의 중심을 옮기는 것을 보고 또다시 걷어차려 하는 것을 알아차렸다. 리머스는 남은 힘을 모두 짜내어 고개를 숙이고 앞으로 돌진했다. 그리고 경호원의 얼굴을 머리로 힘껏 들이받았다. 그들은 함께 쓰러졌다. 리머스가 경호원 위에 있었다. 경호원은 일어났고, 리머스는 그 자리에 누워서 보복을 기다렸다. 하지만 문트가 경호원에게 뭐라고 말했고, 리머스는 두 어깨와 발이 들어 올려지는 것을 느꼈다. 그의 감방 문이 닫히는 소리가 들리고, 리머스는 그렇게 들린 채 복도를 따라 내려갔다. 목이 몹시 말랐다.

그들은 책상과 팔걸이의자가 갖추어진 작고 안락한 방으로 그를 데려갔다. 블라인드가 창살이 쳐진 창문을 반쯤 가리고 있었다. 문트는 책상 앞에 앉았고, 리머스는 눈을 반쯤 감은 채 의자에 앉았다. 경호원들은 문간에 서 있었다.

「마실 것 좀 주시오.」리머스가 말했다.

「위스키?」

「물.」

문트는 방구석 세면기에서 물병에 물을 채워, 유리잔과 함께 리머스 옆의 탁자에 놓아 주었다.

「먹을 것 좀 가져와.」그가 명령하자 경호원 하나가 방에서 나갔다가 수프와 얇게 썬 소시지를 들고 돌아왔다.

리머스는 먹고 마셨다. 그들은 말없이 그를 지켜보았다.

「피들러는 어디 있소?」마침내 리머스가 물었다.

「체포됐소.」문트가 퉁명스럽게 대답했다.

「이유가 뭐요?」

「적과 내통하여 인민의 안전을 방해한 죄.」

리머스는 천천히 고개를 끄덕이면서 말했다.

「당신이 이겼군. 언제 체포했소?」

「어젯밤에.」

리머스는 다시 문트에게 눈의 초점을 맞추려고 애쓰면서 잠시 기다렸다.

「나는 어떻게 할 작정이오?」그가 물었다.

「당신은 중요한 증인이오. 물론 당신도 나중에 재판을 받게 되겠지.」

「그러니까 문트를 모함하기 위해 런던이 꾸민 공작에 한 몫했다는 거로군?」

「맞아요.」 문트는 고개를 끄덕이고 담배에 불을 붙였다. 그리고 보초 한 명을 시켜서 불붙인 담배를 리머스에게 건네주었다.

보초는 리머스에게 다가와, 내키지 않는 몸짓으로 담배를 리머스의 입술 사이에 끼워 주었다.

「아주 절묘한 공작이군.」 리머스가 말한 다음 멍하니 덧붙였다. 「영리한 놈들이야. 이 중국 놈들 같으니.」

문트는 아무 대꾸도 하지 않았다. 리머스는 심문이 진행될수록 그의 침묵에 익숙해졌다. 문트의 목소리는 꽤 듣기 좋았다. 그것은 리머스가 예상치 못한 것이었다. 하지만 문트는 거의 말을 하지 않았다. 특별히 말하고 싶지 않으면 말을 하지 않는 것, 무의미한 말을 주고받기보다는 긴 침묵이 끼어드는 것을 허용할 각오가 되어 있다는 것은 아마 문트의 비상한 자신감을 이루는 주된 요소였을 것이다. 이 점에서 그는 직업적인 심문자와 달랐다. 직업적인 심문자는 주도권을 중시하고, 분위기를 불러일으켜 조사관에 대한 죄수의 심리적 의존을 이용하는 것을 중시했다. 문트는 테크닉을 무시했다. 그는 사실과 행동을 중시하는 사람이었다. 리머스도 그게 더 좋았다.

문트의 외모는 그러한 기질과 조화를 이루었다. 그는 운동선수처럼 보였다. 윤기 없는 금발은 짧게 잘라서 말끔하게 손질했다. 젊은 얼굴은 단단하고 깨끗한 윤곽선을 가지고 있었고, 놀랄 만큼 솔직했다. 얼굴에서 유머나 변덕은 조금도 찾아볼 수 없었다. 그는 젊어 보였지만 발랄한 면은 없었다. 나이 든 사람들은 그것을 진지한 일면으로 받아들일 터였다. 그는 체격이 좋았다. 옷을 맞추기가 쉬운 체형이어서 옷은 몸에 잘 맞았다. 리머스는 문트가 살인자라는 사실을 어렵지 않게 상기할 수 있었다. 문트는 차가웠다. 사람을 죽이는 데 필요한 지식과 기능을 완벽하게 갖추었다는 자부심을 갖고 있었다. 문트는 차돌처럼 단단한 사내였다.

「필요하다면 다른 혐의로 당신을 재판할 수도 있소.」 문트가 조용히 덧붙였다. 「살인죄로.」

「그럼 그 보초가 죽었단 말이오?」

격렬한 통증의 물결이 머리를 뚫고 지나갔다.

문트는 고개를 끄덕였다.

「그렇소. 당신의 스파이 활동에 대한 죄목은 좀 이론적이오. 나는 피들러 사건의 심리를 공개하자고 주장하고 있소. 최고회의 간부들도 그걸 바라고 있고.」

「그리고 당신은 내가 자백하기를 바라는군?」

「그렇소.」

「그러니까 아직은 아무 증거도 잡지 못했단 얘기군?」

「증거는 잡게 될 거요. 당신한테 자백을 받아 낼 테니까.」 문트의 목소리에는 어떤 위협도 담겨 있지 않았다. 특이한 말투도 없었고, 연극적인 뒤틀림도 없었다.

「당신의 경우에는 정상 참작의 여지가 충분히 있소. 당신은 영국 정보부의 협박을 받았소. 그들은 당신에게 공금 횡령죄를 뒤집어씌운 다음, 나를 모함하는 공작에 한몫하도록 강요했지. 그렇게 주장하면 법정도 정상을 참작해 줄 거요.」

리머스는 허를 찔린 기분이었다.

「내가 횡령죄로 고발당한 것은 어떻게 알았소?」

하지만 문트는 아무 대답도 하지 않았다.

「피들러는 정말 경솔했소.」문트가 말했다. 「나는 피터스가 보낸 보고서를 읽자마자 알아차렸소. 당신이 그쪽에서 보낸 사람이라는 것, 그리고 피들러가 덫에 걸려들리라는 것을 말이오. 피들러는 나를 싫어하고 있었소.」 문트는 제 말의 진실성을 강조하려는 것처럼 고개를 끄덕였다. 「당신 동료들도 물론 그걸 알고 있었지. 아주 교묘한 작전이었소. 누가 꾸몄는지 말해 보시오. 스마일리요? 그가 꾸민 짓이오?」

리머스는 아무 말도 하지 않았다.

「나는 당신을 직접 심문한 피들러의 보고서를 보고 싶었소. 그래서 보고서를 보내라고 지시했는데도 그가 꾸물댔기 때문에 나는 내 짐작이 옳다는 걸 알았소. 그런데 어제 그는 보고서를 최고회의 간부들에게 돌렸소. 그러면서도 나한테는 사본조차 보내지 않았소. 런던에 있는 누군가는 아주 영리했소.」

리머스는 잠자코 있었다.

「스마일리를 마지막으로 만난 게 언제요?」 문트가 지나가는 말처럼 물었다.

리머스는 확실치 않아서 머뭇거렸다. 머리가 몹시 아팠다.

「그를 마지막으로 만난 게 언제요?」 문트가 같은 질문을 되풀이했다.

「기억나지 않소.」 리머스가 대답했다. 「사실 스마일리는 더 이상 우리 조직에 있지 않았고, 이따금 들렀을 뿐이오.」

「스마일리는 피터 길럼의 친구였지요?」

「그렇게 알고 있소.」

「당신은 길럼이 동독의 경제 상황을 조사하고 있다고 생각했소. 당신네 정보부에서는 특이한 부서가 아닐까? 그러니까 당신은 그 부서가 무슨 일을 하는지 잘 몰랐던 거요.」

「그렇소.」 머리가 심하게 욱신거려 청각과 시각이 혼란스러워지고 있었다. 눈이 화끈거리고 아팠다. 토할 것처럼 속이 메슥거렸다.

「스마일리를 마지막으로 만난 게 언제요?」

「기억나지 않소…… 도무지 기억이…….」

문트는 고개를 저었다.

「천만에. 당신은 놀라운 기억력을 갖고 있소. 특히 나한테 죄를 뒤집어씌울 수 있는 거라면 뭐든지 기억하고 있을 거요. 누구를 마지막으로 만난 게 언제인가 하는 것은 대개 기억나는 법이오. 예를 들면, 당신이 그를 만난 것은 베를린에서 귀국한 뒤가 아니었소?」

「그런 것 같소. 아마 우연히 만났을 거요. 런던 본부에서, 그것도 딱 한 번.」 리머스는 눈을 감았다. 그는 땀을 흘리고 있었다. 「더는 못하겠소, 문트…… 더 이상 못하겠소, 문트. 몸이 몹시 불편해서.」

「애시가 당신을 따라잡은 뒤, 그러니까 그가 덫에 걸려든 뒤, 당신은 함께 점심을 먹었지요?」

「그렇소. 점심을 함께 먹었소.」

「점심 식사는 4시쯤 끝났소. 그 후 당신은 어디로 갔지요?」

「시내로 나갔을 거요. 확실히 기억나지는 않지만…… 제발 그만합시다, 문트.」 리머스는 머리를 손으로 받치고 말했다. 「더는 못하겠소. 머리가 너무…….」

「그 후 어디로 갔지요? 왜 미행자들을 따돌렸소? 무엇 때문에 미행자들을 그토록 따돌리고 싶어 했냔 말이오?」

리머스는 아무 말도 하지 않았다. 그는 두 손에 머리를 묻은 채 심하게 숨을 헐떡거리고 있었다.

「이 질문에만 대답하시오. 그러면 쉬게 해주겠소. 침대에 가서 누워 있게 해주겠소. 원하면 잠을 잘 수도 있어요. 그러나 대답하지 않으면 감방으로 돌아가게 될 거요. 다시 수갑이 채워지고, 짐승처럼 마룻바닥에 나뒹굴게 될 거요. 알겠소? 어디로 갔는지, 어서 대답하시오.」

머리의 맥박이 갑자기 격렬해졌다. 방이 춤을 추고 있었다. 그는 주위에서 나는 목소리와 발소리를 들었다. 유령처럼 소리와 중력에서 분리된 형체들이 지나가고 다시 지나갔다. 누군가가 소리를 지르고 있었지만, 그에게 지르는 소리는 아니었다. 문이 열려 있었다. 그는 누군가가 문을 열었다고 확신했다. 방은 사람들로 가득 찼다. 이제 그들은 모두 소리를 지르고 있었다. 그리고 어딘가로 가고 있었다. 일부는 벌써 가버렸다. 그는 사람들이 떠나는 소리를 들었다. 쿵쿵거리는 발소리가 그의 머릿속에서 고동치는 맥박 같았다. 메아리가 잦아들고 적막이 찾아왔다. 그때 자비의 감촉처럼 시원한 헝겊이 그의 이마에 놓였다. 친절한 손들이 그를 데려갔다.

정신을 차리고 보니 병원 침대였다. 그 발치에 피들러가 담배를 피우며 서 있었다.

18
피들러

 리머스는 주위를 둘러보았다. 시트가 깔려 있는 침대. 일인용 병실. 창문에는 창살도 없고, 젖빛 유리창에 커튼이 쳐져 있을 뿐이다. 연초록 빛깔의 벽, 진초록 빛깔의 리놀륨 바닥. 피들러는 담배를 피우면서 그를 지켜보고 있었다.
 간호사가 음식을 가져왔다. 달걀과 묽은 수프와 과일. 그는 당장이라도 죽을 것처럼 상태가 나빴지만, 먹어 두는 편이 나을 것 같았다. 그래서 그는 먹었고, 피들러는 그를 가만히 바라보다가 입을 열었다.
「기분은 좀 어떻습니까?」
「아주 안 좋아요.」리머스가 대답했다.
「하지만 좀 나아졌지요?」
「그런 것 같소.」그는 망설이다가 덧붙였다.「놈들이 나를 때렸소.」
「당신은 보초를 죽였어요. 알고 있겠지요?」
「그런가 보다 짐작은 했지만…… 그렇게 미련한 작전으로 나온다면 그 정도는 예상했어야지. 그런데 놈들은 왜 우리 둘을 한꺼번에 체포하지 않았을까요? 왜 불은 모두 꺼버렸을까요? 계획이 좀 지나친 것 같지 않소?」

「계획이 지나친 게 이 나라의 경향인 것 같습니다. 다른 나라에서는 그게 능률로 통하겠지만.」

또다시 침묵이 흘렀다.

「당신은 무슨 일을 당했소?」 리머스가 물었다.

「놈들은 나도 심문하기 좋게 말랑말랑 주물러 놨습니다.」

「문트의 부하들이?」

「문트와 그의 부하들. 아주 색다른 기분이었습니다.」

「그렇게 표현할 수도 있겠군요.」

「아니, 육체적인 느낌이 아닙니다. 육체적으로는 악몽이었지만, 문트는 나를 두들겨 패는 데 특별한 흥미를 갖고 있었어요. 자백과는 관계없이.」

「당신이 그 이야기를 지어냈기 때문에……?」

「내가 유대인이기 때문이죠.」

「그랬군요.」 리머스는 낮은 소리로 말했다.

「내가 특별 대우를 받은 것은 그 때문입니다. 그동안 그는 계속해서 내 귓가에 대고 속삭였지요. 아주 이상한 기분이었습니다.」

「그래, 뭐라고 했소?」

피들러는 대답하지 않았다. 마침내 그는 중얼거리듯 말했다.

「이제 다 끝났습니다.」

「왜? 무슨 일이 있었소?」

「우리가 체포되던 날, 나는 문트를 인민의 적으로 체포하기 위해 최고회의에 영장을 청구했었습니다.」

「미쳤군. 내가 말했잖소! 당신은 완전히 돌았다고. 문트는 절대……」

「당신의 진술 외에도 문트에게 불리한 증거가 또 있었습니다. 내가 지난 3년 동안 조금씩 모으고 있었던 증거지요. 당신의 진술은 그 증거를 입증해 주었습니다. 우리가 필요로 하는 게 바로 그거였어요. 그것이 분명해지자마자 나는 보고서를 준비해서 문트를 제외한 최고회의 간부들에게 보냈습니다. 그들은 내가 체포 영장을 청구한 그날 보고서를 받았지요.」

「우리가 붙잡힌 날 말이오?」

「그렇습니다. 나는 문트가 반격하리라는 것을 알았어요. 최고회의에 그의 동조자들이 있다는 것, 적어도 그에게 무조건 따르는 아첨꾼들이 있다는 것, 그들은 내 보고서를 받으면 놀라서 당장 문트에게 달려가리라는 것도 알고 있었지요. 그리고 결국에는 문트가 패하리라는 것도 알고 있었습니다. 최고회의는 문트를 실각시키는 데 필요한 무기를 갖고 있었어요. 내 보고서 말입니다. 당신과 내가 심문을 받고 있던 며칠 동안 그들은 보고서가 사실이라는 것을 알 때까지, 그리고 다른 사람들도 알고 있다는 것을 피차 알 때까지 보고서를 읽고 또 읽었습니다. 그리고 결국 행동을 개시했지요. 그들은 공통된 두려움, 공통된 약점, 공통된 정보로 똘똘 뭉쳐서 문트에게 등을 돌리고 사문회(査問會)를 열라고 명령했습니다.」

「사문회요?」

「물론 비공개지요. 내일 열릴 겁니다. 문트는 지금 구금된 상태예요.」

「다른 증거라니, 어떤 거요? 당신이 모았다는 것 말이오.」

「앞으로 알게 될 겁니다.」 피들러는 빙긋 웃으면서 대답했다. 「내일 사문회에 당신도 입회하게 될 테니까.」

피들러는 한동안 말없이 리머스가 식사하는 것을 지켜보았다.

「그 사문회 말인데……」 리머스가 물었다. 「어떻게 구성되어 있소?」

「최고회의 의장이 주재하지요. 사문회는 인민재판이 아닙니다. 이 점을 염두에 두는 게 중요합니다. 사문회는 죄를 가려내기보다 진상을 밝히려는 데 그 목적이 있습니다. 일종의 조사 위원회라고 할 수 있지요. 어떤 문제를 조사하여 그 결과를 보고하도록 최고회의가 임명한 위원회 말입니다. 보고서에는 권고가 담겨 있는데, 이런 경우 권고는 평결과 같은 의미를 갖지만, 최고회의 의사록의 일부로서 비밀이 유지됩니다.」

「운영은 어떤 식으로 진행되지요? 변호인과 재판관도 있나요?」

「재판관은 세 사람. 그리고 사실상 검사와 변호인도 있습니다. 내일 나가 보면 알겠지만, 내가 직접 문트를 고발하고, 카르덴이 변호를 맡게 될 겁니다.」

「카르덴이 누구요?」

피들러가 잠시 머뭇거리다가 입을 열었다.

「만만치 않은 사람입니다. 작달막한 키에 시골 의사처럼 온후해 보이지만 뚝심이 대단하죠. 전에 부헨발트[13]에 있었습니다.」

「왜 문트 자신이 직접 해명하지 않는 거요?」

---

13 독일 바이마르 인근 마을 부헨발트에 나치 독일이 세운 강제수용소. 5만 6천여 명의 유대인이 이곳에서 학살되었다.

「문트가 원했습니다. 카르덴이 증인을 소환할 거라고 하더군요.」

리머스는 어깨를 으쓱했다.

「그건 결국 당신 문제요.」

다시 침묵이 흘렀다. 마침내 피들러가 생각에 잠긴 어조로 말했다.

「문트가 나 자신 때문에, 나에 대한 증오나 질투 때문에 나를 괴롭혔다면 괜찮았을 겁니다. 어쨌든 나는 별로 개의치 않았을 겁니다. 그걸 이해하시겠습니까? 오랫동안 그 고통을 당하면서 줄곧 자신에게 이렇게 말하는 겁니다. 〈죽거나 까무러치거나, 둘 중 하나겠지. 그건 자연이 알아서 할 일이야.〉 그런데 고통의 강도는 바이올린 주자가 E현에 도달하듯 계속 올라갑니다. 더 이상 올라갈 수는 없다고 생각하지만, 그래도 계속 올라갑니다. 고통은 그런 거예요. 올라가고 또 올라가지요. 자연이 하는 일이라고는 귀가 들리지 않는 아이한테 듣기를 가르치듯 이 소리에서 저 소리로 한 단계씩 당신을 끌어올리는 것뿐입니다. 그동안 문트는 끊임없이 내게 속삭였지요. 유대인 놈, 유대인 놈…… 문트가 이데올로기를 위해, 당을 위해 그랬다면, 아니면 적어도 〈나〉를 미워해서 그랬다면 이해할 수 있습니다. 이해할 수 있을 거예요. 하지만 그렇지 않았습니다. 그가 미워한 건…….」

「됐소.」 리머스가 말을 가로막았다. 「당신도 알았던 거요. 그가 악당이라는 걸.」

「그렇습니다. 문트는 악당입니다.」

피들러는 흥분해 있는 것 같았다. 누군가에게 털어놓지 않고는 견딜 수 없는 모양이라고 리머스는 생각했다.

「당신에 대해 많이 생각했습니다.」 피들러가 덧붙여 말했다. 「우리가 나눈 이야기에 대해서도 생각했습니다. 기억하고 있겠지요? 모터에 대한 이야기.」

「무슨 모터 말이오?」

피들러는 빙긋 웃었다.

「미안합니다. 너무 직역했군요. 내가 말하는 〈모터〉란 엔진, 원동력, 충동 같은 뜻입니다. 기독교에서는 그걸 뭐라고 부르는지 모르지만.」

「나는 기독교도가 아니오.」

피들러는 어깨를 으쓱했다.

「아니, 당신은 내 말뜻을 알고 있어요.」 그는 다시 빙긋 웃었다. 「그게 당신을 난처하게 만들고 있으니까…… 다른 식으로 표현하죠. 문트가 옳다고 칩시다. 문트는 나한테 자백을 요구했고, 나는 문트를 죽일 음모를 꾸미고 있는 영국 첩자들과 손을 잡았다고 자백해야 했습니다. 모든 것은 영국 정보부가 우리를, 또는 나를 유인하여 동독 정보부에서 가장 뛰어난 사람을 제거하기 위해 꾸민 공작이라고 주장하는 거지요. 우리 무기로 우리 자신을 공격하도록 꾸민 짓이라고.」

「문트는 나한테도 그런 자백을 받아 내려 했소.」 리머스는 무관심하게 말한 다음 덧붙여 말했다. 「그 터무니없는 이야기를 내가 다 꾸며 내기라도 한 것처럼.」

「하지만 내가 하고 싶은 말은, 당신이 그 이야기를 지어냈다고 가정하면, 그게 사실이라면…… 나는 지금 예를 드는 겁니다. 이건 어디까지나 가정이에요. 만약 그렇다면 당신은 무고한 사람을 죽이…….」

「문트는 살인자요.」

「당신들이 노리는 사람이 그가 아니라고 합시다. 문트가 아니라 나라고 가정합시다. 그러면 런던은 나를 죽일까요?」

「그건…… 그럴 필요가 있느냐에 달려 있소.」

「아하, 필요가 있느냐에 달려 있다…….」 피들러는 만족스러운 듯이 말했다. 「스탈린도 그랬지요. 교통사고와 통계. 그 말을 들으니 마음이 한결 편안해졌습니다.」

「왜요?」

「당신은 잠을 좀 자야 합니다. 먹고 싶은 게 있으면 말하세요. 뭐든지 갖다 줄 겁니다. 내일은 당신도 말을 많이 해야 할 거예요.」 그는 문에 이르자 뒤를 돌아보며 말했다. 「당신도 알겠지만, 우리는 조금도 다른 게 없어요. 그게 웃기는 겁니다.」

리머스는 피들러가 자기편이고 이제 곧 문트를 사형대로 보낼 수 있게 되었다는 것을 알고, 깊은 만족감을 느끼며 잠이 들었다. 오랫동안 손꼽아 기다리던 것이 눈앞에 다가온 것이다.

19
지부 회의

리즈는 라이프치히에서 행복했다. 검소한 생활은 자신을 희생한다는 만족감과 위안을 주었다. 그녀가 머무르고 있는 작은 집은 어둡고 누추했다. 음식은 빈약했고, 그나마도 대부분 아이들한테 먹여야 했다. 식사 때마다 그녀와 에베르트 부인은 정치에 대해 이야기했다. 라이프치히 호엔그륀의 지부 서기인 에베르트 부인은 작은 키에 머리가 하얗게 센 여자였다. 남편은 교외의 자갈 채취장에서 감독으로 일하고 있었다. 그 집에서의 생활은 수녀원이나 키부츠 같은 종교 공동체에서 사는 것과 비슷하다고 리즈는 생각했다. 위장이 비어 있으면 세상이 더 좋아지는 듯한 느낌이 들었다.

리즈는 큰어머니한테 독일어를 조금 배웠는데, 그 독일어를 금방 쓸 수 있게 되어서 자신도 놀랄 정도였다. 처음에는 아이들한테 독일어를 써보았다. 그러자 아이들은 생긋 웃으면서 리즈를 도와주었다. 처음엔 아이들이 그녀를 이상하게 대했다. 사회적 지위가 높거나 아주 훌륭한 사람으로 생각했는지 자꾸만 멀리하려고 했다. 그러다가 사흘째 되는 날은 한 아이가 용기를 내어 〈저쪽에서〉 초콜릿을 가지고 왔느냐고 물었다. 리즈로서는 생각도 못 했던 일이어서 오히려 부끄러운 기분이 들었다. 그 후 아이들은 리즈에게 별로 관심을 보이지 않았다.

저녁에는 당 활동을 했다. 인쇄물을 배포하고, 집회 참석에 게으르거나 회비를 내지 않은 당원을 방문하고, 〈농업 생산물의 중앙 배급제〉와 관련된 문제를 토론하기 위해 지구당에 들르기도 했다. 이런 회의에는 그 지방의 지부 서기들이 모두 참석했다. 교외의 공구 공장에서 열린 〈노동자 협의회〉에 참석하기도 했다.

나흘째인 목요일, 마침내 그들 지부에서 회의가 열렸다. 적어도 리즈에게는 이 회의가 가장 즐거운 경험이 될 터였다. 여기서 배운 것을 본받아, 언젠가는 베이스워터에 있는 그녀의 지부도 그런 본보기가 될 수 있을 것이기 때문이다. 그날 저녁의 토론 주제는 〈양차 세계 대전 이후의 평화 공존〉이었고, 기록적으로 많은 사람이 참석하리라 기대되었다. 지부 당원 모두에게 통지되었고, 그날 저녁에는 인근에서 비슷한 모임이 열리지 않도록 신경을 썼기 때문이다. 게다가 그날은 밤늦게 장을 보는 날도 아니었다.

모임에 참석한 사람은 일곱 명이었다. 일곱 명의 당원과 리즈, 서기, 그리고 지구당에서 나온 남자. 리즈는 태연한 척 했지만 속으로는 몹시 당황하고 있었다. 그녀는 연사의 말에 주의를 집중할 수가 없었다. 열심히 들으려 하면, 연사는 그녀가 이해할 수 없는 기다란 복합어를 늘어놓았다. 그것은 베이스워터에서 열리는 모임과 비슷했고, 그녀가 전에 교회에 다닐 때 참석한 평일 저녁 기도회와도 비슷했다. 열중한 얼굴들, 의무에 충실한 소집단, 하찮은 일에 안달복달하는 태도, 남의 이목에 지나치게 신경을 쓰는 자의식, 소수의 사람이 위대한 사상을 손에 쥐고 있다는 기분. 그녀도 마찬가지였다. 정말로 싫었지만 어쩔 수 없었다. 그녀는 아무도 말을 걸어 오지 않기를 바랐다. 이 모임은 절대적인 것으로, 경우에 따라서는 들볶이거나 창피를 당할지도 모르는데, 그렇게 되면 어떤 식으로든 거기에 반응할 수도 있기 때문이다.

하지만 일곱 명은 아무 의미도 없었다. 아니, 아무 의미도 없는 것보다 더 나빴다. 그들은 붙잡을 수 없는 일반 대중의 무력증을 보여 주는 증거였기 때문이다. 그녀는 실망하고 비탄에 잠겼다.

회의실은 베이스워터 지부가 사용하는 학교 교실보다는 나았지만, 그것도 전혀 위안이 되지 않았다. 베이스워터에서는 회의실을 〈찾으려고〉 애쓰는 재미가 있었다. 초기에는 공산당이 아니라 다른 단체인 척했다. 선술집 뒷방에서 모이기도 했고, 아디너 카페의 한 방을 쓰기도 했고, 지부 당원들의 집을 돌아가며 몰래 만나기도 했다. 그러다가 중학교 교사인 빌 헤이즐이 입당하고부터는 그의 교실을 이용하게 되었다. 그것도 사실은 위험한 모험이었다. 교장은 빌이 극단을 운영하고 있는 줄 알았다. 어쨌든 교장은 빌의 극단이 실제 공연은 하지 않고 너무 이론에만 치우쳐 있다고 생각했기 때문에, 그들은 언제라도 쫓겨날 수 있었다. 그래도 그 교실이 콘크리트로 지은 이 〈평화 홀〉보다 나았다. 구석에 금이 가 있는 〈평화 홀〉에는 레닌의 사진이 걸려 있었다. 왜 사진을 저런 액자에 넣었을까? 구석에는 오르간의 파이프 묶음이 튀어나와 있고, 온통 먼지투성이인 깃발도 있었다. 그것은 어느 독재자의 장례식에서 가져온 것처럼 보였다. 이따금 그녀는 앨릭의 말이 옳다고 생각했다. 사람은 무언가를 믿을 필요가 있기 때문에 믿을 뿐이고, 믿음의 대상 자체는 아무 가치도 없고 기능도 없다. 앨릭은 또 이런 말도 했다. 〈개는 가려운 곳을 긁지. 개마다 가려운 곳이 달라.〉 아니야, 그 말은 틀렸어. 앨릭이 틀렸어. 천만의 말씀이야. 평화와 자유와 평등, 그것은 엄연히 존재하는 사실이야. 그리고 역사. 그 모든 법칙을 당이 증명하고 있어. 앨릭이 틀렸어. 진리는 사람의 내부가 아니라 외부에 존재해. 그건 역사에서 실제로 입증됐어. 개인은 진리에 따라야 하고, 필요하면 진리에 굴복해야 돼. 당은 역사의 선봉이었고, 평화를 위한 투쟁에 앞장섰어⋯⋯. 그녀는 붉은 문자로 인쇄된 것을 조금 불안하게 훑어보았다. 사람이 더 많이 왔으면 좋았을 텐데. 일곱 명은 너무 적었다. 그들은 몹시 시무룩해 보였다. 시무룩하고 허기진 것처럼 보였다.

모임이 끝나자, 리즈는 에베르트 부인이 뒤처리를 마칠 때까지 기다렸다. 에베르트 부인은 문간의 묵직한 탁자에서 팔리지 않은 인쇄물을 가져오고, 출석부를 적었다. 그리고 그날 밤은 추웠기 때문에 코트를 입었다. 연사는 토론이 시작되기 전에 떠났다. 리즈는 연사가 좀 무례하게 떠났다고 생각했다. 에베르트 부인이 문간에서 전등 스위치를 내리려 할 때, 문밖의 어둠 속에서 한 사내가 나타났다. 리즈는 잠시 그 사람이 애시인 줄 알았다. 그는 키가 크고 금발에다 가죽 단추가 달린 레인코트를 입고 있었다.

「에베르트 동지인가요?」 그가 물었다.

「그런데요?」

「나는 영국에서 온 골드 동지를 찾고 있습니다. 동지의 집에 머물고 있지요?」

「내가 리즈 골드예요.」 리즈가 말했다.

그러자 사내는 홀 안으로 들어와서 문을 닫았다. 불빛이 그의 얼굴을 정면으로 비추었다.

「나는 지구당에서 나온 홀텐입니다.」 그는 여전히 문간에 서 있는 에베르트 부인에게 무슨 서류를 보여 주었다. 부인은 고개를 끄덕이고 조금 걱정스러운 눈으로 리즈를 힐끔 돌아보았다.

「최고회의에서 골드 동지한테 보내는 메시지를 전달해 달라는 요청을 받았습니다. 동지의 프로그램이 변경되어서, 특별 회의에 참석해 달라는 초청장이 왔습니다.」

「아.」 리즈는 좀 얼떨떨한 얼굴로 말했다. 최고회의에서 그녀를 알고 있다는 게 도무지 믿어지지 않았다.

「그건 호의의 표시입니다.」 홀텐이 말했다.

「하지만 나는…… 에베르트 부인에게……」 리즈는 무력하게 입을 열었다.

「사정이 이렇게 됐으니까 에베르트 동지도 틀림없이 당신을 용서해 줄 겁니다.」

「물론이죠.」 에베르트 부인이 얼른 말했다.

「회의는 어디서 열리나요?」

「오늘 밤에 떠나야 할 겁니다. 길이 멀거든요. 괴를리츠 근처니까요.」

「괴를리츠…… 그게 어디죠?」

「동부에 있어요. 폴란드 국경에.」 에베르트 부인이 재빨리 말했다.

「지금 당신을 집까지 모셔다 드리겠습니다. 짐을 꾸려서 곧바로 출발하도록 하십시오.」

「오늘 밤에요? 지금 당장 말인가요?」

「그렇습니다.」 홀텐은 리즈에게 선택의 여지가 별로 없다고 생각하는 것 같았다.

검은색 대형차가 그들을 기다리고 있었다. 앞좌석에는 운전수가 타고 있었고, 보닛에 깃대가 세워져 있었다. 그것은 군용차인 듯했다.

20
사문회

 법정은 학교 교실만 한 넓이였다. 한쪽 끝에 벤치가 대여섯 개 놓여 있고, 그곳에 경비원과 수위들이 앉아 있었다. 그들 사이에 방청객 — 최고회의 위원들과 선발된 관리들 — 이 여기저기 섞여 있었다. 반대쪽 끝에는 사문회를 주재할 위원 셋이 무광택 참나무 탁자를 앞에 놓고 등받이가 높은 의자에 앉아 있었다. 그들의 머리 위에는 합판으로 만든 커다란 붉은 별 하나가 세 가닥의 철사 고리로 천장에 매달려 있었다. 벽은 리머스가 갇혀 있던 감방처럼 하얗게 칠해져 있었다.
 탁자보다 조금 앞에 양쪽으로 의자가 하나씩 놓여 있고, 서로 마주 보도록 안쪽으로 돌려진 그 의자에 두 남자가 앉아 있었다. 그들 가운데 하나는 예순 살쯤 되어 보였고, 독일의 시골 교회에서 볼 수 있는 검은 양복에 회색 넥타이를 매고 있었다. 또 한 사람은 피들러였다.
 리머스는 두 경호원 사이에 끼여서 뒷좌석에 앉았다. 방청객들 사이로 경찰관들에게 둘러싸인 문트를 볼 수 있었다. 금발을 짧게 잘랐고, 넓은 어깨를 낯익은 회색 죄수복이 감싸고 있었다. 리머스가 보기에, 자신은 평복 차림인데 문트는 죄수복을 입고 있다는 사실이 법정 분위기 — 피들러의 영향력이라고 할까 — 를 묘하게 설명해 주고 있는 듯했다.

리머스가 자리에 앉자마자 탁자 한가운데에 앉은 의장이 벨을 울렸다. 그 소리를 듣고 눈길을 돌린 순간 리머스는 온몸에 전율이 지나는 것을 느꼈다. 의장이 여자였던 것이다. 진작 알아차리지 못했다고 해서 리머스를 탓할 수는 없었다. 의장은 쉰 살 남짓 되어 보였고, 눈이 작고 피부가 까무잡잡했다. 머리를 남자처럼 짧게 잘랐고, 소련 주부들이 즐겨 입는 활동하기 편한 검은색 윗도리를 입고 있었다. 그녀는 날카롭게 방을 둘러보고, 위병에게 고개를 끄덕여 문을 닫으라는 신호를 보냈다. 그런 다음 머리말도 없이 당장 본론으로 들어갔다.

「우리가 이곳에 모인 이유는 모두 알고 있을 것입니다. 이 사문회가 비공개라는 사실을 잊지 마시기 바랍니다. 이것은 최고회의가 특별히 소집한 사문회입니다. 우리는 오직 최고회의에 대해서만 책임을 진다는 것을 말씀드립니다. 적당하다고 인정되는 증언은 무엇이든지 청취할 것입니다.」

의장은 기계적으로 손을 들어 피들러를 가리켰다.

「피들러 동지, 발언을 시작하세요.」

피들러가 일어섰다. 그는 의장석을 향해 고개를 까딱하고, 옆에 있는 서류 가방에서 검은 끈으로 한쪽 귀퉁이를 묶은 서류 다발을 꺼냈다.

그는 조용한 목소리로 천천히 말했다. 리머스가 일찍이 그에게서 한 번도 본 적이 없는 조심스러운 태도였다. 리머스는 상관을 교수대로 보내야 하는 안타까운 남자의 역할에 잘 어울리는 훌륭한 연기라고 생각했다.

「이미 알고 계시리라고 생각합니다만, 혹시 모르신다면 이것을 먼저 아셔야 합니다. 문트 동지의 활동에 대한 보고서를 최고회의에 제출한 바로 그날 나는 전향자인 리머스와 함께 체포됐다는 사실입니다. 우리는 둘 다 구금되었고, 똑같이 가혹한 강압을 받으며 이 무서운 혐의가 충성스러운 동지를 제거하려는 파시스트의 음모라는 자백을 강요당했습니다.

내가 이미 제출한 보고서를 보시면 리머스가 어떻게 우리의 주의를 끌게 되었는지를 알 수 있을 것입니다. 우리가 먼저 리머스를 찾아내서 전향할 것을 권유했고, 결국 동독으로 데려온 것입니다. 이유는 나중에 설명드리겠지만, 리머스는 아직도 문트가 영국의 첩자라는 사실을 믿으려 하지 않습니다. 리머스의 공정함을 이보다 더 분명히 입증해 줄 수 있는 것은 없습니다. 따라서 리머스가 덫에 불과하다고 주장하는 것은 우스꽝스럽습니다. 주도권을 잡은 것은 우리였고, 리머스는 지난 3년 동안 수집된 수많은 증거를 하나로 이어 줄 단편적이지만 중요한 마지막 증거를 제공했을 뿐입니다.

여러분 앞에는 이 사건에 대한 보고서가 놓여 있습니다. 내가 할 일은 여러분이 이미 알고 계시는 사실을 다시 설명하는 것뿐입니다.

문트 동지에 대한 혐의는 그가 제국주의 세력의 앞잡이였다는 것입니다. 나는 문트 동지를 다른 혐의로 고발할 수도 있었습니다. 그는 오래전부터 영국 정보부에 정보를 넘겨주었고, 휘하 부서를 무의식중에 부르주아 국가의 추종자로 전향시켰으며, 당을 반대하는 침략적 무리를 애써 옹호했고,

그 대가로 거액의 외국 돈을 받고 있었습니다. 그러나 이런 혐의들은 모두 첫 번째 혐의에서 파생된 것으로, 한스 디터 문트는 제국주의 세력의 앞잡이인 것입니다. 이 범죄에 대한 형벌은 사형입니다. 우리 형법에 이보다 더 중대한 범죄는 없습니다. 우리 국가를 이보다 더 큰 위험에 노출시키는 것도 없고, 우리 당 조직에 이보다 더 많은 경계가 요구되는 것도 없습니다.」

여기서 그는 서류를 내려놓았다.

「문트 동지는 마흔두 살. 그리고 인민 보위부 차장의 지위에 있습니다. 결혼은 하지 않았고, 비상한 능력을 가진 인물, 당을 위해 지칠 줄 모르고 봉사하는 인물, 당의 이익을 지키기 위해서는 무자비한 짓도 서슴지 않는 인물로 알려져 있습니다.

그의 경력을 자세히 말씀드리겠습니다. 문트 동지는 스물여덟 살 때 보위부에 들어와 통상적인 교육을 받았습니다. 수습 기간을 마친 뒤, 스칸디나비아 — 특히 노르웨이와 스웨덴과 핀란드에서 특수 임무를 수행했습니다. 여기서 그는 첩보망을 확립하는 데 성공했고, 그 첩보망은 적의 진영 안에서 파시스트 선동가들과 투쟁을 벌였습니다. 이때 그는 크게 활약했으며, 그 무렵 그가 열성적인 요원이었다는 사실은 의심할 여지가 없습니다. 그러나 동지 여러분, 문트가 활동 초기에 스칸디나비아와 밀접한 관계를 맺고 있었다는 사실을 간과하면 안 됩니다. 전쟁이 끝난 직후에 문트 동지가 확립한 첩보망은 몇 년 뒤 그가 핀란드와 노르웨이를 방문할 수 있는 구실을 만들어 주었습니다. 그가 그 지역에서 맡고 있던 임무는 그가 반역 행위의 대가로 외국 은행에서 수천 달러를 인출할 수 있는 구실이 되었습니다. 분명히 말씀드리는데, 문트 동지는 역사의 흐름에 역행하려는 자들에게 희생된 것이 아닙니다. 처음에는 비겁함, 다음에는 나약함, 그다음에는 탐욕이 그가 반역 행위를 저지른 동기였습니다. 큰 부자가 되는 것이 그의 꿈이었습니다. 얄궂게도 그의 금전욕을 만족시켜 준 정교한 체제 덕분에 우리는 그의 범행에 대한 단서를 얻게 되었던 것입니다.」

피들러는 말을 멈추고 법정 안을 둘러보았다. 그의 눈이 갑자기 열정으로 불타기 시작했다. 리머스는 넋 나간 듯이 그를 지켜보았다.

「이 사건을 본보기로 삼아…….」 피들러가 소리쳤다. 「다른 반역자들에게도 본때를 보여 주어야 합니다. 범죄가 하도 악랄해서 밤중에 남몰래 계획을 세울 수밖에 없는 자들에게 경고를 보내야 합니다.」

뒤쪽에 앉은 방청객들 속에서 옳다고 웅얼거리는 소리가 일어났다.

「그들은 인민의 피를 팔아먹으려 하지만, 인민의 감시망을 빠져나갈 수는 없을 것입니다!」

피들러는 벽을 하얗게 칠한 작은 방에 모인 소수의 관리와 경비원들이 아니라 대규모 군중 앞에서 연설하는 기분이었을지도 모른다.

그 순간 리머스는 피들러가 운에 맡기고 모험을 하는 것이 결코 아니라는 것을 깨달았다. 판사와 검사와 증인들의 태도는 정치적으로 나무랄 데가 없어야 한다. 피들러는 이런 사건에서는 반격당할 위험이 늘 존재한다는 것을 알고 있기 때문에 배후를 조심하고 있었다. 반론은 기록에 남을 것이고,

그것을 반박하려면 용기가 필요할 것이다.

피들러는 책상 위에 놓여 있는 서류철을 펼쳤다.

「1956년 말에 문트는 동독 철강 사절단의 일원으로 런던에 파견되었습니다. 그는 망명자 무리를 상대로 파괴 공작을 벌이는 특수 임무도 추가로 맡고 있었지요. 그 임무를 수행하는 과정에서 그는 큰 위험을 무릅썼고 — 그것은 의심할 여지가 없습니다 — 귀중한 결과를 얻었습니다.」

리머스는 중앙에 앉아 있는 세 위원에게 다시 주의를 돌렸다. 의장 왼쪽에는 음울해 보이는 젊은이가 앉아 있었다. 그는 눈을 반쯤 감고 있는 듯이 보였다. 부드러운 머리카락은 제멋대로 헝클어져 있었고, 잿빛 얼굴은 금욕적인 고행자처럼 홀쭉했다. 길쭉한 손가락은 앞에 놓여 있는 서류 다발을 끊임없이 만지작거리고 있었다. 리머스는 그가 문트의 동조자일 거라고 짐작했다. 그렇게 짐작한 이유는 자신도 알 수 없었다. 의장 오른쪽에는 조금 나이 든 사람이 앉아 있었다. 이마가 벗겨지기 시작했고, 호감이 가는 솔직한 얼굴이었다. 리머스는 그가 좀 미련해 보인다고 생각했다. 문트의 운명이 이들 세 사람의 판단에 달려 있다면, 젊은이는 문트를 옹호할 것이고 여자 의장은 문트를 비난할 것이다. 그리고 나이 든 남자는 의견 차이에 당황하여 의장을 편들 거라고 리머스는 짐작했다.

피들러가 다시 말하고 있었다.

「문트 동지가 포섭된 것은 런던 근무가 끝날 무렵이었습니다. 아까도 말했듯이 문트는 큰 위험에 자신을 노출시켰습니다. 그렇게 함으로써 일부러 영국 비밀경찰에 걸려들었고, 체포 영장이 발부되었습니다. 문트는 외교관의 면책 특권이 없었습니다(나토의 일원인 영국은 우리 나라의 주권을 인정하지 않고 있습니다). 그래서 체포를 피하려고 지하에 잠적했지요. 항구마다 감시망이 퍼졌고, 그의 사진과 인상서가 영국 전역에 배포되었습니다. 하지만 잠적한 지 이틀 뒤, 문트 동지는 택시를 타고 런던 공항으로 가서 비행기를 타고 베를린으로 날아갔습니다. 여러분은 〈멋지게 해냈다〉고 말하겠지요. 사실 그랬습니다. 영국 경찰력 전체가 경계 태세에 들어가, 도로와 철도, 선박과 비행기 등 모든 탈출로에 감시망을 폈는데도 문트 동지는 런던 공항에서 버젓이 비행기를 탄 것입니다. 정말 멋지게 해냈습니다. 이제 와서 돌이켜보면 여러분은 문트의 영국 탈출이 〈너무〉 멋지고 〈너무〉 쉬웠다고, 영국 당국이 묵인해 주지 않았다면 절대 불가능했을 거라고 생각할지도 모릅니다!」

또다시 뒤쪽 방청석에서 앞서보다 좀 더 자발적인 웅얼거림이 일어났다.

「진상은 이렇습니다. 문트 동지는 영국 당국에 체포되었습니다. 짧은 시간이긴 했지만 그 역사적인 면담에서 영국인들은 고전적인 양자택일을 제시했습니다. 그 화려한 경력에 마침표를 찍고 제국주의 국가의 감옥에서 몇 년을 보낼 것이냐, 아니면 모든 사람의 예상을 뒤엎고 극적으로 본국에 돌아가 유망한 젊은이라는 기대에 부응할 것이냐. 물론 영국인들은 귀국 조건으로 정보 제공을 요구했고, 정보를 주면 그 대가로 거액의 돈을 주겠다고 제의했습니다. 앞에는 당근, 뒤에는 채찍을 들이대는 수법으로 문트를 포섭한 것입니다.

이제는 문트의 지위를 승진시키는 것이 영국에도 이익이 됐습니다. 물론 입증할 수는 없습니다만, 문트가 하찮은 서

방 첩자들을 소탕하는 데 성공할 수 있었던 것은 제국주의 진영에 있는 그의 고용주들이 그의 명성을 높여 주려고 자기네한테 협력한 자들 — 희생시켜도 되는 소모품 — 에 대한 정보를 그에게 흘려 준 덕분이 아니었을까요? 물론 입증할 수는 없습니다만, 수집된 증거에 의하면 그렇게 추측할 수도 있습니다.

1960년에 문트 동지가 보위부의 방첩과장이 된 뒤, 전 세계에서 우리 나라 고위층에 서방 첩자가 있다는 증거가 들어왔습니다. 카를 리메크가 첩자였다는 것은 여러분도 알고 있습니다. 그가 제거되었을 때 우리는 이것으로 마침내 악이 근절되었다고 생각했습니다. 하지만 소문은 끈질기게 계속되었지요.

1960년 말, 일찍이 우리의 협력자였던 사람이 레바논에서 영국 정보부와 접촉하고 있는 것으로 알려진 영국인에게 접근했습니다. 그 직후에 우리가 알아낸 바에 따르면, 그는 자신이 협력한 동독 보위부의 2개 부서에 대해 완전한 자료를 주겠다고 제의했습니다. 그 제의는 런던에 전해졌지만, 런던에서는 그것을 거절했습니다. 그것은 아주 묘한 일이었지요. 그것은 영국 정보부가 제의받은 정보를 이미 가지고 있을 뿐만 아니라 〈최신 정보〉를 계속 입수하고 있다는 것을 의미할 수밖에 없습니다.

1960년 중엽부터 우리의 해외 요원들이 놀랄 만큼 빠른 속도로 줄어들었습니다. 파견된 지 두어 주일 만에 체포될 때가 많았지요. 이따금 적은 우리 요원을 포섭해서 우리를 역습하려 했지만, 자주 그러지는 않았습니다. 그런 귀찮은 짓을 굳이 할 필요가 없었기 때문입니다.

그 후 — 내 기억이 옳다면 1961년 초였을 겁니다 — 우리에게 행운이 찾아왔습니다. 자세한 사정은 말씀드릴 수 없지만, 영국 정보부가 동독 보위부에 대해 갖고 있는 정보를 요약한 문건을 입수한 것입니다. 그 정보는 완벽하고 정확했으며, 놀랄 만큼 최신 정보였습니다. 나는 물론 그것을 문트에게 보여 주었지요. 그는 내 상관이었으니까요. 그런데 문트는 전혀 놀라운 일이 아니라고 말했습니다. 지금 어떤 조사에 착수하려는 참인데 그 조사에 방해가 되면 안 되니까 아무 조치도 취하지 말라는 겁니다. 솔직히 말씀드리면, 그 정보를 영국에 제공한 장본인이 문트 자신일 수도 있다는 생각이 그 순간 내 마음을 스쳤습니다. 물론 당시에는 도저히 있을 성싶지 않은 공상적인 생각으로 여겨졌지요. 다른 증거도 있었습니다.

말할 필요도 없겠지만, 첩자로 의심받을 가능성이 가장 적은 사람은 방첩과장입니다. 그런 사람에 대해 의심을 가지는 것만으로도 놀랍고 멜로드라마 같아서, 입 밖에 내기는커녕 마음에 품는 사람도 없을 것입니다. 나도 그런 공상적인 추론에 도달하기를 망설일 수밖에 없었고, 그럼으로써 죄를 지었다는 것을 고백하지 않을 수 없습니다. 그런 망설임이야말로 잘못이었던 것입니다.

그러나 동지 여러분, 결정적인 증거가 우리 손에 들어왔습니다. 그 증거를 지금 제출하겠습니다.」 그는 고개를 돌려 뒤쪽으로 눈길을 던졌다. 「리머스 씨를 앞으로 데려오시오.」

양쪽에 앉아 있던 경호원이 일어났다. 리머스는 방청석 사이로 나 있는 너비 60센티미터 정도의 중앙 통로를 지나 방

한가운데로 나갔다. 경호원 하나가 위원석을 향해 서라고 지시했다. 피들러는 그에게서 2미터도 채 떨어지지 않은 곳에 서 있었다. 우선 의장이 그에게 말을 걸었다.

「증인의 이름은?」

「앨릭 리머스.」

「나이는?」

「쉰 살.」

「결혼했습니까?」

「아니요.」

「하지만 결혼한 적은 있지요?」

「지금은 독신입니다.」

「직업은 뭐죠?」

「도서관 사서 보조입니다.」

피들러가 성난 듯이 끼어들었다.

「전에는 영국 정보부 요원이었잖소.」

「그렇습니다. 1년 전까지는 그랬지요.」

「사문위원들은 이미 당신의 심문 조서를 읽었지만……」 피들러가 말을 이었다. 「당신이 작년 5월에 피터 길럼과 나눈 대화에 대해 다시 한번 말해 주시오.」

「문트에 대한 대화 말입니까?」

「그렇소.」

「전에도 말했듯이, 나는 런던에 있는 사무실에 있었습니다. 케임브리지 광장에 우리 본부가 있지요. 그런데 복도에서 우연히 피터와 마주쳤습니다. 나는 그가 페넌 사건에 관계하고 있다는 사실을 알고 있었으므로, 조지 스마일리는 어떻게 됐느냐고 물어보았습니다. 그 후 우리는 죽은 디터 프라이와 그 일에 관련된 문트에 대해 이야기했습니다. 피터가 그러더군요. 매스턴 — 당시에는 이 사람이 실질적으로 그 사건을 맡고 있었습니다 — 은 문트가 잡히는 것을 바라지 않은 것 같다고.」

「당신은 그 말을 어떻게 해석했습니까?」 피들러가 물었다.

「나는 매스턴이 페넌 사건에서 큰 실수를 저지른 것을 알았습니다. 그래서 문트가 중앙 형사 재판소에 출두하여 그 불명예스러운 실수를 들추어내는 것을 매스턴이 꺼리나 보다고 생각했습니다.」

「문트가 붙잡혔다면 법적으로 기소되었을까요?」 의장이 끼어들었다.

「그건 문트가 누구 손에 잡혔느냐에 달려 있습니다. 경찰이 잡았다면 당연히 내무부가 보고를 받겠죠. 그렇게 되면 지구상의 어떤 권력도 문트가 기소되는 것을 막지 못할 겁니다.」

「당신네 정보부가 잡았다면?」 피들러가 물었다.

「그건 문제가 다릅니다. 문트를 심문한 다음 여기 동독 감옥에 갇혀 있는 우리 첩보원과 교환하려 했거나, 아니면 그에게 티켓을 주었을 겁니다.」

「그게 무슨 뜻이오?」

「처분한다는 뜻입니다.」

「죽인단 말이오?」

이제는 피들러가 질문을 도맡고, 사문위원들은 앞에 놓인 서류철에 무언가를 부지런히 쓰고 있었다.

「어떻게 하는지는 나도 모릅니다. 그 게임에는 관여해 본 적이 없으니까요.」

「문트를 포섭해서 스파이로 역이용하려고 하지는 않았을

까요?」

「물론 애썼겠지만 성공하지 못했습니다.」

「그걸 어떻게 알죠?」

「벌써 몇 번이나 말했잖습니까. 나는 재주를 부리는 물개가 아닙니다. 나는 4년 동안이나 베를린 본부를 지휘했어요. 문트가 우리 사람이었다면 내가 알았을 겁니다. 알 수밖에 없었어요.」

「좋습니다.」

피들러는 그 대답에 만족한 듯했지만, 사문회에 참석한 다른 사람들을 만족시키지는 못했다고 생각하는 듯했다. 그래서 피들러는 〈구르는 돌〉 작전으로 관심을 돌려, 극비 서류철 회람과 관련된 복잡한 보안 규정, 코펜하겐과 헬싱키의 은행에 보낸 편지와 리머스가 받은 답장을 다시 한번 설명하게 했다. 리머스의 말이 끝나자 피들러는 사문위원들에게 말했다.

「헬싱키에서는 아무 답장도 오지 않았습니다. 그 이유는 모릅니다. 하지만 내가 간단히 요약해서 말씀드리죠. 리머스는 6월 15일 코펜하겐에서 돈을 예금했습니다. 여러분 앞에 놓인 서류 속에 왕립 스칸디나비아 은행이 로버트 랭에게 보낸 편지 사본이 들어 있습니다. 로버트 랭은 리머스가 코펜하겐에서 계좌를 개설할 때 사용한 이름입니다. 열두 번째 서류인 그 편지를 보면, 일주일 뒤에 계좌의 공동 명의자가 총액 만 달러를 인출한 것을 알 수 있습니다.」 피들러는 맨 앞줄에 꼼짝도 않고 앉아 있는 문트를 고갯짓으로 가리키면서 말을 이었다. 「문트가 6월 21일 우리 보위부를 위해 비밀 작전을 벌인다는 명목으로 코펜하겐에 간 것에 대해서는 변호인도 반론을 제기하지 못할 것입니다.」

그는 잠시 말을 끊었다가 다시 이었다.

「리머스가 헬싱키를 방문한 것은 9월 24일경이었습니다. 돈을 예금하러 간 것은 그때가 두 번째였지요.」 피들러는 목청을 높이면서 고개를 돌려 문트를 똑바로 바라보았다. 「10월 3일, 문트 동지는 몰래 핀란드로 건너갔습니다. 이때도 역시 보위부를 위한 용무 때문이라고 이유를 내세웠지요.」

침묵이 흘렀다. 피들러는 천천히 고개를 돌려 또다시 사문위원들에게 말했다. 그는 나직하면서도 위압적인 목소리로 물었다.

「이것이 정황 증거에 지나지 않는다고 생각하십니까? 그렇다면 몇 가지를 더 상기시켜 드리죠.」

그는 리머스를 돌아보았다.

「증인, 당신은 베를린에서 활동할 때 사회주의 통일당 최고회의 서기였던 카를 리메크와 관계를 맺게 되었는데, 그 관계의 성격은 어떤 것이었습니까?」

「카를은 내 정보원이었습니다. 문트의 부하들한테 사살될 때까지.」

「그렇습니다. 카를은 문트의 부하들한테 사살당했습니다. 문트 동지에게 심문도 받지 않고 즉결 처분 된 여러 스파이들 가운데 하나지요. 하지만 카를은 문트의 부하들 손에 죽기 전에 영국 정보부의 첩자였지요?」

리머스는 고개를 끄덕였다.

「이번에는 당신이 관리관이라고 부르는 사람과 리메크의 만남을 설명해 주시오.」

「관리관은 카를을 만나러 런던에서 베를린으로 왔습니다.

카를은 우리가 이용하는 정보원들 가운데 가장 유능한 첩자였지요. 그게 이유였다고 생각됩니다만, 어쨌든 관리관은 카를을 만나고 싶어 했습니다.」

피들러가 끼어들었다.

「카를은 가장 신뢰받는 첩자이기도 했지요?」

「물론입니다. 런던 본부에서는 카를을 좋아했습니다. 카를은 어떤 실수도 저지르지 않았으니까요. 관리관이 베를린으로 나왔을 때, 나는 카를을 내 아파트로 오게 해서 셋이 함께 식사를 했습니다. 사실 나는 카를을 부르고 싶지 않았지만, 관리관한테 그렇게 말할 수는 없었습니다. 설명하기는 어렵지만, 본부에서는 뭔가 야심을 품고 있습니다. 정보가 중단된 상태였기 때문에, 본부에서 뭔가 구실을 만들어 카를과 직접 거래하고 싶어 하는 게 아닐까 하고 나는 몹시 놀랐습니다. 그들은 충분히 그럴 수 있지요.」

「그래서 세 사람이 만나는 자리를 마련했군요?」 피들러가 무뚝뚝하게 끼어들었다. 「그래서 어떻게 됐습니까?」

「관리관은 15분쯤 카를과 단둘이 있게 해달라고 나에게 미리 요구했습니다. 그래서 나는 저녁때 위스키가 떨어진 척하고 아파트에서 나와 드 종의 집으로 갔습니다. 거기서 술을 두어 잔 마신 다음 위스키를 한 병 얻어 가지고 내 아파트로 돌아갔지요.」

「돌아가 보니 두 사람은 어떤 상태던가요?」

「무슨 뜻입니까?」

「관리관과 리메크는 여전히 이야기를 나누고 있었습니까? 그렇다면 무슨 이야기를 하고 있었죠?」

「내가 갔을 때는 아무 이야기도 하고 있지 않았습니다.」

「고맙습니다. 자리로 돌아가셔도 좋습니다.」

리머스는 뒤쪽의 자기 자리로 돌아갔다. 피들러는 위원들 쪽으로 돌아서서 말하기 시작했다.

「우선 사살된 첩자 카를 리메크에 대해 말씀드리겠습니다. 여러분 앞에는 리메크가 베를린에서 앨릭 리머스한테 건네준 정보를 리머스가 기억할 수 있는 한 모두 나열한 목록이 놓여 있습니다. 반역을 입증하는 강력한 증거지요. 그걸 요약하면, 리메크는 우리 보위부의 모든 활동과 조직에 대한 자세한 상황을 런던의 고용주들한테 넘겼습니다. 리머스의 말을 믿는다면, 리메크는 보위부의 가장 은밀한 부서가 하는 일까지도 보고할 수 있었습니다. 최고회의 서기인 자가 극비로 진행된 최고회의 의사록을 적에게 팔아넘긴 것입니다.

그것은 리메크한테는 쉬운 일이었습니다. 모든 회의의 기록을 그가 직접 편집했으니까요. 하지만 보위부의 비밀 사항에 대한 리메크의 〈접근권〉은 문제가 다릅니다. 1959년 말에 최고회의의 중요한 분과 위원회로서 우리 나라 정보기관들의 업무를 조정 심의하는 인민 보위 위원회에서 리메크를 새 위원으로 선임한 사람이 누굽니까? 리메크가 보위부 파일에 접근할 수 있는 특권을 갖도록 추천한 사람이 누굽니까? 1959년 〈이후〉(이 해에 문트가 영국에서 돌아왔다는 사실을 기억해 주시기 바랍니다) 리메크가 어느 단계에 도달할 때마다 이례적으로 책임 있는 자리에 그를 발탁한 사람이 누굽니까? 말씀드리지요. 스파이 활동에서 리메크를 비호할 수 있는 유일한 지위에 있었던 인물, 바로 한스 디터 문트입니다. 리메크가 베를린에서 서방 정보부 요원과 처음에 어떻게 접촉했는지 상기해 봅시다. 소풍 나간 드 종의 차를 찾아

내어 차 안에 필름을 놓아두었지요. 여러분은 리메크의 예지 능력에 놀라지 않았습니까? 바로 그날 그 차를 어디에서 찾을 수 있는지를 리메크는 어떻게 알 수 있었을까요? 리메크는 자동차를 가지고 있지 않으니까 서베를린에 있는 드 종의 집에서부터 미행할 수는 없었을 겁니다. 그가 알 수 있었던 방법은 하나뿐입니다. 바로 우리의 인민경찰을 통해서지요. 인민경찰은 드 종의 차가 동서 검문소를 통과하자마자 정해진 절차에 따라 드 종의 존재를 보고했습니다. 문트는 그 정보를 입수할 수 있었고, 그 정보가 리메크한테 도움이 되게 해주었습니다. 〈그것〉이 한스 디터 문트에게 불리한 사실입니다. 사실 리메크는 문트의 꼭두각시였고, 문트와 제국주의 고용주들 사이를 연락해 주는 심부름꾼에 지나지 않았던 것입니다!」

피들러는 말을 끊었다가 조용히 덧붙였다.

「문트-리메크-리머스. 이것이 지휘 계통을 보여 주는 사슬이었습니다. 사슬을 이루는 각각의 연결 고리가 가능한 한 다른 고리에 알려지지 않도록 하는 것이 전 세계 첩보 기법의 원칙입니다. 따라서 리머스가 문트의 활동에 대해 아는 바가 없다고 주장하는 것은 당연한 일입니다. 바로 그것이 런던에 있는 고용주들이 보안 유지에 성공했다는 것을 말해 주는 증거입니다.

여러분은 〈구르는 돌〉이라는 작전이 특별한 배려로 비밀리에 진행되고 있었다는 이야기를 이미 들으셨습니다. 리머스는 길럼이 과장으로 있던 정보과가 우리 공화국의 경제 상황을 조사하는 부서인 줄 알고 있었는데, 그 부서가 놀랍게도 〈구르는 돌〉 파일의 열람자 리스트에 올라 있었다는 이야기도 들으셨습니다. 그런데 피터 길럼은 문트가 영국에 있을 때 그의 활동을 조사한 비밀경찰이었다는 사실을 상기해 주시기 바랍니다.」

위원석에 앉은 젊은 남자가 연필을 들어 올리고는 차가운 눈을 크게 뜨고 피들러를 바라보면서 물었다.

「리메크가 문트의 앞잡이였다면, 어째서 문트는 리메크를 제거했지요?」

「다른 방법이 없었기 때문입니다. 리메크는 의심을 받고 있었습니다. 그의 애인이 우쭐한 나머지 분별없이 그를 배신했던 것이지요. 문트 동지는, 한편으로는 리메크를 보자마자 사살하라는 명령을 내렸고, 또 한편으로는 리메크에게 도망치라고 일렀습니다. 그렇게 해서 정체가 탄로 날 위험을 막아놓은 다음, 나중에는 그 여자도 살해했던 것이지요.

여기서 잠깐 문트 동지가 사용한 수법을 살펴보고 싶습니다. 1959년에 문트가 독일로 돌아온 뒤 영국 정보부는 대기(待機) 전술을 썼습니다. 문트가 협력할지 어떨지 아직 장담할 수 없기 때문에, 그들은 문트에게 지시를 내리고 기다렸지요. 돈도 기꺼이 주면서 최선의 결과를 기다리고 있었던 것입니다. 그 무렵 문트는 우리 보위부 안에서 고위직에 있지 않았습니다. 당에서도 마찬가지였고요. 하지만 많은 사실을 알아낼 수 있었고, 그렇게 알아낸 것을 런던에 보고하기 시작했습니다. 물론 문트는 누구의 도움도 받지 않고 혼자서 런던과 연락을 취했습니다. 추측하건대, 그는 서베를린에서, 또는 스칸디나비아나 그 밖의 외국을 잠깐 여행할 때 접선하여 정보를 제공했을 것입니다. 영국인들도 처음에는 신중했을 것입니다. 당연한 노릇이겠지요. 그들은 문트한테 받은 정보와 그들이 이미 알고 있는 정보를 주의 깊게 비교 검토했을 것이고, 문트가 양다리를 걸치고 있는 것은 아닌지 염려했을 것입니다. 하지만 영국인들은 금광을 찾았다는 것을 차츰 깨닫게 되었습니다. 체계적인 능률로 명성을 얻은 문트는 반역 행위도 체계적이고 능률적인 방법으로 해냈습니다.

처음 몇 달 동안은 — 이것 역시 추측에 지나지 않습니다만, 동지 여러분, 이런 일에 종사해 온 오랜 경험과 리머스의 증언에 바탕을 두고 있음을 알아주시기 바랍니다 — 영국인들도 문트를 포함하는 첩보망을 확립하지는 않았습니다. 그들은 문트를 외로운 늑대로 내버려 둔 채, 그에게 돈을 지불하고 지시를 내리는 것도 베를린의 조직과는 관계없이 조치했습니다. 그들은 런던 본부에 작은 부서를 은밀히 설치했는데, 이 부서를 길럼이 맡은 것은 영국에서 문트를 포섭한 사람이 길럼이었기 때문입니다. 이 부서가 맡고 있는 기능은 영국 정보부 내에서도 극소수의 핵심 인물만 알고 있었습니다. 그들은 〈구르는 돌〉이라는 특별한 방식으로 문트에게 돈을 지불했고, 문트가 제공한 정보는 아주 신중하게 다루었을 게 분명합니다. 따라서 그것은 문트의 존재를 전혀 몰랐다는 리머스의 주장과 모순되지 않습니다. 리머스는 문트한테 돈을 주었을 뿐만 아니라 결국에는 문트가 입수한 정보를 실제로 리메크한테 받아서 런던에 전달했는데도, 문트를 몰랐다고 주장합니다.

1959년 말에 문트는 런던의 고용주들과 자기 사이에서 중개자 역할을 할 만한 사람을 최고회의 내부에서 찾았다고 런던에 알렸습니다. 그 사람이 바로 카를 리메크였지요.

문트는 어떻게 리메크를 발견했을까요? 리메크가 기꺼이

협력하리라는 것을 어떻게 확인했을까요? 여러분은 문트의 특별한 지위를 생각해 보시기 바랍니다. 그는 국방에 관한 모든 파일에 접근할 수 있었고, 전화를 도청할 수 있었고, 편지를 열어 볼 수 있었고, 감시자를 고용할 수 있었습니다. 그는 누구나 심문할 수 있는 확고한 권한이 있었으며, 남의 사생활을 자세히 들여다볼 수도 있었습니다. 무엇보다도 그는 인민을 보위하기 위해 만들어진 무기를 인민에게 겨눔으로써 자신에 대한 의혹을 한순간에 잠재울 수 있었던 것입니다.」

피들러는 분노로 목소리마저 떨리고 있었다. 하지만 그는 전혀 힘들이지 않고 좀 전의 이성적인 말투로 돌아와 말을 이었다.

「런던이 무슨 일을 했는지, 이제는 여러분도 아셨을 겁니다. 영국 정보부는 여전히 문트의 정체를 극비로 유지하면서 리메크를 포섭하는 것을 묵인했고, 그리하여 문트와 베를린 본부 사이에 간접적인 접점을 확립할 수 있었습니다. 그것이 바로 리메크가 드 종 및 리머스와 접촉한 의미입니다. 리머스의 증언은 〈그렇게〉 해석해야 하며, 문트의 반역 행위도 〈그렇게〉 평가해야 합니다.」

그는 돌아서서 문트의 얼굴을 똑바로 바라보며 소리쳤다.

「저기에 우리를 배반한 테러리스트가 있습니다! 인민의 권리를 팔아먹은 자가 있습니다!

이것으로 나의 진술은 거의 다 끝났습니다. 다만 한 가지 덧붙이고 싶은 것이 있습니다. 문트는 충실하고 유능한 인민의 보위자로서 그 평판을 얻었으나, 그의 비밀을 폭로할 염려가 있는 입을 몇 개 영원히 다물게 해버렸습니다. 그런 식으로 파시스트적 배신 행위를 계속하는 동시에 보위부 내에서 자신의 지위를 높이기 위해 인민의 이름으로 살육을 서슴지 않았던 것입니다. 이보다 더 흉악한 범죄는 상상할 수도 없습니다. 그가 카를 리메크를 에워싸기 시작한 의혹으로부터 그를 보호하기 위해 할 수 있는 일을 다 해본 뒤, 결국 리메크를 보자마자 사살하라는 명령을 내린 것은 그 때문입니다. 문트가 리메크의 애인을 암살하도록 조처한 것도 그 때문이고요. 여러분은 이 사문회 결과를 최고회의에 보고하기에 앞서 이자의 범죄가 얼마나 흉악한 것인지를 똑바로 인식해야 할 것입니다. 한스 디터 문트에게 죽음은 차라리 자비로운 판결입니다.」

21
증인

 의장은 피들러 맞은편에 앉아 있는 검은 양복 차림의 작달막한 사내를 돌아보았다.
 「카르덴 동지, 문트 동지를 변론하세요. 증인 리머스에게 질문이 있습니까?」
 「네. 잠깐이면 됩니다.」 그는 힘들게 일어나 금테 안경 끝을 귀에 걸치면서 대답했다. 그는 호인 같은 인상에 조금 촌스러워 보였다. 머리는 완전히 백발이었다.
 「문트 동지의 주장은……」 그는 부드러운 목소리에 억양을 붙여 듣기 좋은 말투로 말하기 시작했다. 「리머스가 거짓말을 하고 있다는 것입니다. 그리고 피들러 동지가 고의인지 불운 때문인지 우리 보위부를 분열시켜 우리 사회주의 국가를 방위하는 기관들의 평판을 떨어뜨리려는 음모에 말려들었다는 것입니다. 카를 리메크가 영국 첩자였다는 주장에는 이의를 제기하지 않겠습니다. 명백한 증거가 있으니까요. 하지만 문트 동지가 리메크와 결탁했거나 당을 배신하는 대가로 돈을 받았다는 주장에는 이의를 제기합니다. 이 혐의에 대해서는 객관적인 증거가 전혀 없으며, 피들러 동지는 권세

욕에 눈이 멀어 합리적인 판단을 내릴 수 없는 상태였습니다. 우리는 리머스가 베를린에서 런던으로 돌아간 순간부터 연극을 시작했다고 주장하는 바입니다. 리머스는 타락과 음주와 빚의 구렁텅이로 순식간에 전락하는 체했고, 여러 사람이 보는 앞에서 장사꾼을 공격했고, 반미 감정을 가진 체했습니다. 이것은 모두 우리 보위부의 주목을 끌기 위한 공작이었습니다. 우리는 영국 정보부가 일부러 문트 동지의 주위에 정황 증거를 그물처럼 짜놓았다고 믿습니다. 외국 은행에 돈을 예금하고, 문트가 그 나라로 출장하는 날짜에 맞추어 그 돈을 인출하고, 피터 길럼은 일부러 지나가는 말처럼 증거를 제공했고, 관리관과 리메크는 리머스가 듣지 못한 비밀 면담에서 중요한 문제를 논의한 척했습니다. 이것들은 일련의 거짓 증거를 제공했고, 피들러 동지는 그것을 덥석 받아들였습니다. 영국인들은 피들러 동지의 야심을 정확하게 계산했지요. 그래서 피들러 동지는 우리 공화국을 지키기 위해 불철주야 애쓰는 사람을 파멸시키려는 흉악한 음모에 가담하게 된 것입니다. 사실은 파멸시킨다기보다 죽이려는 음모입니다. 문트 동지는 지금 목숨을 잃을 위기에 놓여 있으니까요.

영국인들이 이처럼 악랄한 음모를 꾸민 것은 그들이 지금까지 자행한 파괴 행위와 국가 전복, 인신매매의 전력과 일치하지 않습니까? 베를린을 가로지르는 장벽이 세워짐으로써 서방 첩자들의 잠입이 차단된 지금, 그들에게 달리 어떤 길이 열려 있겠습니까? 우리는 그들의 음모에 말려든 것입니다. 피들러 동지는 아무리 너그럽게 보아 준다고 해도 가장 심각한 실수를 저질렀고, 나쁘게 말하면 제국주의 첩자들과 공모하여 우리 노동자 국가의 안녕을 해치고 무고한 사람의 피를 흘리게 하려는 죄를 지은 것입니다.」

그는 온화한 표정으로 고개를 끄덕여 보였다.

「우리한테도 증인이 있습니다. 그렇습니다. 우리한테도 증인이 있습니다. 그동안 문트 동지가 피들러의 음모를 까맣게 몰랐을 거라고 생각하십니까? 정말로 그렇게 생각하십니까? 몇 달 전부터 문트 동지는 피들러의 마음속에 생긴 병을 알고 있었습니다. 영국에서 리머스에게 접근하는 것을 정식으로 승인한 사람은 문트 동지 자신이었습니다. 그가 음모에 연루되었다면 그런 위험을 무릅쓰는 미친 짓을 했겠습니까?

헤이그에서 리머스를 처음 심문한 보고서가 최고회의에 도착했을 때, 그 보고서를 문트 동지가 읽지도 않고 던져 버렸을 것 같습니까? 리머스가 우리 나라에 도착해서 피들러가 심문을 맡은 뒤에는 추가 보고서가 나오지 않았습니다. 그때 문트 동지가 피들러의 의도를 알아차리지 못할 만큼 둔했다고 생각하십니까? 헤이그에서 피터스가 보낸 첫 번째 보고서가 도착했을 때, 문트 동지는 리머스가 코펜하겐과 헬싱키를 방문한 날짜만 보고도 모든 것이 자신을 파멸시키기 위한 책략이라는 사실을 알아차렸습니다. 그 날짜는 실제로 문트 동지가 덴마크와 핀란드를 방문한 날짜와 같았습니다. 바로 그 이유 때문에 런던이 그 날짜를 고른 것입니다. 피들러 동지와 마찬가지로 문트 동지도 그 〈초기 징후〉를 알아차리고 있었습니다. 문트 동지도 보위부 안에 외국 첩자가 있음을 알고, 그자를 찾고 있었다는 사실을 기억해 주시기 바랍니다.

그래서 리머스가 동독에 도착하자 문트 동지는 리머스가

어떤 식으로 피들러 동지의 가슴에 의심을 불어넣는지 흥미롭게 지켜보고 있었습니다. 리머스는 지나치거나 강조하지 않고, 암시와 간접적인 증거를 치밀하고 교묘하게 여기저기 떨어뜨렸지요. 그리고 그때쯤에는 밑바탕이 마련되어 있었습니다. 레바논의 그 남자, 피들러가 언급한 기적적인 특종은 우리 보위부의 고위직 간부 가운데 첩자가 있다는 것을 말해 주는 듯했습니다.

이런 공작은 놀랄 만큼 교묘하게 진행되었습니다. 카를 리메크를 잃은 패배를 영국은 놀라운 승리로 전환시킬 수도 있었을 것입니다. 그 가능성은 아직도 남아 있습니다.

영국이 피들러의 손을 빌려 문트 동지를 없앨 계획을 세우는 동안, 문트 동지는 한 가지 사전 대책을 강구해 두었던 것입니다.

문트 동지는 런던에서 면밀한 조사를 시켰습니다. 리머스가 베이스워터에서 이중생활을 한 것도 자세히 조사했습니다. 초인적이라고 할 수 있을 만큼 치밀한 계획도 인간적인 실수를 저지르게 마련인데, 문트 동지는 바로 그 점을 노렸던 것입니다. 문트 동지는 생각했습니다 — 리머스는 오랫동안 황무지에 머물고 있으니까, 빈곤과 술과 방탕으로 나날을 보내겠다는 맹세, 아니 무엇보다도 고독한 생활을 하겠다는 맹세를 어길 수밖에 없을 것이다. 리머스는 친구가 필요할 것이다. 어쩌면 애인이 필요할 것이다. 따뜻한 인간적 접촉을 갈망하게 될 것이다. 가슴속에 들어 있는 또 다른 영혼을 드러내고 싶어 할 것이다. 문트 동지는 그렇게 생각했고, 그 생각은 옳았습니다. 그렇게 능숙하고 노련한 공작원인 리머스도 그렇게 초보적인 실수를, 그렇게 인간적인 실수를 저지르고 말았던 것입니다…….」 그는 미소를 지었다. 「여러분은 증언을 듣겠지만, 아직은 아닙니다. 증인은 이곳에 와 있습니다. 문트 동지가 그 증인을 초청했습니다. 탄복할 만한 대책이 아닐 수 없습니다. 그 증인은…… 나중에 부르겠습니다.」 그는 농담을 하기 전에 미리 허락을 받아야 한다는 듯이 조금 장난스러운 표정을 지어 보였다. 「증인을 부르기 전에, 문트 동지에게 죄를 씌운 앨릭 리머스 씨에게 한두 가지 묻고 싶은데요.」

「당신은 부자입니까?」
「바보처럼 굴지 마시오.」 리머스가 무뚝뚝하게 말했다. 「내가 어떻게 체포되었는지 알잖소.」
「그렇군요. 그건 정말 교묘한 수법이었지요. 그럼 당신한테는 돈이 한 푼도 없다고 믿어도 되겠군요?」
「좋으실 대로.」
「돈을 빌려주거나 그냥 줄 친구는 있습니까? 빚을 갚아 줄 친구는?」
「그런 친구가 있다면 지금 여기 있지도 않을 거요.」
「하나도 없단 말이죠? 당신은 어느 친절한 은인, 당신이 거의 잊어버린 누군가가 당신을 다시 일으켜 세우고…… 당신 빚을 대신 갚아 준다거나 그런 일을 해주리라고는 상상도 할 수 없군요?」
「그렇소.」
「좋습니다. 그럼 다음 질문으로 넘어가죠. 당신은 조지 스마일리를 알고 있지요?」
「물론 알고 있소. 그는 영국 정보부에 있었소.」

「지금은 그곳에서 떠났지요?」

「폐년 사건이 일어난 뒤 그만두었소.」

「아아, 문트 동지가 관련된 사건 말이군요. 그 후 그를 만난 적이 있습니까?」

「한두 번 만났소.」

「당신이 정보부를 떠난 뒤에도 만난 적이 있나요?」

리머스는 망설이다가 대답했다.

「만나지 못했소.」

「교도소로 당신을 면회 오지 않았던가요?」

「면회 온 사람은 아무도 없었소.」

「그럼 당신이 교도소에 가기 전에는?」

「만나지 않았소.」

「당신이 교도소에서 나온 다음, 그러니까 석방된 바로 그 날 애시라는 남자가 당신한테 접근했지요?」

「그렇소.」

「소호에서 그와 함께 점심을 먹었지요? 그와 헤어진 뒤 어디로 갔습니까?」

「기억나지 않소. 아마 선술집에 갔을 거요. 잘 모르겠소.」

「그렇다면 기억이 나도록 내가 도와 드리죠. 당신은 플리트 가로 가서 버스를 탔습니다. 버스와 지하철과 자가용을 갈아타면서 이리저리 움직이는 것 같더니 결국 첼시로 갔습니다. 당신처럼 노련한 스파이치고는 좀 미숙했지요. 이제 기억이 납니까? 원한다면 보고서를 보여 줄 수도 있습니다. 여기 있으니까.」

「아마 그랬을 거요. 그래서 그게 어쨌다는 거요?」

「조지 스마일리는 킹스 로드에서 조금 떨어진 바이워터 가에 살고 있습니다. 이게 바로 내가 말하고 싶은 요점이오. 당신이 탄 차는 바이워터 가로 구부러졌고, 우리 첩보원은 당신이 9번지에서 차를 내렸다고 보고했는데, 그곳은 공교롭게도 조지 스마일리의 집이었소.」

「다 허튼소리요.」 리머스가 단호하게 말했다. 「나는 아마 〈에잇 벨스〉 술집에 갔을 거요. 내가 좋아하는 단골 술집이지요.」

「자가용을 타고?」

「그것도 허튼소리요. 나는 택시를 타고 갔을 거요. 나는 돈이 있으면 쓰는 성격이라서.」

「하지만 목적지에 가기 전에 왜 이리저리 돌아다녔지요?」

「그건 터무니없는 소리요. 당신네 첩보원이 엉뚱한 사람을 미행한 모양이오. 흔히 있는 실수지요.」

「원래의 질문으로 돌아가겠소. 당신이 정보부를 떠난 뒤에 스마일리가 당신 일에 관심을 가졌으리라고는 상상할 수 없겠지요?」

「절대로.」

「당신이 교도소에 들어간 뒤 당신의 복지에도 관심이 없었고, 당신의 부양가족에게 돈을 쓰지도 않았고, 당신이 애시를 만난 뒤에도 당신을 만나고 싶어 하지 않았다?」

「그렇소. 도대체 무슨 말을 하려는 건지 모르겠지만, 대답은 〈노〉요. 당신이 스마일리를 만난 적이 있다면 그런 질문을 하지는 않을 거요. 스마일리와 나는 공통점이 거의 없소.」

카르덴은 이 대답에 만족한 듯 미소를 지으며 혼자 고개를 끄덕이더니, 안경을 매만지고 서류철을 유심히 들여다보았다.

「아 참, 그렇군.」 그는 무언가를 잊고 있었던 것처럼 말했다. 「식료품 가게 주인한테 외상을 달라고 요구했을 때 당신 주머니에는 돈이 얼마나 남아 있었지요?」

「한 푼도 없었소.」 리머스는 심드렁하게 대답했다. 「일주일 전에 돈이 바닥난 상태였소. 아니, 그보다 더 오래됐을 거요.」

「그럼 그동안 뭘 먹고 살았지요?」

「그럭저럭 연명했소. 앓고 있었으니까. 열병에 걸렸었소. 일주일 동안 거의 아무것도 먹지 못했소. 그래서 신경이 곤두섰던 모양이오. 저울이 균형을 잃고 한쪽으로 기울어진 꼴이지요.」

「도서관에서 받을 돈이 있었잖습니까?」

「그걸 어떻게 알았소?」 리머스가 날카롭게 물었다. 「설마 그곳까지……」

「왜 도서관으로 급료를 받으러 가지 않았지요? 그랬다면 외상을 요구할 필요도 없었을 텐데요?」

리머스는 어깨를 으쓱했다.

「왜 그랬는지 잊어버렸소. 아마 토요일 아침에는 도서관이 문을 열지 않았기 때문일 거요.」

「알겠습니다. 그런데 토요일 아침에는 도서관이 문을 열지 않는다고요? 확실합니까?」

「아니, 추측일 뿐이오.」

「좋습니다. 수고했습니다. 질문은 이것뿐입니다.」

리머스가 자리로 돌아가 앉으려 할 때, 문이 열리고 한 여자가 들어왔다. 몸집이 크고 못생긴 여자였다. 한쪽 소매에 갈매기 모양의 계급장이 달린 회색 작업복을 입고 있었다. 그 뒤에 리즈가 서 있었다.

22
의장

 그녀는 눈을 크게 뜨고 주위를 둘러보면서 천천히 법정에 들어왔다. 잠이 덜 깬 아이가 불이 환히 켜진 방에 들어오는 것 같았다. 리머스는 리즈가 얼마나 젊은지를 잊고 있었다. 두 경호원 사이에 앉아 있는 리머스를 보고 리즈는 걸음을 멈추었다.
「앨릭.」
 리즈 옆에 있던 경비원이 그녀의 팔을 잡고, 조금 전까지 리머스가 서 있었던 자리로 리즈를 끌고 갔다. 법정은 쥐 죽은 듯이 조용했다.
「이름이 뭐죠?」 의장이 퉁명스럽게 물었다.
 리즈는 기다란 팔을 양옆에 늘어뜨린 채 손가락을 빳빳이 펴고 있었다.
「이름이 뭐예요?」 의장이 이번에는 큰 소리로 다시 물었다.
「리즈 골드.」
「영국 공산당 당원이죠?」
「네.」
「지금은 라이프치히에 머무르고 있지요?」

「네.」

「당에는 언제 가입했나요?」

「1955년. 아니, 아마 1954년인데……..」

뭔가 움직이는 소리가 리즈의 말을 가로막았다. 가구를 옆으로 밀치는 끼익 하는 소리와 리머스의 쉰 목소리가 실내를 가득 채웠다. 리머스가 목청을 높여 험악하게 외치고 있었다.

「그만둬, 이놈들아! 그 여자를 가만 내버려 둬!」

리즈는 놀라서 돌아보았다. 그는 창백한 얼굴에서 피를 흘리며 서 있었다. 옷이 마구 구겨져 있었다. 리즈는 경호원이 주먹으로 리머스를 때리는 것을 보았다. 리머스는 반쯤 쓰러졌다. 그러자 경호원 둘이 한꺼번에 덤벼들어 리머스의 두 팔을 등 뒤로 비틀어 올리면서 그를 들어 올렸다. 리머스의 고개가 앞으로 고꾸라져 가슴에 닿았다가 고통스러운 듯 옆으로 홱 돌려졌다.

「또다시 날뛰면 밖으로 끌어내요.」 의장은 경호원들에게 명령하고, 리머스에게도 경고하는 뜻으로 고개를 까딱하면서 덧붙였다. 「하고 싶은 말이 있으면 나중에 할 수 있어요.」

그러고 나서 의장은 리즈를 돌아보며 날카롭게 말했다.

「언제 입당했는지 확실히 알고 있을 텐데요?」

리즈는 아무 말도 하지 않았다. 의장은 잠시 기다린 뒤 어깨를 으쓱했다. 그러고는 몸을 앞으로 더욱 내밀어 리즈를 뚫어지게 바라보면서 물었다.

「당신은 당에서 비밀 유지의 필요성에 대해 들은 적이 있나요?」

리즈는 고개를 끄덕였다.

「당의 조직과 배치에 대해 다른 동지에게 묻지 말라는 말도 들었겠죠?」

리즈는 다시 고개를 끄덕였다.

「네, 물론 들었어요.」

「오늘 당신은 그 규칙에 대해 엄격한 시험을 치르게 될 겁니다. 오히려 모르는 편이 나을 거예요. 아무것도 모르는 편이.」 의장은 갑자기 힘차게 덧붙였다. 「당신한테는 그 편이 훨씬 낫습니다. 그 문제는 이 정도로 해두지요. 지금 여기에 앉아 있는 우리 셋은 당에서 아주 높은 지위에 있는 사람들로, 최고회의 명령에 따라 당의 안전을 위해 일하고 있습니다. 그래서 당신한테 몇 가지 질문을 할 수밖에 없는데, 당신의 대답은 대단히 중요한 것이니 사실대로 용감하게 대답하면 당신은 사회주의 발전에 도움이 될 것이오.」

「하지만 누가······.」 리즈는 작은 목소리로 물었다. 「누가 재판을 받고 있나요? 앨릭이 무슨 일을 저질렀나요?」

의장은 리즈를 지나쳐 그 뒤에 있는 문트를 보고 말했다.

「아마 재판을 받고 있는 사람은 아무도 없을 거예요. 그게 이 사건의 요점이죠. 있는 것은 고발자뿐입니다. 누가 피고인인지는 중요하지 않을 수도 있어요.」 그녀는 잠시 후에 덧붙였다. 「당신이 알 수 없다는 게 당신의 공정함을 보장해 주겠죠.」

좁은 방 안에 잠시 정적이 내리덮였다. 이윽고 리즈가 물었다. 목소리가 너무 조용해서, 의장은 그 말을 들으려고 본능적으로 고개를 돌렸다.

「앨릭인가요? 리머스 말이에요.」

「이것 봐요.」 의장이 고집스럽게 말했다. 「모르는 편이 나아요. 모르면 모를수록 더 좋아요. 당신은 그저 진실만 말하면 돼요. 그게 당신이 할 수 있는 가장 현명한 일이오.」

리즈는 다른 사람이 볼 수 없는 몸짓을 했거나 다른 사람이 들을 수 없는 말을 속삭인 게 분명했다. 의장이 다시 몸을 앞으로 내밀고 더욱 힘주어 말했기 때문이다.

「이봐요, 아가씨. 집에 가고 싶지 않아요? 그렇다면 내 말대로 해요. 하지만 만약……」의장은 말을 끊고 손으로 카르덴을 가리키며 무뚝뚝하게 덧붙였다. 「저 동지가 몇 가지 질문을 할 거요. 질문은 많지 않아요. 대답만 하면 돌아갈 수 있어요. 사실대로 말하시오.」

카르덴이 다시 일어나서 교회의 교구위원처럼 상냥한 미소를 지었다.

「리즈 골드 양, 앨릭 리머스는 당신 애인이었지요?」

리즈는 고개를 끄덕였다.

「당신들은 직장인 베이스워터의 도서관에서 만났지요?」

「네.」

「그전에는 만난 적이 없지요?」

리즈는 고개를 끄덕이며 대답했다.

「도서관에서 처음 만났어요.」

「당신은 애인이 많았나요?」

그녀가 뭐라고 대답했든 간에 그 대답은 들리지 않았다. 리머스가 다시 소리를 질렀기 때문이다.

「카르덴, 이 야비한 놈아.」

리즈는 그의 목소리를 듣고는 돌아서서 큰 소리로 말했다.

「앨릭, 그러지 마. 이 사람들이 당신을 끌어낼 거야.」

「그래요.」 의장이 냉담하게 말했다. 「끌어낼 거요.」

카르덴이 다시 부드럽게 말했다.

「리머스는 공산주의자였소?」

「아닙니다.」

「그는 당신이 공산주의자라는 걸 알고 있었나요?」

「알고 있습니다. 내가 말했거든요.」

「그랬더니 뭐라고 하던가요?」

리즈는 거짓말을 해야 할지 어떨지 알 수가 없었다. 그것은 끔찍한 일이었다. 질문이 너무 빨리 날아왔기 때문에 생각할 겨를이 없었다. 그동안 내내 사람들은 귀를 기울이고 관찰하면서, 그녀의 입에서 앨릭에게 불리한 말이나 몸짓이 나오기를 기다리고 있었다. 뭐가 문제인지 모르면 거짓말을 할 수도 없었다. 그녀가 어설픈 실수라도 저지르면 앨릭은 죽게 될 것이다. 리머스가 위험에 빠져 있는 것은 의심할 여지가 없었다.

「그랬더니 앨릭이 뭐라고 하던가요?」 카르덴이 같은 질문을 되풀이했다.

「웃었어요. 그런 일에는 무관심한 사람이니까요.」

「무관심했다고 믿습니까?」

「물론이죠.」

위원석에 앉아 있던 젊은이가 두 번째로 입을 열었다. 그의 눈은 반쯤 감겨 있었다.

「그게 한 인간에 대한 올바른 판단이라고 생각하십니까? 그 사람이 역사의 진행, 변증법의 필연성에 무관심해 있다는 게?」

「모르겠어요. 어쨌든 나는 그렇게 생각했어요. 그것뿐이에요.」

「괜찮습니다.」 카르덴이 말했다. 「그런데 그는 낙천적인 사람이었소? 언제나 웃고 쾌활했나요?」

「아니요. 별로 웃지 않았어요.」

「하지만 당신이 공산당원이라고 하자 웃었다는데, 그 이유를 아세요?」

「당을 경멸하고 있었기 때문이라고 생각합니다.」

「그가 당을 〈싫어했다〉고 생각하세요?」 카르뎅이 아무렇지도 않은 듯이 물었다.

「모르겠어요.」 리즈는 측은한 기분으로 대답했다.

「그는 좋고 싫음이 분명한 사람이었나요?」

「아니요…… 그렇지는 않아요.」

「하지만 식료품 가게 주인을 공격했어요. 왜 그랬을까요?」

갑자기 리즈는 카르뎅을 더 이상 믿지 않았다. 부드러운 목소리와 온후한 얼굴을 믿지 않게 되었다.

「모르겠어요.」

「하지만 생각해 본 적은 있겠지요?」

「네.」

「그래서 어떤 결론에 도달했나요?」

「아무 결론도 나오지 않았어요.」

카르뎅은 생각에 잠긴 눈으로 리즈를 바라보았다. 교리 문답을 잊어버린 아이를 바라보는 목사처럼 실망한 기색이었다.

「당신은…… 리머스가 가게 주인을 때릴 작정이라는 걸 미리 알고 있었지요?」 그가 물었다. 이것이 그의 질문 중에서 가장 명확한 질문이었는지도 모른다.

「아니요.」 리즈가 대답했다.

어쩌면 너무 빨리 대답했는지도 모른다. 그래서 그 후 잠깐 침묵이 이어지는 동안 카르뎅의 얼굴에서는 미소가 사라지고 호기심 어린 표정이 나타났다.

마침내 그가 물었다.

「리머스를 마지막으로 만난 게 언제였지요? 물론 오늘은 말고.」

「앨릭이 교도소에 간 뒤로는 만나지 못했어요.」

「그럼, 그 이전에 마지막으로 만난 것은 언제였지요?」 카르덴의 목소리는 친절했지만 끈질겼다.

리즈는 법정에 등을 돌리고 있는 것이 싫었다. 몸을 돌려 리머스를 볼 수 있다면 얼마나 좋을까. 그의 얼굴을 보고, 그 얼굴에서 어떤 지침을 읽어 내고, 어떻게 대답하라고 알려 주는 신호를 볼 수 있으면 좋을 텐데. 리즈는 두려워지기 시작했다. 그 질문들은 그녀가 모르는 혐의와 의심에서 나온 것이었다. 이 사람들은 리즈가 앨릭을 도와주고 싶어 한다는 것, 그녀가 두려워하고 있다는 것을 분명 알고 있었지만, 아무도 그녀를 도와주지 않았다. 왜 아무도 도와주려 하지 않을까?

「리즈 골드 양, 오늘 이전에 리머스를 마지막으로 만난 게 언제였지요?」

저 목소리는 정말 싫어. 비단처럼 부드러운 저 목소리.

「그 일이 일어나기 전날 밤이었어요. 앨릭이 포드 씨와 싸우기 전날 밤에 마지막으로 만났어요.」

「싸웠다고요? 그건 싸움이 아니었어요. 식료품 가게 주인은 한 번도 반격하지 않았잖소? 그럴 기회도 없었어요. 정말 스포츠맨답지 않은 일이죠!」 카르덴은 소리 내어 웃었다. 아무도 그와 함께 웃지 않았기 때문에 그 웃음은 더욱 무섭게 느껴졌다.

「그 마지막 날 밤에 리머스를 어디서 만났지요?」

「앨릭의 아파트에서요. 앨릭은 병이 나서 출근하지 못했어요. 그래서 줄곧 침대에 누워 있었죠. 내가 가서 음식을 만들어 주었어요.」

「식료품도 사다 주었나요?」

「네.」

「정말 친절했군요. 돈이 많이 들었을 텐데.」 카르덴이 동정하듯 말했다. 「리머스를 먹여 살릴 여유가 있었소?」

「나는 앨릭을 먹여 살리지 않았어요. 돈은 앨릭이 주었어요. 앨릭은······.」

「그러니까 리머스는 돈을 갖고 있었군요?」 카르덴이 날카롭게 말했다.

〈아차!〉 리즈는 재빨리 생각했다.

「많지는 않았어요. 1파운드나 2파운드. 기껏해야 그 정도였어요. 그보다 많은 돈은 갖고 있지 않았어요. 전기 요금과 방세도 못 냈어요. 그건 모두 나중에, 앨릭이 떠난 뒤에 어떤 친구가 와서 지불했어요.」

「물론 그랬겠지요.」 카르덴이 조용히 말했다. 「친구가 일부러 찾아와서 밀린 요금을 모두 지불했지요. 리머스의 옛 친구, 리머스가 베이스워터에 오기 전부터 알고 있었던 친구. 당신은 그 친구를 만난 적이 있나요?」

리즈는 고개를 저었다.

「알겠소. 그 좋은 친구가 또 무슨 청구서를 처리했는지 아십니까?」

「아니······ 아니에요.」

「왜 망설이죠?」

「모른다고 했잖아요.」 리즈는 격렬하게 대꾸했다.

「하지만 당신은 대답을 망설였어요. 그래서 나는 당신이 생각을 바꾼 게 아닐까 생각했지요.」

「아니에요.」

「리머스는 그 친구에 대해 말한 적이 있습니까? 돈도 많고 리머스의 주소도 알고 있는 친구.」

「친구 이야기는 한 번도 하지 않았어요. 나는 앨릭한테 친구가 있는 줄도 몰랐어요.」

「그랬군요.」

법정에 무서운 침묵이 흘렀다. 리즈에게는 그 침묵이 더욱 무서웠다. 보이는 사람들 사이에 혼자 끼어 있는 눈먼 아이처럼 그녀는 주위의 모든 사람들한테서 고립되어 있었기 때문이다. 주위 사람들은 그녀의 대답을 그녀가 모르는 어떤 기준과 비교할 수 있었지만, 그녀는 그들이 무엇을 찾아냈는지 알 도리가 없었다. 그 무서운 침묵에서 어떻게 그것을 알아낼 수 있겠는가.

「당신은 봉급을 얼마나 받고 있었소?」

「일주일에 6파운드예요.」

「저금은 있나요?」

「조금요. 몇 파운드밖에 없어요.」

「방세는 얼마나 되죠?」

「일주일에 50실링이에요.」

「꽤 비싸군요. 방세를 잘 내고 있나요?」

리즈는 안타까운 듯이 고개를 저었다.

「왜죠? 돈이 없었나요?」

그녀는 작은 목소리로 대답했다.

「내 아파트가 전세로 바뀌었어요. 누군가가 전세 계약을 맺고 계약서를 보내 주었어요.」

「누구죠?」

「몰라요.」 눈물이 뺨을 타고 흘러내렸다. 「나도 몰라요…… 제발 더 이상 묻지 마세요. 그 사람이 누군지 나는 모르니까…… 6주 전에 런던의 한 은행이 전세 계약서를 보내왔어요. 어느 자선 단체가 천 파운드로 전세 계약을 맺었대요. 정말 누가 그랬는지 모르겠어요. 은행에서는 자선 단체가 선물로 보낸 거라고만 하더군요. 당신은 모든 걸 알고 계신 것 같은데…… 그게 누군지 말해 주세요…….」

리즈는 여전히 법정에 등을 돌린 채 두 손에 얼굴을 묻고 흐느껴 울었다. 흐느낌이 그녀의 몸을 흔들 때마다 어깨가 들썩거렸다. 아무도 움직이지 않았다. 마침내 리즈는 두 손을 내렸지만 고개를 들지는 않았다.

「왜 알아보지 않았소?」 카르덴이 단호하게 물었다. 「아니면 당신은 누군지도 모르는 사람한테 천 파운드나 되는 선물을 받는 데 익숙해져 있나요?」

리즈는 아무 말도 하지 않았다. 카르덴이 말을 이었다.

「당신이 알아보지 않은 건 그게 누군지 짐작했기 때문입니다. 안 그렇습니까?」

리즈는 다시 두 손을 얼굴로 들어 올리면서 고개를 끄덕였다.

「당신은 그 돈이 리머스나 그의 친구한테서 나왔다고 짐작했지요?」

「네.」 리즈는 간신히 대답했다. 「재판이 끝난 뒤 식료품 가게 주인이 어딘가에서 많은 돈을 받았다는 소문을 들었어요. 말들이 많았죠. 나는 그래서 앨릭의 친구가…….」

「정말 이상한 이야기군.」 카르덴이 혼잣말처럼 중얼거렸다.「정말 이상해.」그러고는 다시 리즈에게 물었다.「리머스가 교도소에 간 뒤 누군가한테서 연락이 왔습니까?」

「아니요.」리즈는 거짓말을 했다. 이제는 리즈도 알았다. 그들은 돈이나 앨릭의 친구에 관해, 또는 식료품 가게 주인에 대해 앨릭에게 불리한 증언을 끌어내려 하고 있었다.

「확실합니까?」카르덴은 눈썹을 안경의 금테 위로 치켜 올리면서 물었다.

「네.」

「하지만 골드 양, 당신 이웃 사람의 말에 따르면 리머스가 재판을 받은 직후 두 남자가 당신을 찾아왔다고 하던데요. 그렇다면 그 남자들은 단순한 애인이었나요? 리머스처럼 당신한테 돈을 준 임시 애인 말이오.」

「앨릭은 임시 애인이 아니었어요.」리즈가 소리쳤다.「어떻게 그런 말을……」

「하지만 리머스는 당신한테 돈을 주었잖소. 그 남자들도 돈을 주었나요?」

「오오, 하느님!」리즈는 흐느껴 울었다.「그런 건 묻지 마세요……」

「그 남자들은 누구였습니까?」

리즈는 대답하지 않았다. 그러자 카르덴이 갑자기 소리를 질렀다. 그가 목청을 높인 것은 이때가 처음이었다.

「누구지요?」

「몰라요. 그들은 차를 타고 왔어요. 앨릭의 친구라면서.」

「또 친구라고? 그래, 무엇하러 왔었지요?」

「몰라요. 앨릭이 나한테 무슨 말을 했느냐고 계속 캐물었어요. 그리고 만일 무슨 일이 있으면 연락하라고……」

「어떻게? 어디로 연락하라고 하던가요?」

이윽고 리즈는 대답했다.

「그 사람은 첼시에 살고 있었어요…… 이름은 스마일리였어요…… 조지 스마일리…… 내가 그 사람한테 전화를 걸도록 되어 있었어요.」

「그래서 전화를 걸었나요?」

「아니요!」

카르덴은 파일을 내려놓았다. 죽음과도 같은 침묵이 법정에 내려앉았다. 카르덴은 리머스를 가리키면서 말했다. 그 목소리는 완전히 억제되어 있어서 더욱 인상적이었다.

「스마일리는 리머스가 이 여자한테 진상을 누설하지 않았는지 알고 싶어 했습니다. 리머스는 영국 정보부가 예상하지 못했던 일을 한 가지 했습니다. 여자를 애인으로 삼고는 동정을 사려고 넋두리를 늘어놓은 겁니다.」

카르덴은 그 말이 재치 있는 농담이라도 되는 것처럼 조용히 웃었다.

「카를 리메크와 똑같은 짓을 했지요. 리머스도 똑같은 실수를 저질렀던 것입니다.」

카르덴이 질문을 계속했다.

「리머스가 자기 신상에 대해 이야기한 적이 있습니까?」

「아니요.」

「당신은 리머스의 과거에 대해 아무것도 모르고 있군요?」

「네. 다만 베를린에서 일했다는 것은 알고 있어요. 영국 정부를 위해 일했다고.」

「그럼 리머스가 자신의 과거를 말했군요? 결혼했다는 말도 했나요?」

긴 침묵이 흘렀다. 리즈는 고개를 끄덕였다.

「리머스가 교도소에 간 뒤 왜 만나러 가지 않았죠? 면회를 갈 수도 있었을 텐데.」

「앨릭이 원할 것 같지 않아서요.」

「알겠습니다. 편지는 보냈나요?」

「아니요. 아니, 꼭 한 번 썼어요…… 기다리겠다고. 그 정도라면 앨릭도 싫어할 것 같지 않아서요.」

「싫어하지는 않겠지만 좋아할 것 같지도 않았군요?」

「네.」

「리머스가 복역을 마치고 나왔을 때, 당신은 리머스한테 연락을 취하려고 애쓰지 않았지요?」

「네.」

「리머스가 갈 만한 곳이라도 있었습니까? 그가 출소하기를 기다리는 일자리라도 있었나요? 그를 보살펴 줄 만한 친구들은 있었습니까?」

「몰라요…… 난 모르겠어요.」

「실제로 당신은 리머스와 관계를 끊었지요? 다른 애인이 생겼나요?」 카르덴이 냉소적인 표정으로 물었다.

「아니에요! 나는 앨릭을 기다렸어요…… 앞으로도 영원히 기다릴 거예요.」 리즈는 격정을 억누르며 말을 이었다. 「나는 그이가 돌아오기를 기다리고 있었어요.」

「그럼 왜 편지를 보내지 않았죠? 왜 리머스의 행방을 찾으려고 애쓰지 않았습니까?」

「그이가 그걸 원하지 않았어요. 모르시겠어요? 앨릭은 나한테 약속을 받아 냈어요. 절대 찾지 않겠다고…… 절대로…….」

「그러니까 리머스는 교도소에 가게 될 것을 예상하고 있었 군요?」 카르덴은 의기양양하게 물었다.

「난 몰라요. 모르는 것을 어떻게 대답할 수……」

「그 마지막 날 밤에……」 카르덴이 끈질기게 말했다. 귀에 거슬리는 위협적인 목소리였다. 「식료품 가게 주인을 때리기 전날 밤에 리머스는 당신한테서 그 약속을 다시 받아 냈나 요?…… 어때요, 그랬지요?」

기진맥진한 리즈는 측은한 항복의 몸짓으로 고개를 끄덕 였다.

「네.」

「그리고 당신들은 작별 인사를 했지요?」

「작별 인사를 했어요.」

「물론 저녁을 먹은 다음이겠지요. 그러면 꽤 늦은 시각이 었을 텐데, 그날은 리머스와 함께 밤을 보냈나요?」

「저녁을 먹고 나서 나는 집으로 돌아갔어요…… 곧장 가지 는 않고…… 산책을 하러 갔죠. 어디로 갔는지는 모르겠어 요. 그냥 무작정 걸었어요.」

「리머스는 무슨 이유를 대면서 관계를 청산하자고 하던가 요?」

「그이는 관계를 청산하자고 하지 않았어요. 그런 적은 없 어요. 다만 해야 할 일이 있다고 말했을 뿐이에요. 복수해야 할 사람이 있다, 어떤 희생을 치르더라도…… 그리고 나중에 모든 일이 끝나면…… 언젠가…… 돌아오겠다고…… 기다려 준다면…….」

「그래서 당신은……」 카르덴이 빈정거리는 투로 말했다. 「언제까지나 영원히 기다리겠다고, 언제까지나 사랑하겠다고 말했겠군요?」

「네.」 리즈는 짤막하게 대답했다.

「당신한테 돈을 보내겠다고 말하던가요?」

「그이는…… 사정이 겉보기만큼 나쁘지는 않다고, 나를…… 돌봐 주겠다고 말했어요.」

「나중에 시내의 자선 단체라는 곳에서 천 파운드를 보내 왔을 때, 당신이 무슨 영문인지 알아보지 않은 건 그 때문이었군요?」

「맞아요. 나는 모두 말씀드렸어요. 사실 당신은 처음부터 다 알고 있었어요. 알고 있으면서 무엇 때문에 나를 데려온 거예요?」

카르덴은 리즈의 흐느낌이 멈추기를 냉정하게 기다렸다.

이윽고 카르덴은 앞에 앉아 있는 사문위원들 쪽으로 고개를 돌리며 말했다.

「이상이 피고 측 증언입니다. 감정 때문에 지각이 흐려지는 여자, 돈 때문에 경계심이 무디어지는 여자에게 우리 영국인 동지들이 당직을 맡기고 있었다니, 참 유감스러운 일이 아닐 수 없습니다.」

그는 먼저 리머스를 바라본 다음 피들러를 바라보면서 냉혹하게 덧붙였다.

「증인은 어리석은 여자입니다. 하지만 리머스가 이 여자를 만난 건 행운이에요. 보복적인 음모가 그 음모를 꾸민 자들의 타락 때문에 들통난 것은 이번이 처음은 아닙니다.」

카르덴은 사문위원들에게 깍듯이 고개 숙여 인사하고 자리에 앉았다.

그러자 리머스가 벌떡 일어났다. 이번에는 경호원들도 그를 내버려 두었다.

런던의 녀석들은 머리가 돌아 버린 게 분명해. 나는 녀석들한테 말했어. 리즈를 가만 내버려 두라고. 하지만 내가 영국을 떠난 순간부터 — 아니, 훨씬 전, 내가 교도소에 들어가자마자 — 어떤 바보 같은 녀석이 뒤처리를 한 게 분명해. 빚을 갚아 주고, 식료품 가게 주인과 합의하고, 집주인한테 밀린 방세를 치르고, 무엇보다도 리즈 문제를 해결했어. 그건 미친 짓이고, 생각도 못 한 짓이야. 도대체 무슨 목적으로 그랬을까? 피들러를 죽이려고? 자기네 첩보원을 죽이려고? 자신들의 공작을 방해하려고? 스마일리 개인의 생각이었을까? 스마일리가 알량한 양심 때문에 저지른 짓일까? 이렇게 된 이상 내가 할 일은 한 가지뿐이야. 리즈와 피들러를 이 사건에서 떼어 놓고 나 혼자 책임을 지는 거지. 어쨌든 나는 정보부에서 쫓겨난 몸이 아닌가. 피들러를 구할 수 있다면, 그럴 수만 있다면 리즈도 무사히 벗어날 수 있어.

도대체 놈들은 어떻게 그렇게 많이 알아냈지? 그날 오후 스마일리의 집에 갈 때 절대로 미행당하지 않았다고 확신했는데. 그리고 돈 — 내가 본부에서 돈을 횡령했다는 이야기를 놈들은 어디서 어떻게 알아냈을까? 그건 오로지 내부용으로 꾸며 낸 이야기였는데…… 그런데 어떻게, 도대체 어떻게 알았을까?

그는 당혹감과 분노와 수치심에 사로잡혀, 교수대로 다가가는 사형수처럼 뻣뻣한 걸음걸이로 천천히 통로를 걸어갔다.

23
자백

「좋소, 카르덴.」

리머스의 얼굴은 창백하고 돌처럼 굳어 있었다. 뒤로 젖혀진 머리는 한쪽으로 조금 기울어져 있었다. 멀리서 나는 소리에 귀를 기울이고 있는 사람 같은 자세였다. 그의 태도는 무서울 만큼 평온했다. 그 평정은 체념이 아니라 자제에서 나오는 것이었다. 그래서 강철 같은 의지력이 그의 온몸을 움켜잡고 있는 듯이 보였다.

「좋소, 카르덴. 그 여자를 풀어 주시오.」

리즈는 그를 뚫어지게 바라보고 있었다. 그녀의 얼굴은 보기 흉하게 주름지고 검은 눈에는 눈물이 가득 고여 있었다.

「안 돼, 앨릭…… 안 돼.」 그녀가 말했다. 법정에 있는 다른 사람은 아무도 그녀의 눈에 들어오지 않았다. 병사처럼 꼿꼿이 서 있는 키 큰 리머스의 모습만이 보일 뿐이었다.

「말하지 마.」 그녀가 말했다. 목소리가 점점 높아졌다. 「무슨 말이든 나 때문에 하지는 마. 나는 아무렇지도 않아, 앨릭. 정말 괜찮아.」

「잠자코 있어, 리즈. 이젠 너무 늦었어.」

리머스가 어색하게 말하고는 의장 쪽으로 눈길을 돌렸다.

「이 여자는 아무것도 모릅니다. 아무것도…… 그러니까 여기서 데리고 나가서 귀국시키시오. 그러면 내가 다 말하겠소.」

의장은 리즈 양옆에 있는 사내들에게 잠깐 눈길을 던지고, 신중히 생각한 다음 말했다.

「법정에서는 나가도 좋소. 하지만 사문회가 끝날 때까지는 귀국할 수 없어요. 그 문제는 그때 가서 생각해 봅시다.」

「내가 말했잖소. 이 여자는 아무것도 모른다고.」 리머스가 소리를 질렀다. 「카르덴의 말이 맞아요. 그걸 모르겠소? 그건 공작이었소. 계획된 공작이란 말이오. 그런데 여자 따위가 어떻게 그걸 알 수 있겠소? 이 여자는 시시한 도서관에서 따분하게 일하고 있던 계집애에 지나지 않아요. 당신들한테는 아무 도움도 안 돼요!」

「그녀는 증인입니다.」 의장이 퉁명스럽게 말했다. 「피들러가 질문할 게 있다고 합니다.」

의장은 이제 피들러에게 〈동지〉라는 호칭도 붙이지 않았다.

이름이 불리자, 피들러는 몽상에 잠겨 있다가 깨어난 듯했다. 리즈는 그를 바라보았다. 피들러를 의식적으로 바라본 것은 그때가 처음이었다. 피들러의 짙은 갈색 눈동자가 잠깐 그녀에게 머물렀다. 그는 리즈의 인종을 알아차린 것처럼 가볍게 미소를 지었다. 그는 절망의 구렁텅이에 빠진 불쌍한 사람이었지만 기묘하게 느긋해 보인다고 리즈는 생각했다.

「저 여자는 아무것도 모릅니다.」 피들러가 말했다. 「리머스의 말이 맞습니다. 풀어 줍시다.」

그의 목소리는 지쳐 있었다.

「무슨 말을 하는지 알고 있소?」 의장이 물었다. 「그게 무엇을 의미하는지 알고 있겠지요? 증인에게 질문할 건 없소?」

「그 여자는 아는 것을 모두 말했습니다.」 피들러는 무릎 위에 두 손을 포개고, 그것이 법정의 소송 절차보다 더 흥미로운 것처럼 유심히 두 손을 살펴보고 있었다. 「아주 영리하게 해냈어요.」 그는 고개를 끄덕였다. 「풀어 줍시다. 아무리 캐물어도 자기가 모르는 것을 말할 수는 없습니다.」 피들러는 짐짓 형식적으로 덧붙였다. 「나는 이 증인에게 질문할 것이 없습니다.」

경비원이 문을 열고 바깥 복도를 향해 소리를 질렀다. 법정의 완전한 정적 속에서 한 여자의 대답 소리가 들리고, 천천히 다가오는 무거운 발소리가 들렸다. 피들러는 벌떡 일어났다. 그러고는 리즈의 팔을 잡고 문으로 데려갔다. 문에 이르자 리즈는 고개를 돌려 리머스를 돌아보았지만, 리머스는 피비린내 나는 광경을 차마 볼 수 없다는 듯이 그녀를 외면하고 있었다.

「영국으로 돌아가시오.」 피들러가 그녀에게 말했다. 「영국으로 돌아가는 겁니다.」

갑자기 리즈는 자제력을 잃고 흐느껴 울기 시작했다. 그러자 여자 교도관이 리즈의 어깨에 팔을 둘렀다. 그것은 위로하기 위해서라기보다 리즈가 쓰러지지 않도록 받쳐 주기 위해서였다. 여자 교도관이 리즈를 방에서 데리고 나가자 경비원이 문을 닫았다. 리즈의 울음소리가 점점 희미해지다가 이윽고 사라졌다.

리머스가 말하기 시작했다.

「더 이상 할 말은 별로 없소. 카르덴이 밝혔듯이, 그건 미리 짜고 한 짓이었소. 카를 리메크를 잃었을 때 우리는 공산권에서 사회적 지위를 갖춘 유일한 요원을 잃었소. 다른 요원들은 벌써 다 제거된 상태였지요. 우리는 그것을 도무지 이해할 수가 없었소. 문트는 우리가 첩자를 포섭하기도 전에 그들을 찾아내는 것 같았소. 나는 런던으로 돌아가서 관리관을 만났소. 피터 길럼과 조지 스마일리도 그 자리에 있었지요. 조지는 사실상 은퇴해서 문헌학인지 언어학인지를 연구하고 있었소.

어쨌든 그들이 이 공작을 생각해 냈소. 한 사람이 미끼가 되어서 제 발로 덫에 걸려들자. 관리관은 그렇게 말했소. 덫에 걸린 시늉을 하면서 상대가 미끼를 무는지 보자고. 그 후 우리는 철저히 계획을 세웠소. 이른바 거꾸로 거슬러 올라가는 방법이었지요. 스마일리는 그걸 〈귀납법〉이라고 불렀소. 만약 문트가 우리 공작원이라면 우리는 문트에게 어떻게 공작금을 지불했을까. 파일은 어떻게 보일까 등등. 피터는 1~2년 전에 어떤 아랍인이 동독 보위부의 내부 조직을 우리한테 팔려고 했지만 우리가 단호히 거절한 일을 기억해 냈소. 나중에 우리는 그게 실수였다는 것을 알았지요. 피터는 그 실수를 역이용하자고 제안했소. 우리가 이미 알고 있기 때문에 아랍인의 제의를 거절한 척하자고. 그건 아주 절묘한 착상이었소.

그다음은 짐작할 수 있을 거요. 나는 엉망으로 무너지는 체했소. 술에 절고 빚을 지고, 공금을 횡령하고…… 모두 앞뒤가 맞아떨어졌소. 소문을 퍼뜨리는 일은 경리과의 엘시가 맡았고, 그 밖에도 한두 명이 거들었소. 그들은 그 일을 아주 잘해 냈지요.」 리머스는 자랑스럽게 덧붙였다. 「나는 어느 날 아침을 골라 — 사람들이 모여드는 토요일 아침이었소 —

그 소동을 일으켰소. 사건은 지역 신문에 실렸고, 〈워커〉지에도 실렸을 거요. 그때쯤에는 당신들 눈에도 띄었겠지요. 그때부터…….」 리머스는 경멸하는 투로 덧붙였다. 「당신들은 스스로 무덤을 판 거요.」

「무덤은 당신 거요.」 문트가 조용히 말했다. 그는 생각에 잠긴 얼굴로 리머스를 쳐다보고 있었다. 그의 눈은 창백해 보일 만큼 색깔이 옅었다. 「그리고 아마 피들러 동지의 무덤이기도 하겠지.」

「피들러를 나무랄 수는 없어요.」 리머스가 말했다. 「피들러는 때마침 가장 좋은 위치에 있었을 뿐이오. 보위부 안에서 당신을 교수대로 보내고 싶어 하는 자는 피들러 한 사람이 아니오, 문트.」

「어쨌든 우리는 당신을 교수대로 보낼 거요.」 문트가 확신에 찬 목소리로 말했다. 「당신은 경비원을 죽였어. 그리고 나를 죽이려 했지.」

리머스는 메마른 웃음을 지었다.

「어둠 속에서는 모든 고양이가 비슷해 보이는 법이오, 문트. 스마일리는 일이 잘못될 수도 있다고 입버릇처럼 말했소. 우리 작전이 우리가 막을 수 없는 반작용을 일으킬 수도 있다고 말했지요. 스마일리는 신경 쇠약에 걸렸소. 그건 당신도 알고 있을 거요. 페넌 사건 이후로는 예전의 스마일리로 돌아가지 못했지요. 페넌 사건을 런던에서는 〈문트 사건〉이라고 부르고 있소. 그때 스마일리에게 무슨 일인가가 일어났소. 스마일리가 정보부를 떠난 건 그 때문이오. 내가 이해할 수 없는 건, 무엇 때문에 본부에서는 내 빚을 갚아 주고 여자를 돌봐 주었는가 하는 점이오. 일부러 공작을 망친 건 스마일리였을 거요. 틀림없소. 스마일리는 양심의 위기를 겪은 게 틀림없소. 사람을 죽이거나 하는 건 잘못이라고 생각했겠지요. 그 모든 준비를 마치고 사전 공작을 해놓았는데 이제 와서 그런 식으로 공작을 망치다니, 미친 짓이었소.

하지만 스마일리는 당신을 미워했소, 문트. 우리는 모두 당신을 미워했지. 입 밖에 내어 말하지는 않았지만 아마 그랬을 거요. 우리는 무슨 게임이라도 하는 것처럼 계획을 세웠소. 지금은 설명하기 어렵지만…… 우리는 막다른 골목에 몰린 것을 알았소. 지금까지 우리는 당신과의 대결에서 실패를 거듭했지만, 이제 당신을 죽이려고 애써 볼 작정이었소. 하지만 그건 여전히 게임이었소.」

그는 사문위원들 쪽으로 돌아섰다.

「피들러에 대해서는 당신들이 잘못 생각했소. 피들러는 우리 편이 아니오. 런던이 무엇 때문에 피들러 같은 지위에 있는 사람을 끌어들여서 이런 위험에 뛰어들겠소? 런던이 피들러한테 기대를 걸었던 것은 사실이오. 그건 인정하겠소. 런던은 피들러가 문트를 미워한다는 것을 알고 있었소. 그건 누구나 다 아는 사실 아니오? 피들러는 유대인이잖소? 문트의 평판이 어떤지, 문트가 유대인을 어떻게 생각하는지는 당신들도 모두 알고 있을 거요.

여기서 분명히 말해 두겠소. 다른 사람은 아무도 말하지 않을 테니까, 내가 말하겠소. 문트는 피들러를 몹시 학대했소. 그 일이 진행되는 동안에도 줄곧 괴롭히고 조롱했소. 피들러가 유대인이라는 이유로 말이오. 문트가 어떤 인간인지는 당신들도 모두 알고 있소. 알면서도 문트가 일을 잘하기 때문에 참고 있는 거요. 하지만……」 리머스는 잠시 머뭇거리다가 말을 이었다. 「하지만…… 굳이 피들러의 목을 바구니에 넣지 않아도 이 일에는 충분히 많은 사람이 관련되었소. 분명히 말하지만 피들러는 나무랄 데 없는 사람이오……. 당신들 표현을 빌리자면, 〈사상이 건전하다〉고 하나요?」

그는 사문위원들을 바라보았다. 그들은 흔들리지 않는 차가운 눈으로 냉정하게, 거의 신기한 듯이 리머스를 바라보았다. 자기 자리로 돌아가서 짐짓 냉정하게 리머스의 말을 듣고 있던 피들러는 흐리멍덩한 눈빛으로 잠시 리머스를 쳐다보았다.

「이번 일을 망친 것은 당신 자신이오, 리머스. 그렇지 않소?」 피들러가 물었다. 「당신처럼 노련한 첩보원이 오랜 경력의 최후를 장식할 임무를 맡았는데, 여자와…… 당신 표현을 빌리자면…… 시시한 도서관에서 따분하게 일하고 있던 계집애와 사랑에 빠지고 말았으니…… 런던 본부에서는 알고 있었을 거요. 스마일리 혼자서는 그 일을 해낼 수 없었을 테니까.」 피들러는 문트를 돌아보았다. 「그런데 문트, 이상한 점이 하나 있어요. 그들은 당신이 리머스의 동태를 샅샅이 조사하리라는 것을 알고 있었을 거요. 리머스가 그런 생활을 한 건 그 때문이었지요. 하지만 나중에 그들은 식료품 가게 주인한테 돈을 보냈고, 밀린 방세를 내주었소. 여자를 위해 전세 계약을 맺기도 했지요. 그렇게 경험이 많은 사람들이 그렇게 어이없는 짓들을 하다니. 더욱 놀라운 일은…… 상대 남자가 빈털터리라고 믿고 있는 여자에게, 더구나 공산당원인 여자에게 천 파운드나 되는 돈을 준 거요. 스마일리의 양심 따위를 들먹일 필요는 없소. 런던이 그 일을 한 게 분명해요. 엄청난 모험이죠!」

리머스는 어깨를 으쓱하고 말했다.

「스마일리의 말이 옳았소. 우리는 반작용을 막을 수 없었소. 당신들이 나를 여기로 데려올 줄은 전혀 예상하지 못했소. 네덜란드는 예상했지만, 여기까지 올 줄은 몰랐소.」 리머스는 잠시 입을 다물고 있다가 다시 말을 이었다. 「그리고 당신들이 그 여자를 데려올 줄은 꿈에도 생각지 못했소. 나는 정말 바보였소.」

「하지만 문트는 바보가 아니었소.」 피들러가 재빨리 끼어들었다. 「문트는 무엇을 찾아야 할지 알고 있었지요. 여자가 증거를 제공하리라는 것도 알고 있었어요. 정말 빈틈없는 사람이라고 말할 수밖에 없소. 문트는 그 전세 계약에 대해서도 알고 있었소. 정말 놀라운 일이지요. 그걸 어떻게 알아낼 수 있었을까요. 그 여자는 아무한테도 말하지 않았는데. 나는 그 여자를 압니다. 이해할 수 있어요…… 그 여자는 아무한테도 말하려 하지 않았어요.」 피들러는 문트에게 눈길을 던졌다. 「그걸 어떻게 알아냈는지 말해 줄 수 있겠지요?」

문트는 망설였다. 너무 오래 망설인다고 리머스는 생각했다.

「그 여자의 기부금을 보고 알았네.」 문트가 말했다. 「한 달 전부터 그녀는 당에 내는 기부금을 매달 10실링이나 늘렸지. 그 이야기를 듣고, 어떻게 그런 여유가 생겼는지 조사토록 했는데, 그게 맞아든 걸세.」

「묘한 설명이군요.」 피들러가 냉정하게 대답했다.

침묵이 흘렀다.

이윽고 의장이 양옆에 앉은 두 동료를 힐끔 돌아보면서 말했다.

「사문회는 이제 최고회의에 제출할 보고서를 작성할 단계에 이른 것 같습니다.」 그녀는 작고 잔인한 눈을 피들러에게 돌리면서 덧붙였다. 「뭔가 더 할 말은 없소?」

피들러는 고개를 저었다. 그는 아직도 무언가를 즐기고 있는 것 같았다.

「그렇다면……」 의장이 말을 이었다. 「우리 세 위원이 합의한 내용을 발표하겠습니다. 피들러 동지를 해임합니다. 그의 지위에 대해서는 최고회의 징계 위원회가 결정할 것입니다.

리머스는 이미 구금되었습니다. 아시다시피 사문위원회는 집행 권한이 없습니다. 영국의 스파이인 동시에 살인범인 앨릭 리머스에 대해 어떤 조치를 취해야 할지는 검찰관이 문트 동지와 협력하여 검토할 것입니다.」

그녀는 리머스를 지나쳐 그 뒤에 있는 문트에게 눈길을 던졌다. 하지만 문트는 피들러를 바라보고 있었다. 교수대에 적당한 밧줄의 길이를 재고 있는 사형 집행인의 비정한 눈길로.

그 순간 리머스는 오랫동안 속아 온 사람이 갑자기 놀라운 명석함을 발휘하듯 이 무시무시한 계략의 전모를 알아차렸다.

24
인민위원

 리즈는 여자 교도관에게 등을 돌린 채 창가에 서 있었다. 창밖의 작은 마당을 멍하니 내다보면서, 저기는 아마도 죄수들이 운동하는 곳인 모양이라고 생각했다. 그녀가 지금 있는 곳은 누군가의 사무실이었다. 전화기 옆 탁자에는 음식이 놓여 있었지만 그녀는 손도 댈 수가 없었다. 가슴이 메슥거리고 몹시 피곤했다. 육체적으로 지쳐 있었다. 다리가 아프고, 얼굴은 울어서 피부가 땅기고 쓰라렸다. 몸이 더러워진 것 같아서 목욕을 하고 싶은 마음이 간절했다.
「왜 안 먹어요?」 여자가 다시 물었다. 「이제 다 끝났어요.」
그녀의 목소리에 동정심은 티끌만큼도 담겨 있지 않았다. 음식이 옆에 있는데 먹지 않는 것은 바보라고 생각하는 것 같았다.
「배고프지 않아요.」
여자 교도관은 어깨를 으쓱하고 말했다.
「먼 길을 가게 될지도 몰라요. 목적지에는 먹을 것이 별로 많지 않을 거예요.」
「무슨 소리를 하는 거예요?」

「영국에서는 노동자들이 굶주리고 있어요.」 그녀는 만족스러운 듯이 선언했다. 「자본가들이 노동자를 굶주리게 하고 있죠.」

리즈는 무언가 대꾸하려고 생각했지만, 그래 봤자 아무 의미도 없을 것 같았다. 게다가 리즈는 알고 싶었다. 알아야 했다. 이 여자는 말해 줄 수 있을 것이다.

「여기는 어디죠?」

「몰라요?」 여자 교도관은 소리 내어 웃었다. 「저기 있는 저 사람들한테 물어봐요.」 그녀는 창문 쪽을 턱짓으로 가리켰다. 「저 사람들은 저게 뭔지 말해 줄 수 있을 거예요.」

「저 사람들은 누구예요?」

「죄수들.」

「어떤 죄를 지었는데요?」

「반역죄.」 그녀는 서슴없이 대답했다. 「스파이. 선동자.」

「저 사람들이 스파이라는 걸 어떻게 알죠?」

「당은 알아요. 당은 인민에 대해 모르는 게 없어요. 인민이 자신에 대해 아는 것보다 더 많이 알고 있죠. 그런 이야기를 들어 본 적이 없나요?」 여자 교도관은 리즈를 쳐다보고는 고개를 저으면서 말했다. 「영국 놈들! 부자들은 당신네 미래를 먹어 버렸고, 당신네 가난뱅이들은 그들에게 먹을 것을 제공하고 있는 셈이죠. 그게 영국 사람들한테 일어난 일이에요.」

「누가 그래요?」

여자는 빙긋 웃기만 할 뿐 아무 말도 하지 않았다. 그녀는 자신이 한 말에 만족해하는 듯했다.

「그럼 여기는 스파이를 잡아 두는 감옥인가요?」 리즈가 끈질기게 물었다.

「사회주의의 현실을 인정하지 못하는 사람들. 자기는 잘못을 저지를 권리가 있다고 생각하는 사람들. 역사의 진행을 늦추려고 애쓰는 사람들. 한마디로 반역자들의 감옥이죠.」 그녀는 짤막하게 결론지었다.

「그들이 무슨 짓을 했는데요?」

「개인주의를 타파하지 않고는 공산주의를 건설할 수 없어요. 돼지가 우리를 지은 자리에 큰 건물을 세울 수 없는 것과 마찬가지예요.」

리즈는 놀라서 그녀를 바라보았다.

「그런 이야기는 누구한테 들었어요?」

「나는 이래 봬도 이곳 인민위원이에요.」 그녀가 자랑스럽게 말했다. 「이 감옥이 내가 일하는 곳이죠.」

「정말 똑똑한가 보군요.」 리즈는 그녀에게 다가가면서 말했다.

「나는 노동자예요.」 여자가 쌀쌀하게 대꾸했다. 「두뇌 노동자가 더 높은 범주에 속한다는 생각은 타파해야 돼요. 노동자를 분류하는 범주 따위는 존재하지 않아요. 오직 노동자가 있을 뿐이죠. 육체노동과 정신노동 사이에는 어떤 안티테제도 없어요. 레닌의 글을 읽어 본 적이 없나요?」

「그럼 이 감옥에 갇혀 있는 사람들은 모두 지식인인가요?」

여자는 빙긋 웃으면서 말했다.

「그렇다고 할 수 있죠. 진보주의자를 자처하고 있는 반동주의자들. 저들은 국가에 맞서서 개인을 옹호해요. 흐루쇼프가 헝가리에서 일어난 반혁명 사태에 대해 뭐라고 했는지 알고 있나요?」

리즈는 고개를 저었다. 그녀는 흥미를 보일 필요가 있었다. 여자한테 자꾸 말을 시켜야 하기 때문이다.

「그는 이렇게 말했어요. 작가 두어 명을 제때에 총살했다면 그런 일은 결코 일어나지 않았을 거라고.」

「이번 사건에서는 누가 총살을 당하게 될까요?」 리즈는 재빨리 덧붙였다. 「재판이 끝난 뒤에 말이에요.」

「리머스죠.」 여자는 퉁명스럽게 대답했다. 「그리고 유대인 피들러.」

리즈는 쓰러질 것 같았다. 하지만 마침 손이 의자 등받이에 닿았다. 리즈는 간신히 의자에 앉았다.

「리머스가 무슨 짓을 했는데요?」 그녀는 작은 목소리로 물었다.

여자는 작고 교활한 눈으로 리즈를 바라보았다. 여자는 덩치가 아주 컸다. 숱이 적은 머리를 뒤로 말끔히 빗어 넘겨 굵은 목덜미에 쪽을 찌고 있었다. 얼굴은 투박했고 핏기가 없이 창백했다.

「경비원을 죽였어요.」 그녀가 말했다.

「왜요?」

여자는 어깨를 으쓱했다.

「그리고 유대인은…… 충성스러운 동지를 고발했지요.」

「설마 그런 이유로 피들러를 총살할까요?」 리즈는 믿을 수 없다는 듯이 물었다.

「유대인은 모두 똑같아요.」 여자가 말했다. 「문트 동지는 유대인들을 어떻게 다루어야 하는지 알고 있죠. 유대인 따위는 우리 나라에 필요 없어요. 유대인들은 당에 입당하면 당을 자기네 것으로 생각해요. 가입하지 않은 녀석들은 당이 자신들을 해칠 음모를 꾸미고 있다고 생각하죠. 리머스와 피들러는 문트를 몰아낼 음모를 꾸몄대요. 저걸 먹을 건가요?」

그녀는 책상 위의 음식을 가리키며 물었다. 리즈는 고개를 저었다.

「그럼 내가 먹을까.」 그녀는 애써 내키지 않는 체하면서 말했다. 「감자도 있군. 주방에 당신 애인이라도 있나?」

그녀는 유쾌하게 농담을 했고, 음식을 말끔히 먹어 치울 때까지 계속 좋은 기분을 유지했다.

리즈는 다시 창가로 돌아갔다.

리즈의 심란한 마음속에서, 수치심과 슬픔과 두려움이 뒤섞인 혼란 속에서 가장 우위를 차지한 것은 리머스에 대한 꺼림칙한 기억이었다. 법정에서 마지막으로 보았을 때, 그녀를 외면한 채 의자에 뻣뻣하게 앉아 있던 모습이 자꾸만 떠올랐다. 그녀는 그를 파멸시켰고, 그는 죽기 전에 감히 그녀를 보려고 하지 않았다. 그의 얼굴에 새겨진 경멸과 두려움을 그녀에게 보이고 싶지 않았기 때문이다.

하지만 그녀가 달리 어떻게 할 수 있었겠는가? 리머스는 자신이 무슨 일을 해야 하는지를 말해 주지 않았다. 지금도 리즈는 그가 무슨 일을 했는지 잘 알지 못했다. 리머스가 그것을 말해 주기만 했다면 리즈는 그에게 유리한 거짓말을 하여 그들을 속였을 것이다. 어떤 짓도 마다하지 않았을 것이다! 그는 분명 그것을 이해하고 있었고, 리즈에 대해서도 잘 알고 있었다. 결국에는 그녀가 그의 뜻대로 하리라는 것을. 할 수만 있다면 그의 모습과 본질, 그의 의지와 생활, 그의 이미지와 고통까지도 모두 똑같이 겪으려 한다는 것을. 그렇게 할 수 있는 기회를 얻는 것밖에는 아무것도 바라지 않는다는 것을. 하지만 그가 말해 주지 않았는데, 베일에 싸인 그 교활한 질문에 어떻게 대답해야 할지 그녀가 어떻게 알 수 있었겠는가? 그녀가 초래한 파멸에는 끝이 없는 것 같았다. 그녀의 마음은 열병에 걸린 것처럼 들뜬 상태였지만, 어릴 적 기억 — 걸음을 내디딜 때마다 수천 마리의 미생물이 발에 밟혀 죽는다는 것을 알고 충격을 받은 기억이 되살아났다. 지금 그녀는 거짓말을 했든 진실을 말했든, 또는 묵비권을 행사했든, 한 사람을 파멸시킬 수밖에 없었다. 아니, 한 사람 더 있다. 그녀를 친절하게 대해 주고, 그녀의 팔을 잡고 영국으로 돌아가라고 말해 준 사람. 그 유대인 피들러도 총살당하게 될 것이다. 여자 교도관이 그렇게 말했다. 피들러는 왜 죽어야 할까? 그녀를 심문하던 늙은이나, 맨 앞줄의 군인 둘 사이에 끼어 앉아 있던 금발의 남자가 죽으면 왜 안 되는 걸까? 그녀가 바라볼 때마다 언제나 미소를 지으며 바라보던 남자. 매끄러운 금발과 매끄러운 얼굴. 그 얼굴은 모든 것이 농담이라도 되는 양 히죽히죽 웃고 있었다. 리머스와 피들러가 같은 편이라는 것이 그녀에게는 위안이 되었다. 그녀는 다시 여자 교도관을 돌아보며 물었다.

「우리는 왜 여기서 기다리고 있는 거죠?」

여자 교도관은 접시를 옆으로 밀쳐놓고 일어섰다.

「명령이니까.」그녀가 대답했다.「당신이 계속 머물러 있어야 할지 어떨지를 의논하고 있는 중이에요.」

「머물러 있다니요?」리즈는 멍하니 되물었다.

「증언해야 할 문제가 있나 봐요. 피들러도 재판을 받을지 몰라요. 아까도 말했지만, 피들러는 리머스와 공모했다는 혐의를 받고 있어요.」

「하지만 무슨 음모죠? 어떻게 영국에서 음모를 꾸밀 수 있죠? 리머스는 어떻게 여기 왔죠? 리머스는 당원이 아니에요.」

여자 교도관은 고개를 저었다.

「그건 비밀이에요. 최고회의만이 알고 있죠. 아마 그 유대인이 리머스를 데려왔을 거예요.」

「하지만 당신도 알고 있죠?」 리즈는 약간 알랑거리는 목소리로 물었다. 「당신은 이 감옥의 인민위원이잖아요. 그 사람들도 당신에게만은 말했을 거예요.」

「그럴지도 모르죠.」 여자는 우쭐한 듯이 대답했다. 「하지만 그건 절대 비밀이에요.」

전화벨이 울렸다. 여자는 수화기를 들고 귀를 기울였다. 잠시 후 그녀는 리즈를 힐끗 바라보았다.

「알았습니다, 동지. 당장 조치하겠습니다.」 그녀는 수화기를 내려놓았다. 그러고는 리즈에게 퉁명스럽게 말했다. 「당신은 여기 머물러 있어야 해요. 최고회의가 피들러를 재판에 붙이기로 한 모양이에요. 그때까지 당신은 여기 남아 있어야 돼요. 그건 문트 동지의 요청이에요.」

「문트가 누구죠?」

여자는 교활한 표정을 지으며 고쳐 말했다.

「그건 최고회의의 요청이에요.」

「나는 여기 머물러 있고 싶지 않아요. 내가 바라는 건……」

「당은 우리에 대해 우리 자신보다 더 많이 알고 있어요. 당신은 여기 남아 있어야 돼요, 그건 당의 요청이에요.」

「문트가 누구죠?」 리즈는 다시 물었지만, 여자 교도관은 여전히 대답하지 않았다.

리즈는 천천히 여자를 따라 끝없이 긴 복도를 걸어갔다.

보초들이 배치되어 있는 창살문을 지나고, 아무 소리도 새어 나오지 않는 철문을 지나고, 끝없이 긴 계단을 내려가 지하 깊은 곳에 있는 안마당을 가로질렀다. 리즈는 지옥의 중심부로 내려간 듯한 기분이 들 정도였다. 리머스가 죽어도 그녀한테 알려 줄 사람은 아무도 없을 것 같았다.

몇 시인지는 모르겠으나, 감방 바깥 복도에서 발소리가 났다. 오후 5시일 수도 있고, 한밤중일 수도 있었다. 그녀는 깨어 있었다. 소리가 나기를 기다리며 칠흑 같은 어둠 속을 멍하니 노려보고 있었다. 정적이 그렇게 무서울 수 있다는 것은 상상해 본 적도 없었다. 한번은 소리를 질러 보았지만, 메아리도 없고 아무것도 없었다. 있는 것은 제 목소리의 기억뿐이었다. 그녀는 바위를 때리는 주먹처럼 소리가 단단한 어둠에 부딪쳐 부서지는 광경을 마음에 떠올렸다. 그녀는 침대에 앉아 두 손을 내저었다. 물속을 손으로 더듬으며 나아가고 있는 느낌이었다. 어둠이 손을 무겁게 만든 것 같았다. 그녀는 감방이 작다는 것을 알았다. 감방에는 그녀가 앉아 있는 침대, 수도꼭지가 없는 세면기, 조잡한 탁자가 하나 있었다. 그녀는 처음 감방에 들어왔을 때 그것을 보았다. 그때 불이 꺼졌고, 그녀는 침대가 있는 곳으로 무턱대고 달려가다가 침대에 정강이를 부딪쳤다. 그 후 공포에 떨면서 줄곧 침대에 남아 있었다. 밖에서 발소리가 들리고 그녀의 감방 문이 갑자기 벌컥 열릴 때까지.

그녀는 복도에 켜진 연푸른 불빛을 배경으로 그의 검은 윤곽밖에 분간할 수 없었지만, 당장 그를 알아보았다. 군살 하나 없는 날렵한 몸매, 깨끗한 뺨의 윤곽, 짧은 금발이 뒤쪽에서 비치는 불빛과 경계를 이루고 있었다.

「나는 문트요. 함께 갑시다. 지금 당장.」 그의 목소리에는 경멸이 담겨 있었지만, 남이 엿듣는 것을 바라지 않는 것처럼 낮게 억제된 목소리였다.

리즈는 갑자기 무서워졌다. 문트는 유대인을 어떻게 다루어야 하는지 알고 있다고 한 여자 교도관의 말이 생각났다. 그녀는 어떻게 해야 좋을지 몰라서, 침대 옆에 선 채 그를 바라보고 있었다.

「서두르시오. 바보 같은 여자로군.」 문트는 앞으로 나와서 그녀의 손목을 움켜잡았다. 「빨리 와요.」

그녀는 복도로 질질 끌려 나갔다. 그리고 문트가 그녀의 감방 문을 열쇠로 다시 잠그는 것을 어리둥절한 눈으로 지켜보았다. 그는 거칠게 그녀의 팔을 잡고 첫 번째 복도를 재빨리 지나갔다. 반은 뛰고 반은 걸었다. 그녀는 멀리서 공기 조절 장치가 웅웅거리는 소리를 들을 수 있었다. 이따금 그들이 지나가는 복도와 교차되는 통로에서 사람의 기척이 들리곤 했다. 그럴 때면 문트는 걸음을 멈추거나 심지어 뒷걸음질로 물러나기도 했다. 문트는 조심스럽게 앞으로 나가서 다른 통로를 살피고, 아무도 오지 않는 것을 확인한 뒤에야 비로소 그녀에게 다시 걸으라는 신호를 보내곤 했다. 문트는 그녀가 신호에 따를 거라고, 그녀가 그 이유를 알고 있을 거라고 생각하는 듯했다. 그는 그녀를 마치 공범자로 취급하는 것 같았다.

갑자기 그가 걸음을 멈추었다. 그러고는 낡은 철문의 열쇠 구멍에 열쇠를 집어넣었다. 그녀는 겁에 질린 기분으로 가만히 기다렸다. 그가 문을 바깥쪽으로 거칠게 밀었다. 겨울밤의 차갑고 달콤한 공기가 그녀의 얼굴을 스쳤다. 그가 다시 그녀에게 손짓을 했다. 여전히 다급한 몸짓이었다. 그녀는 그를 따라 계단을 두어 걸음 내려갔다. 계단 아래는 황량한 텃밭을 가로지르는 자갈길이었다.

그들은 자갈길을 따라 정교한 고딕식 문에 이르렀다. 문 너머에는 도로가 있었다. 문간에 자동차 한 대가 서 있고, 차 옆에는 앨릭 리머스가 서 있었다.

그녀가 앞으로 나아가려 하자 문트가 붙잡았다.
「가볍게 굴지 말고, 여기서 기다려요.」
문트는 혼자 앞으로 나아갔다. 두 남자는 나란히 서서 조용히 이야기를 나누었다. 그것을 지켜보는 리즈에게는 그 시간이 영원처럼 길게 느껴졌다. 그녀의 심장은 미친 듯이 뛰고, 추위와 공포로 온몸이 부들부들 떨렸다. 마침내 문트가 돌아왔다.

「따라와요.」 그는 리머스가 서 있는 곳으로 그녀를 데려갔다. 두 남자는 잠시 서로를 바라보았다.

「잘 가시오.」 문트가 퉁명스럽게 말했다. 「당신은 바보요, 리머스.」 그가 덧붙여 말했다. 「이 여자는 쓰레기요. 피들러처럼.」

그는 더 이상 말하지 않고 돌아서서 어둠 속으로 재빨리 사라졌다.

그녀는 손을 뻗어 그를 만졌다. 그는 몸을 반쯤 돌려 그 손을 뿌리쳤다. 그러고는 자동차 문을 열고, 어서 타라고 고갯짓을 했지만, 그녀는 망설였다.

「앨릭. 앨릭, 당신 어떻게 된 거야? 왜 문트가 당신을 풀어 준 거야?」

「조용히 해!」 리머스가 작은 목소리로 말했다. 「거기에 대해서는 생각지도 마. 알았지? 어서 타.」

「그 사람이 피들러에 대해서 뭐라고 말했어? 앨릭, 그 사람이 왜 우리를 풀어 주는 거야?」

「그건 우리가 임무를 끝냈기 때문이야. 어서 차에 타! 빨리!」

심상치 않은 그의 의지에 떠밀려 그녀는 차에 타고 문을 닫았다. 리머스는 그녀 옆 자리에 올라탔다.

「그 사람과 무슨 거래를 한 거야?」 그녀는 끈질기게 물었다. 의혹과 두려움이 목소리에 뚜렷이 드러났다. 「그들은 당신과 피들러가 공모해서 문트를 파멸시키려 했다고 말했어. 그런데 왜 문트가 당신을 풀어 주는 거지?」

리머스는 시동을 걸었다. 그러자 자동차는 좁은 길을 따라 빠른 속도로 달리기 시작했다. 길 양쪽은 황량한 들판이었다. 멀리서 검은빛의 단조로운 언덕들이 점점 짙어지는 어둠과 어우러지고 있었다. 리머스가 손목시계를 보았다.

「베를린까지 다섯 시간 걸려. 1시 15분 전까지 쾨페니크에 도착해야 돼. 그건 어렵지 않을 거야.」

한동안 리즈는 아무 말도 하지 않았다. 앞 유리창을 통해 텅 빈 길을 내다보면서, 반쯤 정리된 머릿속에서 이것저것 생각하고 있었다. 보름달이 떠올랐다. 공중에 떠도는 서리가 들판을 가로지르는 긴 장막을 이루었다. 자동차는 고속도로에 들어섰다.

이윽고 그녀가 입을 열었다.

「앨릭, 내가 당신 마음에 걸렸어? 그래서 나를 풀어 주도록 문트에게 부탁했어?」

리머스는 아무 말도 하지 않았다.

「당신과 문트는 적이잖아?」

여전히 그는 아무 말도 하지 않았다. 이제 그는 빠른 속도로 차를 몰고 있었다. 속도계 바늘이 120킬로미터를 가리키고 있었다. 고속도로는 지면이 울퉁불퉁하고 곰보처럼 구멍 투성이였다. 리즈는 그가 상향등을 켠 것을 알아차렸다. 다른 차선에 마주 오는 차가 있어도 그는 불빛을 아래로 내리지 않았다. 그는 팔꿈치가 핸들에 닿을 만큼 앞으로 몸을 기울이고 거칠게 운전했다.

「피들러는 어떻게 될까?」 리즈가 갑자기 물었다.

이번에는 리머스도 대답했다.

「총살당하겠지.」

「그런데 당신은 왜 총살당하지 않았어?」 리즈가 얼른 말을 이었다. 「사람들은 당신이 피들러와 짜고 문트를 파멸시킬 음모를 꾸몄다고 했어. 경호원도 죽였다면서. 그런데 왜 문트가 당신을 풀어 주었지?」

「좋아!」 리머스가 갑자기 소리쳤다. 「듣고 싶다면 말해 주지. 당신은 절대로, 절대로 알 수 없었던 것, 당신도 모르고 나도 몰랐던 것을 말해 주지. 문트는 런던의 첩자야. 런던의 공작원이지. 그는 영국에 있는 동안 정보부에 매수당했어. 지금 우리는 문트를 구하기 위한 더럽고 비열한 공작이 비열하게 끝나는 것을 목격하고 있어. 동독 보위부 내에서 그 교활한 유대인이 진상을 눈치채기 시작했기 때문에 그 위험으로부터 문트를 구하는 것이 이번 작전의 목적이었지. 런던은 우리를 이용해서 그 유대인을 죽이게 한 거야. 이젠 알겠지? 우리는 둘 다 가엾은 존재야.」

25
장벽

「그랬구나.」 그녀가 말했다. 「그렇다면 내 역할은 뭐였어?」 목소리가 너무 차분해서 사무적으로 들렸다.

「나도 내가 아는 것과 우리가 떠나기 전에 문트한테 들은 것을 토대로 추측만 할 수 있을 뿐이야. 피들러가 문트를 의심하기 시작했어. 문트가 영국에서 돌아온 뒤부터 줄곧 의심을 품었지. 문트를 이중 스파이라고 생각한 거야. 물론 그것은 문트를 싫어했기 때문이기도 해. 싫어한 것도 당연하지. 하지만 그의 생각이 옳았어. 문트는 런던의 첩자였으니까. 문트도 그런 사실을 알았지만, 그 혼자서 제거하기에는 피들러가 너무 강력했어. 그래서 문트를 대신해서 런던이 그 일을 맡기로 결정한 거야. 나는 그들이 어떻게 계획을 세우는지 알 수 있어. 그들은 격식을 아주 중시하지. 그들이 멋진 클럽에서 난로를 둘러싸고 앉아 있는 장면이 눈에 보여. 피들러를 제거하는 것만으로는 소용이 없다는 걸 알았겠지. 피들러가 친구들한테 말했을지도 모르고, 고발 내용을 공표했을지도 모르니까. 그래서 런던은 피들러가 아니라 문트에 대한 〈의혹〉 자체를 뿌리 뽑아야 했지. 공개적인 명예 회복, 그게 바로 런던이 문트를 위해서 준비한 거였어.」

그는 트럭과 트레일러를 추월하려고 왼쪽 차선으로 들어섰다. 그때 트럭이 느닷없이 앞으로 끼어들었기 때문에, 그는 왼쪽의 방호벽에 충돌하지 않도록 울퉁불퉁한 길에서 난폭하게 브레이크를 밟아야 했다.

「나는 문트를 모함하라는 명령을 받았지. 문트를 죽여야 한다고. 나는 투지에 불탔어. 그게 내 마지막 임무가 될 테니까. 그래서 나는 씨를 뿌리러 갔고, 식료품 가게 주인을 때렸어…… 당신도 알고 있겠지만.」

「그래서 연애도 한 거야?」 그녀가 조용히 물었다.

리머스는 고개를 저었다.

「그러나 문제는 문트가 그것을 다 알고 있었다는 점이야. 계획을 미리 알고 있었지. 문트는 내가 걸려들게 했어. 그건 문트와 피들러가 한 짓이야. 그런 다음 문트는 피들러가 나를 떠맡도록 내버려 두었지. 결국에는 피들러가 제 목에 올가미를 감으리라는 걸 알고 있었으니까. 내 임무는 그들이 문트를 영국 첩자로 생각하게 하는 것, 말하자면 사실을 사실로 생각하게 하는 것이었지.」 그는 잠시 머뭇거렸다. 「그리고 당신 역할은 내 신용을 떨어뜨려, 내 증언을 뒤엎는 것이었어. 피들러는 총살당하고, 문트는 구조되어 파시스트의 음모에서 구출되었어. 잃었던 사랑이 되돌아오면 그 반동으로 더욱 사랑하게 되는 것이 오래된 사랑의 법칙이지.」

「하지만 그들이 나에 대해 어떻게 알 수 있었을까? 우리가 만나리라는 걸 어떻게 알 수 있었지?」 리즈가 소리쳤다. 「그들은 사람들이 언제 사랑에 빠질지도 알 수 있나?」

「그건 중요하지 않았어. 문제는 거기에 달려 있지 않았어.

그들이 당신을 선택한 건 당신이 젊고 예쁘고 당원이었기 때문이야. 그들이 초청장을 보내면 당신이 독일에 오리라는 것을 알고 있었기 때문이야. 직업 안정소의 그 피트라는 남자가 나를 거기로 보냈어. 그들은 내가 도서관에서 일하리라는 것을 알고 있었지. 피트는 전쟁 때 정보부에 있었고, 그들이 피트를 매수한 것 같아. 그들은 당신과 나를 접촉시키기만 하면 되었지. 단 하루라도 상관없었어. 그러면 나중에 그들은 그것을 구실 삼아 당신을 찾아갈 수 있고, 돈을 보낼 수 있고, 우리 사이에 연애 관계가 없어도 있는 것처럼 보이게 할 수 있으니까. 그걸 모르겠어? 우리가 서로 열중해 있는 것처럼 보이게 하는 거야. 우리를 만나게 한 뒤 마치 내가 부탁한 것처럼 당신한테 돈을 보내는 거였어. 그런데 실제로 우리가 사랑에 빠졌기 때문에 그들은 아주 쉽게……」

「그래. 우리는 사랑에 빠졌지.」 리즈가 덧붙여 말했다. 「기분이 더럽네. 종마 앞에 끌려간 느낌이야.」

리머스는 아무 말도 하지 않았다.

리즈가 말을 이었다.

「그게 당신네 정보부의 양심을 편하게 해주었어? 아무나가 아니라 당원인 누군가를…… 이용하는 게?」

「그럴지도 모르지. 사실 그들은 그런 식으로 생각지 않아. 그건 작전상의 편의였을 뿐이야.」

「나는 그 감옥에 계속 갇혀 있었어야 했어. 그렇지? 문트도 그걸 원하지 않았어? 그로서는 위험을 무릅쓸 필요가 없었을 테니까. 나는 너무 많은 것을 듣고, 너무 많은 것을 짐작했을지 몰라. 결국 피들러는 죄가 없었구나? 그런데도 유대인이라는 이유만으로…….」 그녀는 흥분하여 덧붙였.

「그건 별로 중요하지 않다는 거야?」

「제발 그만둬.」 리머스가 소리를 질렀다.

「아무리 그래도 문트가 나를 풀어 준 건 이상해. 당신과의 약속이라 해도.」 그녀는 조금 생각한 끝에 덧붙였다. 「이제 나는 위험인물일 텐데? 영국으로 돌아가면, 이 모든 것을 내가 알고 있는 당원들에게…… 문트가 나를 풀어 준 건 논리적으로 맞지 않아.」

「문트는 우리의 탈출을 동독 보위부에 피들러 일당이 남아 있다는 증거로 최고회의에 제시할 작정인 것 같아. 그러니까 잔당을 색출해야 한다고 주장하겠지.」

「또 다른 유대인들 말이야?」

「그렇게 함으로써 문트는 지위를 확고하게 다질 기회를 잡겠지.」 리머스는 무뚝뚝하게 말했다.

「무고한 사람들을 더 많이 죽여서? 당신은 그걸 별로 괴로워하는 것 같지 않네.」

「물론 나도 괴로워. 수치심과 분노 때문에 가슴이 메슥거려……. 하지만 나는 당신과는 다르게 성장했어. 나는 문제를 흑과 백으로 볼 수가 없어. 이 게임을 하는 사람들은 위험을 무릅쓰고 있어. 피들러는 게임에 졌고 문트는 이겼어. 런던이 이겼어. 그게 중요한 핵심이야. 물론 더럽고 비열한 공작이었지. 하지만 기대했던 성과를 올렸어. 그게 이 게임의 유일한 규칙이야.」

말하는 동안 목소리가 점점 커져서, 마지막에는 거의 고함을 지르고 있었다.

「당신은 자신을 납득시키려고 애쓰고 있어.」 리즈가 소리쳤다. 「그들은 사악한 짓을 했어. 어떻게 피들러를 죽일 수 있어? 피들러는 좋은 사람이었어, 앨릭. 나는 알아. 그리고 문트는……」

「도대체 뭘 불평하고 있는 거지?」 리머스가 거칠게 물었다. 「당신의 당도 늘 전쟁을 하고 있잖아? 대중을 위해 개인을 희생시킨다고 말하지. 사회주의의 현실은 밤낮으로 싸우는 것이다. 그 무자비한 전투. 그게 공산당이 말하는 거잖아? 적어도 당신은 살아남았어. 나는 공산주의자들이 인명의 고귀함을 역설했다는 말을 들어 본 적이 없어. 어쩌면 내가 잘못 생각했는지도 몰라.」 그는 빈정거리는 투로 덧붙였다. 「그래. 당신이 죽었을지도 모른다는 건 인정해. 그럴 가능성도 있었어. 문트는 사악한 돼지야. 당신을 살려 줄 필요가 전혀 없다고 생각했지. 문트는 당신에 대해 최선을 다하겠다고 약속했겠지만, 문트의 약속은 별로 믿을 게 못 돼. 그러니까 당신은 죽었을지도 몰라. 오늘이나 내년, 아니면 20년 뒤에 노동자의 낙원에 있는 감옥에서 죽었을지도 모르지. 그리고 나도 마찬가지야. 하지만 내가 기억하기에 공산당은 모든 계급을 파괴하는 것을 목표로 삼고 있는 것 같아. 아니면 내가 잘못 생각했나?」

그는 주머니에서 담뱃갑을 꺼내 성냥갑과 함께 담배 두 개비를 그녀에게 건네주었다. 담배에 불을 붙여 한 개비를 리머스에게 건네주는 그녀의 손가락이 파르르 떨리고 있었다.

「당신이 그 모든 것을 생각해 냈구나. 그렇지?」 리즈가 물었다.

「우리는 우연히 조건에 맞았던 것뿐이야.」 리머스는 고집스럽게 말했다. 「유감이야. 다른 사람들, 조건에 맞은 다른 사람들도 안됐어. 하지만 표현에 대해서는 불평하지 마. 그건 공산당의 표현이야. 작은 희생으로 큰 이익을 얻는다거나, 다수를 위해 한 사람을 희생시킨다는 따위 말이야. 희생자를 고르는 것, 계획안을 실제로 사람들한테 적용하는 것이 재미없다는 건 나도 알아.」

그녀는 어둠 속에서 귀를 기울이고 있었다. 한동안은 앞에서 사라져 가는 도로와 마음속의 저릿한 공포 이외에는 거의 아무것도 의식하지 못했다.

「하지만 그들은 내가 당신을 사랑하게 내버려 두었어요.」 마침내 그녀가 말했다. 「그리고 당신은 내가 당신을 믿고 사랑하도록 내버려 두었어.」

「그들은 우리를 이용했어.」 리머스는 무자비하게 대답했다. 「우리를 둘 다 속였어. 그럴 필요가 있었으니까. 그게 유일한 방법이었지. 피들러는 벌써 진상을 거의 다 파악한 상태였어. 그걸 모르겠어? 그대로 두었으면 문트는 체포되었을 거야.」

「당신은 어떻게 세상을 거꾸로 뒤집을 수 있어?」 리즈가 갑자기 외쳤다. 「피들러는 친절하고 좋은 사람이었어. 그는 자기 일을 하고 있었을 뿐인데, 당신이 그 사람을 죽였어. 문트는 첩자에다 반역자인데, 당신은 그런 사람을 보호하고 있어. 문트는 나치야. 그걸 알아? 문트는 유대인을 미워해. 당신은 어느 편이야? 대체 당신은 어떻게……?」

「이 게임에는 규칙이 하나뿐이야.」 리머스가 대꾸했다. 「문트는 영국 정보부 사람이야. 정보부가 요구하는 것을 제공하지. 아주 이해하기 쉽잖아? 레닌주의는 전략상의 일시적 동맹을 역설하지. 당신은 스파이를 뭐로 생각하는 거야? 스파이가 성직자나 성인이나 순교자라도 되는 줄 알아? 스파이는 허영심 많은 바보들의 한심한 행렬이야. 물론 반역자들이기도 하지. 동성애자, 사디스트, 술고래, 타락한 생활에 활기를 주려고 카우보이와 인디언 놀이를 하는 자들이야. 그들이 런던에 수도승처럼 앉아서 옳은 것과 그른 것을 비교하고 있는 줄 알아? 나도 할 수만 있다면 문트를 죽였을 거야. 나는 문트를 마음속 깊이 미워하고 있어. 하지만 지금은 안 돼. 공교롭게도 지금은 그들에게 문트가 필요하니까. 당신이 찬미하는 어리석은 대중들이 밤에 침대에서 단잠을 잘 수 있게 하려면 문트가 필요하니까. 당신과 나 같은 평범한 서민의 안전을 위해서는 문트가 필요하니까.」

「하지만 피들러는? 피들러에 대해서는 아무 감정도 느끼지 않아?」

「이건 전쟁이야. 가까운 거리에서 소규모로 치러지는 전쟁이기 때문에 생생하고 불쾌하지. 때로는 무고한 사람의 목숨을 희생해야 하는 경우도 있어. 그건 나도 인정해. 하지만 그건 아무것도 아니야. 다른 전쟁에 비하면 아무것도 아니야. 지난번 전쟁이나 앞으로 일어날 전쟁에 비하면.」

「맙소사.」 리즈는 낮은 소리로 말했다. 「당신은 모르는구나. 알고 싶어 하지도 않아. 당신은 자신을 납득시키려고 애쓰고 있어. 그들이 하고 있는 짓은 그보다 훨씬 무서워. 나처럼 이용할 수 있는 사람한테서 인간성을 찾아내어, 그것을 무기로 바꿔 남을 해치고 죽이는 데 이용⋯⋯.」

「그만!」 리머스가 소리쳤다. 「세상이 시작된 이래 인류가 해온 일이 그것 말고 또 뭐가 있지? 나는 아무것도 믿지 않아. 파괴나 무정부 상태도 좋게 생각지 않아. 나는 죽이는 데 넌더리가 나지만, 그들이 달리 어떻게 할 수 있겠어? 그들은 남을 개종시키지 않아. 설교단이나 당의 연단 위에 서서 평화를 위해, 하느님을 위해 싸우라고 말하지 않아. 그들은 설교자들이 서로 상대를 하늘 높이 날려 보내지 않도록 막으려고 애쓰는 가엾은 사람들이야.」

「아니야.」 리즈는 절망적으로 외쳤다. 「그들은 우리 모두보다 훨씬 사악해.」

「당신을 사랑했기 때문에? 떠돌이 노동자로 생각하고 동침해 준 당신과 동침했기 때문에?」 리머스는 잔인하게 물었다.

「경멸하기 때문에. 진실과 선의를 무시하고, 사랑을 무시하고……」

「그래.」 리머스는 갑자기 맥이 빠진 듯이 고개를 끄덕였다. 「그건 우리가 치르는 대가야. 하느님과 카를 마르크스를 똑같이 무시하는 것. 당신의 말뜻이 그거라면.」

「그러면 당신도 똑같은 사람이 돼. 문트나 그 밖의 사람들과 똑같아져…… 나는 왜 몰랐을까. 이용당하고 있다는 것을. 그들에게 그리고 당신에게. 당신은 그러거나 말거나 상관하지 않으니까. 피들러만은 나를 이용하지 않았어…… 하지만 나머지 사람들은 모두…… 나를…… 아무것도 아닌 것처럼…… 대가로 지불할 돈처럼 취급했어……. 당신들은 모두 똑같아, 앨릭.」

「리즈.」 그는 절망적으로 말했다. 「제발 나를 믿어 줘. 나는 그게 싫어. 다 싫어. 나는 지쳤어. 하지만 그게 세상이야. 인류는 미쳤어. 우리는 돈을 주고 살 수 있는 하찮은 물건에 지나지 않아……. 하지만 어디나 다 마찬가지야. 속은 사람, 잘못 인도된 사람, 헛되이 보낸 평생, 총살당한 사람, 감옥에 갇힌 사람, 아무 이유도 없이 통째로 말살당한 집단과 계층.

그리고 당신의 당은 분명 보통 사람들의 시체 위에 세워졌어. 당신은 나처럼 사람이 죽는 것을 본 적이 없겠지…….」

그가 말하는 동안 리즈는 우중충한 감옥 안마당을 생각해 냈다. 여자 교도관은 이렇게 말했다. 〈자기는 잘못을 저지를 권리가 있다고 생각하는 사람들, 역사의 진행을 늦추려고 애쓰는 사람들을 가두어 두는 감옥이죠.〉

리머스가 갑자기 긴장하여 유리창으로 앞을 내다보았다. 리즈는 헤드라이트 불빛으로 길가에 서 있는 사람을 알아보았다. 차가 접근하자 그는 작은 손전등을 깜박거렸다. 「저 사람이야.」 리머스가 중얼거리고는 헤드라이트와 시동을 껐다. 차는 달려온 관성으로 소리 없이 앞으로 나아갔다. 차가 멈추자, 리머스는 뒤로 손을 뻗어 뒷문을 열었다.

남자가 차에 올라탔으나 리즈는 돌아보지 않았다. 꼿꼿이 앞을 향해 앉아서 길에 내리는 빗줄기만 뚫어지게 바라보고 있었다.

「시속 30킬로미터로 달리세요.」 남자가 말했다. 잔뜩 긴장한 목소리였다. 「길은 내가 알려 드리지요. 목적지에 도착하면 당신들은 차에서 내려 장벽까지 곧장 달려가야 합니다. 서치라이트가 당신들이 기어 올라가야 할 지점을 비추고 있을 겁니다. 빛줄기가 이동하면 곧바로 장벽을 기어오르기 시작하세요. 장벽을 넘는 데 주어진 시간은 90초밖에 없어요. 당신이 먼저 올라가고…….」 그는 리머스에게 말했다. 「여자가 뒤따라 올라가세요. 장벽 아래쪽에는 쇠로 만든 발받침이 있습니다. 그다음에는 최대한 몸을 끌어 올려야 합니다. 당신이 장벽 위에 걸터앉아서 여자를 끌어 올려야 할 겁니다.

아시겠지요?」

「알겠소. 얼마나 더 가면 됩니까?」

「시속 30킬로미터로 달리면 9분 안에 도착할 겁니다. 서치라이트는 정확히 1시 5분에 장벽을 비추기 시작할 겁니다. 시간은 90초. 더 이상은 줄 수 없습니다.」

「90초가 지나면 어떻게 됩니까?」

「90초 이상은 안 됩니다.」 사내는 같은 말을 되풀이했다. 「그 이상은 위험합니다. 미리 지시를 받은 파견대는 하나뿐입니다. 그들은 당신이 서베를린으로 잠입하는 줄 알고 있습니다. 그들은 당신을 너무 쉽게 잠입시키지 말라는 지시를 받았지요. 90초면 충분할 겁니다.」

「그랬으면 좋겠군요.」 리머스는 차갑게 말했다. 「몇 시에 떠날 거요?」

「나는 파견대를 맡고 있는 중사와 시계를 맞추었습니다.」 사내가 대답했다. 뒷좌석에서 불이 잠깐 켜졌다가 다시 꺼졌다. 「지금 시각이 12시 48분입니다. 1시 5분 전에 떠나야 하니까 7분만 기다립시다.」

그들은 말없이 앉아 있었다. 자동차 지붕을 때리는 빗소리 밖에는 아무 소리도 들리지 않았다. 자갈길은 앞으로 곧게 뻗어 있었다. 음침한 가로등이 백 미터 간격으로 서 있었다. 주위에는 아무도 없었다. 부자연스러운 아크등 불빛이 머리 위의 하늘을 밝히고 있었다. 이따금 서치라이트 불빛이 머리 위에서 어른거리다가 사라졌다. 리머스는 왼쪽으로 멀리 떨어진 지평선 바로 위에서 화재의 반사광처럼 끊임없이 밝기가 변하는 불빛을 포착했다.

「저게 뭐요?」 그는 그쪽을 가리키면서 물었다.

「정보 서비스입니다. 빛을 이용해서 동베를린에 중요 뉴스를 보내고 있는 거지요.」

「그렇군.」 리머스는 중얼거렸다. 그들의 여행도 막바지에 이르러 있었다.

「되돌아갈 수는 없습니다.」 사내가 말을 이었다. 「그 말은 들었겠지요? 두 번째 기회는 없습니다.」

「알고 있소.」 리머스가 대답했다.

「일이 잘못돼도, 장벽에서 미끄러지거나 다쳐도 돌아오면 안 됩니다. 장벽 구역 안에서는 사람을 보자마자 사격할 겁니다. 어떻게 해서든 장벽을 넘어가야 합니다.」

「알고 있소.」 리머스는 같은 말을 되풀이했다. 「그 사람한테 들었소.」

「당신들은 차에서 내리는 순간부터 장벽 구역에 있는 겁니다.」

「알았으니 그만하시오.」 리머스는 퉁명스럽게 대꾸했다. 그리고 다시 덧붙였다. 「이 차는 당신이 몰고 갈 거요?」

「당신들이 내리자마자 내가 몰고 달아날 겁니다. 나도 위험하니까요.」 사내가 대답했다.

「그거 안됐군.」 리머스는 냉담하게 말했다.

다시 침묵이 흘렀다. 잠시 후 리머스가 물었다.

「총을 갖고 있소?」

「물론이지요.」 사내가 말했다. 「하지만 당신한테 줄 수는 없습니다. 당신한테 총을 주면 안 된다는 지시를 받았거든요……. 당신은 틀림없이 총을 달라고 하겠지만 절대로 주면 안 된다고.」

리머스는 조용히 웃으면서 말했다.

「그랬겠지.」

리머스가 시동을 걸었다. 거리를 가득 채우는 듯한 소음과 함께 차가 천천히 앞으로 움직였다.

그들이 3백 미터쯤 갔을 때, 사내가 흥분한 목소리로 속삭였다.

「여기서 오른쪽으로, 그리고 다시 왼쪽으로 가세요.」

그들은 좁은 옆길로 접어들었다. 비어 있는 시장 판매대가 양쪽에 즐비하게 늘어서 있어서, 차는 그 사이를 간신히 빠져나갔다.

「여기서 왼쪽으로!」

그들은 이번에는 두 채의 높은 건물 사이로 빠르게 좌회전하여 막다른 골목처럼 보이는 곳으로 들어갔다. 길을 가로지른 빨랫줄에 빨래가 널려 있었다. 리즈는 그 밑으로 지나갈 수 있을까 하고 걱정했다. 막다른 곳처럼 보이는 곳에 접근하자, 사내가 말했다.

「다시 왼쪽으로. 샛길을 따라가세요.」

리머스는 연석 위로 올라가 인도를 가로질렀다. 그들은 넓은 오솔길을 따라갔다. 왼쪽에는 군데군데 끊어진 울타리가 뻗어 있고, 오른쪽에는 창문이 없는 높은 건물이 서 있었다. 머리 위 어딘가에서 외침 소리가 들렸다. 여자 목소리였다. 리머스가 중얼거렸다. 「제발 입 닥쳐라!」 그가 직각으로 구부러진 길모퉁이를 서투르게 돌자마자 큰길이 나왔다.

「어느 쪽이오?」 리머스가 물었다.

「곧장 길을 건너세요. 약국 옆으로 — 약국과 우체국 사이로. 됐습니다!」

사내는 앞으로 몸을 완전히 내밀고 있어서, 그의 얼굴이 리머스와 리즈의 얼굴과 거의 평행이 될 정도였다. 그는 이제 리머스 옆으로 손을 뻗어 손가락 끝으로 앞 유리창을 누르면서 방향을 가리키고 있었다.

「뒤로 물러나요.」 리머스가 말했다. 「손을 치워요. 그런 식으로 손을 내저으면 내가 어떻게 앞을 볼 수 있겠소?」

그는 거칠게 기어를 1단으로 넣고 넓은 길을 빠른 속도로 가로질렀다. 왼쪽을 힐끔 돌아본 그는 3백 미터쯤 떨어진 곳에 브란덴부르크 문의 모습이 검게 떠올라 있고 그 발치에 군용 차량이 불길하게 모여 있는 것을 보고 깜짝 놀랐다.

「지금 어디로 가고 있는 거요?」 리머스가 갑자기 물었다.

「거의 다 왔습니다. 이제 천천히 가세요…… 왼쪽, 왼쪽, 왼쪽으로!」 사내가 외쳤다.

리머스는 아슬아슬한 순간에 핸들을 꺾었다. 그들은 좁은 아치 밑을 지나 안마당으로 들어갔다. 유리창의 절반은 사라졌거나 판자로 막혀 있었다. 문이 떨어져 나간 입구가 그들을 향해 눈에 보이지 않게 입을 벌리고 있었다. 마당 반대쪽 끝에 열린 문이 있었다.

「저 문을 지나가세요.」 사내가 어둠 속에서 작은 목소리로 다급하게 지시했다. 「문을 지나거든 오른쪽으로 핸들을 완전히 꺾으세요. 그러면 오른쪽에 가로등이 하나 보일 겁니다. 그 너머에 있는 가로등은 고장 났습니다. 두 번째 가로등에 이르면 시동을 끄고 소화전이 보일 때까지 타력(惰力)으로 나아가세요. 그 소화전이 목적지입니다.」

「도대체 왜 당신이 직접 운전하지 않는 거요?」

「당신한테 운전을 시키라는 지시를 받았어요. 그게 더 안전하답니다.」

그들은 문을 지나 오른쪽으로 돌았다. 그곳은 칠흑처럼 어둡고 좁은 도로였다.

「불을 꺼요!」

리머스는 자동차 불을 다 끄고 첫 번째 가로등을 향해 천천히 나아갔다. 앞쪽에 두 번째 가로등이 희미하게 보였다. 그 가로등은 꺼져 있었다. 리머스는 시동을 끄고 소리 없이 타력으로 두 번째 가로등을 지나갔다. 20미터쯤 앞에 소화전의 윤곽이 희미하게 나타났다. 리머스가 브레이크를 밟아서 차를 세웠다.

「여기가 어디요?」 리머스가 작은 목소리로 물었다. 「아까 지나온 곳은 레닌 가(街)지요?.」

「그라이프스발더 가예요. 그 후 북쪽으로 구부러졌지요. 여기는 베르나우어 가 북쪽입니다.」

「그럼 판코프(동베를린의 관청가)요?」

「그 근처예요. 보세요.」 사내는 왼쪽의 샛길을 가리켰다.

길 끝에 희미한 아크등 불빛을 받은 회갈색 장벽이 도로 너비만큼만 보였다. 장벽 위에 세 가닥으로 꼰 철조망이 뻗어 있었다.

「여자가 저 철조망을 어떻게 넘지요?」

「당신들이 넘어갈 곳은 철조망을 미리 끊어 놓았습니다. 그 자리에 작은 틈이 있을 거예요. 장벽까지 가는 데 주어진 시간은 1분입니다. 그럼 안녕히 가세요.」

세 사람은 차에서 내렸다. 리머스는 리즈의 팔을 잡았다. 리즈는 다치기라도 한 듯 움찔하며 그에게서 몸을 떼었다.

「안녕히 가세요.」 독일인이 다시 말했다.

리머스는 낮은 목소리로 말했다.

「우리가 장벽을 다 넘을 때까지는 차를 움직이지 말아 주시오.」

리즈는 희미한 불빛 속에서 잠시 독일인을 쳐다보았다. 불안에 싸인 젊은 얼굴, 용기를 내려고 애쓰는 소년의 얼굴이라는 느낌이 들었다.

「잘 가요.」 리즈가 말했다. 그러고는 리머스에게 잡힌 팔을 빼고 리머스를 따라 길을 건너 장벽 쪽으로 뻗어 있는 좁은 샛길로 들어갔다.

그들이 샛길에 들어갔을 때, 뒤에서 차가 출발하는 소리가 들렸다. 차는 방향을 돌려, 방금 왔던 길로 쏜살같이 달려가 버렸다.

「교수형이나 당해라, 개새끼야.」 리머스는 멀어져 가는 차를 힐끔 돌아보면서 중얼거렸다.

리즈는 그의 말을 듣고 있지 않았다.

26
추운 바깥에서 들어오다

그들은 빨리 걸었다. 리머스는 그녀가 따라오고 있는지 확인하려고 이따금 어깨 너머로 뒤를 돌아보았다. 골목길 끝에 이르자 그는 걸음을 멈추고, 어두운 문간으로 들어가 손목시계를 들여다보았다.

「2분 남았어.」 그가 속삭였다.

그녀는 아무 말도 하지 않고, 눈앞의 장벽과 그 뒤에 솟아 있는 검은 폐허를 뚫어지게 바라보고 있었다.

「2분.」 리머스가 되풀이 말했다.

그들 앞에 너비가 30미터쯤 되는 빈 터가 있었다. 빈 터는 벽을 따라 양쪽으로 뻗어 있었다. 오른쪽으로 70미터쯤 떨어진 곳에 감시탑이 있었다. 감시탑의 서치라이트 불빛이 빈 터를 비추었다. 공중에 떠 있는 작은 빗방울 때문에 아크등 불빛이 부옇게 번져서 그 너머에 있는 세상을 가리고 있었다. 아무도 보이지 않고, 아무 소리도 들리지 않았다. 그곳은 텅 빈 무대였다.

감시탑의 서치라이트가 머뭇거리며 벽을 따라 그들 쪽으로 다가오기 시작했다. 불빛이 멈출 때마다 그들은 벽돌 하나하나를 볼 수 있었고, 벽돌 사이에 아무렇게나 서둘러 칠한 모르타르의 선을 볼 수 있었다. 그들이 지켜보는 동안, 서치라이트 불빛이 바로 그들 앞에 딱 멈추었다. 리머스는 손목시계를 들여다보았다.

「준비됐어?」 그가 물었다.

그녀는 고개를 끄덕였다.

그는 리즈의 팔을 잡고 일부러 빈 터를 가로질러 걸어가기 시작했다. 리즈는 뛰고 싶었지만, 그가 팔을 너무 꽉 잡고 있어서 달릴 수가 없었다. 그들은 이제 장벽까지 절반쯤 와 있었다. 반원형의 눈부신 빛이 그들을 앞으로 끌어당겼다. 서치라이트 불빛은 바로 그들의 머리 위에 있었다. 리머스는 리즈 옆에 바싹 붙어 있기로 마음먹었다. 문트가 약속을 어기고 마지막 순간에 리즈를 낚아채 갈지도 모른다고 두려워하는 것 같았다.

그들이 장벽에 거의 다 이르렀을 때, 불빛이 그들을 잠시 암흑 속에 남겨 놓고 북쪽으로 이동했다. 리머스는 여전히 리즈의 팔을 잡은 채 왼손을 앞으로 뻗어 장님처럼 더듬거리며 나아갔다. 갑자기 시멘트와 석탄재를 섞어 만든 벽돌의 거칠고 날카로운 감촉이 손에 느껴졌다. 그는 이제 장벽을 분간할 수 있었다. 위를 쳐다보니 세 가닥의 철조망과 그것을 지탱하고 있는 갈고리가 보였다. 등산가의 하켄처럼 생긴 금속 쐐기들이 벽돌에 박혀 있었다. 리머스는 가장 높은 쐐기를 움켜잡고 재빨리 몸을 끌어 올렸다. 장벽 꼭대기에 이르자 그는 아래쪽 철조망을 홱 잡아당겼다. 철조망은 이미 끊어져 있어서 쉽게 당겨졌다.

「어서.」 그는 다급하게 속삭였다. 「빨리 올라와.」

그는 장벽 위에 납작 엎드린 채 손을 아래로 뻗었다. 리즈는 손을 위로 뻗어 올리고, 발로 첫 번째 금속 쐐기를 찾았다. 리머스는 리즈의 손을 움켜잡고 천천히 끌어올리기 시작했다.

그 순간 갑자기 온 세상이 불바다가 된 것 같았다. 사방에서, 그들의 위와 옆에서 강력한 빛이 모여들어 잔인할 만큼 정확하게 그들을 덮쳤다.

리머스는 아무것도 보이지 않아서 고개를 돌리고 리즈의 팔을 거칠게 비틀었다. 이제 리즈는 공중에 대롱대롱 매달린 채 좌우로 흔들리고 있었다. 그는 리즈가 미끄러진 줄 알고 여전히 그녀를 끌어 올리면서 미친 듯이 소리를 질렀다. 눈이 부셔서 아무것도 보이지 않았다. 색깔이 어지럽게 뒤섞여 눈 속에서 미친 듯이 춤을 추는 것이 보일 뿐이었다.

그때 신경질적인 사이렌 소리와 미친 듯이 지시를 내리는 외침 소리가 들려왔다. 그는 장벽 위에 반쯤 무릎을 꿇고 두 손으로 그녀의 두 팔을 움켜잡았다. 자신도 떨어지기 직전이었지만, 그런 자세로 그녀를 조금씩 끌어당기기 시작했다.

그 순간 일제 사격이 시작되었다. 한 번, 두 번, 세 번, 네 번. 그는 리즈가 몸서리치는 것을 느꼈다. 그녀의 가느다란 팔이 그의 손에서 미끄러졌다. 장벽 서쪽에서 영어로 외치는 소리가 들렸다.

「뛰어내려, 앨릭. 뛰어내려!」

이제 모든 사람이 소리를 지르고 있었다. 영어, 프랑스어, 독일어가 뒤섞였다. 아주 가까운 곳에서 스마일리의 목소리가 들렸다.

「여자는? 여자는 어디 있지?」

그는 불빛을 손으로 막으며 장벽 아래쪽을 내려다보았다. 마침내 그는 꼼짝도 않고 누워 있는 리즈를 볼 수 있었다. 그는 잠시 망설이다가 천천히 금속 쐐기를 다시 내려가 리즈 옆에 섰다. 그녀는 죽어 있었다. 얼굴은 한쪽으로 돌아가 있었다. 검은 머리는 비를 막아 주려는 듯 뺨을 덮고 있었다.

그들은 다시 사격을 가하기 전에 잠시 망설이는 것 같았다. 누군가가 큰 소리로 명령을 내렸지만, 여전히 아무도 총을 쏘지 않았다. 마침내 두세 발의 총알이 날아왔다. 그는 투우장에 끌려나온 눈먼 황소처럼 주위를 노려보며 서 있었다. 쓰러질 때 그는 보았다. 대형 트럭 사이에 짓눌린 작은 자동차를, 그리고 유리창을 통해 쾌활하게 손을 흔들던 아이들의 모습을.

부록
1989년의 후기

 나의 세 번째 책인 『추운 나라에서 돌아온 스파이』는 내 인생을 바꿔 놓았고, 나를 내 능력과 맨주먹으로 맞서게 했다. 이 책이 출간될 때까지 나는 비평계의 진지한 주목을 피해 이름을 바꾸고, 은밀한 세계의 벽 안에서 문자 그대로 비밀리에 작업을 했다. 일단 이 책이 서점에 나오자, 내가 조금씩 조용히 발전하던 시절은 영원히 끝나 버렸다. 나는 가족과 함께 그리스의 외딴 섬으로 달아나거나 온갖 방법으로 그 시절을 재현하려고 애썼지만 소용이 없었다. 따라서 『추운 나라에서 돌아온 스파이』는 내가 순진했던 시절에 쓴 마지막 책이다. 앞으로 내 실험은, 내가 원하든 원하지 않든, 공개적으로 이루어져야 할 것이다. 앞으로 몇 년 동안 출판계에 〈작은〉 르카레의 책 — 이것은 유능한 예술가가 갈망하면서도 혐오하는 왜곡이다 — 같은 것은 존재하지 않을 것이다.

 나는 약 5주 남짓 맹렬히 이 책을 썼다. 쾨니히스빈터의 영국 대사관에 있는 셋방에서 한밤중에, 또는 대사관에서 일하는 틈틈이, 심지어는 라인강을 건너는 페리호 안에서, 때로는 아데나워 총리가 일하러 갔을 때 장갑판으로 덮인 거대한 메르세데스(아니면 베엠베였나?) 관용차 옆에 나란히 차를 세워 놓고 운전석에 앉은 채 글을 썼다. 총리가 어떤 신문을 읽고 있는지를 내가 알아내면 총리실은 격앙했고, 대사관 홍보부는 언제나 어떤 논설위원이 그 위대한 인물의 마음에 영향을 미쳤을지를 재빨리 추론했지만, 나는 아무도 총리한테 영향을 미치지 못했을 거라고 생각한다. 아데나워는 결코 남의 영향을 받을 인물이 아니었다. 나는 이따금 그의 눈길을 끌었고, 그가 외교관 번호판을 단 작은 승용차에 앉아 있는 나에게 미소를 던지는 듯 보인 적도 있었다. 하지만 당시 그는 늙은 아메리카 인디언 추장과 비슷했고, 그의 표정은 어느 누구와도 닮지 않았다.

나를 자극한 것은 물론 베를린 장벽이었다. 나는 그 장벽이 세워지기 시작하자마자 그것을 보려고 본에서 베를린으로 날아갔다. 대사관 동료 한 명이 나와 동행했다. 크렘린이 가장 최근에 세운 흉벽을 세뇌된 암살단원들이 지키고 있었다. 우리가 그들의 족제비 같은 얼굴을 마주 보고 있을 때, 내 동료가 히죽히죽 웃지 말라고 나에게 말했다. 나는 내가 웃고 있다는 것도 알아차리지 못했으니까, 그 웃음은 아주 심각한 순간에 나를 덮치는 그 감상적인 웃음이었을 게 분명하다. 확실히 내가 보고 있는 것은 전혀 우습지 않았고, 내 마음은 혐오감과 두려움밖에 느끼지 못했다. 그것은 내가 당연히 느끼도록 되어 있는 감정이었다. 베를린 장벽은 완전한 극장이었을 뿐만 아니라 미쳐 버린 이데올로기의 기괴함을 완벽하게 상징하는 것이기도 했다.

우리는 두려움을 너무 쉽게 잊는다. 베를린에 첫 번째 바리케이드가 쳐졌다는 소식이 들어왔을 때, 쾨니히스빈터의 내 집에서는 인부들이 식당 벽에 페인트를 칠하고 있었다. 그들은 견실한 독일인답게 조용히 페인트 붓을 씻었고, 가정을 소중히 여기는 남자답게 집으로 돌아갔다. 대사관 직원들은 비밀회의를 열고 대사관 철수 계획을 논의했다. 하지만 어디로 철수할 것인가? 그리고 세계는 언제 종말을 맞게 될까? 프리드리히 가의 교차점은 곧 찰리 검문소라고 불리게 되었다. 이곳에서 미국과 소련 진영의 탱크들은 백 미터 거리를 두고 상대편 탱크를 겨눈 채 서로 대치해 있었다. 이따금 그들은 엔진으로 상대에게 으르렁거렸다. 그것은 언제라도 진격할 수 있도록 엔진 가동을 유지하기 위해서였지만, 실제로는 중요한 시합을 앞둔 권투 선수들처럼 상대에게 겁을 주는 신경전을 벌이고 있었다. 베를린 장벽 너머 어디에서는 영국과 미국·프랑스·서독의 첩보망이 방심한 틈에 허를 찔렸다. 내가 아는 한 그 사건을 예측한 사람은 아무도 없었다. 이제 그들은 성공할 가망이 거의 없는 상태로 살아야 할 것이다. 어쨌든 많은 스파이들이 다른 나라에도 충성을 바쳤다. 그렇지 못한 사람들은 이른바 잔류 첩자가 되어, 앞으로는 이런 돌발 사태에 대비하여 숨겨 놓은 무전기와 미리 정해 둔 암호문으로 연락을 주고받아야 할 것이다. 베를린 장벽과 함께 스파이 산업은 과거 어느 때보다도 은밀해지고 위험해지고 의심스러워지고, 종사자들도 분명 전보다 많아져서 초만원을 이룰 터였다. 이제 서독에 발이 묶여 버린 소련 스파이들이 무슨 생각을 하는지는 상상에 맡길 수밖에 없다. 하지만 그들은 정말로 발이 묶인 것은 아니었고, 단지 은밀한 생활을 꾸려 나가기가 전보다 불편해졌을 뿐이다.

베를린 장벽은 무너지지 않았다. 오히려 더욱 강화되고 높아졌다. 지뢰밭과 곱게 비질한 흙바닥이 장벽을 보호하고 있었다. 흙은 너무 고와서 토끼가 그 위를 지나가도 발자국을 추적할 수 있을 정도였다. 이따금 장벽을 타고 넘거나 자동차로 장벽에 구멍을 뚫거나 장벽 아래로 땅굴을 파거나, 손수 만든 글라이더를 타고 장벽을 날아서 넘는 사람이 있었다. 대담한 행동은 이루 다 헤아릴 수가 없다. 탈출에 성공한 남녀는 모두 영웅이었다. 그것은 아마 성공한 사람이 극소수였기 때문일 것이고, 분명 그들이 용감했기 때문이었다. 오늘날 동독에서 나오는 뉴스를 읽으면서 베를린 장벽을 기억하는 사람들은 소수의 영웅주의와 차츰 다가오고 있는 다수의 해방을 곧장 연결하는 직선을 그을 수 있다. 우리 서방의 선전은 그런 의미에서 전적으로 옳았다. 동독 정권의 지배를 받는 사람들은 정말로 정권을 증오하고 있었다. 탈출자들은 일반 민중으로 이루어진 대군의 선봉대였고, 동독 지도층의 부패한 권력자들에게 퍼부어진 비난은 거의 다 정당했던 것으로 드러나고 있다. 내 소설이 더욱 오싹한 느낌을 주는 것은 아마 그 때문일 것이다.

이 소설을 쓰도록 나를 자극한 것은 무엇이었을까? 그 생각은 어디에서 튀어나왔을까? 이제 와서는 어떤 대답도 편향적일 듯싶다. 나는 직장 생활을 할 때 몹시 불행했고, 극단적인 외로움과 개인적인 혼란을 견뎌야 했다. 그 고독과 고통의 일부가 앨릭 리머스에게 스며들었을 것이다. 나는 사랑에 빠지고 싶었지만, 나 자신의 과거와 내향성 때문에 그것이 불가능했다는 것을 알고 있다. 그래서 철조망과 음모가 나 자신과 자유 사이에 가로놓인 다른 장애물을 대신했을 것이다. 나는 너무 오랫동안 가난했고, 술을 너무 많이 마셨고,

내 직업 선택이 과연 현명했는지를 깊이 의심하기 시작했다. 제도와 규칙을 일단 받아들인 다음 거기에서 벗어나려고 싸우는 과정이 결혼 생활과 직업에 대한 내 관계를 지배하고 있었다. 장벽을 바라보는 것은 좌절 자체를 바라보는 것과 마찬가지였고, 내 마음속에 있는 분노를 건드렸다. 그 분노는 이 책에서 탈출구를 찾았다. 당시 인터뷰에서는 이런 말을 전혀 하지 않았다. 그때는 내가 아직 스파이에서 벗어나지 못했거나 나 자신을 잘 몰랐기 때문에, 독창적인 이야기를 함으로써 나 자신의 혼란 속에 씁쓸한 질서가 생겨난 것을 깨닫지 못했을 것이다.

그 후 다시는 이런 식으로 책을 쓰지 않았고, 그래서 한동안은 한 권짜리 작가라는 비아냥을 들었다. 『추운 나라에서 돌아온 스파이』는 요행수였고 나머지 책들은 모두 〈애프터케어〉였다는 말도 들었다. 그다음에 나온 책 — 『거울 나라의 전쟁』 — 은 내가 겪은 현실과 고통에 훨씬 가까운 책이었지만, 영국 비평가들은 따분하고 비현실적이라고 혹평했다. 아마 그것은 사실이었을 것이다. 친절한 영국인의 목소리는 내 기억에 전혀 남아 있지 않기 때문이다.

하지만 『추운 나라에서 돌아온 스파이』가 대단한 갈채를 받았기 때문에 나는 어쨌든 숨을 수밖에 없었고 그것을 알고 있었다. 내 결혼 생활은 파경으로 끝났고, 나는 명성을 얻은 작가들에게 서서히 나타나는 금단 증세를 대부분 겪었다. 작가들은 안 그런 척하면서도 이런 증세에 시달린다. 나는 현명한 새 아내를 만났고, 나 자신을 추슬렀다. 나는 결국 살아남았다. 이제는 최대한 좋은 글을 쓰지 않을 핑계도 없었고, 매번 내 재능의 한계까지 다가가서 그 너머에 있거나 없는 것을 보지 않을 핑계도 더는 존재하지 않았다.
 하지만 나는 역사의 구역질 나는 몸짓이 나 자신 속의 필사적인 메커니즘과 일치하여 6주 만에 내 인생을 바꾸어 놓은 책을 쓰게 해준 그때를 결코 잊지 않을 것이다.

1989년 12월, 존 르카레

존 르카레의 「추운 나라에서 돌아온 스파이」[*]

피터 루이스/이종인 옮김

결말을 미리 알고 싶지 않은 독자들은 나중에 읽어 주시기 바랍니다.

존 르카레의 데뷔작인 『죽은 자에게 걸려 온 전화』(1961)와 두 번째 작품 『고귀한 살인』(1962)은 비록 좋은 반응을 얻었으나 세 번째 작품에 쏟아진 만큼의 찬사와 주목을 받지는 못했다. 1963년 『추운 나라에서 돌아온 스파이』(이하 『스파이』)를 내놓음으로써 그는 엄청난 대중적 성공을 거두었고 베스트셀러 작가의 반열에 올라섰으며 독창적인 스파이 소설 작가라는 명성을 확립했다. 『스파이』는 서머싯 몸상, 영국 추리 작가 협회상, 미국 추리 작가 협회상을 수상했다. 많은 독자들은 이 소설을 르카레의 대표작으로 보고 있으며, 후에 나온 〈카를라 3부작〉 중 두 편이 BBC의 텔레비전 드라마로 제작되었음에도 불구하고 여전히 『스파이』를 최고 걸작으로 생각하고 있다. 그래서 르카레라고 하면 이 작품을 떠올리는 사람이 많다. 『스파이』는 여러 면에서 기존의 추리

[*] 이 에세이는 피터 루이스의 『존 르카레』(New York: Ungar, 1985)에 수록된 「추운 나라에서 돌아온 스파이」를 번역한 것이다.

소설과는 다른 작품이다. 그중에서도 가장 중요한 차이점은 살인 사건 수사 과정이 나오지 않고 따라서 경찰관들의 모습이 보이지 않는다는 것이다. 그는 이 작품에서 스파이 세계를 정밀하게 묘사하기 위해 첫 두 작품의 뼈대가 되었던 추리 소설의 공식을 완전히 내버렸다. 이런 기존 전통에서의 탈피는 제4작인 『거울 나라의 전쟁』에서도 그대로 유지된다.

『스파이』가 국제적 성공을 거두자 르카레는 1964년 외무부에서 퇴직하여 직업 작가의 길로 나섰다. 1964년, 영국에서는 그때까지 나온 세 작품을 한데 묶은 『르카레 옴니버스』가 나왔고 미국에서는 『스파이』가 『어울리지 않는 스파이 The Incongruous Spy』라는 제목으로 발간되었다. 르카레는 폴 본과 가진 인터뷰에서 〈작가의 임무는 진정성보다는 개연성이다〉라고 말했다. 무슨 말인가 하면, 자연주의적인 정확성보다는 세상에서 흔히 볼 수 있는 통속성을 유지하는 것이 더 중요하다는 뜻이다. 그는 이렇게 말했다.

> 판타지를 점점 더 리얼리티 쪽으로 가져오면 사람들은 점점 더 그 판타지를 받아들이는 경향이 있습니다. 나는 이것이 이야기꾼에게는 아주 중요한 요소라고 생각합니다. 진정성(사실과의 부합)은 아주 따분한 것인 반면 신빙성(사실인 것 같음)이야말로 소설의 핵심이기 때문입니다. 그걸 개연성이라고 해도 좋습니다. 가령 두 명의 스파이를 제트 비행기에 등장시키는 것보다 버스에 동승시키면 일반 독자들은 더 마음 편하게 받아들입니다. 그래서 나는 이런 통속성을 유지하려고 늘 고심합니다.

르카레는 역사가나 언론인이 아니라 소설가이다. 그가 스파이 시절의 개인적 경험을 소설 속에 끌어오는 경우도 있으나 그보다는 더욱 멋진 상상의 세계를 창조하기 위하여 많은 이야기를 꾸며 낸다. 이런 방식으로, 그는 첩보 세계의 실상을 기록하는 것이 아니라 해석하는 것이다. 그 과정에서 현대 세계, 특히 영국에 대한 그 자신의 비전을 작품 속에 삽입해 넣는다.

『스파이』는 르카레로서는 기존 전통과 결별한 참신한 작품이기는 하지만 데뷔작인 『죽은 자에게 걸려 온 전화』의 속편으로 볼 수 있는 여지도 많다. 데뷔작 속의 사건인 페넌 살해 사건이 자주 언급될 뿐만 아니라 동독 스파이이면서 살인자인 문트가 그동안 승진을 계속하여 동독 정보부의 고위직에 앉아 있고, 이제 영국 정보부가 벌이는 복잡하고 교묘한 술수의 핵심 인물로 부상한다. 당초 정보부의 작전은 문트의 목을 노리는 것처럼 보였다. 소설의 주인공인 앨릭 리머스가 10년 동안 운영해 온 스파이 조직이 문트 때문에 완전 분쇄되어 버렸기 때문이다. 하지만 작전의 진정한 목적은, 역설적이게도, 문트를 제거하는 것이 아니라, 오히려 동독 정보부 내에서 그의 위상을 견고하게 만들어 주는 것이었다. 과거의 무자비한 적은 이제 귀중한 〈친구〉가 되었다. 간단히 말해서 문트는 이중 스파이가 된 것인데, 이런 극적인 변신은 실제 첩보 세계에서 가끔씩 발생한다.

『죽은 자에게 걸려 온 전화』의 끝부분에서 문트는 가명을 써서 영국을 벗어나 베를린으로 돌아간다. 하지만 소설은 문트의 탈출이 정보부의 비호 아래 이루어진 위장된 도피였다는 설명을 하지 않는다. 그런데 이 사실이 『스파이』에서 밝혀진다. 문트는 실제로는 정보부 요원들에 의해 베를린에서 체포되었는데 정보부의 협조 아래 베를린으로 무사히 돌아갔다. 단 비밀 거래의 내용은 영국을 위해 이중 스파이 노릇을 한다는 것이었다. 이것은 심지어 베를린 책임자인 리머스조차 알지 못하는 극비 사항이었다. 문트를 동독 정보부 내에 심어놓은 영국 두더지라고 소개함으로써 르카레는 아주 독특한 상황을 창조했다. 이 슈퍼 스파이는 언제든지 발각될 염려가 있었고 따라서 문트의 동료이며 라이벌인 피들러의 의심으로부터 보호해야 할 필요가 있었다. 데뷔작의 내용을 알고 있는 독자들이 『스파이』를 읽는다면 당장 이러한 상황의 아이러니를 눈치챌 것이다. 왜냐하면 조지 스마일리는 데뷔작에서 문트의 공격을 받아 거의 죽을 뻔했는데, 이제는 영국의 이익을 지키기 위해 문트를 보호하는 임무를 맡고 있기 때문이다. 비정한 스파이의 세계에서는 정치적 목적이 개인의 감정보다 우선하는 것이다.

데뷔작과 『스파이』 사이에 연속성이 있다면 그에 못지않은 불연속성도 있다. 그중 가장 뚜렷한 차이점은 데뷔작에서는 조지 스마일리가 주인공이었으나 『스파이』에서는 앨릭 리머스가 주인공으로 등장한다는 것이다. 데뷔작의 끝부분에서 스마일리는 정보부에서 퇴직하는데 그동안 17세기 독일 문학을 공부했다고 『스파이』에서 말한다. 다시 돌아온 스마일리는 『스파이』에서 산발적으로 언급되는 배경 인물로만 등장한다.

> 20미터쯤 떨어진 곳에 레인코트 차림의 땅딸막한 사내가 서 있었다. (본문 52면)

신문 판매대 옆에 서서 「콘티넨털 데일리 메일」지를 열심히 읽고 있는 사람이 보였다. 작은 키에 안경을 쓰고 개구리처럼 생긴 사내였다. 걱정스러운 듯하면서도 진지한 표정을 짓고 있는 그는 공무원 같은 인상이었다. (본문 97~98면)

한 사람은 키가 작고 좀 뚱뚱한 편이었다. 안경을 썼고, 비싼 옷을 입고 있었고, 상냥한 얼굴에 걱정스러운 표정을 띠고 있었다. (본문 145면)

이러한 묘사에서 르카레는 모든 작가들이 미래의 진지한 캐릭터들을 위해 준비시키는 일, 다시 말해 아직 공중에 떠오르지 않은 잠룡(潛龍)을 묘사하고 있는 것이다.

여러 면에서 리머스와 스마일리는 너무나 달라서 그들의 유사점을 간과하기가 쉽다. 리머스는 옥스퍼드 대학은커녕 대졸 출신도 아니고 게다가 지식인도 아니다. 정육점 주인을 공격하고 나중에 맨손으로 동독 보초를 죽이는 데서 알 수 있듯이 그는 행동의 인물이다. 유대인이면서 동독의 첩보 책임자인 피들러는 나중에 리머스를 심문하면서 그를 계획자보다는 행동 책임자로 평가했는데 그것은 타당한 판단이었다. 반면에 데뷔작의 맨 처음 부분인 〈조지 스마일리의 약사〉에도 나와 있듯이 스마일리는 지식인으로 성장하고 또 그에 걸맞게 활약을 해왔다. 이런 차이점에도 불구하고 두 사람은 분명 공통점이 있다. 리머스는 스마일리와 같은 세대의 사람이고 또 필딩과 스티드 애스프리(데뷔작에 등장한 스파이의 대부들)가 설립한 스파이 학교의 전통을 계승한 사람인 것이다.

『스파이』의 제목은 내포된 의미가 풍부하고 동시에 모호하다. 르카레는 당초 이 작품의 제목을 〈사자(獅子)의 시체〉로 하려고 했는데 이것을 보면 현재의 제목이 얼마나 세련된 것인지 잘 알 수 있다. 이야기 초반부에 리머스는 베를린 작전에서 물러나 런던의 사무직에 임명받음으로써 문자 그대로 추운 나라에서 돌아왔다. 하지만 아이러니하게도 이것은 최후의 임무를 수행하기 위한 예비 절차에 불과하다. 그는 다시 추운 나라로 나갔다가 되돌아오게 되어 있었는데, 이번에는 돌아오지 못한다. 하지만 다른 관점에서 보면 리머스는 스파이업이라는 추운 나라에서 애인 리즈 골드와의 참된 인간관계라는 따뜻한 나라로 돌아오려고 한다. 비록 이것은 결실을 맺지 못했지만 이 소설에서 가장 긍정적인 가치를 획득한다. 소설의 제목에 〈추운〉이 들어간 것도 적절해 보인다. 이 소설이 나왔을 당시의 평론가들은 〈얼음처럼 차갑다〉, 〈나를 오싹 얼게 했다〉 같은 말을 쓰면서 작품의 냉랭한 분위기를 지적했다. 또 냉전 시대를 다룬 소설인 만큼 그런 형용사가 들어간 것이 타당해 보인다.

냉전 시대의 가장 큰 상징은 베를린 장벽이었는데, 이 소설은 리머스의 부하 카를 리메크가 장벽에서 살해되는 장면으로 시작된다. 리메크는 베를린 장벽을 넘어 서방으로 건너오려다가 리머스가 보는 가운데 동독 보초의 총에 맞아 죽는다. 소설은 그 후 사건 전개가 크게 한 바퀴 돌아 주인공 리머스와 리즈가 베를린 장벽에서 살해되는 것으로 끝난다. 결국, 세 사람 모두 베를린 장벽에서 희생되는, 냉전의 희생자인 것이다. 스파이 소설은 거의 불가피하게 정치적 상황을 언급하게 되는데 심지어 007 제임스 본드 소설도 그런 측면이 있다. 하지만 『스파이』는 이언 플레밍의 소설들보다 좀 더 원숙하고 사려 깊은 정치적 논평을 제시하고 있다.

이 소설의 차가움은 제목에서도 찾아볼 수 있고 동서 양 진영의 정치적 현실을 꿰뚫어보는 르카레의 해석에서도 찾아볼 수 있다. 또한 소설의 스타일과 구조에서도 그런 차가움이 느껴진다. 1965년 마틴 리트 감독은 리처드 버턴을 주인공으로 써서 이 소설을 영화화했을 때, 작품의 차가운 분위기를 살리기 위해 일부러 흑백으로 촬영했다. 『스파이』는 스토리 라인과 상관없는 얘기는 아예 다 삭제해 버림으로써 아주 차가우면서도 강건한 글쓰기를 하고 있다. 실제로 소설의 문장은 바람처럼 빠르고 공기처럼 가볍다. 데뷔작과 제2작에서 발견되는 번잡한 스타일은 전혀 찾아볼 수 없다. 캐릭터들도 철저히 플롯상의 역할을 수행하는 쪽으로 구축되어 있다. 데뷔작에서는 〈조지 스마일리의 약사〉라는 한 장을 아예 인물 묘사에 바치고 있으나 『스파이』의 주인공인 리머스에 대해서는 그의 성장 배경, 가족, 개인 생활에 대하여 전혀 언급하지 않는다. 이것은 리머스만 그런 것이 아니라 그의 애인 리즈 골드(젊은 유대인 여성)도 마찬가지이다. 단, 그녀가 공산주의 사상을 철저히 믿는다는 사실은 강조되어 있는데, 이것은 플롯의 전개에 필수적이기 때문에 그런 것이다. 피들러도 유대인으로서 리즈와 유사점이 있으나, 이 인물에 대한 배경 정보도 거의 없다. 이처럼 인물의 주변 환경을 의도적으로 제거했기 때문에 그들은 도덕적, 정치적 인물로만 제시된다. 실제로 이 인물들은 국외자로 제시될 뿐 사교적 인물로는 등장하지 않는다.

르카레가 스토리를 이처럼 팽팽하게 유지한 결과, 인물들의 그룹화와 반대 세력의 패턴화가 소설 속에서 뚜렷하게 이루어졌다. 한쪽에는 관리관(컨트롤)과 스마일리로 구체화되는 영국 정보부(서커스)가 있고 다른 한쪽에는 피들러와 문트로 구체화되는 동독 정보부(압타일룽)가 있다. 바로 이 두 대항 세력이 갈등의 한 축을 이루고, 리머스와 리즈는 그 갈등의 소용돌이에 갇히게 된다. 첩보 작전은 기만과 이중 플레이가 필수적이기 때문에 동독 진영 내에서도 서로 대항하는 세력들로 구성된 또 다른 축이 있다. 한쪽에는 동독과 공산주의에 충성하는 피들러가 있고 다른 쪽에는 충성하는 척하면서 실제로는 배반하는 문트가 있다. 이 두 인물은 상대방이 죽을 때까지 권력 투쟁을 벌이는데 20~23장의 반전이 그것을 잘 보여 준다. 그 갈등은 특히 사문회 장면에서 클라이맥스에 이른다. 바로 이런 갈등 구도의 배열 때문에 평론가 앤드루 러더퍼드는 『스파이』가 〈도덕적 우화(寓話)의 방식〉으로 써내려 간 작품이라고 말했다.

영국의 첩보원 리머스가 돈 때문에 조국의 이익을 배반한 척 행동한다면, 문트는 실제로는 돈 때문에 서방을 위해 일하면서 겉으로는 조국을 위해 일하는 척한다. 리머스는 자신의 임무가 피들러를 조종하여 문트를 파괴하는 것이라고 믿는다. 하지만 그는 전혀 엉뚱한 것을 성취함으로써 본연의 스파이 업무를 완벽하게 달성한다. 국제 첩보전이라는 살벌한 대결의 현장에서 리머스와 리즈는 로미오와 줄리엣을 닮은 점이 많다. 작품 속에서 이 두 사람은 거대한 트럭들 사이에 갇힌 자그마한 승용차 속의 어린아이들로 비유되어 있다.

그는 소형차가 대형 트럭들 사이에 끼여 맹공격을 받고 형체도 없이 박살나는 환상을 보았다. 미친 듯한 경적 소리와 명멸하는 푸른 불빛. 모래 언덕을 가로지르는 길에서 학살당한 피난민들처럼 갈가리 찢긴 아이들의 주검밖에는 아무것도 남지 않는 환상이었다. (본문 152면)

쓰러질 때 그는 보았다. 대형 트럭 사이에 짓눌린 작은 자동차를. 그리고 유리창을 통해 쾌활하게 손을 흔들던 아이들의 모습을. (본문 322면)

겉보기에 리머스와 리즈는 서로 어울리지 않는 커플, 아니 정반대 타입의 인물처럼 보인다. 그는 중년의 영국 스파이이고 그녀는 기존 질서의 전복을 꿈꾸는 젊은 공산주의자이다. 하지만 로미오와 줄리엣처럼 자신들의 사랑이 그런 정치적 역할을 훌쩍 뛰어넘는 것을 발견한다. 네덜란드에서 피터스에게 심문을 받을 때, 리머스는 리즈가 사랑의 변화시키는 힘을 통해 자기에게 무엇을 주었는지 명확히 알게 된다.

그것은 하찮은 것에 대한 관심과 애정이었다. 평범한 생활이 가치가 있다는 믿음, 빵 부스러기를 종이 봉지에 넣고 해변으로 걸어가 갈매기들에게 던져 주는 소박함. 하찮은 것에 대한 이 관심은 리머스가 이제껏 가질 수 없었던 것이었다. 갈매기에게 던져 줄 빵이든 사랑이든, 다른 무엇이든 간에, 그는 돌아가서 그것을 찾을 것이다. 스스로 찾지 못하면 그를 대신해서 리즈가 그것을 찾게 할 것이다. (본문 133~134면)

그는 직업 스파이의 비인간적인 면모를 벗어 버리고 새로운 눈으로 세상을 바라볼 수 있게 되었다. 그는 거짓과 진실의 구분이 흐리멍덩한 직업의 세계와는 아주 다른 리얼리티에 눈을 뜬다. 마찬가지로 순진한 정치 철학을 갖고 있던 리즈는, 당과 마르크스주의 역사 철학을 신봉하는 것보다 더 깊은 개인적 감정을 리머스에게서 느끼게 되고, 나아가 그녀 자신이 옳다고 믿었던 이념이 거짓과 기만으로 오염되어 있다고 생각한다. 특히 동독으로 건너간 그녀는 자신의 그런 판단을 더욱 굳히게 된다. 24장에 나오는 전체주의적이고 비인간적이며 구호를 남발하는 인민위원은 조지 오웰의 소설 『1984년』의 빅브라더를 연상시킨다. 그 전에 영국에 있을 때에도 리즈는 당의 비밀스러운 조직 운영에 자신의 믿음이 흔들리는 것을 느낀다. 그러면서 리머스가 냉소적으로 한 말이 사실이 아닐까 생각한다. 〈어떤 사람은 카나리아를 키우고, 어떤 사람은 공산당에 입당하지.〉(본문 209면)

동독에 건너간 그녀는 리머스의 정치적 발언을 다시 기억한다. 〈개는 가려운 곳을 긁지. 개마다 가려운 곳이 달라.〉(본문 236면) 하지만 리머스의 다음과 같은 말은 거부한다. 〈사람은 무언가 믿을 필요가 있기 때문에 믿을 뿐이고, 믿음의 대상 자체는 아무 가치도 없고 기능도 없어.〉(본문 236면) 그래도 그녀에게 변화가 시작되어 〈당이 역사의 전위부대이고 평화를 위한 싸움의 창날〉이라는 과거의 믿음이 흔들리는 것을 발견한다. 이런 갈등과 증오의 도덕적 암흑 속에서 리머스와 리즈의 사랑은 로미오와 줄리엣처럼 다시 한번 환하게 빛난다. 그러나 로미오와 줄리엣의 죽음이 반목하는 양가를 화해시킨 긍정적 결과를 가져왔다면, 이 둘의 죽음은 아무엇도 성취하지 못하는 무의미한 죽음일 뿐이다. 소설 속의 유일한 긍정적 힘이 허무하게도 소멸되는 것이다.

르카레는 소설의 끝 부분에서 문트가 영국 정보부와 협력하여 리즈를 살해하게 되었다는 명시적 언급은 하지 않는다. 비정한 스파이의 세계에서, 문트의 신분을 아는 민간인을 그대로 살려 둘 수는 없었으리라. 이것은 문트가 소설의 첫 부분에서 이중 스파이인 카를 리메크를 살해한 것과 한 쌍을 이룬다. 리즈는 첩보 업무의 편의 때문에 제거된 희생양이었다. 음험하고 배신 잘하는 자들을 살리기 위해 제단에 바쳐진 순진한 어린양이었다. 이 비정한 작전에 개입했을 것이 틀림없는 스마일리는 그녀의 죽음의 현장에 나와 있었다.

반면에 리머스는 리즈와는 달리 살아서 돌아오기로 되어 있었다. 리머스가 베를린 담벽 위에 걸터앉아 있는 동안 스마일리는 어서 뛰어내리라고 애원하고, 반대편의 동독 초병들은 잠시 사격을 멈춘다. 리머스는 동독 쪽으로 다시 내려감으로써 사실상 자살을 선택한다. 르카레의 문장은 너무나 절제되어 있어서 독자는 주인공의 심리 상태를 스스로 해석해야 한다. 우리는 그것을 이렇게 해석해 볼 수 있다. 여자는 죽이고 자기만 살리려는 그 상황의 처절한 냉소주의와, 현실 정치와 첩보 세계의 도덕적 진공 상태를 꿰뚫어 본 리머스는 영웅적으로 죽음을 선택한다. 자신이 알게 된 지식을 가지고 구차하게 살아가기보다는 자신이 사랑하는 사람과 함께 죽는 것을 선택한다. 그의 마지막 행동은 몰도덕적 세계에서 도덕적 성실성을 주장하는 것이고, 결과가 목적을 정당화한다는 장벽 양쪽 세계의 법률에 도전장을 내미는 것이다. 사랑의 존재를 부정하는 세상에 맞서서 〈여기 사랑이 있다〉라고 주장하는 것이다. 평론가 조지 그렐라는 르카레의 작품을 검토하면서 이렇게 말했다. 〈영국(나아가 서방 세계 포함)의 정신적 건강을 진단하고 있는 이 작품은 스파이 스릴러라기보다는 기만, 환상, 패배 등을 천착하는 사려 깊고 동정적인 명상의 소설이다.〉 이어 그렐라는 『스파이』에 오르페우스와 에우리디케 신화의 메아리가 들려온다고 말했다. 〈배신에 염증을 느끼고 순진함의 종말을 애도하는 리머스는······ 마치 제2의 오르페우스처럼 자신의 잃어버린 사랑을 향해 뒤돌아본다. 그렇게 함으로써 그는 지하의 세계를 빠져나가는 유일한 길을 발견한다.〉

리머스가 순진한 종말을 맞이한다는 얘기는 일견 어리석게 보인다. 하지만 리머스가 정보부의 무자비한 조종을 받았다는 점, 위험한 임무의 본질에 대하여 철저하게 오도되었다는 점 따위를 감안하면, 그가 비정한 스파이라는 사실 못지않게 역시 무자비한 힘에 희생되는 순진한 사람이라는 점이 부각된다. 리머스는 소설의 끝부분에 이를 때까지, 독자들과 마찬가지로, 그의 진짜 사명이 무엇인지 모른다. 『스파이』의 이러한 감추기는 리머스의 관점에서 사태를 죽 보아왔던 독자들의 관점 point of view 때문에 가능한 것인데 소설은 그런 시점을 교묘하게 구축했다.

2장에서 관리관이 리머스를 인터뷰할 때 동독에서 문트에 대한 작전이 전개될 것이라는 얘기는 있지만, 리머스의 역할이 구체적으로 무엇인지에 대한 언급은 없다. 리머스가 이때 받은 지시는 나중에 그의 회상을 통하여 단편적으로 제시된다. 그래서 이 소설을 처음 읽는 독자는 리머스가 타락하여 투옥되는 과정이 진짜 스파이 생활에 환멸을 느껴서 그런 것이려니 생각할 수도 있게 된다. 하지만 이것은 적을 속이기 위해 미리 짜놓은 치밀한 각본이었다. 물론 르카레는 이 각본을 암시하는 언급도 한다. 가령 식료품 가게 주인을 때려서 투옥되기 전날 밤 리머스가 리즈에게 작별 인사를 하는 것 등이 그것이다. 하지만 6장에서 리머스가 관리관을 만나면서 폭행과 구속이 모두 작전의 일환이었다는 게 분명히 밝혀진다.

이 지점부터 독자는 리머스의 불완전한 시점을 통하여 사태를 읽게 되고 또 그의 혼동을 공유하게 된다. 데뷔작에서 스마일리가 능동적으로 문제를 해결하는 사람이었다면, 『스파이』의 리머스는 그와 정반대로 철저히 조종당하는 사람이다. 처음에 리머스는 자신이 임무가 무엇인지 명확히 알고 있고 또 상황을 완벽하게 장악하고 있다고 생각한다. 그는 정보부의 〈구르는 돌〉 작전을 노출하면서 동독 정보부가 문트를 의심하는 쪽으로 해석해 주기를 바란다. 그는 자신이 적극적으로 섬멸해야 할 대상이 문트이고, 피들러가 영국의 이익에 도움이 되는 우군이라고 그릇된 결론을 내린다.

사실 상황은 리머스가 알고 있는 것과 정반대이다. 〈구르는 돌〉 작전도 문트를 제거하기 위한 작전이 아니라, 문트가 동독에 충성하는 사람이라는 것을 보여 주기 위한(그래서 이중간첩 노릇을 계속할 수 있도록 하기 위한) 양동 작전이었다. 리머스는 이런 양동 작전의 졸(卒) 같은 존재였고, 그는 자신이 눈먼 사람이라는 것을 인식하지 못한 채 맹인의 역할을 충실히 수행함으로써 작전의 성공에 이바지한다. 그는 작전이 자신의 생각대로 굴러가지 않자 이번 작전은 실패라고 생각하지만, 실은 작전은 완벽하게 성공했던 것이다. 리즈

또한 장기판의 졸이었다. 관리관은 리즈를 여기에 끼워 넣지 말라는 리머스의 요구에 동의했지만 그녀는 정보부의 작전에 필수적 존재였고 결국 죽을 때까지 사태에 개입하게 된다. 리즈는 그리하여 자신이 이용당하고 있다는 것을 모른 채 아주 교묘한 방식으로 사태에 개입한다. 바로 그녀의 개입으로 인해, 리머스는 자신이 실제로는 전혀 모르는 진짜 임무를 제대로 수행하게 된다. 그래서 사문회에서 그가 아는 사실을 있는 그대로 털어놓을 때, 그는 작전이 완전히 실패했다고 생각한다. 리머스는 작전이 완료된 다음에야, 비로소 자신이 문트의 목숨을 살리기 위한 지저분한 작전의 집달리 역할을 맡았다는 것을 깨닫는다.

바로 이 순간, 독자도 사태의 진상을 깨닫는다. 문트는 아주 귀중한 이중 스파이였기 때문에 영국 정보부는 무슨 수를 써서라도 그를 살리고 싶어 했던 것이다. 특히 피들러가 문트의 신분을 의심하고 있었기 때문에 상황은 더욱 급박했다. 그래서 순진한 리머스와 리즈를 철저히 이용하여 동독의 의심을 완벽하게 제거하려는 치밀한 양동작전을 펼쳤던 것이다. 리머스가 리즈에게 말한 것처럼, 정보부는 〈문트에 대한 의혹 자체를 뿌리 뽑아야 했고, 공개적인 명예 회복, 바로 그것을 문트를 위해 준비했다.〉(본문 304~305면)

이러한 양동 작전에서, 기만의 네트워크는 너무나 치밀하여 진실과 거짓의 구분은 가뭇없이 사라지고 만다. 오히려 진실은 거짓을 입증하기 위한 가장 핵심적인 무기로 동원된다. 이것은 사문회에서 가장 잘 드러난다. 피들러는 리머스의 도움을 받아 문트를 고발하는 데 성공하지만, 문트의 변호인 측이 리즈를 증인으로 내놓는 바람에 역전패를 당하고 만다. 이 사문회가 우리를 헷갈리게 하는 것은, 고발인과 피고인의 주장이 역설적이게도 모두 진실이라는 것이다. 문트가 영국의 첩자라는 피들러의 고발은 진실이다. 하지만 리머스는 망명자가 아니라 문트를 제거하기 위해 영국이 일부러 심어 놓은 첩자라는 문트 측의 주장도 진실이다. 이렇게 하여 이 괴기한 사문회에서는 그 무엇보다도 진실이 진정한 희생자가 된다. 배신자인 문트는 실제로 잔인하고 비인간적인 인물인데도 아무런 상처도 입지 않고 석방된다. 반면 애국자인 피들러는 처형당한다.

소설 속에서 첩보전에 대한 두 가지 사항이 계속 강조된다. 첫째, 〈정보부 활동에는 한 가지 도덕률이 있는데 결과가 모든 것을 정당화해준다는 것이다.〉(본문 19면) 둘째, 첩보전의 방법론과 도덕률은 동방(공산 진영)이나 서방(민주 진영)이나 차이가 없다는 것이다. 관리관 자신도 2장에서 리머스와 인터뷰하면서 이 점을 인정하고 있다. 『스파이』의 끝 부분에서 리머스는 자신이 관리관에 의해 무자비하게 이용당했음에도 불구하고 관리관의 논리에 동조하는 발언을 리즈에게 한다. 〈당신이 찬미하는 어리석은 대중들이 밤에 침대에서 단잠을 잘 수 있게 하려면 문트가 필요하니까. 당신과 나 같은 평범한 서민의 안전을 위해서.〉(본문 310면) 아이러니컬하게도 동독에서 관리관의 역할을 맡고 있는 피들러도 리머스를 심문할 때 비슷한 철학을 토로한다.

우리 일, 그러니까 우리와 당신의 일은 개인보다 전체가 중요하다는 이론에 바탕을 두고 있습니다. 공산주의자가 첩보 기관을 제 팔의 일부로 생각하는 것도 그 때문이고,

당신네 정보부가 영국식 염치에 싸여 있는 것도 그 때문이지요. 개인에 대한 착취를 정당화할 수 있는 것은 집단의 요구뿐입니다. 안 그렇습니까? (본문 166면)

피들러와 서방 정보 책임자의 차이점이라면, 마르크스주의자인 피들러는 정치적 테러와 살인 등(13장) 무자비한 정보 작전에 대하여 합리적 이유(〈당을 위하여〉)를 제시할 수 있지만, 서방의 책임자는 그렇게 공개적으로 할 수 없다는 것뿐이다. 이런 노골적인 테러와 살인 옹호론에 직면하자, 리머스는 서방의 기독교적 관점에서 대답을 해보고자 한다. 나중에 피들러가 리머스에게 영국 정보부의 운영 방식도 철저히 〈필요〉에 따라 움직이는 것이 아니냐고 지적하자, 그건 동독 정보부도 똑같다고 대답한다. 피들러는 그 본질적 유사성을 인정한다. 〈당신도 알겠지만, 우리는 조금도 다른 게 없어요. 그게 웃기는 겁니다.〉(본문 232면)

그것은 분명 웃기는 상황이지만 실제에 있어서는 아주 음울하고 썰렁한 농담인 것이다.

첩보 작전은 도덕이 결여되어 있지만, 동시에 서로 다른 정치적 신조를 지탱하는 도덕적 원칙에 봉사해야 한다. 바로 이것이 거대한 모순이다. 문트 같은 전체주의적 혹은 SS(나치 돌격대) 성향을 가진 자가 영국의 민주주의를 위해 일한다는 것은 도덕적으로 혐오스러운 일이 아닐 수 없다. 그런 자가 동독 정보부 내에서 자신의 위치를 지키기 위해 관리관의 동의 아래 동독 내에 있는 하급 영국 스파이를 제거하는 일은 더 더욱 혐오스럽다. 하지만 그는 스파이로서는 아주 소중한 존재이다. 영국 정보부가 중견 스파이에게 진짜 임무를 알려 주지도 않은 채 위험한 작전을 떠나도록 한 것이나, 작전의 성공을 위해 순진하기 짝이 없는 여성을 무자비하게 동원한 것 역시 혐오스럽다. 하지만 첩보의 세계에서 이 두 남녀의 미끼는 목적(작전의 성공)에 이바지하기 때문에 얼마든지 활용할 수 있는 것이다. 그래서 문트의 도움으로 동독을 벗어나던 중에 리머스는 이렇게 말한다. 〈물론 더럽고 비열한 공작이었지. 하지만 기대했던 성과를 올렸어. 그게 이 게임의 유일한 규칙이야.〉(본문 307면)

리즈는 그러한 이중 기준을 받아들일 수 없다. 그녀가 볼 때, 사람은 매국노이면서 동시에 애국자일 수 없다. 더 나아가 지저분하면서 동시에 깨끗한(가치 있는) 물건은 이 세상에 있을 수 없다. 그런 가치의 결과는 비열한 과정에 의해서 필연코 오염되어 버리는 것이다. 하지만 노련하면서도 냉소적인 리머스가 볼 때 이처럼 타락한 세상에서 대악(大惡)을 막기 위해 소악(小惡)을 사용하는 것은 어쩔 수 없는 노릇이었다. 전면적인 3차 대전보다는 냉전이 그래도 나은 것이다. 이러한 논쟁에서 리즈는 마음을 내세우며 주장하고, 리머스는 머리를 가지고 따진다. 아이러니컬하게도 공산주의자인 리즈는 자유주의적 이상론자의 입장을 취한다. 그녀는 선량하고 진실한 것이 파괴적 목적 때문에 왜곡되었다고 주장한다. 바로 이런 근거로 인해 다음과 같은 그녀의 고발은 감동적이다. 〈그들이 하고 있는 짓은 훨씬 무서워요. 나처럼 이용할 수 있는 사람한테서 인간성을 찾아내어 그것을 무기로 바꿔 남을 해치고 죽이는 데 이용하다니.〉(본문 310면) 「러시아에, 인사와 함께」라는 글에서 르카레는 리즈와 피들러에 대하여 이렇게 썼다. 〈나는 일부러 그들을 유대인으로 설정했다. 스탈린과 히틀러 이후에 유대인들이 우리의 특별한 보호 본능을 불러일으키기 때문이다.〉 그러니까 그들도 어엿한 사람으로 대우해야지 서방의 이익을 위해 소모품처럼 없애서는 안 된다는 뜻이다. 아무튼 리머스가 본의 아니게 자신이 좋아하는 두 사람(부하와 애인)을 소설 속에서 죽게 한 것은 〈끔찍한〉 일이 아닐 수 없다.

서방의 가치를 공식적으로 옹호하는 리머스는 아무리 떨떠름하더라도 목적이 수단을 정당화한다는 입장을 받아들여야 한다. 그가 첩보 활동을 옹호하는 것은 순전히 실용적 관점에서이다. 그는 스파이에 대하여 아무런 환상도 갖고 있지 않다. 〈스파이는 허영심 많은 바보들의 한심한 행렬이야. 물론 반역자들이기도 하지. 동성애자, 사디스트, 술고래, 타락한 생활에 활기를 주려고 카우보이와 인디언 놀이를 하는 자들이야. 그들이 런던에 수도승처럼 앉아서 옳은 것과 그른 것을 비교하고 있는 줄 알아?〉(본문 310면) 그러나 리즈가 볼 때 〈그 불쌍한 바보들〉은 구제불능의 타락한 영혼이다. 그들은 실제적이고 선량한 것을 경멸하고 나아가 사랑을 경멸하기 때문이다. 악과는 타협이 있을 수 없고 더러운 첩보 세계는 도덕적으로 볼 때 사탄과 똑같은 무리이다. 리머스가 정치적 논쟁으로 승리했다면, 리즈는 도덕적 논쟁으로 승리했다고 볼 수 있다. 하지만 급박한 사태 반전으로 인해 그 논쟁은 중간에 끝나 버리고 만다.

그 직후 편의성을 반대하던 리즈는 편의성의 문제로 인해 살해되고, 편의성을 지지하던 리머스는 그녀와 함께 죽는 것을 선택한다. 그러니까 편의성의 법칙에 용감하게 항의하면서 리즈의 사랑의 법칙을 지지하는 것이다. 『스파이』의 끝부분에서 르카레는 리즈의 긍정적 가치관을 지지하면서, 파워 블록, 관료주의적 제도, 정치적 이데올로기 등으로 인해 광기와 파멸의 가장자리에서 방황하는 세계의 극단적인 취약성과 무기력성을 고발하고 있다. 리즈는 이 찌꺼기 같은 세계에서 황금처럼 행동함으로써 그 이름(리즈 골드) 값을 하고 있다. 이 소설의 맨 마지막 장의 소제목은 아이러니컬하게도 〈추운 바깥에서 들어오다〉이다. 하지만 두 애인이 안으로 들어오지 못하고 베를린 장벽에서 처참하게 죽는 것으로 끝장남으로써, 그들이 영국 민주주의와 동독 공산주의의 희생자임을 보여 주고 있다. 이러한 비관적인 결말에는 희망의 전망이 전혀 없고, 오로지 두 번의 세계 대전을 겪고 나서 서로 상대방을 경계하면서 3차 대전을 의심하는 동서방의 차가운 의심의 눈길만 남아 있다.

르카레는 데뷔작과 제2작과는 다르게 아주 깊은 열정을 가지고 『스파이』를 썼다고 말했다. 바로 이 때문에 이 책은 냉전을 다룬 독특한 영국 소설이면서 동시에 영국 사회를 고발하는 혹독한 비판의 책이 되었다. 저자의 그런 열정을 불러일으킨 것은 〈개인이 집단보다 훨씬 더 소중하고 가치 있다는 기독교적, 휴머니즘적 윤리관〉이었다. 저자는 그것을 「러시아에, 인사와 함께」라는 글에서 이렇게 말했다.

나는 냉전의 삭막한 논리로부터 첩보전의 문제를 완전히 제거하려고 했다. 대신 독자들의 눈을 도덕적 관점으로 유도하여, 서방이 공산주의 방식으로 첩보전을 치러야 하는 대가에 고정시키려 했다. ······나는 이런 질문을 제기했다. 우리는 언제까지 이런 방식으로 우리 자신을 보호할 수 있을 것이며, 그렇게 하면서도 보호할 만한 가치가 있는 사회를 유지할 수 있을 것인가? ……내가 이미 묘사한 바와 같이, 첩보전을 치르면서 서방은 개인을 희생시켜 왔다. 집단에 대한 개인의 권리를 보호해야 한다는 미명 아래 그렇게 한 것이다. 이것은 분명 서방의 위선이다. 나는 그것을 철저히 비난하는 바이다. 왜냐하면 우리가 개인의 사회적 위치를 평가하는 데 점점 더 공산주의적 방식으로 나아가고 있기 때문이다.

옮긴이의 말

이 책은 영국의 소설가 존 르카레의 『추운 나라에서 돌아온 스파이』(1963)를 우리말로 옮긴 것이다.

존 르카레는 1931년 10월 19일 영국 잉글랜드 남부에 있는 도싯 주에서 태어났다. 세인트앤드루스 퍼블릭스쿨을 거쳐 스위스의 베른 대학에서 2년 동안 공부하고, 다시 옥스퍼드 대학의 링컨 칼리지에서 근대 유럽어학을 전공하여 학위를 받았다.

1956년부터 명문인 이튼 스쿨에서 어학을 가르쳤고, 1959년부터는 외무부 서기관으로 서독의 본과 함부르크에 주재하면서 소설을 쓰기 시작했다.

첫 작품은 1961년에 발표한 『죽은 자에게 걸려 온 전화』인데, 이 책에도 중요한 조역으로 등장하는 조지 스마일리는 나중에 『팅커, 테일러, 솔저, 스파이』(1974)를 비롯한 〈스마일리 3부작〉에서 소련 첩보부의 우두머리 카를라와 사투를 벌이게 된다.

이 책은 『고귀한 살인』(1962)에 이어 세 번째로 나온 작품으로 〈서머싯 몸〉상과 CWA(영국 추리 작가 협회 *Crime Writer's*

Association)상, MWA(미국 추리 작가 협회*Mystery Writers of America*)상을 휩쓸었다. 유럽과 미국의 각 신문 서평에서 절찬을 받았고, 영국 작가 그레이엄 그린은 〈내가 읽은 최고의 스파이 소설〉이라고 말했다. 또한 1965년에는 마틴 리트 감독이 이 책을 영화로 만들어 호평을 받았는데, 주인공 리머스 역은 리처드 버턴이 맡았다.

〈내가 이 소설을 통해 서구 자유주의 국가 사람들에게 보여 주고 싶었던 최고이자 유일한 팩터는 개인이 사상보다 훨씬 중요하다는 관념〉이라고 르카레 자신이 말하고 있듯이, 첩보전을 묘사하고 있는 배후에는 통렬한 사회 비판이 담겨 있고, 그것은 주인공 리머스의 입을 통해서도 표현된다.

존 르카레는 데이비드 존 무어 콘웰David John Moore Cornwell의 필명이다. 그가 필명을 채택한 이유는, 외무부에서 일하는 사람은 본명으로 책을 출판할 수 없기 때문이다. 또 다른 이유가 있다면, 상관들이 그의 책을 읽는 것을 르카레가 원하지 않았기 때문일 것이다. 데뷔작 『죽은 자에게 걸려 온 전화』에서는 〈정통적인 부서에서 온 직업 공무원…… 어떤 색깔도 회색으로 바꿀 수 있는 사람…… 환관 우두머리〉, 『추운 나라에서 돌아온 스파이』에서는 〈겉으로는 그럴 듯한 이론을 내세우면서 뒤로는 몰래 잇속을 챙기는……〉 등으로 비아냥거릴 만큼 관료주의에 물든 상관들에 대해 감정이 좋지 않았다. 『추운 나라에서 돌아온 스파이』가 히트했을 때, 르카레는 예금액이 일정한 액수에 도달하면 알려 달라고 거래 은행에 부탁했다. 연락이 오자 그는 기분 좋게 사표를 던졌다.

〈내 필명은 그냥 머리에 떠올랐다. 어디서 나온 이름인지는 정말로 생각나지 않는다〉고 르카레는 말했다. 하지만 〈끈질긴〉 기자들의 질문에, 〈출근길에 늘 지나다니던 구둣가게에서 그 이름을 훔쳤다〉고 대답했다. 그러나 그 가게의 소재는 끝내 파악되지 않았다. 그는 이 이야기를 더 이상 하지 않았다.

따라서 그것은 그의 이름이 아니다. 나중에 그가 〈외무부〉에서 일한 적도 없다는 사실이 밝혀지기도 했다. 국내와 국외의 첩보 활동을 담당하는 FBI나 CIA 같은 기관이 존재하는 것은 누구나 알고 있지만, 영국은 그런 기관이 있다는 것을 공식적으로 인정하지 않는다. 국내 첩보원에 대한 기사를 쓸 때면 영국 언론은 오랜 신사협정에 따라 〈그는 내무부에서 일한다〉고 쓴다. 해외에서 첩보 활동을 하는 사람에 대해서는 〈그는 외무부에서 일한다〉고 쓴다. (〈그의 한결같은 친구〉가 〈그의 정부〉를 뜻하듯이 〈외무부에서 일한다〉는 말이 〈외국에서 활동하는 첩보원〉을 뜻한다는 것은 누구나 이해한다.)

르카레에 대해 알려고 애쓰는 것은 페르 귄트가 양파의 중심을 찾기 위해 양파 껍질을 벗기는 것과 마찬가지다. 위장된 이야기를 벗기면 그 안에 또 위장된 이야기가 들어 있다.

그의 필명은 프랑스어로 〈네모꼴〉이라는 뜻이다. 오랫동안 이 이름을 검토한 비평가들은 결국 그것이 아무것도 상징하지 않는다고 결론 지었지만, 그렇다고 그 이름이 아무 의미도 없는 것은 아니다. 언젠가 그는 상류층처럼 들리는 이름을 짓고 싶었다고 말한 적이 있다. 상류층의 지위를 얻고 싶은 욕망은 그의 등장인물을 늘 따라다니는 강박 관념이었다.

그의 아버지에 대한 이야기가 드러나기 전에는 비평가들

도 옥스퍼드 대학 출신인 콘웰을 권력 조직의 핵심 인물로 생각했고, 그 정치 활동을 그의 소설 및 주인공 스마일리에게 투영했다. 그러나 이것처럼 진상에서 벗어난 것도 없다. 그는 아버지가 죽은 뒤에야 아버지에 대해 말할 수 있었다.

아버지 로널드 콘웰은 데이비드가 세 살 때 어머니와 헤어졌다. 직업 사기꾼인 아버지는 데이비드가 어렸을 때 징역형을 선고받았지만, 그런데도 아내를 둘이나 더 얻고 더 많은 사기 행각을 벌인 끝에 3백억 원 가량의 빚을 지고 화려하게 파산했다. 특권 계층의 자제만 다니는 학교에 다니는 동안 데이비드는 줄곧 〈돈은 한 푼도 없고 감추어야 할 것은 많은〉 아이였다. 아버지가 그를 명문 학교에 보낸 것도 실은 그를 교육시키기 위해서가 아니라, 그를 〈가짜 신사〉로 만들어 (나중에 쓸모 있는 존재가 되도록) 비밀 첩보부에 두더지처럼 깊숙이 침투한 소련 정보원처럼 특권 계층에 그를 심어 놓기 위해서였다. 데이비드를 〈신사〉로 만들기 위해서라면 도둑질할 각오도 되어 있다고 아버지는 입버릇처럼 말했고, 정말로 그렇게 했다고 데이비드는 믿었다.

이 소설 같은 이야기는 『완벽한 스파이』, 『고귀한 살인』, 『독일 어느 소도시』, 『순진하고 감상적인 애인』에 소재를 제공했다. 작가는 그 경험을 상상 속에서 다시 체험하고 그것을 이해하고 그런 다음 그것을 제거하는 데 열중하는 듯하다.

타고난 스파이, 습관적으로 자신을 위장하는 사람이 경험을 〈제거할〉 필요가 생겼을 때 무엇을 하겠는가? 소설을 쓴다. 그런 소설이 그의 소설이다.

김석희

존 르카레 연보

1931년 출생 10월 19일 영국 도싯 주 풀이라는 항구 마을에서 태어남. 본명 데이비드 존 무어 콘웰. 아버지 로니 콘웰, 어머니 올리브 콘웰 사이의 2남 중 장남. 동생은 토니 콘웰. 아버지가 사기죄로 감옥에 갔고 그 직후 어머니는 두 아들을 버리고 가출. 르카레는 나중에 21세가 되어서 어머니를 다시 만남.

1941년 10세 팽본의 템스 밸리에 있는 세인트앤드루스 예비 학교를 다님. 이어 도싯에 있는 셔번 스쿨로 전학. 공립 학교가 적성에 맞지 않아 대학 입학 시험을 치기 직전에 셔번을 중퇴. 셔번에 되돌아가지 않으려고 1947년까지 일부러 신경쇠약 증세를 연출.

1947년 16세 스위스의 베른 대학에 입학하여 이후 1년간 독일어를 공부. 이것이 인연이 되어 평생 독일 문학에 대한 애착을 갖게 됨.

1950~1952년 19~21세 오스트리아 주둔 영국군의 정보 장교로 근무함. 당시는 2차 대전 후의 혼란한 시대였는데 난민 캠프에 들어온 사람들을 심문하는 일을 주로 담당함.

1952년 21세 옥스퍼드 대학의 링컨 칼리지에 입학하여 근대 유럽어학을 전공. 학교 생활 도중 1년 휴학하여 아이들을 가르치는 일로 학비를 벌었음.

1954년 23세 첫 번째 아내 앨리슨 앤 베로니카 샤프와 결혼함. 아내는 영국 공군 고급 장교의 딸이었음. 샤프와의 사이에 세 아들을 두었음.

1956년 25세 우등으로 대학 졸업.

1957년 26세 이튼 칼리지에서 2년 동안 독일어를 가르침.

1959년 28세 1년간 프리랜서 삽화가로 일함.

1960년 29세 영국 외무부 입사. 독일 본에서 영국 대사관의 이등 서기관으로 근무했고 이어 함부르크에서 영사로 근무. 표면적으로는 다섯 명의 영국 총리를 위해 번역 업무를 맡는 등 외교 업무를 한 것으로 되어 있으나, 「뉴스위크」의 조사에 의하면 영국 정보부(SIS 혹은 MI-6)의 스파이로 근무했다고 함. 작가 자신은 오랫동안 부인했지만 한 정보통에 의하면 외무부에 들어가기 전에 방첩부(MI-5) 소속의 스파이로서 맥스웰 나이트라는 가명으로 근무했다고 함(1964년까지).

1961년 30세 데뷔작 『죽은 자에게 걸려 온 전화 *Call for the Dead*』 발표. 르카레의 초기 다섯 편의 장편소설에 등장하고 그 후 현대 영국인들의 마음에 셜록 홈스와도 같은 수준에 이른 〈조지 스마일리〉가 이 작품의 첫 장에 등장. (빅토리아 시대의 영국인들은 셜록 홈스의 주소인 베이커 스트리트 221B로 편지를 보내는 경우가 왕왕 있었다고 하는데, 현대 영국인들은 스마일리의 집이 있는 첼시 바이워터 스트리트 9번지를 실존하는 거리로 착각하는 경우가 많다고 함.)

1962년 31세 두 번째 작품 『고귀한 살인 *A Murder of Quality*』(1962) 발표. 외무부에 근무하면서 휴일 등 일하지 않을 때만 집필을 했기 때문에 문장이 간결하고 소설의 분량이 짧음.

1963년 32세 세 번째 작품 『추운 나라에서 돌아온 스파이 *The Spy Who Came in from the Cold*』 발표. 이 작품으로 국제적 명성을 얻음. 서머싯 몸상, 영국 추리 작가 협회상, 미국 추리 작가 협회상을 수상. 외무부에서 사직하고 전업 작가의 길로 나섬. 1960년대에 쿠바 사태가 발생하여 냉전이 열전으로 바뀔지도 모르는 위험한 상황 속에서 영국의 사회학자들은 르카레의 소설을 이렇게 평가했음. 〈1960년대의 동서 긴장

상황을 명확하게 알려 주는 데는 르카레의 소설이 필요했다. 하지만 그와 동시에 그런 갈등의 상황에서 벗어나 가벼우면서도 행복한 무엇을 동경하게 되었는데 그런 소망을 십대의 더벅머리 소년 네 명(비틀스)이 화끈하게 충족시켜 주었다.〉

1965년 34세 제4작 『거울 나라의 전쟁 *The Looking Glass War*』 발표. 영국 평론가 브루스 메리는 이 소설과 프레더릭 포사이스의 『자칼의 날』을 비교하면서 르카레의 소설은 뒤로 갈수록 전망이 넓어지는 반면, 포사이스의 소설을 뒤로 갈수록 포커스가 집약되는 정반대의 취향을 갖고 있다고 논평.

1968년 37세 제5작 『독일 어느 소도시 *A Small Town in Germany*』 발표. 독일의 본 대사관을 배경으로 하는 이 소설은 주인공의 인터뷰에 의존하는 형식으로 전개.

1971년 40세 제6작 『순진하고 감상적인 애인 *The Naive and Sentimental Lover*』 발표. 기존의 스파이 소설에서 획기적인 변신을 기도하여 이혼당한 남자의 심리를 섬세하게 묘사한 애정 소설을 출간했으나 독자와 평론가들로부터 냉대를 당함. 이해, 첫 번째 아내 샤프와 이혼.

1972년 41세 발레리 제인 유스터스와 재혼. 발레리는 1970년대와 1980년대에 르카레의 소설을 출판한 영국 출판사 호더 앤드 스토튼의 편집자였음. 발레리와의 사이에 아들을 하나 얻음. 네 아들에게서 열한 명의 손자.

1974년 43세 제7작 『팅커, 테일러, 솔저, 스파이 *Tinker, Tailor, Soldier, Spy*』 발표. 국제적으로 대성공을 거둠. 이중간첩의 색출이라는 주제를 다룬 소설.

1977년 46세 제8작 『오너러블 스쿨보이 *The Honourable Schoolboy*』 발표.

1979년 48세 제9작 『스마일리의 사람들 *Smiley's People*』 발표. 제7, 8, 9작은 〈카를라를 찾아서〉 3부작이라는 옴니버스 작품으로 편집됨. 『팅커, 테일러, 솔저, 스파이』가 영국 BBC 텔레비전 미니 시리즈로 만들어져 대성공을 거둠. 주인공 스마일리 역으로 알렉 기네스 출연.

1982년 51세 〈카를라를 찾아서〉 3부작 중 마지막 작품인 『스마일리의 사람들』이 텔레비전 미니 시리즈로 만들어져 역시 대성공을 거둠.

1983년 52세 이스라엘과 팔레스타인의 분쟁에 뛰어든 영국 여자를 주인공으로 하는 제10작 『리틀 드러머 걸 The Little Drummer Girl』 발표. 지금까지 르카레의 소설에서는 주인공이 모두 남자였는데 여자를 주인공으로 내세운 것이 이 소설의 가장 큰 특징임. 여주인공 찰리는 르카레의 이복 여동생이며 유명한 영국 여배우인 샬럿 콘웰을 어느 정도 모델로 한 것임.

1986년 55세 제11작 『완벽한 스파이 A Perfect Spy』 발표. 사기꾼으로 감옥을 들락날락했던 르카레의 아버지 로니 콘웰을 모델로 한 작품. 아버지는 마법사 같은 기이한 성격에 번 것보다 두 배 이상 쓰는 경향이 있었다고 함. 비밀이 많고, 사기성이 농후하며 백만장자 같은 거지의 생활을 한 사람이었음. 이런 가정 환경 탓에 르카레는 나중에 자신의 유년 시절이 이미 스파이 생활과 비슷했다고 회고함.

1989년 58세 냉전이 끝난 후에 소련 여자를 둘러싼 첩보전에 말려든 한 영국 출판업자의 이야기인 제12작 『러시아 하우스 The Russia House』 발표.

1990년 59세 제13작 『은밀한 순례자 The Secret Pilgrim』 발표.

1991년 60세 논픽션 『언베어러블 피스 Unbearable Peace』 발표.

1993년 62세 마약 밀매를 다룬 제14작 『나이트 매니저 The Night Manager』 발표.

1995년 64세 코카서스 산맥에서 벌어진 인종 청소 사태를 다룬 제15작 『우리의 게임 Our Game』 발표.

1996년 65세 그레이엄 그린의 소설 『아바나의 우리 사람』을 연상시키는 제16작 『파나마의 재단사*The Tailor of Panama*』 발표. 내용은 중앙 아메리카의 미국 제국주의를 고발하는 것.

1999년 68세 소련 붕괴 후 러시아 내에서 준동하는 조직 범죄를 다룬 제17작 『싱글 앤드 싱글*Single & Single*』을 발표. 탁월한 심리 소설이라는 호평을 받기도 했으나 반대로 제임스 본드 소설과 비슷하다는 혹평을 듣기도 했음.

2001년 70세 제18작 『성실한 정원사*The Constant Gardener*』 발표. 아프리카를 무대로 하여 국제 제약 회사의 음모를 밝히려 하는 중년의 정원사 이야기.

2003년 72세 제19작 반미(反美) 성향의 『영원한 친구*Absolute Friends*』 발표. 「더 타임스」에 기고한 에세이에서 르카레는 미국의 이라크 전쟁을 맹렬하게 비난하면서 〈미국은 완전 미쳐 버렸다〉고 성토. 르카레는 영국 정부의 훈장 수여를 모두 거부했고 자신이 데이비드 경Sir David으로 불리는 일은 결코 없을 것이라고 말했음.

2006년 75세 제20작 『미션 송*The Mission Song*』 발표.

2008년 77세 제21작 『모스트 원티드 맨*A Most Wanted Man*』 발표.

2010년 79세 제22작 『우리들의 반역자*Our Kind of Traitor*』 발표.

2011년 80세 독일 문화원에서 괴테 메달을 수훈.

2013년 82세 제23작 『민감한 진실*A Delicate Truth*』 발표.

2017년 86세 제24작 『스파이의 유산*A Legacy of Spies*』 발표.

2020년 89세 12월 12일 폐렴으로 사망.

열린책들 세계문학 046 추운 나라에서 돌아온 스파이

옮긴이 김석희 서울대학교 인문대 불문학과를 졸업하고 대학원 국문학과를 중퇴했으며, 1988년 한국일보 신춘문예에 소설이 당선되어 작가로 데뷔했다. 영어·프랑스어·일본어를 넘나들면서 데스먼드 모리스의 『털 없는 원숭이』, 존 러스킨의 『나중에 온 이 사람에게도』, 폴 오스터의 『빵 굽는 타자기』, 짐 크레이스의 『그리고 죽음』, 로라 잉걸스 와일더의 『초원의 집』 시리즈, 쥘 베른 걸작 선집, 시오노 나나미의 『로마인 이야기』 시리즈, 홋타 요시에의 『고야』 등 200여 권을 번역했고, 역자 후기 모음 『번역가의 서재』 등을 펴냈으며, 제1회 한국번역상 대상을 수상했다.

지은이 존 르카레 **옮긴이** 김석희 **발행인** 홍예빈
발행처 주식회사 열린책들 **주소** 경기도 파주시 문발로 253 파주출판도시
전화 031-955-4000 **팩스** 031-955-4004
홈페이지 www.openbooks.co.kr **이메일** literature@openbooks.co.kr
Copyright (C) 주식회사 열린책들, 2005, 2009, *Printed in Korea.*
ISBN 978-89-329-0963-9 04840 ISBN 978-89-329-1499-2 (세트)
발행일 2005년 7월 30일 초판 1쇄 2006년 2월 25일 보급판 1쇄 2006년 9월 25일 보급판 2쇄 2009년 11월 30일 세계문학판 1쇄 2025년 5월 15일 세계문학판 24쇄

이 도서의 국립중앙도서관 출판예정도서목록(CIP)은 서지정보유통지원시스템 홈페이지(http://seoji.nl.go.kr)와 국가자료공동목록시스템(http://www.nl.go.kr/kolisnet)에서 이용하실 수 있습니다.(CIP제어번호:CIP2009003388)

열린책들 세계문학
Open Books World Literature

001 **죄와 벌** 표도르 도스토옙스키 장편소설 | 홍대화 옮김 | 전2권 | 각 408, 512면

003 **최초의 인간** 알베르 카뮈 장편소설 | 김화영 옮김 | 392면

004 **소설** 제임스 미치너 장편소설 | 윤희기 옮김 | 전2권 | 각 280, 368면

006 **개를 데리고 다니는 부인** 안똔 체호프 소설선집 | 오종우 옮김 | 368면

007 **우주 만화** 이탈로 칼비노 단편집 | 김운찬 옮김 | 424면

008 **댈러웨이 부인** 버지니아 울프 장편소설 | 최애리 옮김 | 296면

009 **어머니** 막심 고리끼 장편소설 | 최윤락 옮김 | 544면

010 **변신** 프란츠 카프카 중단편집 | 홍성광 옮김 | 464면

011 **전도서에 바치는 장미** 로저 젤라즈니 중단편집 | 김상훈 옮김 | 432면

012 **대위의 딸** 알렉산드르 뿌쉬낀 장편소설 | 석영중 옮김 | 240면

013 **바다의 침묵** 베르코르 소설선집 | 이상해 옮김 | 256면

014 **원수들, 사랑 이야기** 아이작 싱어 장편소설 | 김진준 옮김 | 320면

015 **백치** 표도르 도스토옙스키 장편소설 | 김근식 옮김 | 전2권 | 각 504, 528면

017 **1984년** 조지 오웰 장편소설 | 박경서 옮김 | 392면

019 **이상한 나라의 앨리스** 루이스 캐럴 환상동화 | 머빈 피크 그림 | 최용준 옮김 | 336면

020 **베네치아에서의 죽음** 토마스 만 중단편집 | 홍성광 옮김 | 432면

021 **그리스인 조르바** 니코스 카잔차키스 장편소설 | 이윤기 옮김 | 488면

022 **벚꽃 동산** 안똔 체호프 희곡선집 | 오종우 옮김 | 336면

023 **연애 소설 읽는 노인** 루이스 세풀베다 장편소설 | 정창 옮김 | 192면

024 **젊은 사자들** 어윈 쇼 장편소설 | 정영문 옮김 | 전2권 | 각 416, 408면

026 **젊은 베르테르의 슬픔** 요한 볼프강 폰 괴테 장편소설 | 김인순 옮김 | 240면

027 **시라노** 에드몽 로스탕 희곡 | 이상해 옮김 | 256면

028 **전망 좋은 방** E. M. 포스터 장편소설 | 고정아 옮김 | 352면

029 **까라마조프 씨네 형제들** 표도르 도스토옙스키 장편소설 | 이대우 옮김 | 전3권 | 각 496, 496, 460면

032 **프랑스 중위의 여자** 존 파울즈 장편소설 | 김석희 옮김 | 전2권 | 각 344면

034 **소립자** 미셸 우엘벡 장편소설 | 이세욱 옮김 | 448면

035 **영혼의 자서전** 니코스 카잔차키스 자서전 | 안정효 옮김 | 전2권 | 각 352, 408면

037 **우리들** 예브게니 자먀찐 장편소설 | 석영중 옮김 | 320면
038 **뉴욕 3부작** 폴 오스터 장편소설 | 황보석 옮김 | 480면
039 **닥터 지바고** 보리스 파스테르나크 장편소설 | 홍대화 옮김 | 전2권 | 각 480, 592면
041 **고리오 영감** 오노레 드 발자크 장편소설 | 임희근 옮김 | 456면
042 **뿌리** 알렉스 헤일리 장편소설 | 안정효 옮김 | 전2권 | 각 400, 448면
044 **백년보다 긴 하루** 친기즈 아이뜨마또프 장편소설 | 황보석 옮김 | 560면
045 **최후의 세계** 크리스토프 란스마이어 장편소설 | 장희권 옮김 | 264면
046 **추운 나라에서 돌아온 스파이** 존 르카레 장편소설 | 김석희 옮김 | 368면
047 **산도칸 – 몸프라쳄의 호랑이** 에밀리오 살가리 장편소설 | 유향란 옮김 | 428면
048 **기적의 시대** 보리슬라프 페키치 장편소설 | 이윤기 옮김 | 560면
049 **그리고 죽음** 짐 크레이스 장편소설 | 김석희 옮김 | 224면
050 **세설** 다니자키 준이치로 장편소설 | 송태욱 옮김 | 전2권 | 각 480면
052 **세상이 끝날 때까지 아직 10억 년** 스뜨루가츠끼 형제 장편소설 | 석영중 옮김 | 224면
053 **동물 농장** 조지 오웰 장편소설 | 박경서 옮김 | 208면
054 **캉디드 혹은 낙관주의** 볼테르 장편소설 | 이봉지 옮김 | 232면
055 **도적 떼** 프리드리히 폰 실러 희곡 | 김인순 옮김 | 264면
056 **플로베르의 앵무새** 줄리언 반스 장편소설 | 신재실 옮김 | 320면
057 **악령** 표도르 도스토옙스키 장편소설 | 박혜경 옮김 | 전3권 | 각 328, 408, 528면
060 **의심스러운 싸움** 존 스타인벡 장편소설 | 윤희기 옮김 | 340면
061 **몽유병자들** 헤르만 브로흐 장편소설 | 김경연 옮김 | 전2권 | 각 568, 544면
063 **몰타의 매** 대실 해밋 장편소설 | 고정아 옮김 | 304면
064 **마야꼬프스끼 선집** 블라지미르 마야꼬프스끼 선집 | 석영중 옮김 | 384면
065 **드라큘라** 브램 스토커 장편소설 | 이세욱 옮김 | 전2권 | 각 340, 344면
067 **서부 전선 이상 없다** 에리히 마리아 레마르크 장편소설 | 홍성광 옮김 | 336면
068 **적과 흑** 스탕달 장편소설 | 임미경 옮김 | 전2권 | 각 432, 368면
070 **지상에서 영원으로** 제임스 존스 장편소설 | 이종인 옮김 | 전3권 | 각 396, 380, 496면
073 **파우스트** 요한 볼프강 폰 괴테 희곡 | 김인순 옮김 | 568면
074 **쾌걸 조로** 존스턴 매컬리 장편소설 | 김훈 옮김 | 316면
075 **거장과 마르가리따** 미하일 불가꼬프 장편소설 | 홍대화 옮김 | 전2권 | 각 364, 328면
077 **순수의 시대** 이디스 워튼 장편소설 | 고정아 옮김 | 448면
078 **검의 대가** 아르투로 페레스 레베르테 장편소설 | 김수진 옮김 | 384면

079 **예브게니 오네긴** 알렉산드르 뿌쉬낀 운문소설 | 석영중 옮김 | 328면

080 **장미의 이름** 움베르토 에코 장편소설 | 이윤기 옮김 | 전2권 | 각 440, 448면

082 **향수** 파트리크 쥐스킨트 장편소설 | 강명순 옮김 | 384면

083 **여자를 안다는 것** 아모스 오즈 장편소설 | 최창모 옮김 | 280면

084 **나는 고양이로소이다** 나쓰메 소세키 장편소설 | 김난주 옮김 | 544면

085 **웃는 남자** 빅토르 위고 장편소설 | 이형식 옮김 | 전2권 | 각 472, 496면

087 **아웃 오브 아프리카** 카렌 블릭센 장편소설 | 민승남 옮김 | 480면

088 **무엇을 할 것인가** 니꼴라이 체르니셰프스끼 장편소설 | 서정록 옮김 | 전2권 | 각 360, 404면

090 **도나 플로르와 그녀의 두 남편** 조르지 아마두 장편소설 | 오숙은 옮김 | 전2권 | 각 408, 308면

092 **미사고의 숲** 로버트 홀드스톡 장편소설 | 김상훈 옮김 | 424면

093 **신곡** 단테 알리기에리 장편서사시 | 김운찬 옮김 | 전3권 | 각 292, 296, 328면

096 **교수** 샬럿 브론테 장편소설 | 배미영 옮김 | 368면

097 **노름꾼** 표도르 도스토옙스키 장편소설 | 이재필 옮김 | 320면

098 **하워즈 엔드** E. M. 포스터 장편소설 | 고정아 옮김 | 512면

099 **최후의 유혹** 니코스 카잔차키스 장편소설 | 안정효 옮김 | 전2권 | 각 408면

101 **키리냐가** 마이크 레스닉 장편소설 | 최용준 옮김 | 464면

102 **바스커빌가의 개** 아서 코넌 도일 장편소설 | 조영학 옮김 | 264면

103 **버마 시절** 조지 오웰 장편소설 | 박경서 옮김 | 408면

104 **10 1/2장으로 쓴 세계 역사** 줄리언 반스 장편소설 | 신재실 옮김 | 464면

105 **죽음의 집의 기록** 표도르 도스토옙스키 장편소설 | 이덕형 옮김 | 528면

106 **소유** 앤토니어 수전 바이어트 장편소설 | 윤희기 옮김 | 전2권 | 각 440, 488면

108 **미성년** 표도르 도스토옙스키 장편소설 | 이상룡 옮김 | 전2권 | 각 512, 544면

110 **성 앙뚜안느의 유혹** 귀스타브 플로베르 희곡소설 | 김용은 옮김 | 584면

111 **밤으로의 긴 여로** 유진 오닐 희곡 | 강유나 옮김 | 240면

112 **마법사** 존 파울즈 장편소설 | 정영문 옮김 | 전2권 | 각 512, 552면

114 **스쩨빤치꼬보 마을 사람들** 표도르 도스토옙스키 장편소설 | 변현태 옮김 | 416면

115 **플랑드르 거장의 그림** 아르투로 페레스 레베르테 장편소설 | 정창 옮김 | 512면

116 **분신** 표도르 도스토옙스키 장편소설 | 석영중 옮김 | 288면

117 **가난한 사람들** 표도르 도스토옙스키 장편소설 | 석영중 옮김 | 256면

118 **인형의 집** 헨리크 입센 희곡 | 김창화 옮김 | 272면

119 **영원한 남편** 표도르 도스토옙스키 장편소설 | 정명자 외 옮김 | 448면

120 **알코올** 기욤 아폴리네르 시집 | 황현산 옮김 | 352면

121 **지하로부터의 수기** 표도르 도스토옙스키 장편소설 | 계동준 옮김 | 256면

122 **어느 작가의 오후** 페터 한트케 중편소설 | 홍성광 옮김 | 160면

123 **아저씨의 꿈** 표도르 도스토옙스키 장편소설 | 박종소 옮김 | 312면

124 **네또츠까 네즈바노바** 표도르 도스토옙스키 장편소설 | 박재만 옮김 | 316면

125 **곤두박질** 마이클 프레인 장편소설 | 최용준 옮김 | 528면

126 **백야 외** 표도르 도스토옙스키 소설선집 | 석영중 외 옮김 | 408면

127 **살라미나의 병사들** 하비에르 세르카스 장편소설 | 김창민 옮김 | 304면

128 **뻬쩨르부르그 연대기 외** 표도르 도스토옙스키 소설선집 | 이항재 옮김 | 296면

129 **상처받은 사람들** 표도르 도스토옙스키 장편소설 | 윤우섭 옮김 | 전2권 | 각 296, 392면

131 **악어 외** 표도르 도스토옙스키 소설선집 | 박혜경 외 옮김 | 312면

132 **허클베리 핀의 모험** 마크 트웨인 장편소설 | 윤교찬 옮김 | 416면

133 **부활** 레프 똘스또이 장편소설 | 이대우 옮김 | 전2권 | 각 308, 416면

135 **보물섬** 로버트 루이스 스티븐슨 장편소설 | 머빈 피크 그림 | 최용준 옮김 | 360면

136 **천일야화** 앙투안 갈랑 엮음 | 임호경 옮김 | 전6권 | 각 336, 328, 372, 392, 344, 320면

142 **아버지와 아들** 이반 뚜르게네프 장편소설 | 이상원 옮김 | 328면

143 **오만과 편견** 제인 오스틴 장편소설 | 원유경 옮김 | 480면

144 **천로 역정** 존 버니언 우화소설 | 이동일 옮김 | 432면

145 **대주교에게 죽음이 오다** 윌라 캐더 장편소설 | 윤명옥 옮김 | 352면

146 **권력과 영광** 그레이엄 그린 장편소설 | 김연수 옮김 | 384면

147 **80일간의 세계 일주** 쥘 베른 장편소설 | 고정아 옮김 | 352면

148 **바람과 함께 사라지다** 마거릿 미첼 장편소설 | 안정효 옮김 | 전3권 | 각 616, 640, 640면

151 **기탄잘리** 라빈드라나트 타고르 시집 | 장경렬 옮김 | 224면

152 **도리언 그레이의 초상** 오스카 와일드 장편소설 | 윤희기 옮김 | 384면

153 **레우코와의 대화** 체사레 파베세 희곡소설 | 김운찬 옮김 | 280면

154 **햄릿** 윌리엄 셰익스피어 희곡 | 박우수 옮김 | 256면

155 **맥베스** 윌리엄 셰익스피어 희곡 | 권오숙 옮김 | 176면

156 **아들과 연인** 데이비드 허버트 로런스 장편소설 | 최희섭 옮김 | 전2권 | 각 464, 432면

158 **그리고 아무 말도 하지 않았다** 하인리히 뵐 장편소설 | 홍성광 옮김 | 272면

159 **미덕의 불운** 싸드 장편소설 | 이형식 옮김 | 248면

160 **프랑켄슈타인** 메리 W. 셸리 장편소설 | 오숙은 옮김 | 320면

161 **위대한 개츠비** 프랜시스 스콧 피츠제럴드 장편소설 | 한애경 옮김 | 280면

162 **아Q정전** 루쉰 중단편집 | 김태성 옮김 | 320면

163 **로빈슨 크루소** 대니얼 디포 장편소설 | 류경희 옮김 | 456면

164 **타임머신** 허버트 조지 웰스 소설선집 | 김석희 옮김 | 304면

165 **제인 에어** 샬럿 브론테 장편소설 | 이미선 옮김 | 전2권 | 각 392, 384면

167 **풀잎** 월트 휘트먼 시집 | 허현숙 옮김 | 280면

168 **표류자들의 집** 기예르모 로살레스 장편소설 | 최유정 옮김 | 216면

169 **배빗** 싱클레어 루이스 장편소설 | 이종인 옮김 | 520면

170 **이토록 긴 편지** 마리아마 바 장편소설 | 백선희 옮김 | 192면

171 **느릅나무 아래 욕망** 유진 오닐 희곡 | 손동호 옮김 | 168면

172 **이방인** 알베르 카뮈 장편소설 | 김예령 옮김 | 208면

173 **미라마르** 나기브 마푸즈 장편소설 | 허진 옮김 | 288면

174 **지킬 박사와 하이드 씨** 로버트 루이스 스티븐슨 소설선집 | 조영학 옮김 | 320면

175 **루진** 이반 뚜르게네프 장편소설 | 이항재 옮김 | 264면

176 **피그말리온** 조지 버나드 쇼 희곡 | 김소임 옮김 | 256면

177 **목로주점** 에밀 졸라 장편소설 | 유기환 옮김 | 전2권 | 각 336면

179 **엠마** 제인 오스틴 장편소설 | 이미애 옮김 | 전2권 | 각 336, 360면

181 **비숍 살인 사건** S. S. 밴 다인 장편소설 | 최인자 옮김 | 464면

182 **우신예찬** 에라스무스 풍자문 | 김남우 옮김 | 296면

183 **하자르 사전** 밀로라드 파비치 장편소설 | 신현철 옮김 | 488면

184 **테스** 토머스 하디 장편소설 | 김문숙 옮김 | 전2권 | 각 392, 336면

186 **투명 인간** 허버트 조지 웰스 장편소설 | 김석희 옮김 | 288면

187 **93년** 빅토르 위고 장편소설 | 이형식 옮김 | 전2권 | 각 288, 360면

189 **젊은 예술가의 초상** 제임스 조이스 장편소설 | 성은애 옮김 | 384면

190 **소네트집** 윌리엄 셰익스피어 연작시집 | 박우수 옮김 | 200면

191 **메뚜기의 날** 너새니얼 웨스트 장편소설 | 김진준 옮김 | 280면

192 **나사의 회전** 헨리 제임스 중편소설 | 이승은 옮김 | 256면

193 **오셀로** 윌리엄 셰익스피어 희곡 | 권오숙 옮김 | 216면

194 **소송** 프란츠 카프카 장편소설 | 김재혁 옮김 | 376면

195 **나의 안토니아** 윌라 캐더 장편소설 | 전경자 옮김 | 368면

196 **자성록** 마르쿠스 아우렐리우스 명상록 | 박민수 옮김 | 240면

197 **오레스테이아** 아이스킬로스 비극 | 두행숙 옮김 | 336면
198 **노인과 바다** 어니스트 헤밍웨이 소설선집 | 이종인 옮김 | 320면
199 **무기여 잘 있거라** 어니스트 헤밍웨이 장편소설 | 이종인 옮김 | 464면
200 **서푼짜리 오페라** 베르톨트 브레히트 희곡선집 | 이은희 옮김 | 320면
201 **리어 왕** 윌리엄 셰익스피어 희곡 | 박우수 옮김 | 224면
202 **주홍 글자** 너새니얼 호손 장편소설 | 곽영미 옮김 | 360면
203 **모히칸족의 최후** 제임스 페니모어 쿠퍼 장편소설 | 이나경 옮김 | 512면
204 **곤충 극장** 카렐 차페크 희곡선집 | 김선형 옮김 | 360면
205 **누구를 위하여 종은 울리나** 어니스트 헤밍웨이 장편소설 | 이종인 옮김 | 전2권 | 각 416, 400면
207 **타르튀프** 몰리에르 희곡선집 | 신은영 옮김 | 416면
208 **유토피아** 토머스 모어 소설 | 전경자 옮김 | 288면
209 **인간과 초인** 조지 버나드 쇼 희곡 | 이후지 옮김 | 320면
210 **페드르와 이폴리트** 장 라신 희곡 | 신정아 옮김 | 200면
211 **말테의 수기** 라이너 마리아 릴케 장편소설 | 안문영 옮김 | 320면
212 **등대로** 버지니아 울프 장편소설 | 최애리 옮김 | 328면
213 **개의 심장** 미하일 불가꼬프 중편소설집 | 정연호 옮김 | 352면
214 **모비 딕** 허먼 멜빌 장편소설 | 강수정 옮김 | 전2권 | 각 464, 488면
216 **더블린 사람들** 제임스 조이스 단편소설집 | 이강훈 옮김 | 336면
217 **마의 산** 토마스 만 장편소설 | 윤순식 옮김 | 전3권 | 각 496, 488, 512면
220 **비극의 탄생** 프리드리히 니체 | 김남우 옮김 | 320면
221 **위대한 유산** 찰스 디킨스 장편소설 | 류경희 옮김 | 전2권 | 각 432, 448면
223 **사람은 무엇으로 사는가** 레프 똘스또이 소설선집 | 윤새라 옮김 | 464면
224 **자살 클럽** 로버트 루이스 스티븐슨 소설선집 | 임종기 옮김 | 272면
225 **채털리 부인의 연인** 데이비드 허버트 로런스 장편소설 | 이미선 옮김 | 전2권 | 각 336, 328면
227 **데미안** 헤르만 헤세 장편소설 | 김인순 옮김 | 264면
228 **두이노의 비가** 라이너 마리아 릴케 시선집 | 손재준 옮김 | 504면
229 **페스트** 알베르 카뮈 장편소설 | 최윤주 옮김 | 432면
230 **여인의 초상** 헨리 제임스 장편소설 | 정상준 옮김 | 전2권 | 각 520, 544면
232 **성** 프란츠 카프카 장편소설 | 이재황 옮김 | 560면
233 **차라투스트라는 이렇게 말했다** 프리드리히 니체 산문시 | 김인순 옮김 | 464면
234 **노래의 책** 하인리히 하이네 시집 | 이재영 옮김 | 384면

- 235 **변신 이야기** 오비디우스 서사시 | 이종인 옮김 | 632면
- 236 **안나 까레니나** 레프 똘스또이 장편소설 | 이명현 옮김 | 전2권 | 각 800, 736면
- 238 **이반 일리치의 죽음·광인의 수기** 레프 똘스또이 중단편집 | 석영중·정지원 옮김 | 232면
- 239 **수레바퀴 아래서** 헤르만 헤세 장편소설 | 강명순 옮김 | 272면
- 240 **피터 팬** J. M. 배리 장편소설 | 최용준 옮김 | 272면
- 241 **정글 북** 러디어드 키플링 중단편집 | 오숙은 옮김 | 272면
- 242 **한여름 밤의 꿈** 윌리엄 셰익스피어 희곡 | 박우수 옮김 | 160면
- 243 **좁은 문** 앙드레 지드 장편소설 | 김화영 옮김 | 264면
- 244 **모리스** E. M. 포스터 장편소설 | 고정아 옮김 | 408면
- 245 **브라운 신부의 순진** 길버트 키스 체스터턴 단편집 | 이상원 옮김 | 336면
- 246 **각성** 케이트 쇼팽 장편소설 | 한애경 옮김 | 272면
- 247 **뷔히너 전집** 게오르크 뷔히너 지음 | 박종대 옮김 | 400면
- 248 **디미트리오스의 가면** 에릭 앰블러 장편소설 | 최용준 옮김 | 424면
- 249 **베르가모의 페스트 외** 옌스 페테르 야콥센 중단편 전집 | 박종대 옮김 | 208면
- 250 **폭풍우** 윌리엄 셰익스피어 희곡 | 박우수 옮김 | 176면
- 251 **어셴든, 영국 정보부 요원** 서머싯 몸 연작 소설집 | 이민아 옮김 | 416면
- 252 **기나긴 이별** 레이먼드 챈들러 장편소설 | 김진준 옮김 | 600면
- 253 **인도로 가는 길** E. M. 포스터 장편소설 | 민승남 옮김 | 552면
- 254 **올랜도** 버지니아 울프 장편소설 | 이미애 옮김 | 376면
- 255 **시지프 신화** 알베르 카뮈 지음 | 박언주 옮김 | 264면
- 256 **조지 오웰 산문선** 조지 오웰 지음 | 허진 옮김 | 424면
- 257 **로미오와 줄리엣** 윌리엄 셰익스피어 희곡 | 도해자 옮김 | 200면
- 258 **수용소군도** 알렉산드르 솔제니찐 기록문학 | 김학수 옮김 | 전6권 | 각 460면 내외
- 264 **스웨덴 기사** 레오 페루츠 장편소설 | 강명순 옮김 | 336면
- 265 **유리 열쇠** 대실 해밋 장편소설 | 홍성영 옮김 | 328면
- 266 **로드 짐** 조지프 콘래드 장편소설 | 최용준 옮김 | 608면
- 267 **푸코의 진자** 움베르토 에코 장편소설 | 이윤기 옮김 | 전3권 | 각 392, 384, 416면
- 270 **공포로의 여행** 에릭 앰블러 장편소설 | 최용준 옮김 | 376면
- 271 **심판의 날의 거장** 레오 페루츠 장편소설 | 신동화 옮김 | 264면
- 272 **에드거 앨런 포 단편선** 에드거 앨런 포 지음 | 김석희 옮김 | 392면
- 273 **수전노 외** 몰리에르 희곡선집 | 신정아 옮김 | 424면

274 **모파상 단편선** 기 드 모파상 지음 | 임미경 옮김 | 400면
275 **평범한 인생** 카렐 차페크 장편소설 | 송순섭 옮김 | 280면
276 **마음** 나쓰메 소세키 장편소설 | 양윤옥 옮김 | 344면
277 **인간 실격·사양** 다자이 오사무 소설집 | 김난주 옮김 | 336면
278 **작은 아씨들** 루이자 메이 올컷 장편소설 | 허진 옮김 | 전2권 | 각 408, 464면
280 **고함과 분노** 윌리엄 포크너 장편소설 | 윤교찬 옮김 | 520면
281 **신화의 시대** 토머스 불핀치 신화집 | 박중서 옮김 | 664면
282 **셜록 홈스의 모험** 아서 코넌 도일 단편집 | 오숙은 옮김 | 456면
283 **자기만의 방** 버지니아 울프 지음 | 공경희 옮김 | 216면
284 **지상의 양식·새 양식** 앙드레 지드 지음 | 최애영 옮김 | 360면
285 **전염병 일지** 대니얼 디포 지음 | 서정은 옮김 | 368면
286 **오이디푸스왕 외** 소포클레스 비극 | 장시은 옮김 | 368면
287 **리처드 2세** 윌리엄 셰익스피어 희곡 | 박우수 옮김 | 208면
288 **아내·세 자매** 안톤 체호프 선집 | 오종우 옮김 | 240면
289 **폭풍의 언덕** 에밀리 브론테 장편소설 | 전승희 옮김 | 592면
290 **조반니의 방** 제임스 볼드윈 장편소설 | 김지현 옮김 | 320면
291 **의무론** 마르쿠스 툴리우스 키케로 지음 | 김남우 옮김 | 312면
292 **밤에 돌다리 밑에서** 레오 페루츠 지음 | 신동화 옮김 | 360면
293 **한낮의 열기** 엘리자베스 보엔 장편소설 | 정연희 옮김 | 576면
294 **아바나의 우리 사람** 그레이엄 그린 장편소설 | 최용준 옮김 | 392면